CIRCLING THE SUN

Paula McLain

绕日飞行

[美]保拉·麦克莱恩 著

张希 译

中信出版集团 | 北京

图书在版编目（CIP）数据

绕日飞行 /（美）保拉·麦克莱恩著；张希译 . --
北京：中信出版社，2019.10
书名原文：Circling the Sun
ISBN 978-7-5217-0388-7

Ⅰ . ①绕… Ⅱ . ①保… ②张… Ⅲ . ①长篇小说一美
国一现代 Ⅳ . ① I712.45

中国版本图书馆 CIP 数据核字（2019）第 071357 号

绕日飞行

著　　者：[美] 保拉·麦克莱恩
译　　者：张　希
出版发行：中信出版集团股份有限公司
　　　　　（北京市朝阳区惠新东街甲 4 号富盛大厦 2 座　邮编　100029）
承 印 者：北京盛通股份印刷有限公司

开　　本：787mm × 1092mm　1/32　　印　　张：14.5　　字　　数：240 千字
版　　次：2019 年 10 月第 1 版　　印　　次：2019 年 10 月第 1 次印刷
京权图字：01-2019-3743　　广告经营许可证：京朝工商广字第 8087 号
书　　号：ISBN 978-7-5217-0388-7
定　　价：59.80 元

谨以此书献给我亲爱的家人，

还有敬爱的莱蒂·安·克莉丝托弗尔森，

她就是我生命中的D夫人。

“我学会了观察，学会了信任他人，还学会了任由自己四处游荡。我学到了每个爱做梦的孩子都应当了解的事——只要你坚持下去，再远的地方也能走到，再高的山也能翻越。这些道理我很早就明白，但实际情况却往往令人举步维艰。”

——柏瑞尔·马卡姆，《夜航西飞》

“我们必须趁生命还掌握在自己手中时，留下自己的印迹。”

——卡伦·布里克森

目 录

序章

1936年9月4日

英格兰，阿宾顿

“织女银鸥”飞机是孔雀蓝色的，两侧的机翼银光闪闪，它比我所见过的任何一种鸟都要漂亮。而现在，我的这架“织女银鸥”就要起飞了，它的名字叫作“信使”。这架飞机由能工巧匠精心打造，它将要完成人们认为不可能完成的任务——横跨茫茫大海，穿越三千六百英里[1]的黑暗和虚空。而即将驾驶它完成这一任务的人，就是我。

我登机时已经是黄昏了。数日来，风暴肆虐，在飞机场上耀武扬威。此刻，机场的灯光在风雨中成了一个个小点，暗淡无力；雨水用力敲打着机翼，在强劲的狂风中发出击鼓一样的响声。我被告知，今天的天气已经算是这个月里最好的了。

不过，跟恶劣的天气相比，我更担心的是飞机的重量。“织女银鸥”上安装了一个特殊的起落架，用来承载备用的燃油和汽油。油箱固定在机翼下方，与机舱连在一起。这些油箱围在驾驶座的四周，就像是紧贴着我筑起了一道围墙。油箱上安装了活栓，我只需伸出

1　1英里约等于1.609千米。——编者注

两根手指就能拉动——这是为了方便我在飞行途中更换油箱。工作人员告诉我，必须等一边油箱里的油完全用尽，并将其关闭之后才能启用另一边的油箱，以防止出现气塞现象[1]。在更换油箱的过程中，可能会出现引擎暂时停转的情况，但过一会儿它还会重新启动。虽然工作人员这样说，但到时候引擎是否真会重新启动，我只能碰运气了。当然，除此之外还有很多需要担心的因素，都得靠运气。

停机坪上到处都是水坑，一个个闪着白晃晃的光，就像数不清的小池塘。持续的强风迎头猛吹，乌云一团团压下来。几位记者和几个朋友来到这里，为我送行。毫无疑问，这次送行的气氛十分沉重。他们知道我即将面对什么，每个人都极力劝阻我不要去，至少今天不要去，最好今年不要去。这个任务会一直等着我去完成，我也确定可以等天气好转以后再去——但既然我已经来到了这里，就没必要后退了。我将随身携带的小食物篮装满，往后裤袋里塞了一瓶白兰地，然后就钻进了驾驶舱，蜷缩在驾驶座上。我手上戴了一块表，是从吉姆·莫里森那儿借的。他是目前唯一一个曾跨海飞行并且存活下来的飞行员。我还有一张图，用来记录我横跨大西洋的路线，记录我将怎样从阿宾顿飞到纽约。这张图可以记录我飞越的每一寸水面，却无法记录我在飞行期间经历的空虚、孤独和恐惧。这些负面情绪如此真实地存在着，我必须克服它们，就像在飞行时克服突降和气窝一样。人是无法逃离自我的，哪个部分都不行，包括负面

1　气塞现象：飞机燃油剧烈蒸发造成供油管道堵塞的现象。——编者注

情绪，但这也是件好事。我有时会想，正是我们所面临的挑战塑造了我们，并且改变了我们。而我现在所面临的是一英里长的起飞跑道和一千九百磅[1]重的燃料。黑沉沉的乌云从天空的四面八方聚拢过来，随着时间一分一秒地过去，光线也变得越来越暗淡。面对如此恶劣的天气，我无法改变它，只能面对它。

我稳稳地坐在驾驶座上，弯腰拉起操作杆，飞机呼啸着从旁观的人群身边驶过。他们手中的照相机闪个不停。接着，我沿着一系列标识驶向一面红色的旗子。到了那里，我就不可能再回头了。只有这一英里的路程可供我犹豫反悔，除此之外，再无余地。当然，也许这架飞机跑完一英里路后并不能正常起飞。毕竟，在添置了各种组件、承载了太多人的激励之后，它早已不像蝴蝶那样轻盈，而像是头大象般笨重。如果真的如此，那意味着我还没出发就失败了。但此时此刻无论如何我都要全力以赴。

在跑道上行驶五百英尺[2]后，“信使”的机尾笨重地翘了起来。我又加快了速度。我感受到了重力在把飞机往下拖，也感受到了飞机的巨大重量。我并没有用眼睛看，却依然能够感受到那面红色的旗子离我越来越近。这时，方向舵和升降机终于开始工作了。“信使”翘起鼻子，像离弦的箭一样飞离了地面。此刻，它用行动证明了自己像蝴蝶一样轻盈。我驾驶着“信使”攀升到昏暗的高空，雨水从我身边降落，身下的瑞典国土绿灰交错，一片迷蒙。我的前方就是

1　1磅约等于0.454千克。——编者注

2　1英尺等于0.3048米。——编者注

爱尔兰海，黝黑的海水时刻准备吞噬我，把我的心脏捏碎。我向下看去，那明晦不定闪着光的地方是科克，那黑乎乎的一块是拉布拉多，而“信使”的引擎一直尽忠职守地轰鸣着。

我在飞溅的雨滴中艰难地飞行着，鼻子上的肌肉一跳一跳的。我驾驶着“信使”，一会儿猛冲到高空，一会儿又被湍急的气流冲撞得剧烈摇晃。此时，我基本上是一半靠本能一半靠技巧在驾驶着飞机，这种情况实在是让人望而生畏。然而更为关键，更让人不得其解的问题是，我为什么想要做这样一件事呢？我为什么会有这样的念头：要用螺旋桨、漆银的机翼和黑暗中三十六个小时的飞行，把我的名字镌刻在天空之中呢？

我第一次想要挑战跨海飞行是在两年前。那天我和朋友们在涅里[1]的白犀酒吧用餐。这家酒吧是用杉木搭建而成的，人来人往，热闹非凡。我还记得那天我点的是黑椒牛排和白芦笋，每根芦笋都像我的小拇指那么细。我们每人的杯中都倒着干红葡萄酒。快吃完饭时，JC·卡伯里打了一个赌：“没人能够单独跨越大西洋，从英格兰这边飞到美国，无论男人还是女人。你觉得呢，柏瑞尔？”

两年前，莫里森尚未完成类似的水上飞行，甚至没人设想过飞机可以飞越这么远的距离。不过JC有的是钱，同时他也极富麦哲伦和皮尔里的探险精神。于是我们开始谈论一望无际的大海、几千英里无人涉足的寒冷空域、待人开拓的疆土以及从未有飞机出现过的

1　涅里：肯尼亚的一座城市。——译者注

天空。“想试试吗？”JC的眼睛像玛瑙一样闪闪发亮。

看到他闪亮的眼睛，我想起了他美丽的妻子玛雅。假如她在这儿，一定会穿着一袭白色的丝绸长裙，烫过的发卷完美无瑕。可惜，一年前在内罗毕，她在一次简单的飞行教学中出事了。那天既没有风，也没有其他干扰性的天气。那是我们第一次遭遇亲密之人死于空难这种事，但绝不是最后一次。许多死于空难的亡灵从时光的尘埃中飘来，向我们眨眼，盘旋在我们的酒杯旁，提醒着我们，他们曾经多么鲁莽，以至遭遇了灾难。我并不需要谁的提醒，我一刻也没有忘记这些死去的人——可不知什么原因，当我迎上JC的目光时，觉得自己甚至做好了准备将它们拉得更近。“我想试试。”我说道，接着又重复了一遍。

没过多久，最后几丝光线就消逝在了曲折不平的天际，接下来就只有雨声和汽油味陪伴着我。我得在离海平面两千英尺的高空驾驶飞机飞行两天。厚重的云层吞没了月亮和星星，四周一片漆黑。我不得不依靠各种仪器操纵飞机，不时瞟一眼仪表盘上微弱的亮点来驱赶疲劳。我的飞机上没有安装无线电，能慰藉我的只有引擎发出的有力轰鸣声和时速四十海里[1]迎面刮来的风。汽油在油箱里晃来晃去，汩汩作响，这也让我稍感宽慰。然而在起飞四小时后，引擎转速突然变慢，发出吱扭的响声，接着停了下来。死一样的沉寂。高度计上的指针以惊人的速度飞快下降。那一刻我盯着高度计不知

1　1海里等于1852米。——编者注

所措。很快，出于本能，我的手就开始自动操作了。我的想法很简单：我只需够到活栓，然后拨动它，将油箱换过来，引擎就会再次启动。一定会的。我让双手保持平稳，然后伸出手指，找到那个银质的装置。我一拨，它就灵活地打开了，但引擎并没有启动。我的“织女银鸥”在不断下降，一千一百英尺，八百英尺，然后更低。我周围的云迅速地向两边散开，我甚至能看到下方海水骇人的粼光和卷起的泡沫。巨大的海浪向上翻卷，幽暗的天空向下压来。我再次拨动那个装置，并安慰自己不要惊慌失措，我已经做好了一切准备。但话说回来，真的有人能准备好去赴死吗？玛雅在看到大地向她飞来的时候，准备好赴死了吗？丹尼斯在沃伊遭遇空难的时候，准备好赴死了吗？

一道闪电从飞机的左翼划过，在空中爆裂，就像圣诞节的装饰灯一样耀眼。我突然感到这一幕似乎在以前就发生过，或许还发生过很多次。也许我的灵魂一直在这儿，她正埋头冲向我的身体。下方，无情的海水拍打着海面，等着给我狠狠一击。但此时此刻我脑海中想起的却是肯尼亚，我深爱的东非大裂谷——巍峨的隆戈诺特火山和梅南加伊火山曲折的轮廓，纳库鲁湖畔羽毛艳丽的粉色火烈鸟，高低不一的悬崖，科寇佩、莫洛和恩乔罗美丽的风光，还有穆泰嘉俱乐部那闪闪发光的草坪。我似乎马上就要回到那个深爱的地方了。当然，我知道这是不可能的——螺旋桨似乎在空中旋转了好多好多年，把我带到了过去，也带到了无尽的未来，任我自由翱翔。

哦，我一边想着，一边向着黑沉沉的夜空俯冲下去，无暇他顾。我好像回到了故乡。

第一部分

1

在肯尼亚被称为肯尼亚之前，在几百万年亘古常新的岁月里，这个名字属于当地最雄伟的大山。我们的农场在恩乔罗，站在农场里，你就可以看到它。这座山位于英属东非领地，较远的那端山脊界限分明，一直延伸到金黄的草原上。山顶上是终年不化的积雪，就像给山戴上了冰雪皇冠。我们农场的后面是马乌森林，森林里笼罩着蓝色的薄雾。农场前面，龙盖峡谷倾斜向下，逐渐加宽，直到与梅南加伊火山口相连，当地人把梅南加伊火山称为“神山”。农场的另一边则是阿伯德尔山脉，四周环绕着蓝灰色的山丘。黄昏时分，紫色的烟雾在山中弥漫，山丘变得影影绰绰，渐渐隐没到夜色之中。

我们第一次来这里是在 1904 年。那时，这座农场仅仅是一百五十英亩[1]的野生灌木丛以及三间饱经风雨的破木屋。

“就这些？”我母亲问道。周围的空气好像被她的愤怒点燃了，飞溅着嗡嗡作响的火花。“你卖掉一切家产就是为了换来这些？”

“别的农场主情况更糟呢，克拉拉。”我父亲说道。

1　1 英亩约等于 4046.856 平方米。——编者注

“可你压根不是个农场主啊，查尔斯！”母亲大声吵嚷，接着哭了起来。

实际上，我的父亲是一名骑师。他所熟知的是骑马障碍赛和猎狐，每天接触的是英国拉特兰郡的驯马赛道和马场的篱笆围栏。但他有一次看到了传单上的消息，说有人以低廉的价格在帝国领土[1]上购得了大片土地，这事便从此在他脑海里挥之不去。于是，我们离开了我的出生地威斯菲尔德，跋涉七千英里，途经突尼斯、的黎波里和苏伊士运河。河上的浪花就像灰色的大山，不断吞噬着天空。接着，我们穿过了基林迪尼港，来到了蒙巴萨港口。这里到处散发着刺鼻的香料味和死鱼的臭味，我们搭上了开往内罗毕的火车。铁路像蛇一样蜿蜒向前，车窗上布满了红色的铁锈。我睁大眼睛看着四周，感受到了一种从未有过的恐惧。不管那个地方是什么样子，它一定跟我所见过的任何地方都不同。

我们在这里住下来，并努力使它更加宜居。我们试图与荒野对抗，但它又裹挟着一切将我们打败。我们的领土没有明确可见的边界或篱笆，我们的木屋也没有合适的门。狡猾的疣猴成群结队地穿过罩在窗户上的粗麻布。这里连一根水管都没有。晚上当你想要方便的时候，只能走到黑黢黢的屋外解决。那里有各种意料不到的危险，你得把臀部翘高一点儿。如果你感到害怕，只能用吹口哨的方式驱

1　帝国领土：指英国在世界范围内的殖民地，肯尼亚在1886至1963年间是英国殖民地。——编者注

散心中的恐惧。

德拉米尔爵士和他夫人是离我们最近的白人邻居，他们住在七英里外的地方。我们两家之间生长着大片的灌木丛。他们俩是男爵和男爵夫人，但这些头衔并不能使他们免于住在泥土和茅草搭建的小屋中。D 夫人在她的枕头下放了一把上膛的手枪，并建议我母亲也照做——但母亲并没听从她的建议。母亲不想杀几条蛇来当晚餐，也不想先走上几英里路去打水，然后才能洗个像样的澡，更不想在这种孤单的环境里一住就是几个月。这里没有任何社交活动，她的双手一天到晚都脏兮兮的，这里的生活实在太艰难了。

两年后，我的母亲订了回英国的车票。我的哥哥迪奇也要跟着她一起走，因为他的身体太虚弱了，适应不了非洲的气候。那时，我还不到五岁。开往内罗毕的火车每周有两趟，母亲和哥哥登上了车，带着旅行箱，握着手帕，穿着旅行鞋。母亲吻了我一下，她面罩上的羽毛轻轻颤抖。她告诉我要勇敢坚强，她知道我一定会过得很好，因为我是个健壮的大姑娘了。她还保证会给我寄一盒在皮卡迪利街买的甘草棒和梨子糖，我可以自己一个人吃，不用分给任何人。

我注视着火车行驶在黑色的铁路上，心中并不敢完全相信母亲真的走了。当最末端的那节车厢被远处黄色的山丘吞没，父亲转过头来看了看我，随即回到农场继续他的工作。直到那时，我还认为这一切都是个错误，用不了多久他们就会发现自己错得离谱，然后纠正这一切。母亲和迪奇会在下一站下车，或者在内罗毕掉头，第二天就回来。可是，这些事并没有发生。我只能别无选择地等着，一边听着火车开走的呼啸声，一边看着遥远的天边。我感觉自己的心脏小心翼翼地跳动着，生怕错过什么。

好几个月过去了，没有母亲的消息，甚至连简短的电报都没有。接着，我收到了母亲寄来的糖果。装糖果的盒子很重，上面只写着我一个人的名字——柏瑞尔·克拉特巴克，是母亲惯用的花体字。看着母亲的字迹，看着那些熟悉的点和圈，我不禁泪眼蒙眬 。我拿起盒子夹在胳膊下面，然后找了一个隐秘的角落，放声痛哭。我吃掉了一大半已经碎成渣的糖，直到胃实在装不下，又吐了出来。

后来，因为喝不下父亲煮的茶，我终于鼓起勇气说出了自己最害怕的事：“母亲和迪奇不会再回来了，是吗？”

父亲看着我，表情十分痛苦：“我也不知道。”

“也许她在等着我们去她那儿。”

父亲沉默了很久，最后才表示她也许是这样想的。“现在这里才是我们的家，”他说道，“我还没有放弃这个地方，你呢？”

父亲给了我选择的权利，但做出选择并不容易。他提出的问题并不是“你想和我一起待在这儿吗”，那个决定早在几个月前就已经做出了。他想知道的是我会不会像他一样热爱这里的生活，我会不会爱上这个地方，即使母亲永远不会回来，在接下来的日子，我也许永远都没有母亲陪伴。

我该如何回答？环顾四周，空了一半的橱柜提醒着我，母亲和哥哥已经离开了，橱柜里曾经放置的东西已经被他们带走了——四个带金边的茶杯、一副游戏牌、项链上的琥珀串珠——那条项链是母亲最喜欢的。母亲的离开仍然对我触动很大，让我心痛不已。我不知道该怎样忘记母亲，父亲也不知道该怎样安慰我。他把我抱到他的腿上，我耷拉着长长的胳膊和腿，身上有一点脏，好像一直以来都是这个样子。我们就这样静静地坐着。森林边上，一群蹄兔发出尖利的叫声警告同伴，我们养的一只灰狗竖起耳朵听了一会儿，然后又趴到火堆边舒服地睡着了。最后，父亲发出了一声叹息。他用双手举起我，注视着我已经干了的泪痕，轻轻地亲了我一下，然后把我放到地上。

2

Miwanzo在斯瓦希里语里的意思是“开始”。但有时，只有当原有的一切分崩离析、消失殆尽之后，才能够新生。母亲的离开正是如此，只不过那时我还没有想到这些。在很长一段时间里，我都心情沮丧、痛苦万分。我的父母离婚了吗？妈妈还爱我们、思念我们吗？她怎么能就这样扔下我呢？我没准备好问父亲这些，因为他并不像别的父亲那样，总是那么温柔，而且我也不知道该如何与人分享这些隐秘而悲伤的情绪。

接下来的日子里，我的生活中发生了一些特别的事。在我们农场的边缘，靠近马乌森林的地方，生活着一些基皮西吉斯人。他们住在用泥巴和树枝搭建的小屋里，屋子周围环绕着高高的带刺植物“博马斯”。不知道他们从哪里了解到了我的情况，还没等我开口，就主动来帮我了。其中一位年长的妇人抱起我，低声吐出一连串充满魔力的词语，同时将一片玛瑙贝系在我的腰上。她的动作十分郑重，像是在举行某种仪式。这片玛瑙贝被穿在一根皮绳上，来回晃动，好像是在模仿我双腿间紧闭的“贝壳”，从而将我体内的那些恶灵驱散。每一个基皮西吉斯女孩降生时，他们都会这样做。虽然我是个白人女孩，是他们白人老板的女儿，但我身上发生的事使他们义不容辞。在非洲，没有哪个母亲会丢下自己的孩子，甚至连这样的想法都不曾有过，何况我很健康，既没有残疾，也不是体弱多病。所以，他们主动向我迈出了第一步，接受我作为他们的“拉克维”，就是“小女孩”的意思。

我很瘦，走路有点内八字，淡金色的头发总是乱糟糟的，但我的新身份很快就使我强壮了起来。我整天在小山丘和基皮西吉斯人的村庄间跑来跑去，很快，我的脚上就长出了坚硬的茧。这片土地曾经使我感到恐惧，但现在我已经对它非常熟悉了。同样日渐熟悉的，还有床上铺着的斑马皮。每当夜幕降临，我就会爬到斑马皮下躺好，等待家里的男仆光着脚轻轻走进我的房间，点亮马灯。有时，突然亮起的火光和灯芯燃烧的“嗞嗞”声会把墙上的小蜥蜴吓到，它们快速爬进墙缝里，声音就像是小木棍敲着草垛。而白天活动的昆虫，例如黄蜂和壁蝇，也开始陆续回巢换岗，它们的巢就在我房间的墙壁上。我会这样待上一两个小时，注视着房间里家具的影子变幻摇曳，这些家具都是用装石蜡的箱子做的。我竖起耳朵仔细听着，直到父亲不再发出声响，我会从开着的窗户中溜出去，溜进漆黑的野地里，去找我的朋友齐彼，他家就在一堆点燃的篝火旁。

这样的晚上，齐彼的妈妈还有其他基皮西吉斯部落的妇人喜欢围着火堆，一边喝着用树皮和荨麻煮的黑乎乎的茶，一边讲万物起源的传说。我的大部分斯瓦希里语就是从她们那儿学会的。同时，我也越来越喜欢听她们讲故事。从这些故事里，我知道土狼是怎么崴了脚，变色龙是如何有耐心。我还知道风神和雨神曾经都是人，后来他们因为严重的过失而被罚去天上掌管风雨。这些妇人大多皮肤皱巴巴的，牙齿也掉光了，身体像软绵绵的乌木。在她们褪色的衣服“舒卡”下面，是肌肉干瘪的四肢。我很喜欢她们和她们讲的那些传说，但我更想像齐彼和其他“托托”（男孩）一样——成为守卫村子的战士、年轻的“莫兰”。

村子里，女孩子的职责是待在家里干活。但因为我身份特殊，打破了这一传统。至少，在那个时候，部落里的大人们同意我跟齐彼一起训练扔标枪或者猎疣猪。齐彼的爸爸麦拉是村里的“阿拉普”——守卫战士的首领，也是我的偶像。我和齐彼一起跟他学习战术行动。在我心目中，他代表着无畏和力量。我学会了制作弓箭，用箭射猎斑鸠、蜡翅鸟和漂亮的八哥。我知道如何剥下犀牛皮制成皮鞭，还会用绳子系在木棍上制成套索，然后稳稳地甩出去，命中猎物。我很快就长得跟齐彼一样高了，接着超过了他。我可以像他一样飞快地穿过草地。草地上长满了高高的金黄色草丛，我们俩的脚都在草地里踩得灰不溜秋。

齐彼和我常常往夜色中走去。农场周围有新割下来的草，用来标记农场的边界。我们越过边界，一直往前走。高高的草丛带着露珠，打湿了我们的大腿。我们爬过绿山，来到了森林的边缘。夜晚的森林里有豹子出没，我曾见过父亲用山羊引诱它们。我和父亲蜷伏在水箱上，以免被豹子伤到，那只被当作诱饵的山羊似乎嗅到了豹子的气味，开始大叫。父亲调试着他的步枪，希望能够一次命中。森林里到处都是危险，但我们听得懂每种声音是谁发出的，也了解声音背后的信息。发出这些声音的有蝉、树蛙和胖胖的长得像田鼠一样的蹄兔，其实蹄兔和大象还是远亲呢。有时，我们也会听到大象从远处跑来的声音，但它们非常忌惮马匹的气息，所以不会太靠近这里。树洞里住着蛇，它们会盘在树上，像绳子一样摆来摆去，或者仅靠光滑的腹部缠绕在同样光滑的桃花心木上。

在那几年里，我和齐彼一起度过了无数个美妙的夜晚。在漫长的午后，我们一起打猎或者骑马。我们用砍刀劈，用绳子拉，用脚踩，用盐撒，终于把野树野草除尽，将这里变成了适宜耕种的地方。父亲在这里种上了玉米和麦子，它们都长得很好。父亲用赚到的钱买了两台旧蒸汽机，我们将蒸汽机放在磨坊里，它们就是磨坊的心脏，而绿山农场就是恩乔罗最重要的动脉。没过多久，当你站在山顶，越过那一块块梯田和一人高的玉米地向前看去，你就能看到一辆辆拖着粮食的牛车流水般地把谷物送进磨坊。磨坊一刻不停地运作着。我们雇用的工人数量增加到了之前的两倍，接着是三倍。我们雇请了吉库尤人、卡维龙多人、南迪人、基皮西吉斯人，还有荷兰人。他们挥舞着鞭子，赶着牛车往前走。我们的小铁棚拆掉了，在原地建起了一间马厩，接着又建了好几间。围栏里放满了干草，还有非洲最好的良种马——这是父亲告诉我的，他还说这些是全世界最好的马。

夜里躺在床上，听到四面八方喧闹的声音，我仍然会不时想起母亲和迪奇。他们从没给我们写过信，至少没给我写过信，所以我很难想象他们现在的生活。我们在英国的房子被卖掉了，他们如今住在哪儿？英国的树木和星星跟我们在恩乔罗看到的完全不一样，英国下的雨也不一样，住在那儿的感觉、下午阳光的颜色，统统跟恩乔罗不一样。我们已经分别了这么多个月，这么多个下午。

渐渐地，我很难再回想起母亲的样子，包括她跟我说的话，还有我们一起度过的时光。我前面的日子还很长，比我能想到的还要长。时间会改变一切，梅南加伊火山口的形状以及肯尼亚那些坚硬的蓝色山峰都会被时间改变。对我而言向前看更安全，因为我可以将母亲推到记忆的边缘，推到她无法伤害我的地方。那样我就不用再去想她了，即使我想起了她，也可以把这当作一种必要的考验。我把母亲的离去当作成为基皮西吉斯的“拉克维”所必须完成的一项考验。

有一点是肯定的：我属于这个农场，属于这块土地。我已经融入了这些刺树、高高的悬崖、长满植物的山坡、深深的岩缝、茂密的野草，我是它们的一部分。我在这里重新活了过来，就像拥有了第二次生命，真正的生命。这里是我的家。尽管也许有一天它会像我指缝中的红土那样流散，但至少在我的整个童年里，它是我最完美的天堂。我真心爱着这个地方，我就是为它而生的。

3

马厩的铃声打破了清晨的静寂，懒洋洋的公鸡和灰扑扑的鹅走出了窝，男仆、马夫、园丁、牧民开始了一天的工作。现在我已经有了自己的小屋，它是用泥巴做的，跟父亲的小屋相隔一段距离。在小屋里，我养了一条长相很丑，但对我很忠诚的杂种狗布勒。听到铃声后，布勒不满地叫了一声，从窝里走出来，来到我的床边。它把扁平的脑袋塞到我的胳膊下，抵着我，这样我就可以感觉到它冰凉的鼻子和头上半月形的疤。它头上原本长着右耳的地方，现在只有一块厚厚的凹凸不平的肉疙瘩——有一只豹子半夜潜入我的小屋，把它当猎物拖走，结果布勒撕开了豹子的喉咙，一瘸一拐地又回来了。它的身上全是血，既有它自己的，也有豹子的，看起来就像是凯旋的英雄。但它伤得太重，已经奄奄一息了。在我和父亲的精心照顾下，它才终于恢复了健康。但它再也恢复不了以前帅气的模样了，它的皮毛变得灰不溜秋，耳朵也半聋了。但我们更爱它了，因为它面对豹子袭击时表现出来的勇气。

凉爽的早晨，齐彼在农场里等着我。我十一岁了，他比我还小一点儿。我们对磨坊里的那两台机器特别着迷，一天到晚待在那儿。

附近的其他白人孩子要么去内罗毕上学了，要么回英国了，但关于我要怎样做，父亲从来没有提过。马厩就是我的教室，每天天刚亮我就会起床去马厩进行晨训，从来没有迟到过，齐彼也是一样。我刚到马厩，齐彼就开心地跳了起来。他跳得老高，好像腿是弹簧做的一样。我练习了好几年才学会这样跳，并且可以跳得像他一样高，但如果想在比赛中胜他一筹，我必须得保存实力，让齐彼一直不停地跳，越跳越高，直到累得跳不动时，就轮到我来刷新他的记录了。

“当我成为‘莫兰’的时候，”齐彼说，“我要用公牛的血和奶块煮茶喝，而不是像女人那样喝荨麻煮的茶。这样我就会拥有羚羊的速度。”

“我可以成为一名勇敢的战士。”我告诉他。

齐彼的脸方方正正，长相英俊。他一笑就会咧开嘴露出闪亮的牙齿，仿佛听到了世界上最好笑的笑话。在我们很小的时候，他非常愿意让我走进他的世界，也许那时他只是觉得和我待在一起很好玩。不过，我毕竟是个女孩，还是个白人女孩。后来我越来越感觉到，他开始对我有所保留，冷落我。他似乎在等我放弃和他比赛，接受自己的将来会和他完全不同。但是，我可没有这样的打算。

“只要我接受正确的训练就行，”我坚持道，“我可以悄悄成为一名战士。”

“那你哪来的荣誉呢？谁会知道那些英勇事迹是你做的？”

“我自己知道就行了。”

齐彼笑个不停，转身去开马厩的门。“我们今天要驯哪匹马？”

“爸爸和我要去德拉米尔家，我们要去看看那匹怀孕的母马。”我说。

“我要去打猎，”齐彼说，“那我们就看看今天谁的收获多吧。”

我的马——维·马克戈雷格，和父亲的马——巴尔密，都已经装上了鞍，等着主人。我和父亲迎着朝阳出发了。刚开始，我还想着齐彼的挑战，但随着我们越走越远，我渐渐把它抛到了脑后。马蹄踢起的灰尘笼罩着我们，就像海面上不断涌起的浪花。我们脸上用来遮挡灰尘的手帕系得很松，细小的灰粒飞到手帕上，然后钻进我们的鼻子和嘴巴，跟赭石和帚尾狐一样红。时刻跟着我们的除了灰尘还有沙蚤，一群群的到处都是，就像给所有的东西都撒上了红色的辣椒粉。但你根本不会去想那些沙蚤，因为你拿它们一点办法都没有。同样，你也不会去想那些咬人的白蚁，或者毒辣的太阳——这里的太阳实在是太灼热了，有时就像是要把人活活晒干。你根本就不会特地去想这些不适，因为它们本来就是这个国家的一部分，正是这里的种种造就了这个国家。

行进三英里后，我们来到了一个小山沟。山沟里的红泥都干了，地上裂着一道道口子。山沟的上面有一座黏土造的桥，不过这座桥似乎并没有什么用，因为下面根本就没有水。从远处看，桥就像是某只巨型动物的脊骨。我们一直想找水给马喝，但谁也不知道前面还有没有补充水分的地方。为了分散我的注意力，父亲谈起了德拉米尔家的良种母马。他还没有见过那匹马，但非常希望能靠它来改良我们马群的血统。他总是希望能有一头稀有的良驹降生，从而改善我们的生活。因为父亲这样想，我也这样想。

“它是埃塞俄比亚马，但德拉米尔说它奔跑的速度很快，而且感觉灵敏。”我父亲说道。

通常情况下，父亲更喜欢纯种马，但有时不同的基因杂交会产生更优良的后代。父亲深深了解这一点。“它是什么颜色的？”我问父亲。每逢有新的马匹，我总会先问这个问题。

“它是淡金色的帕洛米诺马，但鬃毛和尾巴是金色的。它的名字叫康歌特[1]。”

“康歌特，”我重复着这个名字，虽然不知道它的意思，但我很喜欢它清脆的发音，“这个名字不错，马应该也不错。”

“是吗？”父亲笑道，“我们到时候看看就知道了。”

和所有认识德拉米尔爵士的人一样，我通常叫他D先生。他是最早来到这片土地的重要开拓者之一。只要他认为哪里的土地最肥沃，不管花费什么代价，他都要得到它。他似乎想把整个大陆上的土地都收归己有，为他所用。若论雄心勃勃，没有谁比得上D先生，也没有谁比他更顽固，对所爱的事物（土地、马萨伊人、自由、金钱）绝不放手。只要是他想做的事，就一定要做成功。因此，风险太大，或者机会很渺茫的事，他是不会冒险的。

---

1 康哥特（Coquette）：意为“卖弄风情的女人”。——编者注

D先生走起路来，两条胳膊会大幅度甩动，那头乱糟糟的红发也会跟着甩来甩去。他的经历十分传奇。年轻的时候，他曾骑着一匹未经驯服的骆驼走了两千英里，穿过了索马里的沙漠，来到了现在他所住的地方。他一眼就爱上了这里。后来，他回英国筹集在非洲安家的费用时，遇到了弗洛伦丝，并把她娶回了家。弗洛伦丝是恩尼斯基伯爵的女儿。“她根本没想到有一天我会拽着她的头发把她拖到这儿来。”他常常这样说。

“说得好像你能拖动我似的，”D夫人总是这样接过话，她调皮地眨着眼睛，“我们都知道，实际情况和你说的正好相反。”

我们终于到达了目的地。口渴的马儿刚喝饱水，德拉米尔夫妇就出门来迎接我们了。他们把我们带到康歌特所在的牧场，那里还有其他的良种母马和不少小马驹。从远处看，康歌特是其中最漂亮的一匹马。它长得很小巧，皮毛是亚麻色的，脖子和胸部的线条非常优美。它的腿非常匀称，脚踝处骨节明显。我们盯着它看的时候，它也抬起头向我们看来，目光中没有一丝退缩或胆怯。它的眼神似乎在说，没人能挑得出它的毛病。

“它真漂亮。”我感叹道。

“是啊，它自己也知道这一点。”D先生兴奋地说道。他身体很胖，似乎总是在出汗。当然，这大概也是因为他今天很高兴。他用一条蓝色的手帕擦着额头上的汗水，父亲则弯下腰，伏到木栅栏上，试图看得更清楚一些。

很少有马会在父亲面前受惊逃跑，康歌特也不例外。它似乎很快就意识到父亲正决定着它的命运，虽然对方现在还不是它的主人。它朝父亲摇动耳朵，用紫罗兰色的鼻孔向父亲吹气。父亲仔细地检查着，先摸了摸它的嘴和口套，然后缓慢地抚过它的肩胛骨和脊背，看看它身上有没有肿块或者歪斜的地方，康歌特则一直安静地站着。检查康歌特的腰部和臀部时，父亲更加仔细了。他就像盲人一样，用手一点点触摸着康歌特的后腿，从大腿到膝关节、跗关节，再到小腿。我等着父亲结束检查，注意着他脸上的表情，但父亲一直没有停下手来，我觉得事情越来越有希望了。父亲终于检查完了，他用手摩挲着康歌特的前额。我的心扑通扑通地跳着，迫不及待地想知道父亲到底有没有看上它。如果康歌特通过了父亲的所有检测，但仍然没有被他认可，我会心碎的。

“这么好的马，你为什么想把它卖掉？”父亲问D先生，他的眼睛还停留在康歌特身上。

“当然是为了钱。”D先生略带不屑地说道。

“你知道他是什么样的人，”D夫人说道，“他总是喜新厌旧。他现在感兴趣的是麦子，所以我们估计得卖掉大部分的马了。”

快答应，快答应，我在心里焦急地念叨。

“麦子？你们现在准备投资这个？”父亲问道。他转过身来，背对着栅栏，对D夫人说：“你们有没有凉爽的饮料解解渴？”

我真想扑到康歌特身旁，抓住它的鬃毛，跃上马背，然后骑着它跑进山里——或者跑回家，把它藏在一间秘密的马厩里，用我的生命守护它。康歌特已经赢得了我的心，它也会赢得父亲的心。我知道它一定会的，但父亲不会主动表现出来。他总是把自己的情绪藏起来，这使他非常善于讨价还价。父亲和D先生一整天都在谈这笔交易，但他们都旁敲侧击，不直接表明态度，不让对方触及自己的要害。我简直要急疯了，却什么都做不了，只好跟着大家回到了房子里。父亲和D先生坐在桌边喝着黑麦威士忌和柠檬汁，他们兜来绕去，不露声色。我闷闷不乐地走到壁炉边，一下子扑到地毯上。

尽管德拉米尔夫妇拥有更多的土地，他们的"赤道农场"雇用的工人也跟我们的农场一样多，但他们并没有改善自己的生活环境。他们住的是两间稍大的泥屋，地面也是夯实的泥土地，窗户非常粗糙，门帘就是粗麻布。不过，D夫人还是带来了很多精美的摆设，那些东西大多在她的家族里传承了几百年。这是她告诉我的。她屋里有一张非常重的四柱桃花心木床，上面满是浮雕，四周装着金漆边框。她还有一张长长的桃花心木桌，八把配套的椅子，不过我最喜欢的是一本手工装订的地图册，每次来时都要趴在上面看半天。但今天我太着急了，根本没有心情去看地图，只能躺在地毯上，两只脏兮兮的脚敲来敲去。我咬着嘴唇，希望父亲和D先生赶快谈完。

看我闷闷不乐，D夫人走过来，坐在我的旁边。她今天穿着白色的棉布裙，她先把前面的裙摆拉平，再用手按住后面的裙摆往下坐。她从来不挑剔别人，也不拘泥于那些呆板的规矩，我很喜欢她这样的性格。"我准备了一些好吃的饼干，你想来点儿吗？"

"我不饿。"我说道。其实我早就饥肠辘辘了。

"每次看到你，你的头发都比上一次更乱一些。"她温柔地把装着饼干的盘子推向我，“你头发的颜色真漂亮，实际上有点像康歌特的毛色。”

她一下子说中了我的心事。“你真的这样觉得吗？”

她点点头：“你不介意我帮你梳一梳头发吧？”

我最讨厌别人碰我的头发了，但我愿意让她帮我梳头。她有一把漂亮的发刷，刷柄是银色的，刷毛软软的，雪白发亮。我喜欢用手指在刷毛上来回抚弄。我家里没有任何女性化的东西，没有丝织品，没有缎子，也没有香水、珠宝或者粉扑。因此，这把发刷对于我来说有种特别的新奇感。D 夫人一边给我梳头发一边轻声叹息着，而我则开始吃起饼干来。很快，盘子里就只剩下碎屑了。

“你怎么划了那么长的一道疤？”她问道。

我低头看了看，那道突起的疤歪歪扭扭，一直延伸到大腿上。伤疤的一部分被我破旧不堪的短裤遮住了，露在外面的正是最丑陋的一段。“是和‘托托’训练时弄伤的。”

“是‘托托’还是野猪？”

“我跟那些基皮西吉斯男孩一起训练的时候，把其中一个狠狠地摔到了地上。他觉得受了羞辱，就躲在森林里，趁我路过的时候用刀刺我。他用的是他父亲的刀。”

“什么？”D 夫人吃惊地大叫。

“他竟然敢偷袭我，我当然不能放过他，是吧？”我的声音中透着抑制不住的骄傲，“他受的伤可比我重多了。”

D 夫人对着我的头发叹气。我知道她关心我，但此时此刻她什么话都没说。于是我放松地坐着，感受发刷摩擦着我的头皮，轻触我的头发。太舒服了，我几乎要睡着了。就在这时，父亲和D先生终于谈妥了，他俩站起身来握了握手。我立刻跳了起来，差点踩到D夫人的腿。“它是我们的了吗？”我冲向他们问道。

“克拉特讨起价来，简直跟土狼一样狠。”D先生说，“他咬住就不放，简直是把那匹马从我手里抢过去的。”D先生大笑起来，父亲也笑着拍了拍D先生的肩膀。

“看看柏瑞尔多漂亮。”D夫人跟着我走了过来，用手抚摸着我的头，“我真想知道，有一天山雀会不会在她头上做窝？”

父亲红着脸，清了清喉咙：“恐怕我没那么会照顾孩子。”

“你也没必要。”D先生为父亲辩护道，“你家的姑娘好得很。看看她，弗洛伦丝，她壮得像头驴子。”

“啊，是啊。我们都更想要驴子，不是吗？”

大家都笑得很开心，但我却有一种异样的感觉。一个小时后，父亲和D先生处理完康歌特的交易细节，我们就出发回家了。一路上，我感到父亲似乎也心事重重。我们默默地骑着马，看着太阳一点儿一点儿地沉了下去。远处卷起了沙尘暴，就像一位托钵僧在旋转起舞，冲进了一片凤凰木树林，惊起了一大群秃鹰。一只秃鹰飞过我们的头顶，它的影子从我们身上慢慢地掠过，让我不寒而栗。

“我得承认，有时候我确实忘记了这一点。”秃鹰飞走后，父亲对我说道。

D夫人帮我清理了伤口，还把我全身上下都打理得清爽干净。

我明白父亲说的“这一点”指的就是照顾我。

“我觉得我们现在这样挺好，”我拍了拍维·马克戈雷格的脖子，“我不想要任何改变。”

父亲一句话也没说，直到太阳完全沉下去。我们这个地方靠近赤道，黄昏很短，只有几分钟的时间，但这短短的黄昏却很迷人。我们周围是漫无边际的金黄色草地，在食蚁兽的巢穴和野猪窝附近，草地会往下陷，而如果有白蚁山，草地就会鼓起来，像一个小山包。一眼望去，草地起起伏伏，无边无际，就像一片汪洋大海。无边的草地似乎有一种魔力，让我们深陷其中。我们似乎可以骑着马一直往前走，走上好几年。

4

康歌特一到农场就成了大家的掌上明珠。我们这里任何一匹马都没有它这样金黄的毛色，所有的“托托”都想靠近它，抚摸它。它就像是闪亮的幸运之星，为我们带来了好运。康歌特来后，一连好几个月，事事都很顺利。父亲已经开始琢磨哪匹马可以跟它配种，生出最好的后代了。对养马人来说，繁育马驹是最重要的事。我们有一本《纯血马族谱》，我在识字前就知道，所有纯血马都是17至18世纪，三匹来自阿拉伯和东方国家的公马与一群英格兰母马的后代。这本书中记载了人们如何费尽周折，让它们繁衍子孙后代。这个过程历时漫长，却充满温暖。晚饭后，我们就会拿出这本书，查找我们自己马匹的族谱，将之记在一个厚厚的黑皮本子上。这个本子就相当于普通养马人家的《圣经》。

我们讨论了好几周，最终选定勒弗里作为康歌特的配种对象。勒弗里是一匹浅栗色的阿拉伯马，有十五掌[1]高，蹄子很好，肩膀很宽，腿尤其直，跑起来的时候步伐非常稳健，就像是在把前面的路毫不

1　掌：专门用于测量马匹身高的长度单位，相当于4英寸（10.16厘米）。——译者注

费力地吃掉。这是次成功的配种，我们常常谈论即将出生的小马驹，它将拥有父亲的敏捷，以及母亲的优雅和漂亮毛色。对我来说，这匹小马驹不仅是遥远的想象，大家的各种描述早已让它栩栩如生。

一个漫长的下午，天气闷热，我苦思冥想着小马驹的名字，每想出一个都大声地告诉齐彼。宽广的田地一望无际，我和齐彼坐在田边的合欢树下，四周是一圈淡蓝色的小山。阳光下的土地就像铁匠铺里烧红的铁块，或是仍有余烬的灰堆，没人敢在上面行走。我们清晨就起床去遛马，紧接着又给十几副马嚼子上了油，手都累得抽筋了。现在，我们虽已筋疲力尽，但仍平静不下来，热气像针一样扎着我们的皮肤。

“朱庇特怎么样？或者阿波罗？”我问。

“它应该叫杰凯尔，这个名字更适合公马驹。”

“杰凯尔这个名字太普通了。”

“杰凯尔听起来很聪明。”

我还没来得及说服他，就看见了一股浓烟朝我们而来。

那是从内罗毕开来的火车，车头后面拖着一排简陋的车厢，在铁轨上剧烈地颤动着，让人担心它们会蹦到铁轨下面去，摔得粉碎。齐彼转过身来，站在斜坡上向远处望去：“你父亲打算去买马吗？”

我觉得父亲不打算去买任何东西，但他正从马厩里冲出来，用手梳理着头发，把衬衫的衣角拉扯整齐。他迎着太阳的方向，眯着眼睛向山下瞧了瞧，然后快步走向新买的福特卡车，拉下摇柄发动了引擎。齐彼和我径直跑了过去，爬上了后车厢。

“这次不行，”父亲抬头说道，“车上的位置不够坐。”

位置不够？“你是要去接客人吗？”

他没作声，绕过车轮上了车。车子扬起了一阵玫瑰色的灰尘，把我们远远甩在了后面。不到一个小时，我们就听到山那边传来了汽车返回的声音，远远瞥到了一缕白色，那是女人的裙子、系着缎带的帽子，还有长至手肘的手套。汽车开到我面前，里面是一个女人，一个漂亮的女人。她乌黑的头发柔顺发亮，手中还拿着一把带蕾丝花边的阳伞——这把伞一看就没有在丛林里用过。

“柏瑞尔，这是奥查德森夫人，”父亲一边说，一边和这位女士走下车。车厢里是两个大大的箱子。看来，她不是到这儿喝口茶就走的。

“终于见到你了，我真高兴。”奥查德森夫人边说边飞快地上下打量着我。

终于？我当时一定很意外。我张大了嘴巴，好久都没回过神来。

我们一起来到了主屋。奥查德森夫人把手指轻轻地按在嘴唇上，看着周围的一切。这里早已不是原来的小棚屋了。父亲对它进行了简单的设计和改造，我们的房子已经变得非常坚固了。但对奥查德森夫人来说，这里仍然十分简陋。她来来回回地踱着步子，环视身边的一切：所有的窗户上都挂着蜘蛛网，壁炉底积着厚厚的灰，餐桌布几年没换过了，自从母亲走后我们就没换过。用来储存黄油和奶油的窄窄的木炭冷却槽里，总有一股腐臭的味道，就像池塘底下的臭泥，不过我们已经习惯了。我们对其他事情也习惯了。墙上挂着打回来的各种猎物，有豹子皮、狮子皮、螺丝形状的长长鹿角、一个像人头那么大那么重的鸵鸟蛋——这里没有任何精致的东西，但我们并没觉得有什么不妥。

“奥查德森夫人答应做我们的管家。”父亲向我们解释道。奥查德森夫人把手套脱了下来。“她就住在主屋，这里有很多房间。”

“哦。”我应了一声，好像有人掐住了我的脖子，让我喘不过气。这儿的确有个房间可以用作卧室，但那里堆满了杂物，有煤油桶，还有装食物的罐头盒。凡是我们懒得处理或者不想看见的东西都被塞进了那个房间—— 它就相当于我们的管家，我们根本就不需要什么管家。而且，假如这个并不是来做客的女人占据了客房，那么真正的客人来了该待在哪儿呢？更可怕的是，她要改变我们的生活。

“我们先在这里收拾一下，你去马厩看看怎么样？”父亲朝我说道。他的语气很坚决，不留任何讨价还价的余地。

“那真是棒极了，”奥查德森夫人说，“你回来的时候，我就把茶煮好了。”

去马厩的路上，我怒气冲冲，似乎整个世界都挤作一团，向我重重压来，一切都变成了奥查德森夫人的样子，还有她所代表的那种生活。等我再次回到主屋时，她已经换上了一件朴素的短裙和衬衫，还系着一条干净的白围裙。她的袖子挽到了手肘上。为父亲添茶加水的时候，一缕顺滑的头发滑落到她的前额。奥查德森夫人手中的水壶冒着热气，父亲则坐在屋里最舒适的椅子上，脚搭一张矮几，亲密地看着她。

我睁大了眼睛观察着他们两个。我才离开了不到一个小时，她就把这里的一切都归置得合她心意。水壶在她的手里服服帖帖，桌上的餐布被擦过了，窗子上的蜘蛛网也不见了，就像从来没有存在过一样。这里的一切都恰到好处，这里已经没有任何东西能对抗她了。

父亲说，我应该叫她O夫人。接下来的几天里，她把自己旅行箱里的东西都拿了出来，跟房子里布满灰尘的猎物、古怪的饰品和母亲留下的衣物放到一起。这都是她“高效管理”计划的一部分。“高效”和“管理”是她最喜欢的两个词。她喜欢秩序，喜欢清洁，喜欢每天都按部就班、井井有条。按她的规定，每天早上都是学习的时间。

“早上我得去遛马。”我告诉奥查德森夫人。父亲一定会站在我这边的，我很有信心。

“你早晨缺席一会儿不会影响到马的，不是吗？”她说得理所当然，而父亲只是从喉咙里哼了一声就赶快离开了房子。

一周内，她就说服了父亲，让我穿上了鞋子。几周后，我又穿上了英式罩衣，系上了发带。我不能再穿基皮西吉斯人的“舒卡”，也不能用手吃饭了。她不许我用“兰古”套索杀蛇、鼹鼠和鸟，也不许我总跟齐彼家里的人一起吃饭。我不能跟着“阿拉普”麦拉去猎杀疣猪和豹子，只能在家接受教育，学习标准英语。

我去找父亲，让他们别再管我。父亲跟我说：“是我放任你变得太野了，你也知道这一点。现在全都是为了你好。”

他曾经放任我自由自在地生活，那种生活真是棒极了。可现在这些新规矩让我们陷入了传统的束缚，我们从来没有这样生活过。

“求你了……”我听到自己开始向父亲哀求，不过我很快就停止了这样做。我并不是一个喜欢用甜言蜜语或者抱怨去达到目的的孩子，父亲也不会向我让步的。如果我真的要对O夫人做些什么，我必须自己想办法。我得向她证明，我不是角落里的蜘蛛网，想清除就能清除掉。我要让她看到，我是一个势均力敌的对手。我要研究她的行为方式和习惯，我要紧紧地跟踪她，搞清楚她究竟是个什么样的人。我要打败她，然后亲手把我的好日子夺回来。

5

康歌特就要生产了，它变得圆滚滚的，就像个大木桶。它肚子里的新生命已经伸开了四肢，把康歌特的皮肉往外撑，试图拓展出足够的空间。不知什么原因，康歌特怀孕后，它原本金黄的毛色有些黯淡了。它看上去很疲劳，无精打采的，除了啃一点儿我给它添的生菜叶，别的什么都不做。

对我而言，小马驹出生得越早越好。穿着夹脚的鞋子学习拉丁语实在是太难受了，我只能靠想象小马驹的样子来熬过这段时间。一天晚上，我在小屋里睡得正香，突然，我感到身边的布勒惊醒了，那些睡在双层床上的仆人也都醒了。父亲一定也醒了，我隐约听到了他的声音。我赶快穿好衣服，爬了起来。康歌特要生了，这是我当时能想到的唯一的事。距离它的预产期还有二十天，这时生产往往意味着小马驹会体弱多病，不过也不一定，反正任何情况父亲都知道该怎么处理。

屋外挂着好几盏防风灯，灯光透过马厩大门的缝隙漏出来。遥远的天空中，银河就像漂亮的缎带，又像洁白的牛奶在弯弯曲曲地向前流淌。弯弯的月亮挂在天边，像镰刀一样闪闪发亮。夜间四处活动的昆虫吱吱叫着，但马厩却安静得异常，我还没走到康歌特的围栏边就感觉到了这种异常，却不知是因为什么。这时，父亲站了起来。他看到了我，立即让我回去："你不会想看到这个的，柏瑞尔，快回到床上去睡觉。"

"发生什么了？"我的喉咙一紧，哽咽着问。

"是死胎。"父亲轻声说道。

我的心像是沉到了谷底，所有的希望都在这一瞬间破灭了。阿波罗不可能像新生的长颈鹿幼崽那样，支着颤抖的腿站起来了；它看不见森林和高高的悬崖了；它不会弯下修长的脖子，嗅着我的气味向我走来了；它甚至还没在绿山农场待过一天。父亲并没有掩盖事实，而是让我面对农场生活残酷的一面。我强忍着泪水，避开父亲伸出的双手，推开了门。

阴影笼罩着马栏，康歌特待在黑暗的角落里。在它身后，两位仆人跪在地上铺着干草，试图把什么东西清理掉。那就是小马驹，胎衣还没完全脱落，却已经面目全非了。它的眼睛不见了，脸上的大部分肌肉也都不见了，被咬掉的地方留着黑色的锯齿印痕。它的肚子被咬开了，内脏都被吃掉了。这显然是巨型狩猎蚁干的。这种蚂蚁的体型非常大，它们就像是黑色的战士，咬起猎物来速度飞快，下口凶狠，并且十分团结。

"它生下马驹的时候非常安静，没人听到。"父亲说，他走过来，用胳膊环住我的肩膀，"也许小马驹当时已经死了，我也不知道是什么情况。"

“可怜的康歌特。”我转过身，扑到父亲怀里，把额头抵在他的胸膛上。

“它很健康，”父亲安慰我，“它很快就会恢复的。”

但是它该怎么恢复？它的小马驹已经没了。那群蚂蚁没有袭击别的动物，单单咬了这个柔弱无助的小东西，然后就消失在了黑夜里。这是为什么？我不断地在脑海中问着这个问题，就像真的有人能回答我一样。

第二天早上，我完全没法去上课，于是我跑出了房子，穿过田地，顺着一条狭窄陡峭的小路下了山。当我到达基皮西吉斯村落的时候，我感到自己的肺都快要热得冒烟了。我裸露的双腿上到处都是荆棘和象草造成的擦伤，但我的心情已经好多了。我从小就是这样。在我还没有围栏的门闩高时，我就喜欢待在村落里，因为在那里我感到很安全。荆棘被编成了和公牛一样高的围栏，把村子里的一切都保护起来：低矮的茅屋、珍稀的公牛、皮毛蓬松的山羊和火堆上黑乎乎的煮锅，还有孩子们。

那天下午，一群“托托”在训练射箭。他们跪在夯实的土堆中拉弓，试图射中用树叶编成的靶子。齐彼在那队人中间，向我眨着黑漆漆的眼睛，似乎很好奇我怎么会来。我悄悄半蹲着靠近他，他并没有停止训练。大多数“托托”都能射中静止的靶子。他们的箭是用树枝削成的，箭头是倒钩，一旦射中目标就会牢牢地扎在上面。我默默地注视着他们，真心希望自己出生时是基皮西吉斯人——我曾经无数次这样幻想过。但我不想当基皮西吉斯女孩，她们有做不完的家务活，比如煮饭、编篮子、打水、储存食物、照顾宝宝。妇女们要承担所有搬运、锄草、编织和耕地的工作，还要喂养各种牲畜，而战士们只需负责打猎或者为打猎做准备。他们用动物身上提炼出来的脂肪涂抹四肢，用小镊子拔胸口上的小簇毛发。他们把小镊子装在小口袋里，挂在脖子上。将来，这些跪在地上的“托托”射的就不再是靶子，而是野猪、岩羚和狮子了。还有什么比这更刺激呢？

在大家都掌握了初级射箭技能后，一个年龄稍大的“托托”拿来了一个更小的靶子。这个靶子也是用树叶制成的，但它被卷成了葫芦状，吊在了空中。靶子刚放好，箭就像雨点般射了过来。有些人射中了，但大多数人没有。射偏了的人互相奚落打趣，但是没有一个人放弃。他们不断尝试着，直到所有“托托”都成功射中了靶子，训练才宣告结束。

齐彼成功射中了目标，然后来到我身边坐下。他手上还拿着弓和一大把箭。我跟他说了小马驹的事。他气愤地把一支箭插进了坚硬的土里：“这些狩猎蚁简直就像瘟疫一样。”

“这种东西存在的价值是什么？哪个神会创造这样的生物？”

“这不是我们该问的。”他轻轻地耸了耸肩。

“但我真的想知道。”我看着他，艰难地咽了口唾沫。我不想在这里哭出来，不想在齐彼面前哭，我很高兴自己扛了过来。在这里，温柔和无助不会给你任何帮助。眼泪只会掏空你的勇气和力量。我站了起来，挺起胸膛，说服了齐彼让我试试他的弓箭。

父亲告诉我，O夫人是来做管家的，但从第一天开始，她就表现得不像一个管家，而更像他的妻子或者我的母亲。她对所有的事都要发表自己的观点，尤其不喜欢我倔强的脾气。没过几个月，她就受不了我，不愿再管教我学习了。父亲打算从镇上聘请一位家庭教师。“艾玛没必要大费周章地把你拴在书桌前，柏瑞尔，”他跟我说，“这对她不公平。”

我感觉脸一直红到了耳朵尖：“我不需要家庭教师，我可以自己学习。”

“我已经决定了。这是最好的选择——你会明白的。”

父亲为我聘请了一位叫乐美小姐的家庭教师，她是个严厉得近乎可怕的女人。不过有一天，她在床上发现了一条死掉的黑色曼巴蛇后，就再也没有出现过。于是父亲又聘请了另一位家庭教师。算起来，他已为我聘请了三位老师，还有好几位助教，但没人能坚持下来。后来，父亲似乎放弃了请人辅导我的想法，再也没有家庭教师上门了。我开始相信自己已经赢得了这场斗争，不禁为自己感到骄傲。

十月底，我就满十二岁了。没过多久，父亲安排了一次旅行，只有我和他两个人。虽然这次旅行是为了做生意，跟我没什么关系，但我仍很高兴他愿意带上我。否则我就得和O夫人在家里待上好几天了。

我们先搭火车去内罗毕处理了一些银行的事务，父亲和这家银行有生意上的往来。之后，我们就往北走，去卡贝特车站拜访父亲的朋友吉姆·艾尔金顿。他的农场就在吉库尤保护区边缘。我一边骑马一边用斯瓦希里语和班图语哼着小曲儿："吐温迪，吐温迪，库皮嘎努。"这是我非常喜欢的一首战歌，歌词的意思是"让我们出发吧，让我们出发吧，出发去战斗"。我唱腻了，就央求父亲给我讲故事。平时父亲的话不多，仿佛生怕别人会把他的话偷走。但骑马的时候，他却很乐意聊天。

他给我讲希腊神话：泰坦巨人、各种天神，还有恐怖的地下世界，这都是他以前在伊顿上学时学到的。有时，他还会给我讲马萨伊族和吉库尤族之间的部落战争，那些激烈的战斗、诡诈的计谋和出其不意的夜袭。父亲还教我如何打猎、如何在野外生存。他告诉我，如果你要猎杀一头狂暴的大象，你就得站稳脚跟，瞄准大象双眼正中间的部位射击，假如你没射中大象的头，就再没机会射击第二次了；如果你遇到鼓腹毒蛇，必须尽量不发出声音，悄悄地往后退，每次只移动几厘米，千万不能乱了方寸，惊慌失措；万一你遇到的是致命的黑色曼巴蛇，就得赶快逃走，人奔跑的速度比曼巴蛇快，一般来说是可以逃掉的。但如果你被曼巴蛇咬了，可就没人救得了你了。

我们骑了整整一天马才到达了卡贝特车站。这时，父亲向我讲起了狮子。"狮子的智商比大多数人的都高。"父亲用指尖把帽子往后扯了扯，露出额头。他穿着一身黄褐色的骑马装，包括一件轻便的棉质衬衫，一条土黄色的裤子，一双沾满了红色泥渍的靴子——要是在英国乡间，这样的靴子一定会被主人擦得锃亮。"狮子也比人更加勇敢，更加有决心。它会为了属于自己的东西而战，完全不在乎对手的大小和力量。假如在它面前流露出一丝胆怯，对手就死定了。”

我真希望他能够一直讲下去，直到我们抵达艾尔金顿家，甚至更远的地方。假如我听得足够仔细，总有一天我能跟父亲懂的一样多。“那两头势均力敌的狮子为领地或者配偶争斗时，又会是什么情况呢？”

“它们会相互衡量对方，估算取胜的概率。狮子在面对势均力敌的争斗时会更加谨慎，但仍然不会后退。跟我们人类不一样，狮子的世界里没有恐惧。它们只会按照天性生活。”

“我想知道艾尔金顿家的狮子是不是也有这样的天性。”本肖恩·辛格问道。他是我们的男仆，是一名锡克教徒，一路跟随着我们，照顾我们的马匹。他骑马跟在父亲的随从齐姆泰身后。

“那该死的畜生实在让我心烦，”父亲回答道，“我不介意告诉你，这样豢养野生动物是不符合自然规律的。”

“我喜欢帕迪。”我说，想起了艾尔金顿家的狮子，吉姆·艾尔金顿经常像抚摸小猫那样爱抚着它，“它是一头好狮子。”

“你的话恰好证明了我的观点。”父亲说道，“你可以像艾尔金顿家的人那样，从大草原上捉一只狮子幼崽回来当宠物养。你可以把它养在笼子里，或者野地里，像帕迪那样。你可以喂它生肉吃，让它永远也学不会自己捕猎。你还可以用毛刷给它刷毛，让它浑身上下都是人类的气味。但你要知道，这些做法让自然的东西变得非自然，而没有人相信非自然的东西。你不知道它到底是什么，它自己也感到很困惑。可怜的该死的畜生。”父亲使劲朝天上喷了喷鼻子，清理出鼻孔里的灰尘。本肖恩·辛格在我们身后咯咯笑着，附和父亲的意见。

艾尔金顿家的房子装着大大的玻璃窗，还有一个漂亮的露台。露台后面是大片的旷野，向一千英里外，甚至更远的地方延伸。这片旷野未受现代文明影响，是非洲最为原始的地方。这里总让我有一种奇特的感觉：好像你前一刻还坐在椅子上，吃着精致的三明治，或者喝着下午茶，下一刻就不知不觉地进入了虚无之中，甚至没有人会发觉你曾出现过。

吉姆·艾尔金顿胖乎乎的，有一张红通通的脸，脾气非常温和。他的妻子戴着一顶硬草帽，穿着一件清爽的白罩衫，看上去很文雅。不过，她的腰带上别着一根牛皮鞭，是用来驯帕迪的。帕迪会咆哮着守卫自己的地盘，好像它才是农场的主人。它不断做出各种带有明确攻击性的行为来传递这个信号。可话说回来，谁会挑战它的权威呢？它曾经像一只可爱的狗崽儿，长着柔软的小爪子，跟吉姆一起在草坪上嬉闹，但现在它已经完全长大了，长出了浓密的黑色鬃毛，顺滑发亮。那条鞭子只能是象征性的警告了。

我上次见到帕迪的时候，吉姆·艾尔金顿还在给它喂兔子肉呢。他把猎来的兔子剥了皮，插在长长的杆子尖端喂给帕迪吃。这次我们到达时，这头狮子正躺在地上，四脚交叠地侧卧着。它的嘴唇和下巴是黑色的，大大的眼睛是金色的。它似乎意识到自己的姿势没有威胁性，便放任我们走近。它的鼻头方方正正，上面有一条凹进去的皱纹，这让它总是带有一种困惑的表情，甚至像是对我们的到来感到一丝好奇。

我们拴马的时候，帕迪就跑开不见了，但我仍然能听到它的声音。它在很远的地方，大概几英里之外咆哮。它的声音听起来很痛苦，甚至有点悲凉。我后颈窝处的头发都快竖起来了。“它听起来很孤独。”我说道。

“胡说八道，”父亲说，“它听起来就像个号叫的妖怪。”

“我怎么一点儿也听不到？”艾尔金顿夫人边说边招待我们吃茶点。她准备了小巧精致、香气诱人的姜饼、果脯和脆皮土豆馅饼，让人垂涎欲滴，恨不得连手指都吞下去。除了这些点心，艾尔金顿夫人还煮了一壶上好的中国茶。吉姆用黑麦威士忌和捣碎的柠檬调制了一罐鸡尾酒。他用一根玻璃棒搅拌着酒，罐子里的冰块发出清脆的响声，透明的冰就像是晶莹的泪珠。

那天天气闷热，我待在露台上，感觉气都喘不过来了，也无心参与大家的谈话。我叹着气，拿起了第二块姜饼。这时，父亲向我递了个眼色，点了点头，示意我自己去玩。他和吉姆则站起身来，朝马厩走去。艾尔金顿夫人极力邀请我一起玩骰子游戏，我连忙推辞，迅速穿上鞋袜朝草地跑去，飞奔着穿过了一大片田地。

我在旷野上奔跑，让身体享受自由自在的感觉。艾尔金顿家的农场跟我家的农场差不多，到处都是灰绿色和金色的草，大多茎叶干枯，随风起伏。草地上还散布着刺树和凤凰木，偶尔还会出现一两棵粗壮的猴面包树。站在草原上向远处瞭望，可以看到肯尼亚山，悬崖峭壁被浮云遮住了棱角，显得柔和了许多。如果能一直跑上一百英里，直接跑到肯尼亚山上，那该多好啊！如果我能一口气跑到那里，回来的时候，父亲一定会感到无比骄傲，齐彼肯定也会嫉妒得不得了呢！

没多久我就跑到了一排低矮的小山坡前面，坡顶长满了醋栗。我径直跑向醋栗丛，根本没注意到草丛中躺着一个刚刚睡着的庞然大物。它巨大的身躯压倒了周围的一大片草，形成一个大坑。我只想着往山上爬，丝毫没意识到自己已经被跟踪了。它注视着我的一举一动，就像在追踪一只幼小的瞪羚或者狷羚。

我开始加速往上攀爬时，感到一股强烈的气息从身后袭来。气息灼热，还带着肉腥味，就像钢管一样击中了我的后背。我重重地栽了下去，脸朝下扑到了草丛中。我的双手本能地捂住了脸。

我不知道帕迪盯着我看了多久，它一定是嗅到了我的气味。也许在我离开露台之前它就已经发现了我。可能它只是对我身上女孩子的气味感到好奇。当然，它也可能把我当成了猎物。不过现在这些都无关紧要了，帕迪已经完全控制了我。

帕迪咬住了我的大腿。我感觉到了它匕首般尖利的牙齿和潮湿的舌头，它嘴里有种奇怪的冰凉感。我闻到了自己鲜血的味道，整个人头晕目眩。帕迪松了口，把我放到了地上。就在刚才，我们还在露台上谈论狮子怎样捕猎，现在我亲眼看到了更多的细节。它的大嘴就像是颤动着的黑洞，不断发出低吼，吞噬了天和地，也将吞噬我。

我闭上眼睛，想要尖叫，却只能吐出微弱的气流。我感觉帕迪又咬住了我，知道自己已经完全没有机会逃脱了。它要么会直接在这儿吃掉我，要么会把我拖去只有它知道的隐秘沼泽或山谷，或是某个我再也走不出去的地方。昏迷前，我脑袋里最后的一丝意识是：原来被狮子吃掉就是这样的感觉。

6

再次醒来时，我已经躺在了本肖恩·辛格的怀里。他弯着腰，低头看着我的脸。我不想问帕迪怎样了、去哪儿了，也不想知道自己伤得有多重。血像小溪一样顺着我的腿往下淌，滴到了本肖恩·辛格雪白的棉质束腰外衣上。

父亲当时正在牧场检视马匹，一收到消息就赶紧跑了回来，把我紧紧地抱在怀里。我感觉自己获救了——这是第二次获救，因为我刚刚已经获救了一次。

当我从露台跑出去时，本肖恩·辛格正在艾尔金顿家的马厩里照料我们的马匹。他追着我来到山坡,看到帕迪已经踩到了我的背上，张着血盆大口，嘴唇闪着乌黑的亮光，尖牙上淌着涎水。帕迪咆哮了一声，那可怕的声音几乎吓得本肖恩·辛格和他身后的六七个仆人不敢向前。他们也都吼了起来，拼命使自己更具威慑力。这时农场主艾尔金顿来了，他甩着长长的“基博科”，密集的鞭影就像是一弯新月护在他身前，鞭梢好像在空气中擦出了火花。

“那头狮子不喜欢被打扰，”本肖恩·辛格说，“但老板还是使劲儿地甩着鞭子，朝帕迪冲过去，大声喊叫，不断地抽打它。最终，帕迪受不了了，转而冲向了它的主人。艾尔金顿老板无计可施，只得赶快跑向那棵猴面包树，飞一般地蹿了上去。帕迪发出了宙斯一样的怒吼，然后离开了。”

我从小腿到大腿的肌肉疼得就像在火上灼烧一样，我能感觉到背后每一处深深的伤口，那都是被帕迪抓的。我的脖子后面还有许多细小的伤口，只不过被浸透鲜血的头发挡住了。医生来了之后，父亲起身去了另一个房间，跟吉姆·艾尔金顿夫妇讨论该如何处置帕迪。他们小声而激烈地讨论着。没过多久，附近农场的一个“托托”跑了进来，说帕迪咬死了邻居的一匹马，并把马拖走了。

吉姆和我父亲立刻给步枪上满了子弹，吩咐仆人把他们的坐骑准备好。此时我却感到十分矛盾。帕迪已经失控了，我担心它会跑回农场，给大家带来伤害——我不希望它伤到任何人；但另一方面，我又为它感到悲哀，帕迪是一头狮子，杀戮是它的天性。

医生给我服用了鸦片酊作为镇静剂，然后用一根带弯钩的针和粗粗的黑线为我缝合伤口。我向下趴着，本肖恩·辛格握着我的手。他胳膊上细细的铁手环上下撞击着。他包着白色的头巾，一圈一圈地缠绕着，看不见末梢，就像是一条蛇咬着自己的尾巴打转。

“对帕迪而言，挨鞭子不过是像被蚊子叮了一下。这真是不应该。”本肖恩·辛格对我说。

“这是什么意思？”

“鞭子对一头狮子来说算什么？它应该已经打算放过你了。或许，你并不合它的胃口。”

我感到针在皮肉里穿行，身体的这个部位好像受到了电击，不过只是微弱的电击。本肖恩·辛格的话像是另一股电流击中了我。“那么我适合什么呢？”

“这个问题真是棒极了，小柏瑞。”他露出了神秘的笑容，“你今天逃过了这一劫，以后有的是时间来回答这个问题。”

我在艾尔金顿家待了好几个星期。艾尔金顿夫人用竹质托盘为我端来了各种美食，有糖煮的生姜，魔鬼蛋，还有冰过的果汁。她让厨房的“托托”每天为我制作新鲜的蛋糕，好像这样就可以弥补帕迪带给我的伤害。帕迪现在被圈养在牧场后的木头围栏里，不时发出阴沉的吼叫，听起来特别凶悍。

帕迪逃走四天后，他们终于抓住了它，把它绑了回来。艾尔金顿夫人告诉我帕迪就在围栏里后，我才终于有了安全感。不过这也让我有些难受。是我从帕迪的鼻子前跑过，刺激了它，它才会袭击我的。正因为我的鲁莽，帕迪才会因为自己的天性而遭受惩罚。而另一方面，帕迪的吼叫让我心神不宁。我躺在艾尔金顿家窄窄的床上辗转反侧，用手捂住自己的耳朵，不停告诉自己帕迪已经被锁起来了。我既感到放心，又觉得难受；既感到安全，又心有愧疚。

身体才刚刚好转，我就坐上马车返回了内罗毕，然后搭火车回到了恩乔罗的家。在艾尔金顿家，帕迪的叫声好像一座牢笼束缚着我的身心，我想，回到家就能从牢笼里解脱了吧。但我还是常常想起帕迪，还会做噩梦。直到我跟齐彼说了这件事，情况才好些。他和其他几个“托托”屏气凝神，坐得笔直，听我描述整个过程，每个细节都不放过。我的故事越讲越长，情节越来越凶险，而我的形象也越来越勇敢、坚强。我好像成了一个英雄，而不是那个被狮子捕获又侥幸死里逃生的家伙。

基皮西吉斯部落中，每个受训的“莫兰”都要猎杀一头狮子，从而赢得属于他的长矛。假如他失败了，就会终生蒙羞。可一旦他成功了，就会获得无上的荣耀。美丽的女人会歌唱他的名字，他的英勇事迹将被写入历史，在子孙游戏嬉闹时被反复吟诵表演。以前，我总是嫉妒齐彼有机会做这样刺激和光荣的事，现在终于心理平衡了一些，我总算经历了一件他没亲眼见过的事。事实上，无论我怎样添油加醋，我独自遭遇狮子，并且能活着回来这件事都的的确确发生了，单单这件事本身就给了我巨大的力量。我感到自己有点不可战胜了，无论遇到什么困境，我都可以扛过去。当然，那时我并不知道未来会遇到什么。

“艾玛和我认为你应该去内罗毕上学。”从艾尔金顿家回来几周后，父亲对我说道。他将手指搭在餐桌边缘。

我连忙抬头看向父亲，急切地问：“为什么不再请个家庭教师？”

“你不能一直这样野下去，你需要上学。”

“我可以在农场里学习，我不会再反抗了，我保证。”

“你待在这儿不安全，你没有发现吗？”O 夫人坐在椅子上说。她的银质餐具还没被碰过，闪闪发亮，反射出防风灯的红光。她的话给了我重重一击，我这才意识到，这一刻之所以会来临，就是因为我根本没有找到合适的方式打败她。我整天想着小马驹、遛马、跟齐彼一起打猎，而O夫人根本没打算迁就我。

“如果你指的是帕迪，这种事不会再发生了。”

“本来就不该发生！”她紫罗兰色的眼睛眯了起来，“不过它的确发生了。你好像以为自己是无懈可击的，整天半裸着身子，跟着一群男孩子到处跑。但在那些灌木丛里，你可能会被任何东西袭击，任何东西！你是个孩子，可是似乎没人教过你该怎样做一个孩子。”

我攥紧拳头，使劲儿捶着桌子。我愤怒地大喊大叫，把餐具全都掀到地上。“你们谁也不能强迫我去！”我最终吼道，喉咙嘶哑了，脸涨得通红。

“这件事由不得你。”父亲说。他绷着脸，语气坚决，不容置疑。

第二天一早，天刚蒙蒙亮，我就骑马去了赤道农场找D夫人。她是我认识的最和蔼可亲、善解人意的人。我相信，她一定知道该怎么解决这件事。她一定知道该怎么做。

“爸爸好像已经决定了，”我还没进门就嚷道，“他现在只听O夫人的。她告诉他，我如果还像现在这样，就会被另一头狮子撕成碎片。不过她才不介意我的死活呢！我已经被她牢牢控制住了，真的。”

D夫人在毯子上找了个舒服的地方让我坐下来。她由着我把苦水一股脑儿倒出来。等我终于说完，D夫人说道：“我不知道艾玛这样做的理由，也不知道克拉特的理由，但我也期待你成为一位年轻的淑女。当你再回到这里时，我会为你感到骄傲的。”

“我可以在这里学习我需要学的东西！”

D 夫人点了点头。她一向善解人意，即使她并不同意你的观点，也会表示理解。“但你还需要学习别的东西。将来，你会明白教育的意义，并且欣然接受的。”她温柔地拉起我放在腿上的手，将之放到她的腿上，“接受良好的教育不只是为了让你在社会上更有用处，柏瑞尔。良好的教育会成就你，它会成为你的一部分。”

我当时的脸色一定很难看，但 D 夫人显示出了无比的耐心。“我知道，这件事让你非常痛苦，就像到了世界末日。”她接着说，“但事实并不是这样。你身上会发生很多变化，会学到很多东西，教育能让你看到更广阔的世界。”她用手指在我的掌心缓缓画着圈，安抚着我。不知怎么回事，我竟然开始点头同意她的话了。我挪到她身边，把头搁在她的腿上睡着了。过了一会儿，等我醒过来时，她站起身，叫男仆给我们倒茶。我们坐到她的桌子旁，我用大拇指翻着那本我最喜欢的地图册，正好翻到了英格兰那页。地图的颜色是碧绿的，就像璀璨的宝石。

“你觉得我会去那儿吗？”我问道。

“为什么不呢？那儿仍然是你的家啊。”

我的手指慢慢滑过书页，伊普斯威奇、纽基、牛津、曼彻斯特、利兹，这些地名让我既陌生又熟悉。

“你母亲有没有从伦敦寄信给你？”她问道。

“没有。”我说，同时感到一丝迷惘。没人提起过我的母亲，好像这样我们能过得更轻松。

“如果你想的话，我可以告诉你一些跟她有关的事。”

我摇了摇头：“她对我来说并不重要。只有农场对我重要。”

D夫人盯着我看了好一会儿，好像在思考该说些什么。“抱歉，我没有资格来打探你的私事。”

没过多久，D先生就风尘仆仆地冲了进来，嘴里还念叨着什么。看到我们，他兴奋地喊道：“我最亲爱的女孩儿们！”

“柏瑞尔今天有点难受，”D夫人提醒他，“她就要去上学了，去内罗毕。”

“啊！”他略感意外，放慢脚步，在我对面的椅子上坐了下来。“我还一直在想她哪天会去上学呢。你会很开心的，小姑娘，真的。我一直觉得，你就像针尖那样自带锋芒。”

“我可不确定。”我慢吞吞地喝完了茶，喝到最后，茶都已经凉透了。

“你得保证，只要一有时间就回来看我们。这儿也是你的家，永远都是。”

告别的时候，D夫人一直将我送到马厩附近。她把手放在我的肩头，说：“你是一个独特的女孩，世界上没有哪个女孩像你一样，柏瑞尔。有一天你会知道的，你去了内罗毕后一定会过得很好，你在哪儿都会过得很好的。”

我回到家的时候，天已经快黑了。周围的山峦染上了一层深深的蓝黑色，看上去越缩越小，仿佛要融入远处的暮色之中。维·马克戈雷格爬过了山坡，带我来到了田野的边缘。我看到齐彼顺着小路走向村子，我想叫住他，但今天我已经讲得够多，够心烦了，再说我也不知道该怎么告诉他我很快就要离开了，我不知道该如何告别。

7

在接下来的两年半里，我尽最大的努力待在学校里学习。当然，我最擅长的事跟学习一点儿关系都没有。我逃走了五六次，还曾经在一个猪窝里藏了三天。有一次，我引发了一场集体大逃学，一大半的学生都跟着我骑车逃走了。最终，学校还是把我开除了。父亲来接我时很生气，但又像是得到了解脱。他好像早就知道把我送到学校这个办法根本不管用。

但除了农场，我也并非没有其他地方可去。事实上，外面的世界早就不一样了，战争改变了一切。各种重大新闻早就传遍了学校，包括斐迪南大公被刺杀，德国皇帝威廉二世的言论和作为等。还有好几个我们之前很少听说的国家或联合对付别国，或相互钩心斗角。在英属东非领地，战争意味着我们终于可以阻止贪婪的德国人蚕食这里，我们才是这片土地的主人。战争爆发后，大片英属领地沦为了战场。人们纷纷放下手中的农活，离开了耕地和磨坊，加入英皇非洲步枪队。那些布尔人、南迪人、白人，还有卡维龙多和基皮西吉斯部落的战士，都加入了部队。就连村子里的"阿拉普"麦拉也参加了战斗。有一次学校放假，我回到农场，和齐彼一起站在附近的山顶上，看着麦拉大步流星地离开，去加入军团。他用一只手把长矛举得高高的，另一只手拿着水牛皮做的护盾。他挺直腰杆走在尘土飞扬的小路上，一脸的骄傲和自豪。他被送往了几百英里之外的前线，那是德属东非领地的边界。部队分给他一杆步枪，代替了他的长矛。他以前从没用过枪，不过他肯定很快就能学会。在我认识的人里，他是最勇敢、最自信的战士。我相信他一定能够胜利归来，给我们讲述战场上的各种事迹。说不定他还能挣到很多金子，足够他再讨个老婆。

然而，我的暑假还没结束，前线就传来了消息。一天下午，信使跑来农场，告诉我们“阿拉普”麦拉打起仗来非常勇敢，但还是死在了战场上，直接葬在了他倒下的地方。临终前和下葬时，没有族人和亲人向他致以敬意。收到这一噩耗时，齐彼的脸上没有任何表情，但他开始绝食，整个人变得非常消瘦，而且总是怒气冲冲。我不知该如何安慰他，也不知该怎么说服自己接受这件事。曾经，在我们眼中，“阿拉普”麦拉简直就是无敌的天神，但现在，他永远地离开了我们。

“我们要找到那个杀死你父亲的人，用长矛刺穿他的喉咙。”我对齐彼说。

“那是我的责任，在我成为‘莫兰’之后。”

“我会跟你一起去。”我告诉齐彼。我非常敬爱“阿拉普”麦拉，就像爱我自己的父亲一样。我已经做好了准备，无论走到哪里，无论付出什么代价也要为他复仇。

“你只是个女孩子，是个‘拉克维’。”

“可我一点儿也不怕，我可以像你一样投掷长矛。”

“那不可能，你父亲不会让你去的。”

“我不告诉他就行了，我以前也偷偷逃跑过。”

“你这样说太自私了。你父亲很爱你，并且他还活着。”

父亲对我来说就是全世界。当我离开他的时候，我无时无刻不在想念着他，就像想念农场一样。但是战争也改变了父亲。他来火车站接我的时候，看上去非常憔悴、一脸严肃。我紧张得连招呼都不敢打。我们开着车，爬上了长长的山坡。父亲告诉我，附近的纳库鲁镇已经成了驻军要塞，赛马场也成了部队装备马匹和运输物资的驿站。我们的马被部队征用了，马厩和牧场空了一大半。不过这并不要紧，因为所有的赛马大会都取消了。

我们到达坡顶的时候，我发现自己的心态跟以前大不一样了。数百名工人背着行囊离开了农场，他们只带着自己的衣服，还有所能拿到的武器——枪、长矛或者砍刀。他们为了所谓的荣誉和尊严走上战场，但这些字眼对他们而言只是些模糊的概念，他们根本就不明白。只因为国王发出了号召，他们就成了守卫王权的战士。也许他们很快就能回来，但此刻，在我眼中，绿山农场就像是一个被人举起来使劲摇晃的大盒子，里面的东西都掉到了坚硬的地面上，被摔得粉碎。

主屋里，O 夫人为归来的我准备了大餐，她也为此精心打扮。她像以前一样衣着整洁，但鬓角已长出了银发，眼睛周围也出现了皱纹。我发现自己看待她的眼光发生了变化。在学校的时候，一个名叫多丽丝·沃特曼的女孩子睡在我的上铺。她喜欢别人叫她多丝。每天晚上，她都会从上铺溜下来跟我讲悄悄话。她棕色的直发垂在脸颊两旁，就像舞台两边的幕布。她告诉我，她是家里的独女。她的父亲在镇上开了许多商铺，包括新斯坦利酒店，到内罗毕来的人都会去这家酒店。内罗毕以及附近发生的任何事，多丝几乎都知道。

有一次我随口提到了O夫人的名字。“奥查德森夫人？”她疑惑地说，“她丈夫是不是还在伦布瓦？”

“什么？她丈夫不在了，她跟我父亲一起生活好多年了。”

多丝咯咯地笑了起来，她觉得我实在太天真了。接着，她告诉我，几年前，人类学家奥查德森先生带回了一个南迪女人当他的情妇，后来这个女人怀了他的孩子。

我大吃一惊：“你怎么知道这些？”

她耸耸肩，半个身子还趴在铺上：“每个人都知道，这种事可不是天天都有的。”

“所以O夫人就从她家逃走，来我家了？”

“要我说，恩乔罗离伦布瓦还不够远。这种事太羞耻了。而现在，她和你父亲甚至都没结婚。”

以前，我的眼睛好像蒙着一层蓬松而纯洁的云。我不知道成人世界的任何事，更不知道男人和女人之间的种种纠葛。我从来没关注过它们。但现在，这层云忽然被揭开了，赤裸裸的事实直接呈现在我眼前。父亲一定认识奥查德森先生和那个南迪女人，但他不在乎自己跟这件丑闻扯上关系，或者说，他不打算向流言蜚语低头。父亲和O夫人现在的关系远比我想象的更容易招人非议，因为她还是已婚身份，也许父亲也是。以前我从未关注过这些，但现在我知道了。我觉得他们的关系在这个复杂的世界中变得尤为复杂。

“战争什么时候结束？”我问父亲，“学校里，每个人都说眼下的战斗只是预防性的。”明亮的阳光透过洁净的玻璃窗照了进来，洒在简单的茶点、桌布、炉石和松木板上。这里的每一样东西都跟我走前一样——但周遭的氛围已大不相同，我也跟以前不一样了。

“他们的确一直这样说，但伤亡人数在不断增长，仅非洲就达到了两万。”

“你会去参加战斗吗？”我克制住情绪，尽量不让自己的声音颤抖。

“不会——我保证不会去的。不过D已经参军了。”

“什么时候？为什么？已经有足够多的人参军了。”

父亲和O夫人交换了一下眼神，似乎在想该怎么跟我说才好。

“爸爸，发生什么事了？D先生受伤了吗？”

“是弗洛伦丝，”O夫人说，“你上次去探望她的时候，她就已经病得很重了。她的心脏很虚弱，最后还是没撑下去。”

“她的心脏根本就没有问题！她强壮得像匹马一样。”

“不是这样的，”父亲小心翼翼地慢慢说道，“几年前她就病了。但除了D，没人知道。”

“我不懂你说的话，她现在在哪儿？”

父亲低头看着自己的手背，脸上没有了血色。“她死了，柏瑞尔。六个月前，她去世了。”

六个月前？“你为什么不告诉我？”

“我们不想在电报里告诉你这个，”父亲说，“我也不知道自己做得对不对，也许我们不该等到现在才告诉你。”

“她是个不同凡响的女人，”O夫人说道，“我知道你非常爱她。”

我呆呆地看着她，然后把椅子推开，跑向了马厩。我感到恍恍惚惚，若有所失。我曾经那么多次坐在D夫人的地毯上，喝着她准备的茶，聆听她说话，却不知她当时已经生病了，身体虚弱。也许我根本不了解她，从来没有真正了解过她。现在她已经永远离开了我，我还没来得及跟她告别，就再也见不到她了。

在马厩旁简陋的小屋里，我找到了布勒，它正在打瞌睡。它现在已经完全聋了，根本没听到我进来。我走到它身边，蹲下来，用脸在它长满斑点的背上摩挲。它吓了一跳，但发现是我后很惊喜，上上下下地嗅着我，舔着我的脸，开心得全身都扭动起来。当它终于再次平静地趴下后，我把头枕在它的身上，看着四周父亲的东西。他的书桌上摆着厚厚的马匹族谱记录簿，旁边放着他骑马用的头盔和猎鞭，还有装满烟灰的盘子和发黄的报纸。墙上挂着日历，上面一定还有用红笔圈出的重要日期。以前，马厩里总是很热闹，现在却安静得像南迪人的墓地。这次，我终于回来，不会再走了，可是绿山却变得不像我的家了。它还能再恢复往日的模样吗？

没多久，父亲走了进来。他看到我和布勒躺在地上，对我说道：

“我知道，D 夫人对你来说意味着全世界。”父亲停了停，又继续说：“一下子面对家里这么多的改变，你一定很难接受，但事情总会得到解决的。”

父亲说我们已经度过了最艰难的困境，被打乱的一切都可以再度复位。我已经绝望到不敢再轻信，但这的确是我最大的愿望。“战争不会永远持续下去，对吗？”我动情地问他。

“不会的，”父亲回答道，“没有什么能够永远持续下去。”

第二部分

8

每到三月，雨水都会浸透整个草原。粗糙不平的断崖上，百万朵黄花在顷刻间绽放。红白相间的蝴蝶在花间飞舞，艳丽的颜色就像是薄荷糖棍上的红白条纹。蝴蝶相逐而飞，空气也发出耀眼的光芒。

但在1919年，雨水没有如期而至。往年四月通常会有暴雨，乌云会瞬间遮蔽天空，大雨倾盆而下，一连几个小时把大地浇透。十一月则会有短暂的阵雨，往往还没等你回过神来，雨就停了。但这一年什么雨都没有下。草地和灌木丛都干枯了，变得像沙土一样黄。视线所及，所有的生物都因缺水而枯萎、蜷缩起来。纳库鲁湖的湖面不断缩小，最后只剩一汪绿色的小水潭和周边的一圈青苔。地面上的青苔也都晒干了，扭曲成奇怪的形状。附近的村子里都静得可怕。牲畜们没有水喝，精神消沉。父亲就像方圆一百英里以内的其他农场主一样，望着地平线的方向，试图寻找能带来雨水的云。但天空中没有一丝云，阳光毫无遮拦地炙烤着大地。

我现在已经十六岁了，对这异常干旱的气候感到十分焦虑。我看到父亲坐在书房里，托着下巴发呆。他双眼布满了血丝，直愣愣地盯着账本。在早饭前，他只喝了一杯威士忌，没掺水的那种。

我走到他背后，探下身，把头搁在他的肩膀上。他身上有种令人舒服的味道，温暖得像热热的棉花，纯净得像辽阔的天空。“你应该回到床上去睡觉。”

“我根本睡不着。”

“是吗？我猜也是。”

前一天晚上，他和艾玛（我回家之后就是这样称呼她的）受邀参加纳库鲁的一场小型晚会。我猜那是跟赛马会差不多的活动。我不知道艾玛是怎么在农场里把自己打理得这么好的。尽管她长出了皱纹，身躯不再挺拔，但她的皮肤仍然很好，身型非常苗条。她走动时，衣服会随之摆动，优雅端庄。假如我还和其他女孩子一样待在学校里，一定会把这样的衣服脱掉，换上宽松的裤子和脏兮兮的齐膝长靴。可惜我现在是在家里，不能随意任性。

“你还可以做得更好，柏瑞尔。”他们出发去纳库鲁之前，艾玛对我说道，“跟我们一起去城里吧。”

可我更愿意待在家里。父亲开动了他那辆哈德森牌汽车，在引擎的轰鸣声中，他俩在那条尘土飞扬的小路上远去了。我回到家里，坐在杉木火堆旁看书，享受这静谧的时光。我的确需要独自静静了。可就在我准备上床睡觉的时候，他们回来了。两人下车后，一路上都在压低声音说着什么，似乎争论得很激烈。好像是父亲做了什么不妥的事，或者艾玛以为父亲做了什么。他们的声音越来越大，气氛越来越紧张。我好奇到底是什么事能让他们吵成这样。有时艾玛感到自己受人非议，他们就会取消某些城里的活动。很久以来，我都把她当作父亲事实上的妻子,并没发现什么不妥。可现在我长大了,也明白了他们的关系没那么顺理成章。即使她和父亲已经做好了心理准备，不理会那些流言蜚语，但大部分人并不这么想。附近农场主的妻子已经将艾玛排挤在她们的圈子之外了。即使是在镇上，根据多丝的说法，艾玛和父亲的关系也被认为是不正当的——无论时间过去了多久，也无论他们在其他方面多么保守。

不过，不管外面的风言风语多么激烈，艾玛似乎已放弃了对我学业的监督，不再坚持让我上学，或者给我请家庭教师了。她现在关注的是我的言谈举止和外在形象，而我在这两个方面基本一无所知。她总是尝试着让我多洗洗手、洗洗脸，让我尽量穿长裙而不是裤子。她总是对我说，如果我想拥有一双漂亮的手，那就得注意戴手套。

她现在比以往更反对我跟齐彼或村落里的其他年轻人一起玩。“你们小的时候一起玩就不太好，而现在，就更不合适了。”

合适？“你们真是过分担心了，我没觉得有什么不好。”

“艾玛是对的，”父亲点头说道，“你们现在不适合待在一起了。”

尽管我仍然坚持自己的意见，但事实上，我现在很少见到齐彼。我从内罗毕回农场后，他待我就不像以前那么亲密了。即使我们一起去马厩遛马，他也只是远远地跟在我后面。

“你这是怎么了？”发现他这么做后，我立即质问他。

“您是一位小姐，这样做才合乎规矩。”

“我还跟以前一样，你这个傻瓜。快别这样了。”

但我们的确都跟以前不一样了。晚上，我脱下衣服，看到自己的身体变得圆润修长，这让我更加清楚地意识到了这一点。以前，齐彼的胳膊和腿柔软灵活，还是孩子的样子，但现在他长出了强壮的肌肉，脸也有了棱角。我感到自己非常迷恋他，迷恋他闪亮的皮肤和“舒卡”下强壮的大腿。但当我伸手去试探、碰触他时，他却退缩了。

“住手，小柏瑞。”

“为什么，你对这些不感到好奇吗？”

“别傻了，你想让别人杀了我吗？”

齐彼气呼呼地离开了。我呆若木鸡，愣在原地。我被拒绝了，但我内心深处明白，他是对的。我们两人的身份不允许这样的接触，哪怕只有一分钟。但我真的很想念齐彼。曾经，我们之间的关系是那样简单，那么美好。我们什么都不怕，甚至敢紧紧地跟在猎物后面。我还记得，我们曾跋涉数英里，跟着“阿拉普”麦拉去找疣猪的窝。我们在洞口揉纸，发出沙沙的声音，以此激怒疣猪，把它逼出来。我不知道为什么这种声音会刺激到疣猪，但这个方法屡试不爽。我们完全按照“阿拉普”麦拉的吩咐行事，这样就能满载而归。回家的时候，我和齐彼扛着一头大疣猪，疣猪在我们中间晃晃悠悠的，像张吊床。疣猪臀部的鬃毛又粗又硬，就像黑色的铁丝。疣猪死后，嘴巴会紧紧闭住，像不屈不挠的英雄一样——这正是我最欣赏的表情。挂疣猪的棍子沉甸甸的，重重地压在我的手上。这种感觉十分称心，这就是收获该有的分量，这就是今天的成果该有的分量。

天啊，我多么希望能够像从前那样生活！我真想见见“阿拉普”麦拉，跟着他悄悄穿过长满锯齿的象草。我想跟齐彼一起放声大笑，但他已经快十五岁了，等他行过割礼，就会成为真正的部落战士，那是他一直以来所盼望的。从我认识他开始,他就从没停止这样梦想。他一直期待着那一天。但这几年里，我一直有意忽视他的梦想。因为当这个梦想实现的时候，我认识的那个男孩，连同那个爱着他的勇敢的女孩子，都会消失不见。现在这种情况已经发生了。那两个可爱的孩子已经消失了。

9

马厩旁的小屋里，父亲合上了账本，伸手去拿茶，尽管他早上刚刚喝过了咖啡。“你今天打算去遛遛珀加索斯吗？”父亲问我。

“一又四分之一英里，半速。它跑的时候头有点儿低。我今天要用马嚼子拉拉它。”

“真是我的好姑娘。”父亲说道。但接下来，当我安排上午的例行工作时，他却双目无神，精神涣散。在农场里，我得决定哪些马需要进行训练，哪些马需要绑护蹄，还要安排喂食的顺序和物资的进出。既然我被学校开除了，那我就得干家里的活。父亲要负责繁育马匹和管理农场，而我就是他的“班长”。我想成为农场的骨干，不过我还是打算先从基层做起，让自己变得有用。

马夫突姆波把珀加索斯的毛发刷得滑溜溜的，现在他正把我往马鞍上推。作为两岁的公马，珀加索斯已经长得非常健壮了，足足有十七掌高。我现在也很高，将近六英尺，但跟珀加索斯相比，坐在马鞍上的我就像一片轻飘飘的树叶。

清晨的田野就像玻璃一样干净清新，和之前十天、二十天、一百天没有任何区别。我们走过一棵合欢树，树枝上坐着两只长尾猴。它们长着灰色的胡须，就像两位老者在闲聊。它们黑黑的手掌长满了硬茧，一脸失望的表情。它们是从森林或悬崖到这儿来找水的，但我们的蓄水箱里已经没有多少水了，没法分给它们。

在山坡的另一边，山路蜿蜒而下，从宽阔的梯田间穿过。在往常雨水丰沛的年份，放眼望去，四面八方的田地里都长满了绿油油的庄稼。田里的玉米能长得齐胸高。要是你下田走一走，湿润的泥土会一直漫到你的脚踝。而现在，庄稼的叶子都蜷曲干裂了。不过我们的磨坊仍在运转，把一堆堆帆布袋中的玉米磨成粉。吐着蒸汽的火车头拖着装满谷粒的车厢，从坎皮亚莫托的车站开往内罗毕。这幕繁忙的景象跟干旱的田地形成了鲜明的对比，但没人因此而变得富有。父亲冒着风险，不断地借钱。卢比就像中弹的松鸡一样落到我们家中，但谁都不知道这些钱去了哪里。那些债权人的意见似乎总是在变，父亲的债务忽多忽少，就像沿着梯子滑上滑下。我们的马需要食物，它们要吃压扁的燕麦、碾碎的麸皮和煮熟的大麦，而不是晒白了的苜蓿叶子。父亲凭着他对马的热爱和敏锐的直觉，建立起了农场里马匹的血统体系。他那本厚厚的黑色族谱上写满了马的名字，可以追溯到早期的优良种马。那些种马就像伟大的王子，是世界上最稀有的良驹。父亲绝不会让任何人、任何事破坏他的事业。他为此付出了巨大的努力，绝不会轻易让它付诸东流。

珀加索斯和我到达开阔的场地后，停下来休息了一阵。我把我们俩身上的东西都取了下来。我刚把马缰解开，珀加索斯就像松开的弹簧一样冲了出去，沿着平缓的坡道向前跑。它加快步伐向前冲，又快又稳，就像是飞了起来。

珀加索斯是我十四岁那年放春假回家时亲手接生的。为了生下珀加索斯，康歌特耗费了浑身的力气，累得直发抖。小马驹的出生让我感动不已，我很高兴自己能够亲眼见证这一时刻。自从阿波罗遭到狩猎蚁袭击夭折后，康歌特每隔几年就会生下小马驹，这些小马驹都很健康。虽然此前的几次生产很顺利，但我还是不放心让怀着小马驹的康歌特独自待着。在孕期的最后几周，我搬到了马厩里，就睡在康歌特身边。终于，小马驹出生了，我亲手撕开了半透明的光滑胎衣，握住它小巧的前蹄，轻柔地把它捧到用稻草铺好的产床上。我高兴得浑身颤抖，紧张的心情终于得以释放。这是我第一次单独给马接生，并且一点儿都没出错。父亲很信任我，直到清晨才到马厩来。我把珀加索斯抱在怀里，它蜷着纤细的四肢，暖暖的身子还是湿润的。

“干得真不错。”父亲站在马厩门口，隔着围栏对我说道，好像觉得他如果进来就减少了我的功劳。好像他那沾满灰尘的靴子一旦踏入马厩半步，就不能算是我独自完成了接生。他接着说：“是你把它带到这个世界的。我想，它现在属于你了。”

“属于我？”我从来不曾拥有过任何东西。我整天兴高采烈地帮助父亲照顾着农场的动物，清洁打扫，看管喂食，为它们的生活日夜操心，但我并不觉得自己应该拥有什么。然而不知为何，我感到这只神奇的小马驹属于我。我从没想过，我会如此渴望得到这种荣誉。

我和珀加索斯跑完了一圈，打算从北边绕远路回家。山谷的北部逐渐收拢，山脉闭合到一起，我们正好跑到那里再调头返回。这附近又来了一个新邻居，没走多远我就看到了他家的标识。那块地上空荡荡的，什么也没有，但新竖起来的篱笆桩十分笔直，就像火柴棍一样。我顺着篱笆桩排列而成的边界线往前走，很快就遇到了那位农场主。他没戴帽子，挺着鼓鼓的胸脯，肩上背着一捆铁丝。他用锤子把铁丝锤直，然后缠在篱笆桩上固定住。接着，他用力地把铁丝拉紧，胳膊上的肌肉都鼓了起来。直到我和珀加索斯走到离他五英尺远的地方，他才停下手里的活儿，冲我笑了笑。我注意到他的衣领沾满了汗渍，变得黑黑的。他笑着对我说："你踩到我的牧场啦。"

我明白，他这是在跟我开玩笑。这儿还什么都没有，更不用说牧场了。但我知道，将来这里一定会奇迹般地出现一个牧场。这个人就连边界围栏都做得如此细致，我毫不怀疑他能够开拓出一块富饶的土地。"真不敢相信，你的房子这么快就搭起来了。"我说。他的房子更像是城里的房子，跟四周的环境格格不人。这所房子的屋顶铺的是木瓦而不是茅草，窗户上还装了真正的玻璃。

"我的房子跟你父亲的房子完全不一样。"他这么说，应该是已经猜到了我是谁。他举起胳膊，挡住阳光，眯起眼睛看着我："我几年前见过你父亲，那时我在附近疗养，跟其他马德拉斯志愿军的士兵一起。"

"你受伤了吗？"

"实际上只是痢疾，我们整个部队都染上了这种病，死了好多人。"

“真是太糟了。”

“是啊，”他话尾带着一点儿不易察觉的苏格兰口音，“但有时候也挺开心的。有一天，我们几个人去龙盖峡谷打猎。你也在那儿打猎，旁边还站着一个挺好看的本地男孩。你们俩都是神枪手。”他笑着说，整齐的牙齿在阳光下亮闪闪的，“你已经不记得我了。”

我打量了一下他的脸，试图寻找某些熟悉的地方。他的下巴方方正正，显得强壮有力，他的眼睛是矢车菊一样的蓝色。可我一点儿也想不起来在哪儿见过他。“不好意思，”我只好实话实说，“当时周围有好多士兵呢。”

“你长高了。”

“爸爸说我长得停不下来。不久前我已经超过他了。”

他朝我笑着，注视着我。他这样看着我，让我感觉好像应该再说点儿什么或者做点儿什么，但我不知道。除了农场的工作生活外，我对男人的了解仅限于一些模糊不清的认识。在深夜，我有时会想起这些，不禁感到躁动难耐。即使独自待在自己的小屋里，我也为这些想法羞得满脸通红。

“很高兴再次见到你。”他边说边去拿那捆铁丝，但目光始终没从我身上移开过。

“祝你好运。”我说，然后调转马头离开。我高兴地松了一口气，就让他接着去忙他的活计吧。在我身后，太阳正洒下灿烂的光芒。

“我见到我们的新邻居了。”晚上吃饭的时候，我在餐桌上说道。

我低着头，用刀尖戳着盘子里的羚羊肉排。

“那是普尔夫斯，”父亲说，“他已经把那块地收拾得像个样子了。”

“他就是你跟我说过的，以前做过上尉的那个人吗，查尔斯？”艾玛向餐桌另一端的父亲问道，“他长得挺帅气的，我在城里见过他。”

“要我说，他能吃苦，很卖力。”

“你怎么看，柏瑞尔？”

我耸耸肩：“我觉得他挺好的。”

“你多出去社交一下不会死的，”艾玛说道，“你有认识的同龄人吗？”

“同龄人？他应该已经三十岁了吧？”

“农场生活会让你变成饱经风霜、皮肤粗糙的农妇。不要以为你会永远年轻漂亮，还有大把的机会。事实不是这样的。”

“她才十六岁，艾玛。”父亲说，“她还有的是时间。”

“那只是你的想法。让她孤零零一个人待在农场里，对她没有任何帮助。上学没有改变她，尽管她在学校待了挺长一段时间，她还是很野，不知道该怎么得体地跟人交谈。”

“眼下明明有现实的问题需要解决，我们干吗要讨论礼貌和社交呢？”我郁闷地把盘子往前一推。

“总有一天你会希望吸引某个男人。”艾玛说，她目光炯炯地看着我，意有所指，“你父亲和我得让你做好准备。”

“艾玛认为你该举办介绍舞会，进入社交圈了。”父亲向我解释。

他手中握着装了威士忌酒的厚底玻璃杯。

“你这是开玩笑吧？介绍什么？”

“你很清楚这些事必须得做，柏瑞尔。即使在这儿，进入社交圈，塑造良好的形象，也是很重要的。或许现在你不以为然，但今后你会明白的。”

“我已经有我的社交圈了。”我说道。布勒和那些马匹就是我的社交圈。

“社交舞会只需要一个晚上而已，柏瑞尔。”

“还需要一条新裙子。”艾玛补充道。这句话就像剑客绝妙的一击。

“我们已经订好了酒店。”父亲最终宣布。这时我才知道，这件事早就安排好了。

10

内罗毕跟我之前上学时已大不一样了。成千上万的人挤在阿西平原边缘破破烂烂的房子里，其间错杂分布着锡皮屋顶的商铺、酒吧，还有嘈杂热闹的集市。这种复杂的环境下，维持得体和礼貌似乎是不可想象的。这座城市是偶然形成的。1899 年，乌干达铁路要在蒙巴萨和维多利亚湖之间修建轨道，于是在这里设立了一个简易工作处。紧接着来了许多工人，他们搭建了用于居住的小木屋。小木屋和帐篷越来越多，形成了一个小镇。铁轨修好之后，工人们搬去了下一个地方，小镇却慢慢发展起来，扩大为一座城市。

但在那时，根本没有人意识到铁路对英国统治者和整个大陆的重要性。建造铁路代价很大，维护的费用更高。于是殖民地的官员们想出了另一个计策。他们通过近乎免费提供土地的方式，让白人定居者迁往无人开发的旷野。许多退役的士兵，例如我父亲和 D 先生都得到了土地作为抚恤金。殖民地就这样发展了起来。一个又一个的人来到这里开拓土地，一座又一座农场被建立起来。而内罗毕始终像心脏一样，稳定地保持着律动。

1919 年，内罗毕市中心已经有了一栋带舞厅的政府大楼，一座赛马场和三家高级酒店。要去城里，我们只需登上火车，然后在尘土飞扬的灌木丛、瘟疫细菌散布的红泥地和长满纸莎草的沼泽间穿行一百一十三英里。当然，这也意味着我得在那个被熏黑的、颠簸不平的铁家伙里待上一整天，才能到达新斯坦利酒店，还要穿着蛋乳色的连衣裙。

这条裙子大概很漂亮，是艾玛选的，她坚信它很完美。但领口处硬硬的蕾丝花边太高了，戳得我的脖子发痒，让我总忍不住想挠一挠。我头上还戴了一个玫瑰花环，是用黄色和粉色的玫瑰花苞编成的。我不停对着镜子照来照去，观察自己是否装扮得当。

"你觉得怎么样？说真话。"我问多丝。她穿着衬裙站在我身后，正从自己蓬松的棕发上扯下发卡。

"你很漂亮，但是别再挠痒了，行吗？别人会以为你身上长跳蚤了。"

多丝还是学生，她现在在塞科姆女子学校上学。我们俩几乎没有什么共同点。她的身材玲珑有致，皮肤被晒黑了，穿上一身蓝色的蕾丝连衣裙后，显得十分娇小。她善于跟人交际，平易近人，并富有幽默感。而我又瘦又高，穿平底鞋都比多丝高一个头。比起与人交谈，我更喜欢跟马和狗说话。我们是完全不同的两类女孩，但我仍然很喜欢多丝，并很高兴她能来参加舞会。

晚上十点整，依据英式礼仪，我挽着父亲的胳膊出现在了楼梯上。虽然我觉得这样傻透了，却还是照做了。从前，我只见过父亲穿着灰扑扑的卡其布衣服，戴着遮阳帽。现在，他穿着裁剪得体的深色燕尾服和白衬衫，让我想起了他以前在英格兰的生活。假如我在英格兰长大，就会在宫廷中，在国王面前被正式介绍。我会跟其他那些出身世家的年轻女孩一样，佩戴珍珠首饰，戴着长长的手套，头上装饰着鸵鸟毛，不停地行屈膝礼。但在这个偏远的殖民地，国家主权则只能表现为一面旗帜、一个概念，或者一首歌。每当国歌《天佑国王》被奏响时，每个人都会潸然泪下。我被带到了酒店的舞厅，在场的不是王室贵族，而是农场主、退役士兵和南非白人。他们都打扮得干净整洁，不过已经微带醉意了。一支五人乐队演奏着开场曲《如果你是世界上唯一的女孩》，这意味着我要和父亲进入舞池跳舞了。

“现在我要开始踩你的脚了。”我提醒父亲。

“那你就踩吧。我不会疼得龇牙咧嘴，把手放开的。”

父亲跳得棒极了。我尽力跟着父亲的步伐，把注意力放在他灰色的羊毛燕尾服上。他的衣服有一股松木的味道，因为之前一直被放在松木箱里，直到昨天才拿出来。我必须得微微弓背含胸，才不至于高过父亲，这让我原本就僵硬的动作更加别扭。

“你知道的，从来就没有说明书告诉你该怎么解决困难。”乐队演奏声慢下来时，父亲对我说道，“有时候，我真不知道该如何当好一个父亲。但不管怎么说，你还是顺顺当当地长大了。”

我还没来得及细想父亲的话，体会这温馨的一刻，他就转向一旁，把我的右手交给了德拉米尔爵士。

“看看你，柏瑞尔，你就像小母马一样漂亮。”D 先生说。

他从战场回来后就像老了十几岁，眼睛周围爬满了深深的皱纹。一场高烧让他的头发都白了，好在他挺了过来。他仍然经营着赤道农场，但自己搬去了另一座农场住，在我家东南方向艾尔曼提亚湖边的盐碱地那里。现在我很少看到他。

“弗洛伦丝应该来看看，”他把头靠在我的肩上说，“她一定会为你感到无比骄傲的。”

D 先生提到她的名字时，语气是那么温柔，让我心头一酸。我告诉 D 先生，我每天也都在思念着她：“她这么早就离开了我们，老天真是不公。”

“是啊。”D 先生吻了吻我的脸颊，然后以舒缓的动作把我交给了下一位男士。

我心中有些难过，一连跳了好几支舞，才慢慢提起情绪来。不过舞伴们好像都没注意到，或者并不介意。我跟一群男士跳了一个多小时的舞。他们的胡须都刮得很干净，脸上带着温暖的笑容。有的人会紧紧握住我的手，有的人则紧张得手心出汗；有的人舞步优雅，有的人动作笨拙。我尝了一口香槟，用舌根细细品尝着它的味道。这时，乐队的长号奏起了一支令人陶醉的曲子。我虽然熟悉这支乐曲，却从没唱过：

只属于我们两人的伊甸园，
没有什么来打扰。
我会向你娓娓诉说着美好。

还有许多美妙的事等着我们，

如果你是世界上唯一的女孩。

这时，乔克（也就是父亲口中的普尔夫斯先生）转向了我。他今天看起来很清爽，比他拽铁丝时要整洁得多，也帅得多。他把我拉到身边时，我闻到了剃须粉和杜松子酒的味道。尽管我从来没有过跟男人接触的经历，也不知道陶醉是什么，但现在我好像一下子就明白了。当我和乔克跳着舞，第二次从多丝的桌子旁经过时，她脸上的表情让我终于理解了什么是陶醉。

城里有很多跟乔克一样的年轻人，都是退役的士兵，分配到了一些土地。他们迅速占据了自己的地盘，试图按照自己的意愿重新改造这个地方，但很少有人像乔克一样帅气。他看上去很强壮，似乎每个部位都是方方正正的。他的肩膀宽宽的，下巴和脸都是四方的。我想，这就是一个男人应该有的样子。如果你打算像改造荒地一样去改造一个男人，一定会把他作为模板。

“你的篱笆还竖着吗？”我问他。

“当然。不然呢？”

“很多东西都会弄坏它，”我笑道，“比如说，四处掠夺的大象。”

“你觉得我很好笑。”

“不……”我的声音弱了下来。

“有些可笑的家伙一来到非洲就开始扎篱笆圈地盘，你就是这么看我的吧？”

“我什么都不懂，”我反驳道，“我才十六岁。”

“你从来都不像是十六岁的女孩子。”

他可真是抬举我，不过我并不在意。我已经喝了三杯香槟，一切都让我感到快乐无比——无论是乔克的深色背心，还是吧台对面的乐队。大号看起来像块金色的斑点，圆号手好像在对我眨眼，向我暗送秋波。接着，其他女孩和舞伴也进入了舞池。她们身着丝质长裙，在我们身边舞动，头发上别的栀子花就像星星般闪亮。

“这些女孩是从哪儿冒出来的？怎么我刚刚没看见她们？”

乔克扫视四周：“你让她们黯淡无光，所以看不见。”

在农场里，我可没有机会听人说这些甜言蜜语。我根本没有学过该如何吸引男人，只会实话实说，即使这些话会把我的弱点完全暴露在外。“艾玛说我的妆化得不好。”

“不管什么妆容，最终都会洗去，或许不化妆更适合你。”我们都没有说话，默默地跳了半分钟。他接着说：“那些城里的女孩子就像从盒子里拿出来的糖果，包装得一模一样。我想，我还是会选择娶你。”

“什么？”我猝不及防，大吃一惊。

他大笑了起来，露出光洁整齐的牙齿。“你不是正穿着白色的长裙吗？”

“哦。”我重新靠在他的胳膊上，觉得脑中一阵眩晕。

过了一会儿，我走到铺了桌布的桌子旁，挨着多丝坐下。她一只手撑着下巴,一只手拿着杯冒泡的杜松子酒。“这个人不错。”她说。

“那待会儿你去跟他跳吧，他让我很紧张。”

“他都没正眼看过我。”

“你怎么知道？”

多丝朝我笑了：“说真的，柏瑞尔，你实在太傻了。”

“我怎么会不傻呢？”我注视着她，“这场舞会本身就傻透了。一半的家伙都紧张得冒汗，另一半又完全无视我的存在，直接越过我的肩膀看向别的地方。好吧，至少他们还足够高。”

“对不起，”多丝说，语气柔和了许多，“我只是开个玩笑，你会明白的。”

我朝她做了个鬼脸，然后用力扯了扯领口。“想来支烟吗？”

“你去吧。趁你不在，我至少得留在这儿吸引几个追求者吧？”

“你看上去棒极了。”

她笑了：“如果跟你一起出去会更棒。”

外面的街道一片黑寂，这是非洲特有的黑暗。我深深地吸了一口气，品尝着空气中的灰尘和桉树气味。穿过灯光昏黄的走廊，我来到了路对面的一个小型公园里。地上铺着光滑的黏土，像是制糖工人撒下的糖粉。公园里新种了一排低矮的桉树，彰显着内罗毕的雄心——这里的人们想让内罗毕走得更远，发展得更繁荣，但越是这样,越让人感到一片空虚。这种空虚似乎要将我们所有人都笼罩进去。我热爱非洲,希望它永远不要改变。我四处游荡,感觉黑暗拉扯着我。我真想挣脱这条裙子，甚至挣脱这副躯壳，自由地融入夜色中。

"你看上去像戴安娜。"一个带着英国口音的声音把我惊醒。

我身后的街道上站着一个人，他穿着剪裁合身的晚礼服，上衣和裤子都白得像月光一样。"抱歉，你说的是……？"

"狩猎女神戴安娜，"他解释道，"罗马神话中的人物。"这时，我才意识到他喝醉了，不过我仍然感到很高兴。他的裤子被一大瓶酒泼湿了。他朝我笑的时候，我才看到他有张俊朗的脸，至少在夜色中显得很帅气。"我是芬奇·哈顿……或者你也可以叫我威耳比俄斯[1]。"

"也是罗马神话中的人物？"

"不错。"他走近了些，看着我点了点头。他比我高，很少有男性比我高。"你好像是来参加舞会的？"

"你好像也是。这场舞会是为我举办的。"我抬起下巴，朝着酒店的方向示意。

"你的结婚舞会？"

我笑了："我的介绍舞会。"

"那就好。千万别结婚，戴安娜都是不结婚的，这是规矩。"

他走得更近了，我可以更清楚地看到他的脸。他戴着深色的圆顶礼帽，眼睛大大的，双眼皮很明显。他的颧骨很宽，看上去很强壮，鼻子十分挺拔。"那么，你已经做好进入社交圈的准备了？"他问道。

"我也不知道。会有人告诉你，你什么时候才算是长大了吗？"

---

1 威耳比俄斯：古罗马神话中的猎神。—— 编者注

这时，酒店旁边的角落里又出现了一个人，朝我们走过来。他走路的姿态十分倨傲，仿佛自己是个王子。他留着厚厚的络腮胡，胡须被精心打理过。他的头发是红色的，没有戴帽子。“丹尼斯，终于找到你了。”他用夸张的语气说道，“你让我追了好一会儿。”他弯下腰，鞠了一个九十度的躬。这实在太滑稽了，我以为他是在故意逗乐。“伯克利·寇尔听从您的差遣。”

“我是柏瑞尔·克拉特巴克。”

“克拉特的女儿？”他打量起我来，“的确是，我现在看出来了，你们很像。我是在赛马大会上认识你父亲的，再没人比他更懂马了。”

“克拉特巴克小姐正在和我讨论婚姻的危险。”

“你喝醉了，丹尼斯。”伯克利笑道，又转身冲我说，“别让他把你吓着了。”

“我一点儿也没被吓到。”

“瞧见了吧？”丹尼斯说道。他举起酒瓶，把剩下的酒倒进嘴里，然后用手背擦了擦嘴边洒出来的酒滴。“你见过这样的星星吗？一定没有吧？世界上没有任何地方的星星看起来是这样的。”

在我们头顶，天空就像一个闪耀的宝箱。有些星星闪烁着，好像要从空中跳出来，跳到我们的肩上。尽管对我来说，非洲的星空全是这样，不过我相信丹尼斯的话。这里的星星才是最美的。我大概会相信他说的任何话，尽管我们才刚刚认识。他就是有这种说服力。

“你知道济慈吗？”丹尼斯问我，接着沉默了几分钟。当他意识到我完全被搞糊涂了，才解释说：“济慈的诗。”

“哦，我不知道任何诗。”

“伯克利，给我们来几句关于星空的诗。”

“唔，”伯克利思忖了一会儿，“雪莱的怎么样？”

给你披上灰色的斗篷，

上面绣着闪亮的星星！

用秀发遮住白昼的双眼，

吻她，直到她娇躯发软，

游遍城市、海洋和田野，

用你的魔棒把一切催眠……

“吻她，直到她娇躯发软，”丹尼斯重复道，“这句最棒，是不是？伯克利的语气真到位。”

“棒极了。”父亲曾经在夜晚的炉边为我朗诵过这些经典诗歌，但他读起来更像是学校的老师在教学生。伯克利则像是在吟唱歌曲，又像是独自走在荒野中，只与自己的思想做伴。这两种感觉混合在一起，十分奇妙。

雪莱的诗句还在我脑中回响，丹尼斯又开始吟诵别的诗句。他的声音很低，好像是在自言自语：

这是你灵魂的自由时光，自由地飞离文字的束缚，

飞离书本，飞离画册，时光消逝，课业完成，

你不再稚嫩懵懂，安静地注视着、沉思着你最爱的那些思绪。

黑夜、睡眠、死亡和星辰。

这些诗句从他口中说出来实在太自然了。他完全不费力气，脱口而出。有人天生就具备这种能力，这是没办法学会的。我意识到了这一点，感觉自己跟他相比越发显得渺小。“还是雪莱吗？”

“事实上，这是惠特曼的诗。”他朝我微笑着说。

“我完全没听说过这个人，是不是该感到尴尬？我告诉过你，我对诗歌一窍不通。”

“这些只需要练习就能学会。如果你真的想学，就多练。每天都读一些诗。”

“就像得了疟疾要吃奎宁一样，”伯克利补充道，“加一点儿香槟会更有效。关于非洲我了解得不多，不过我知道，在非洲，喝香槟可是一项义务。”

丹尼斯没有再说下去，他脱下帽子向我告别。接着，他们两人沿着马路走远，转了一个弯，消失在了我的视线里。他们或许是去参加另外一场舞会了，或许有几匹白马正等着他们，要载着他们飞去魔幻的宫殿。我甚至相信，他们是坐上魔毯飞走了，或者是做了其他童话故事结尾的事。他们是那样迷人，而现在却消失不见了。

“你喝醉了吗？”等我重新回到舞厅，艾玛问道。

“也许吧。”

她紧紧地抿起嘴，露出一副受够了我这副样子的表情，转身走了。就在这时，乔克朝我走来。

“我正在到处找你。”他一边说，一边拉住了我的胳膊。

我一句话也没说，直接拿过他手中的酒杯，把整杯香槟一口喝干。这个行为有些夸张，但我的脑海里还盘旋着那些诗句，它们就像是天上的银河。我将永远记得这个画面——在城市边缘的旷野里，有两个穿着白色礼服的帅气绅士。我想起了D夫人说的那句话，世界比我想象的要大得多，我会经历各种各样的事。实际上，那晚发生的事已经彻底改变了我的人生，但当时我并不知道它们意味着什么。我不愿去多想，只想尽情享受此刻的欢愉。“嗞嗞”冒泡的香槟在我舌尖跳舞，跟我一样迷醉。“喝香槟可是一项义务”，伯克利这样说过。

“我们再来点儿吧。”我对乔克说，同时举起了杯子。于是我们朝着吧台走去，我忍不住问他：“你会念诗吗？”

11

几周后，我和父亲离开农场，到坎皮亚莫托车站迎接从内罗毕开来的火车。火车的发动机熄火后还在猛烈地喘息着，就像一条刚打完仗回到家里的小龙。浓烟和蒸汽从烟囱里冒出来，遮蔽了明朗的天空。五六个人弯着腰，奋力拉开熏得乌黑的车厢门，在地上摆好木质斜坡踏板。我们的六匹马下来了，它们从城里的特夫俱乐部凯旋。其中有康姆、“酒吧一号”和我的珀加索斯。康姆赢得了奖杯，还有一百英镑奖金。我们在站台上等着艾玛开车过来。比赛的结果令人兴奋，但父亲不想讨论这场比赛，他想跟我谈的是乔克。

“你喜欢他吗？”父亲站在太阳底下问我，眼睛却看向山坡。

“我觉得他还行吧，他很会管理农场。”

父亲的嘴角微微动了一下。“他的确会。”父亲接着说，“他对你是认真的。”

“什么？”我抗拒地说道，“我们才刚刚认识。”

父亲勉强笑道：“我想这一点对婚姻没什么坏处。”

“为什么每个人都急着让我找个丈夫？我现在还小啊！”

“其实并不是这样。很多跟你一样大的女孩子早就梦想着找到一个丈夫，组织家庭了。总有一天你会需要一个男人来照顾你的，不是吗？”

“为什么？我们现在这样过挺好的。”

父亲还没来得及再说一句，我们就听见傻乎乎的喇叭声越过山丘传了过来，接着又听到了汽车行驶中金属部件相互撞击的声音。很快，艾玛的车就出现在了我们的视野里。我看到艾玛坐在驾驶舱硬硬的皮椅上，将车慢慢停到我们旁边：“你的帽子呢，柏瑞尔？你这样在太阳底下晒会长雀斑的。”

我不清楚，为什么我们在内罗毕赢得的一切眨眼间就消失了。那天吃晚餐的时候，父亲尤其安静，神情漠然，而艾玛却变得烦躁易怒，对着汤碗发脾气。那天的晚餐是肉汤，里面加了比目鱼、土豆和一点葱花。

“这鱼不新鲜。你觉得呢，查尔斯？”艾玛把汤碗推远，提高嗓门，把负责厨房工作的男仆卡莫多叫了过来。卡莫多穿着一件白色的外套，戴着一顶天鹅绒小毡帽。艾玛告诉他，所有的菜都得撤下去。

“那我们吃什么，面包和黄油？”父亲抬起手，拦住了一脸困惑的卡莫多，“别纠结这个了，艾玛。”

“你现在介意我做的事了？真是有钱闲得慌啊。”她的语气十分生硬。

“你们这是在吵什么？”我终于忍不住问道。

父亲的脸上露出了痛苦的神色，他让卡莫多退下。卡莫多缩头缩脑地溜走了，还不忘行了个礼。我真想跟他一起溜走。我不想听父亲接下来说的那些话。“是那些该死的卢比。”父亲最终还是开口了，两只手紧紧地绞在一起，“上周我只欠五千，现在却增加到了七千五,百分之八的利息……这次我没办法撑下去了。”

“他在开普敦找了个驯马的活儿，”艾玛冷冷地说，“农场完了。”

“什么？”我感到整个人分崩离析。

“运营农场就跟赌博一样，柏瑞尔。一直都是这样。”

“去开普敦就不是赌博吗？”我摇着头，尽力使自己接受这一切。

“那儿的人也喜欢马。我会有一个崭新的开始，或许这会给我带来好运。”

“好运。”我面无表情地重复着。

那天晚上，我把房间的灯光调到最暗。我躺在床上，感觉自己受到了无比沉重的打击。月亮缓慢移动，阴影爬上了我的床。房间里的柱子上仍然挂着珠串和装着动物骨头的口袋。这些东西越发让我觉得，我的生活是如此变化无常。它是怎么一下子变成了现在这个样子的？我越想越迷惘。我们的马厩里满是品种优良的骏马，并且运作正常。八十四匹无与伦比的赛马为父亲赢得了很高的声誉，只要是他送上赛场的马就不会输。清晨，马厩的钟声会再次响起，大家会像以往一样醒来。磨盘开始转动，马儿们会慢慢跑到牧场，大口嚼着槽里的干草——但这一切都是虚幻的。我们生活在一个幻影中。

12

月亮爬到了我小屋边上的樟树顶上，月光从敞开的窗户中照射进来，把房间里的箱子和架子都染成了黄色。我迅速套上裤子和鹿皮鞋，穿上一件长袖衬衣，跳进了干燥凉爽的夜色中。今天晚上有恩戈麦节。非洲部落在每个月圆的晚上都会举办恩戈麦节——年轻的吉库尤男女会在森林边缘高高的堤岸上，一起跳传统的舞。我往那里跑去，布勒跟在我脚后。我警觉地听着，以防四周有什么东西伤害到我们。同时，我的心里还记挂着父亲。

天刚黑的时候，我看到父亲在堆满纸片的书桌前办公，开始统计有兴趣买马的客户。这次失败似乎在他棕色的眼睛周围刻上了新的皱纹。

“艾玛也会去开普敦吗？”我问父亲。

“当然。”

“我会去吗？”

“假如你想去的话。”

我感到脖颈后面一僵：“难道我还有别的选择吗？”

“我想，你可以待在这里，成为某个农场主的妻子，开始管理你自己的农场。”

“嫁给乔克？”我颤抖着喊了出来。

“很明显，他已经决定在这里安家了，而且他想娶你。”

“我只有十六岁。”

“实际上，”父亲耸耸肩，“没有人强迫你。如果你想跟我一起走，我们可以从头开始，为别人工作。”

说完父亲低下头，继续统计着名单。我盯着他的头顶看了半天。他棕色的头发已经变得十分稀疏，露出了淡粉色的头皮，看上去十分脆弱。我从他的话中听到任何强制意味了吗？确实没有。如他所说，一切都取决于我自己。但他的语气又好像在温柔地引导我：不要去开普敦。“艾玛不想让我去吗？”

“坦白讲，柏瑞尔，”父亲上下扫视着名单，表情变得愤怒起来，“我现在有很多事需要操心，这些都跟你没关系。”

我回到房间上床睡觉，但我睡不着，忍不住反复思考着目前的状况。也许父亲做出的这些决定跟我没有直接关系，但它们同样改变了我的生活，迫使我做出其他艰难的抉择。如果可以的话，我永远都不想做出这些抉择。

我还没爬到一半，就听到了人们庆祝恩戈麦节的声音。鼓声让空气也激荡了起来。我脚下的土地震动着，就像四周有许多庞然大物用力踩踏着地面。我先看到了盘旋在山脊上的烟，接着是跳得高高的火苗，最后是地上烧过的灰烬。我终于爬了上去，跳舞的人们正忘情地挥洒着活力。舞者周围还坐了一圈观众，他们要么太小，要么早已过了跳舞的年纪。在这块舞动着的土地正中是一堆篝火，火苗似乎也在跳舞，散发出微微的煳味，给人们的脸庞和四肢涂上了红色的釉彩。年轻的女孩们梳着光滑的发髻,头发用珠子串了起来。她们的衣服上也装饰着长长的珠串，搭在系紧的皮带上。她们比我大不了多少，却似乎在各个方面都比我老成一些，好像知道那些我永远都不会懂的事。

一些年轻的男性腰间系着用薮猫皮做成的白色长皮带。他们踩着舞步来回跳动，薮猫皮就在他们的臀部和腿间摇晃不停。皮毛上的斑点和花纹在火光中闪耀，就像薮猫复活了一样。部落的首领低下头,发出了一声尖锐的叫喊,刺穿了我的全身。男人们也喊了起来，接着女人们做出了回应。他们喊来喊去，声音时高时低。喊声充满天地之间，似乎要把天空撕裂。他们身上的汗水反射着火光，皮肤随着鼓声微微颤动。鼓声越来越快，我的心也跳得越来越快，好像要飞出身体，随着歌声的节奏快速旋转。就在舞曲达到高潮的时候，我透过人群，看到了齐彼。

我们还是孩子的时候，经常跑去围观恩戈麦节，总是待到很晚才穿过树林回家。齐彼很喜欢点评那些舞者，认为他们应该更优雅一些，或者更富激情一些。现在，我们两人很少单独待在一起了。我已经想不起来，我们最近一次毫无顾忌地一起玩耍是在什么时候。火光在他身上投下影子，我看到他长大了很多，和以前不一样了。他身上的“舒卡”不是他以前常穿的那件，这件更加精美，左肩上打了一个结。他腰间系着珠子串成的皮带，脚踝处绑着黑白相间的猴皮，脖子上挂着一个镂空的狮爪装饰。他侧对着我，轮廓像一个王子——或许他一直如此，只是现在更像了。终于，他转过身来，黑色的眼睛越过跳动的火苗看到了我。我的心激动得怦怦直跳。他现在是“莫兰”了。我终于知道什么不一样了——他成了真正的男人。

我离开了人群，感到有些伤心。我们很久没有亲密地交流过了。我简直不敢相信，齐彼经历了人生中那么多重要而惊险的时刻，我却完全不知情。我四处搜寻着布勒，想尽快离开，却找不到它。我放弃了寻找，转身走到山脊边，准备下山去。这时，齐彼喊了一声我的名字。月亮在空中闪耀，洒下一片银光，照亮了我脚下纠作一团的灌木和草茎。我知道，即使我现在飞快地逃走，齐彼也能轻而易举地把我抓回来。所以我停住了脚步。

“他们说你父亲要离开恩乔罗了。”齐彼跟上了我，开口就问，“是真的吗？”

我点了点头：“去开普敦。”我不想跟他提起我家经济上的窘境，那实在太丢脸了。

“我听说那里有很多好马。”

“你成了‘莫兰’。”我试图转移话题，“你看上去棒极了。”月光下，他的脸上闪现出了骄傲的表情，却还有些别的东西。我意识到，他已经不知道该如何亲近我了。

“你要怎么办？”他问道。

“事实上，我也不知道该怎么办。有人向我提亲。”

我以为他会很意外，或是做出强烈反应。但他只是耸耸肩，好像这是理所应当的。接着，他又说了我以前常听到的一句俚语："新东西总是好的，即使它会让你感到疼痛。"

"难道你已经准备好结婚了吗？"我挑衅地问道。我不喜欢他语气中的权威和自信，就好像他早已知道了该怎么处理这样的事，我却还是一团乱麻。

他又耸耸肩，一副完全没问题的样子。"我要先去闯荡世界，村子里的那些'恩迪托'不适合我。"

"世界很大，你知道该去哪儿吗？"

"父亲跟我讲过很多他去过的地方。北边有基塔莱，南边有阿鲁莎，还有东尼亚 - 肯尼亚山。也许我会从他走过的地方开始。"

"阿拉普"麦拉牺牲的地方离这里很远。我怀疑齐彼也想去那个地方，尽管他没有提起。"你是不是打算去找那个杀死'阿拉普'麦拉的士兵？"

"也许吧。"他说，"然后，或许我会明白男孩的梦想与男人的梦想之间有什么区别。"他停了停，又接着说道，"我结婚后，父亲的灵魂会在我儿子的生命里复活。"

他的语气听上去非常高傲，充满自信。这让我更想挑战他，把他击败。我说："那个想娶我的男人很有钱，也很强壮，他就住在这附近，他三天就把房子盖好了。"

"是一间完整的房子，还是茅屋？"齐彼追问道。

"一栋真正的房子，用瓦铺了屋顶，装着玻璃窗户。"

齐彼沉默了一会儿，我觉得我的话一定让他印象深刻。“三天。”他终于开口了，“这样赶着造房子一点儿都不明智，这栋房子住不了多久的。”

“你又没有见过。”我有些生气，不由得提高了声音。

“那又怎么样？”齐彼说，“我会让他再建一个住所，专门为你而建，这次要更用心些。”他转身离开了，丢下一句话：“该让你知道我成为‘莫兰’后的名字了。我现在是‘阿拉普’努塔。”

回农场的路上，我懊恼不已，不停想着我该对齐彼说些更聪明的话，让他也受受打击，让他也跟我现在一样，感觉自己很渺小，不如别人。他现在的确是“阿拉普”努塔了，但他还没有野猪高的时候我就认识他了。难道经过一个晚上的仪式，他就变得无所不知、聪明绝顶了吗？难道一把锋利的刀和一杯凝固了的公牛血就能让他变强大吗？

就在我胡思乱想的时候，我突然意识到，如果让努塔发现我害怕即将到来的改变，哪怕只是让他捕捉到了蛛丝马迹，我就死定了。

但我的确很害怕，并且很困惑。开普敦离这里似乎隔了一整个世界。父亲到那儿以后，会非常忙碌，日夜操心。他得取悦那些马厩的老板和经理。我的确可以跟他一起去，但根本帮不上忙，只会拖他的后腿。除此之外，我就只能和艾玛待在家里，整理家务。光是想象一下这个场景就让我感到郁闷。

我也可以选择回到英国。假如我是另外一种女孩，就会做出这样的选择。我会考虑给母亲写信，问问她我能否跟她和迪奇住在一起。但英国比开普敦还要遥远，对我而言也更为陌生。这么多年来，母亲从未尝试过联系我，所以我无法接受自己去乞求她的帮助。那也意味着我必须再次面对她带给我的伤痛。我绝不会去的。那么，现在就只剩下嫁给乔克这一条路了。

我对婚姻一无所知。我只见过一对快乐的伴侣，就是D先生和D夫人，但我对他们的生活只剩下模糊的印象。一直以来，农场和马匹是更值得我托付的对象，我甚至从没想象过要依靠别的什么东西。但它们现在一点一点地消逝了。我才刚刚认识乔克，他怎么就被我吸引了呢？或许是因为我打猎打得好，或许是因为他喜欢我的相貌？不过嫁给他就意味着我可以留在恩乔罗。我依然可以看见这里的山脉和平原，可以过跟以前一样的生活。可是，乔克真的爱上我了吗？我能学会去爱他吗？

突然之间，一切都变得沉郁忧伤。我的未来是如此令人烦闷，而努塔的未来却在朝他所希望的方向发展，这实在太不公平了。我和他有十年都在互相比拼，比谁的胆子更大、谁的能力更强。既然这些年的比拼使努塔为他的未来做好了准备，那我也应该做好准备了。也许我们的策略有所不同，面临的风险也不同，但如果潜下心来认真研究，本质其实是一样的。不断观察别人跳跃教会了我怎么去跳跃，不是吗？我只需要观察努塔，弄明白他不再是个孩子，那我也就长大了。

第二天下午，我在自己的小屋里练习了一遍又一遍，试着让自己的声音听上去更自信。我要留在恩乔罗，我告诉父亲。

“那就好。”他点了点头，指尖相对支起手掌，盯着我看了半天，“我觉得这样最好。乔克很有主意，也不怕脏不怕累。我相信他一定会照顾好你的。”

“我自己就能照顾好自己。”我故作老成地说。我有些紧张，好像能听到自己脉搏跳动的声音，因此不得不沉默了一会儿。镇定下来之后，我才开口说道：“我能带上珀加索斯吗？”

“当然。你是光明正大赢得它的，我不会再把它要回来。”父亲站起身来倒酒喝。威士忌呛人的味道飘了过来，充斥了我的鼻腔。

“我也想喝一杯。”

父亲吃惊地看着我：“你应该去喝水。”

我摇了摇头。

“好吧，”他说，“我想，你也赢得了这个。”父亲递给我一只圆乎乎的厚底玻璃杯。我们俩默默地坐着，直到夕阳落下。我喝过红酒和香槟，但威士忌与它们大不相同。这种烈酒让我感到自己长大了。

“我们在这里干得不错，对吗？”父亲问道。

我点了点头，却找不到合适的言语来表达我的感受。我看着自己的酒杯，就让威士忌在我体内燃烧吧。

13

自从我同意了乔克的求婚，一切相关事宜就开始以惊人的速度运作起来。我们定做了服装，请了牧师，并把请柬寄到了远方的亲朋好友手中。艾玛对我礼服的每一处细节都了然于胸：象牙色的缎子缀满珍珠，并绣有玫瑰花环的图案，拖裙上要绣蓟花。不过既然我自己对服饰没什么品位，就随她去安排了。我的面纱由长长的薄绸制成，上面缀满了橙色的花苞。我的婚鞋轻薄精致，以至于我很怀疑它们能不能撑过一整天。很快，亲朋好友的礼物就送来了，有银质的蛋糕架，饰有金银丝的餐巾环，雕花玻璃花瓶，还有许多写着“普尔夫斯先生和夫人收”的支票。这些礼物都被小心地归置在房子的一角，而父亲和艾玛的东西则被放进了箱子，堆在另外的角落。看着农场一点点消亡，而我的未来只是虚无的计划，我有些头晕目眩。但我也知道，没有其他办法了。

在这几周繁忙的筹备过程中，乔克和我难得见面。一见到我，他就紧紧攥住我的手，告诉我我们将会多么幸福，他会怎样改造我们的农场，开拓新的地盘。他对我们的未来满怀抱负。在他的描述中，农场的每个角落都会欣欣向荣。我紧紧攀附着乔克的梦想，希望自己能松一口气。很久以前，父亲的绿山农场不也只是一片空无一物的荒地吗？我们的新农场会建起来，并且运转良好的，就像父亲的农场一样。我必须得相信这一点，即使我现在对乔克本人并没有很深的感情。

“你这个家伙动作真快，”我告诉多丝结婚的事时，她高声埋怨道，“上次我还听你说他让你感到紧张呢。”

“现在还是有点儿，”我坦白承认，“但我在努力适应。”

“在这儿，我们并没有太多选择。”她说道，“我想，将来有一天，我也会成为农场主的妻子。不管怎么说，乔克还是很能干的。”

“你觉得这能行吗？毕竟，我对他没有激情。”

“你会有的，傻瓜。至少你可以留在属于你的地方，而乔克会照顾你。就算你父亲不搬去开普敦，他也不能永远照顾你。”她傻笑着，“所以我父亲会把他认识的每个单身男性都介绍给我。”

十月的一个星期三，我们在圣徒教堂举行了婚礼。那天的阳光格外灼热。再过两周我才满十七岁，而那时的法定结婚年龄是十八岁。不过，父亲认为我已经足够大了，现在结婚再合适不过。教堂里，我挽着父亲的手往前走。一路上都在盯着乔克看，以此给自己打气，就好像我俩是一起上战场的战友。这个方法起初很有效，但当我和父亲走到乔克和衣衫簇新的牧师面前时，我的心开始剧烈地狂跳。我甚至感觉在场的每个人都能听到我的心跳声。他们肯定会猜到，我根本不爱这个男人。不过爱情本身就是就值得怀疑的，不是吗？爱情没有让我父母婚姻圆满，也没有减少父亲和艾玛生活里的困难。也许现实点儿的婚姻可以不让我走上他们的老路。我一边在心里默默祈祷着，一边抓住乔克的手。在牧师念了一大串复杂的问题之后，我鼓足勇气说出了“我愿意”，还有“我会做到”。

乔克有个来自英皇非洲步枪队的朋友拉文德上尉，是他的伴郎。拉文德上尉个子高高的，看起来十分机敏。他的眼睛炯炯有神，一缕金黄色的头发搭在前额上。他开着乔克的布加迪牌汽车飞快驶过内罗毕的大街小巷，送我们去诺弗克酒店。我在后面的皮座椅上被颠得东倒西歪，撞到乔克的大腿上，疼得要命。这说明了他的确很强壮，我在心里默默地告诉自己，也许父亲离开后，他有足够的力量帮助我扫尽生活中的阴霾。我紧紧抓住这个希望。我们从车里出来后，走过了一段长长的木质楼梯才到达酒店。每个人都在冲我们微笑。我的裙子和面纱就像蛋糕上精致的翻糖花纹。我们的照片被刊登在了报纸上，永久地保存了下来。

上百位宾客涌进了餐厅。这里被装饰成了最漂亮的样子。全国几乎一半的农场主都来了。他们曾经是农场主，后来去参军，现在又成了农场主。D 先生也在这儿，他戴着一顶饰有缎带的盔帽，皮带上挂着刀鞘。他一走动,刀鞘就在空中晃来晃去。他朝我转过身来，吻了我一下，并慷慨地送给我们一张金额很大的支票。D 先生略带伤感地跟我说，只要我需要，他就会来到我的身边。他的许诺让我十分感动，也使我镇定了一些。我双手提着薄绸裙子，从宾客面前缓缓走过，一下都没绊到。

宴会上的食物丰富多样，加了黄油的肉汁下，是足量的牛排、土豆块和切碎的洋葱粒。父亲还花了大价钱，为婚宴准备了上好的香槟。所以酒一端上来，我就尽情地喝。后来，轮到我跳舞的时候，我的脚已经有些不听使唤了。D先生带我跳了一支舞，他身后还排着长长的一队人，几乎每个能从妻子身旁溜走的农场主都过来了。我终于找到了父亲，他看起来很兴奋，同时也很悲伤。他的嘴角两边布满了长长的皱纹。他看向远处，眼神中透露着疲惫。

"你快乐吗？"父亲问道。

我点点头，扑进他的怀里，紧紧地抱住他，比以往任何时候都用力。

凌晨，拉文德又开车把我们送到了穆泰嘉乡村俱乐部。酒店的房间里亮着一盏水晶灯，正中是一张宽宽的大床，上面铺着天鹅绒被褥。

从订婚开始，我和乔克就没有时间真正相互了解。此刻，这种陌生的感觉更加强烈。灯光照在乔克身上，投下了浓重的阴影。我有些好奇我们躺下之后该做些什么，越想越迷糊。我已经喝醉了，同时又为自己的眩晕麻木感到高兴。乔克开始解我的扣子，还把舌头伸进我的嘴里来回舔。我们俩都喝了酒，嘴里满是酒气。我尝试着配合他，希望能表现得好一点儿，跟上他的动作。他灼热的唇吻着我的脖子，两只手在我的身体上游走。我们倒在了床上。他试图挤进我两腿之间，我身上又长又窄的衬裙却把他缠住了，这让我感到十分滑稽。我试图起身帮他，却忍不住笑了起来。刚笑出声我就意识到自己犯了个愚蠢的错误。

关于夫妻之事，我又知道些什么呢？我只在牧场里见过动物们交配，再就是听齐彼说部落里那些年轻的男孩和女孩在暗处偷偷摸摸。我根本不知道该做什么，或者该怎样“献出”自己。不过我知道有件重要的事情被改变了。本来，乔克的胯部抵着我的大腿根，我能感觉到那里有个硬硬的东西，但现在它耷拉下去了。我还没弄清楚是怎么回事，乔克就从我身上翻了下来。他用手臂挡住眼睛，好像房间里的灯光过于刺眼。事实上这里一片昏沉，四处都是阴影。

“对不起。”我终于开口说道。

“不，没关系。我只是累了。今天的事情实在太多了。”他用胳膊支起头，重重地吻了一下我的脸颊，然后把枕头摆正，躺在了上面。

我细细看着他脖子和肩膀的弧线，脑中一片混沌。我做了什么？又没做什么？我嘲笑他了吗？或者应该说我嘲笑了我们俩？我躺在床上胡思乱想，既吃惊又困扰，乔克却开始轻轻打鼾了。他怎么能在这个时候睡着呢？这可是我们的新婚之夜，而我孤零零地一个人醒着。

我脱下裙子，走到脸盆前洗了把脸，把香粉和滑滑的口红都冲洗干净。我非常小心，尽量不让自己看到镜子。我只穿了一件很薄的睡袍，还是艾玛在一家蕾丝店里买的，穿在身上冷冰冰的。我回到床上，轻手轻脚地爬到乔克身边。他睡着后所占据的空间好像比醒着时还要大，看起来就像一座结实的大山。他的喉咙里发出呼吸的声响，似乎正做着无人知晓的梦。我躺在他旁边，希望自己能尽快睡着。

第二天，我们来到内罗毕车站，登上了开往蒙巴萨的火车。接下来的日子，我们就要坐船去印度度蜜月了。

我现在成了柏瑞尔·普尔夫斯夫人，却仍然是个处女。

14

孟买的空气中充斥着各种香料的气味，大街小巷中回荡着西塔琴的曲调。狭窄的路旁挤满了白色的平房，每一间都挂着可以透视屋外的百叶窗。每天最炎热的时候，这些百叶窗会把各家的窗户遮得严严实实，等到暮色降临，天空变成红色或紫色时，人们又会把百叶窗打开。我们来到了乔克的叔叔婶婶家，就在风景迷人的马拉巴尔山下，那里有个大院子。乔克的父母，还有他三个叔叔中的两个都来了，想看看我是否符合标准，而我也想好好看看他们。我获得了一个新的家庭，就像中了彩票一样。

旅途中，乔克跟我讲了小时候他家是怎样从爱丁堡搬到印度的，都是些地产交易、生意合并之类的事。当我亲眼见到这家人的时候，我发现自己很难记住那些细节。在孟买，褐色的印度洋就在我们身后，海面如同丝绸般光滑。眼前的这一家人都是典型的苏格兰人，他们肤色红润，骨骼强壮。乔克的妈妈肤色最亮，远远看过去就像一只穿着艳丽丝绸的火烈鸟。她红褐色的头发挽成了一个高高的发髻，用洁白的发绳绑住。乔克的父亲威廉姆医生，简直跟乔克长得一模一样。他的双手看起来很有力，眼睛是亮亮的蓝色。他冲我眨了眨眼，试图安抚我紧张的情绪，而他的妻子则向我抛出了一串根本不算问题的问题。

“你实在是太高了，不是吗？”她不停地反问，“高得不正常。难道你不觉得吗，威？”

“我觉得还没到不正常的程度，亲爱的……”威廉姆医生穿着带花纹的皮鞋，他每说完一句话，脚尖就会翘一下，让人以为他会接着再说些什么，但实际上什么也没有说。

乔克紧张地拍着我的膝盖：“这说明她非常健康，母亲。”

“好吧，不过她看上去太阳晒得太多了，不是吗？”

后来，我和乔克回到房间，准备换衣服去吃晚餐。我在落地镜前仔细地观察自己。我不习惯穿连衣裙和长袜，也不习惯穿当时流行的绑带高跟鞋，丝袜好像总是穿得不对。艾玛在内罗毕买的新内衣也让我感到不舒服，腰部两侧总是勒得我难受。我觉得自己根本不像个女孩子。

“别烦恼了。”乔克一边调整他背带裤上的松紧带，一边说道，“你看起来很正常。”

我把手够到身后，试着又把长袜调整了一下。“你母亲不喜欢我。”

“她只是不想失去我，做母亲的都是这样。”他说得很轻松，但这些话却像刺一样扎在了我的心上。我怎能知道这些呢？

“她看不起我。”我说。

“别傻了，你是我的妻子。”乔克站起来，走到我身边，拉起我的手，紧紧攥住。但松手之后，他的话却不断在我脑海里回响。我觉得自己还是太小了，根本不适合妻子这个角色，也不够了解作为妻子应该做些什么。我对家庭生活完全没有经验，不知道其中有哪些重要的事。但我不知道该怎么跟乔克说，我对我们在婚礼上做出的承诺感到害怕。那天深夜，我躺在他的旁边，感到十分孤单。我浑身麻木，好像身体的一部分已经死去了。

“亲亲我吧。”我跟他说。他照做了。尽管我向他探过身子，试图迎接他的吻，却感受不到两人间的情感交流。

我从来没在海边待过这么久。我很不喜欢潮湿的空气，饱含盐分的水汽沾在我的皮肤上，黏糊糊的，让我每时每刻都想洗澡。我更喜欢非洲尘土飞扬的干燥空气。在这儿，潮气侵蚀了一切。它爬到墙上，溜进紧闭的窗户里。房间的墙壁上长出了黑黑的霉斑，就像是老年人的皮肤。

“我们不该待在这里。”我对乔克说，“孟买太潮湿了，简直能把人淹死，我们回家后一定要把在这里沾上的潮气彻底洗掉。”

“你说得好像印度把恩乔罗的雨水都偷来了一样。可是不管怎么说，我们已经到这里了，那就试着享受这里的生活吧！”

最开始，乔克很喜欢扮演导游的角色。他自豪地向我介绍敞亮的集市，那里飘荡着咖喱和洋葱酸辣酱的香味，还有包着头巾、摇晃着身体演奏西塔琴的乐手。他带我去马球场和特夫俱乐部。俱乐部里面富丽堂皇，外面的草坪也修剪得整整齐齐，简直能让内罗毕的俱乐部自惭形秽。我牵住他的手，认真听他介绍，试图忘记在家里遇到的各种烦心事。毕竟我们是新婚夫妇，不得不在乔克的家人面前表现出该有的样子，但每当夜晚到来时，情况就不一样了。我们已经结婚几周了，但发生性事的次数用一只手就能数得过来。我们的第一次发生在去往印度的旅途中。我大部分时间都在晕船，尤其在从亚丁湾去往阿拉伯海的航程中。后来，我才勉强能够走出船舱，来到甲板上面，我看到天际线在面前无限扩展延伸。

在晕船症状减轻的空档，乔克和我在那张狭窄的床铺上做了第一次。但这整件事对我来说，就是两人的手肘和膝盖混乱地压在一起，下巴磕磕碰碰。直到快结束的时候，我才知道这是在干什么。乔克亲了亲我的脸颊，说："这真是棒极了，宝贝。"然后就爬下我的床铺，回到了他的床铺上，留下我一个人怅然若失，像新婚之夜一样困惑。

与此同时，我发现乔克嗜酒，这让情况变得更糟。在孟买，每天下午四点，我们就会和他的家人一起在阳台上喝鸡尾酒。我很快就发现，他们每个人喝酒的方式都很固定，比如加多少冰块、多少酸橙，都是固定的。空气里满是酒气，我的喉咙里都充斥着刺激的酸味。乔克的叔叔奥吉登肤色很红，除了乔克以外，就数他最早拿起酒杯。他喜欢坐在蓝花楹下的椅子上，树梢上停满了聒噪的黑鸦。

"在印度，这些鸟已经成了我们的私人清洁工。"奥吉登一边对我解释，一边指着地上的一群黑鸦，语气中带着一种奇怪的自豪感，"如果不是它们，这些街道早就被垃圾淹没了。"

我看到一只黑鸦优雅地衔起一只死老鼠，飞到了浅红色的沙堆上。"它在做什么？"我问。

“清洁它的食道。”奥吉登解释道，“就跟你吃完饭后清洁牙齿一样。”

我仔细观察着这只鸟。接着又飞来了两只黑鸦，争抢着啄食石头上砸烂的栏果。它们用锐利的尖嘴狠狠啄着对方，不抢到食物誓不罢休。看到这一幕，我悲从中来，更加怀念家乡。印度的一切对我而言都太陌生了，这样的日子似乎没有尽头。乔克或许喜欢他印象中的我，一个十四岁的金发女孩，但他并不了解我，就像我不了解他一样。即使我们整天待在一起，仍然像是陌生人。我试图说服自己——假如我们待在自己的家里，做着自己的工作，相处起来也许会容易得多。一定是这样的，必须是这样。

有一天晚上，因为乔克的母亲喝了太多的杜松子酒，忘记厨师早就通知开饭了，那晚端上餐桌的菜都又凉又硬。她喝醉了，在昏暗的院子里歪歪扭扭地晃来晃去，最后靠在一棵盆栽棕榈树上闭着眼睛睡着了。但似乎没人注意到这件事，或者他们早已习以为常。

“我们上床睡觉去吧。”我对乔克说。

“什么？”乔克的眼睛也因为喝酒充满血丝，他努力把注意力集中到我身上，压低声音问道。

“我累了。”我说。

“你先走，我一会儿就来。”

我穿过餐厅，餐桌上摆满了变冷煳掉的咖喱，仆人们不敢擅自把这些菜撤走。我走进浴室，爬进贴满彩色瓷砖的浴缸里。瓷砖上画了一只老虎，不过这只老虎上了年纪，身上的花纹褪成了黯淡的灰色。在印度，可以听到真正的老虎在某些地方饥饿地吼叫，就像帕迪曾经对我怒吼一样，这让我很不舒服。但是，我宁愿待在老虎出没的非洲，甚至回到我逃学时住过几晚的猪圈。至少那个时候我知道自己对抗的是什么。我把身体放低，让滚烫的水没过自己，就这样等着乔克。水逐渐变冷,我就再加热水。但最后我还是爬了出来，自己一个人上了床。我蜷在杏色的丝绸被褥里，微微发抖。

“亲爱的多丝，”第二天，我在明信片上写道，“孟买非常漂亮，风景迷人。我们几乎每天都去特夫俱乐部。乔克和那儿的会员们为我表演了怎样打马球，你真应该来亲眼看看。”

我看着自己写下的每一个字，心里很清楚，我应该告诉她或者别的某个人，我在这里的感觉糟透了。但我不知该从何说起，而即便说了又能怎么样呢？我咬着笔杆，仔细思索还可以写点儿什么。最终，我只是签上了自己婚后的名字，把明信片寄了出去。

15

我们在孟买住了将近四个月，等回到家时，英属东非领地已经不存在了。休战细节终于确定下来，受大英帝国“保护”的领地被划归给了各个主权国家。我家所在的地方属于肯尼亚，这个名字来自境内最高的山。这是一块典型的殖民地，成千上万座墓碑证明了这一点——几万名非洲土著和定居于此的白人为了保卫它而战死，瘟疫和流感又带走了数千人的生命。城市乡间，疾病肆虐。不管是老弱病残，还是年轻人，都没能逃脱，其中还包括许多像我一样的新婚妻子。被遣散的农场主和牧民们绝望地回到了家，没人知道该如何从头开始。

我也同样绝望。我回到绿山农场，想着父亲和艾玛应该在整理行装，准备出发了。我原本计划躲在孟买，正好避免看到自己的家分崩离析，让人心痛。但事实是，父亲的农场还没有卖掉，他们并没有搬走。

“我想再试试，尽量拖一下。”父亲试图跟我解释，“假如我能够再赢几场马赛，就可以吸引到更好的买家。”

“哦。”我淡淡地回答，之前发生的一切瞬间涌上心头，让我久久不能平静。我匆匆忙忙地嫁给了乔克，原以为没有其他路可走，现在父亲却突然告诉我，我本可以有一整年的时间充分考虑这件事。我可以待在自己家里，轻松地思考，慢慢地了解乔克。或许，当然也仅仅是或许，我还会有其他的选择。现在一想起这些，我就痛苦万分。为什么我不再等等呢？

"你和乔克打算来吃晚饭吗？"父亲轻声问我。这句话像是一记巴掌，狠狠地掴在我的脸上。我现在只是一个客人了，我的家在别的地方。

接下来的几个月是我人生中最难熬的一段时间。乔克的农场跟绿山农场的景致别无二致，就连空气给人的感觉都是相同的，但我仍然不能说服自己，我属于这个地方。

在我们的农场，几乎每天太阳都会在傍晚六点以前早早下山。太阳落山后，不管有没有别的事要做，乔克都会早早地洗完澡，坐在酒吧间里，喝掺了水的威士忌。我们还在孟买的时候，我就说服自己，试图相信他不过是在家庭聚会时偶尔喝酒。我以为那就跟黑鸦和罗望子酒浓烈的酸味一样，只在孟买才会出现。结果我们回到家后，乔克仍然保留着喝酒的习惯。吃完晚饭后，他会抽支烟，再给自己倒上第二杯酒。他手握杯子时，会流露出深情款款的神态，仿佛杯子才是他的老朋友、陪伴他度过万难的忠实伴侣——可他究竟面对过怎样的困难？

我很难猜到乔克在想些什么。他工作很卖力，比我父亲更甚。

但他心灵的大部分都是封闭起来的，就好像他双眼后面有一道紧闭的屏障，旁人没有办法越过去。我的父亲也从没有情绪化的时候。也许所有男人的心灵深处都有所保留，让人难以理解。但我每天都要跟乔克一起度过漫长的夜晚，这种沉默实在让人忍受不了。如果我试图跟他说话——天啊，但愿我从未这样做过——让他少喝点儿酒，他就会破口大骂。

“滚开，柏瑞尔，你过得倒挺舒服的，不是吗？”

“你是什么意思？”

他只是挥手赶我走，然后转过身去。

“假如你觉得有压力……”我小声说着，试探着走向他。

“你知道些什么？”

“我的确不知道。”我等着他来告诉我，这一切究竟是为什么，但他似乎也不知该怎么说，我当然更不知道。我真希望D夫人还活着，可以给我一些鼓励或建议。我甚至希望多丝可以用手肘捅捅我，然后说：“去吧，你得跟他谈谈，加把劲。”只剩我自己一个人时，我就拨弄火堆，找本书看，或者去看马匹训练的册子，核对第二天的清单。我把全部精力投入到工作中，希望能把一切疑虑抛开，好像这样就能够让烦恼平息。但让我疑虑的不仅仅是乔克。我们的生活中到处都是待办的事：一个个账目需要填平，一顿顿饭需要准备，一张张床需要铺好，还有必要的亲吻。这就是婚姻，我不断告诉自己，全世界的人每天都是这样过的。但是，对我而言，为什么这些事如此陌生，又让我如此别扭难受呢？

有些时候，我试图拉近自己和乔克的距离，于是我跟他做爱。在挂着蚊帐的房间里，我的大腿滑到他宽宽的臀部，我的嘴在黑暗中寻找他的嘴。他的舌头温暖而柔软，尝起来有威士忌的味道。我继续下去，吻得更加深入，两腿张开坐到他的腰上。而他却紧闭着双眼。我吻他的眼睛，把他的棉质衬衣掀开。我的嘴顺势而下，滑过他浓密的胸毛，在他的肚脐上打圈。当我贴着他的肚子吹气时，他发出了轻轻一声呻吟。他的皮肤温暖，有咸咸的味道。每次我这样吻他的时候，他都会有一点儿反应。于是我趴在他的身上，用手轻柔地握住他，屏住呼吸，慢慢地坐了下去。但一切都太晚了！我还没开始动，他就软了下来。我试着去吻他，他却不愿直视我的眼睛。最终，我穿好睡衣，在他身边躺下来。我感到分外羞辱，他一定也是，但他不会在我面前表现出来。

“我今天这样实在对不起，柏瑞尔。”他说道，“我脑子里要想的事实在太多了。”

“你在想什么？告诉我。”

“你不会理解的。”

“求求你，乔克，我真的想知道。”

“管理农场实在不轻松，你是知道的。假如我们失败了，那会是我的错。”他发出一声叹息，“我现在是拼上了性命在干。”

“我也是。”

“那么，我们能做的也只有这些了，不是吗？”他用干干的嘴唇轻轻吻了我一下，“晚安，宝贝。”

“晚安。”

我尝试着入睡，但直到乔克进入梦乡，我还清醒着。我心里一直有一个天真的想法——我想回到绿山农场，我自己的床上，待在自己原来的旧房子里。我的小床周围摆放着石蜡箱子做成的家具，它们在灯光下的影子已经刻在了我心里。我真希望时光可以倒流，把我带回那个熟悉的地方。我想回家。

“我真希望能对乔克做点儿什么。”几个月后，我在城里见到多丝时跟她说。她当时正赶着去上学，不过我说服她在诺弗克酒店与我见面。我们一起喝茶，吃着三明治。“我觉得从床上开始应该最容易。”

“我对这个一点儿都不懂。塞科姆女子学校里没有男孩子，跟我跳舞的那些男孩倒是对我有点儿意思，但也没有什么实质性进展。”

“我们也没有，我是说真的，而且我们从来都不谈论这个。虽然我看不见，但能感觉到。”

“那他喜欢这个吗？”

“我怎么知道呢？”我看着多丝把三明治面包的硬边切掉，只留下最好吃的淡奶油和碎火腿。我真羡慕她，她是多么幸运啊，只需要担心考试就行了。“你有时会不会希望我们还是十三岁？”

“天哪，绝对不会。”她拉长了脸说，“你也不会的。”

“不过那个时候的生活真的简单多了。”我叹了口气，“乔克的年龄是我的两倍，他还打过仗。他应该知道怎么解决这些事情的，不是吗？”我又叹了口气，感到十分恼火，“这是男人应该做的。”

“我也不是这方面的专家，”多丝耸耸肩，“再说我根本不了解乔克。”

“什么时候来我家玩吧，”我趁机邀请她，“我需要有人为我打气，我们也会玩得很开心的，就跟以前一样。”

“我还要考试呢，你忘了吗？然后要去都柏林，跟我母亲的家人一起生活一年。我以前告诉过你的。”

“不，你不能走，你是我唯一的朋友。”

“哦，柏瑞尔，也许日子没有看起来那么糟糕。”但她没有再说下去。我难过得落下泪来，这让我们俩都很意外。

在接下来的几个月里，我见证父亲赢得了“海军杯”“军事杯”“战争纪念杯”“迈尔伯格·希德尔杯”，以及享有很高声誉的“东非标准金奖大赛”。当然，这一切都跟我无关了，但仍然少有靠谱的客户来买父亲的马。有报纸报道，绿山农场已经彻底玩完了。虽然父亲在全国享有很高的声望，但依然于事无补。那家报纸在刺探父亲的获胜秘诀时，用了很大的篇幅叙述绿山农场破产的谣言。还有几位报社编辑煞有介事地分析了这背后的原因。《内罗毕领导报》甚至还刊登了一首嘲弄父亲的小诗：

有个训练师名叫克拉特巴克，
他总是好运连连，从未失败，

但现在好运不再，

他的马厩要卖空，

他的房子都要卖掉啦。

父亲似乎对这些嘲弄毫不在意，或者装作毫不在意。但看到人们公开羞辱没落的绿山农场，我感到十分痛苦。我真希望每个人都能记得，我们的农场曾经有过光辉的岁月。它是在一块一无所有的荒地上建立起来的，我们在那儿度过了无比快乐的时光。但经过十六年的辛苦劳作，建立了高标准的规范之后，现在每个人都只谈论它的失败。绿山农场成了一个悲凉的笑话，父亲也成了人们引以为戒的例子、同情的对象。

拍卖农场的过程持续了几个月，每天我都心痛不已。买家们为手推车、干草叉和骑马钉之类的小东西和父亲讨价还价。整座农场就像是一盒被倒在了地板上的拼图，等着被陌生人一片一片捡走。农场里的建筑也逐渐被拆除了，先是马夫住的小屋，接着是马厩，然后是房子。马都以极低的价格被卖掉了，我心疼得不得了。乔克和我以正常的价格买下了十六匹马，包括珀加索斯，我们能做的只有这些了。

“你绝对不能以低于五百英镑的价格卖掉康姆。”父亲在临走的那天提醒我。我一直把他送到了内罗毕。在火车站，牲畜们被赶上车又赶下车，引起了不小的骚动，扬起一阵阵红色的尘土。“托托”们拖着或扛着箱子与盒子，这些行李几乎是他们的两倍大。其中一人艰难地抱着一根黄色的象牙，象牙摇摇欲坠，看上去就像在他怀里跳舞，而艾玛却小题大做，担心她的帽子没戴好。

这么多年来，艾玛一直在教导我守规矩，现在她对我已经没有什么好说的了。我也是一样。我不记得当时为什么会那么激烈地反抗她。她看上去像我一样若有所失。她紧紧地握住我的手，然后匆匆登上了车厢门口的三级台阶。这就算是告别了。

“你需要什么的话就告诉我们。”父亲说道。他捏着帽边，手中的帽子转了又转。

“别担心，我会过得很好的。”我说。尽管我并不确定自己能不能做到。

“将来，你如果想为其他雇主训练马匹，或许可以去找德拉米尔。你的基础很好，也有这方面的天赋。”

“你是说拿到我自己的驯马师执照？有女人做过这行吗？”

“也许没有，不过并没有谁规定女人不能做。”

“我可以试试……”我的声音越来越小。

“保重自己，努力工作。”

“我会的，爸爸。”

我们两人都不善于表达内心的情感。我告诉父亲，我会想他的，然后看着他登上了火车。他的肩胛骨在衣服下格外突出。很久以前，我就知道父亲会离开，但当这一刻真的来临时，我依然觉得自己没有做好心理准备。他知道我有多爱他吗？他知道当我失去了曾经与他共同拥有的一切，是多么心痛、多么茫然无助吗？

一个穿着红衣服的搬运工提着一只重重的旅行箱从我身边跑过，我的记忆好像突然被唤醒了。四岁的时候，我眼睁睁地看着火车发出尖锐的声响，冒着浓浓的黑烟，带走了我的母亲。从那时起，我和她的距离就越来越远。后来，“拉克维”学会了忍受失去的痛苦，适应母亲离开所带来的变化，找到美好的东西，学会了如何跑得更快，长得更壮。可现在那个厉害的女孩去哪儿了？我的体内已经感觉不到她的存在了。我也无从得知得熬多久父亲才会回到我身边，假如他还会回来的话。

熏得漆黑的车头发出了低吼，火车准备启程了。尖锐的汽笛声响起，仿佛刺穿了我的心。最终我别无选择，只能默默离开。

我一到达恩乔罗，天空就下起雨来。这是一年多来的第一场雨。黑沉沉的天好像被撕开了一个大口子，滂沱大雨倾泻而下，似乎完全停不下来。两天里的降水量达到了五英寸[1]。暴雨停下的时候，持续许久的干旱终于结束了，大地再次换上了绿装。草原上开满了你能想象出来的各种颜色的鲜花。空气中弥漫着茉莉花和咖啡花的香味，还有圆柏和桉树的清香。肯尼亚沉睡了很久，现在大雨唤醒了它。曾经死去的一切都活了过来，除了绿山农场。

1　1 英寸等于 2.54 厘米。——编者注

16

我在丛林中生活的这些年里，从未患过疟疾、瘟疫，也没有发过严重的高烧。但现在，我感觉自己好像得了不知名的重病，那是一种精神上的疾病。我茶饭不思，没有什么能让我打起精神来。对我来说，什么都没意思。而乔克则忙进忙出，兴致勃勃地为农场、为我们的生活做着各项计划。他买下了父亲的磨坊。这是农场的最后一件拍卖品，售价非常便宜。尽管乔克对这笔买卖感到高兴，我却忍不住觉得这是在证明父亲的失败，我们拥有的东西是踩着绿山农场的骸骨建立起来的。

我能想到的调节情绪的唯一办法，就是把注意力转移到马儿上。我找到了一个黑色账本，跟父亲原来用过的账本一样。我开始在上面记录马厩里的各种情况，马匹的训练时间、喂食计划，马夫的薪水，还有需要订制的设备。我在马厩的角落里建了一间办公室，里面的陈设就跟父亲原来的那间小屋一样，有一张小桌、一盏马灯，墙上挂着一本日历，上面用粗线圈出了接下来赛马大会的日期。每天，我都在太阳升起前起床，亲自参加马匹的晨训。但这些还不够。我的大脑里好像有一个警钟在敲。我醒得越来越早，有时甚至会在半夜醒来,惊出一身冷汗。我做了些什么?我可以弥补自己犯下的错吗?我可以得到自由吗?

大多数时候，我和乔克背道而驰。我工作得越努力，他就越表现得好像我夺走了属于他的东西。我意识到，他理所当然地认为我应该把他的追求当作自己的追求，我应该开心地投入他的怀抱而不是寻求独立。有时,他辛苦忙碌了一天之后,会打开留声机播放音乐，第一首歌就是《如果你是世界上唯一的女孩》。我们婚后不久，乔克就买下了这张同名唱片，把它当作我们第一次跳舞的纪念。我曾认为他的举动十分甜蜜可爱。但现在这支曲子只会提醒我们，我并不是他想象的那种女孩。我当然不是他想要的那种女孩，但我也不知道该怎么办。

我穿上裙子，来到主屋。他已经喝得有点儿多了，含混不清地跟着留声机中的音乐哼唱着，却完全跑了调：

只属于我们两人的伊甸园，
没有什么来打扰。
我会向你娓娓诉说着美好。
还有许多美妙的事等着我们，
如果你是世界上唯一的女孩。

“你明天早上会很难受的。把它关掉，上床睡觉吧。”

“你不爱我吗，柏瑞尔？”

“我当然爱你。”我飞快地回答，不带任何感情。事实上，当我把乔克同父亲，或者我最崇拜的“阿拉普”麦拉相比较时，他就变得十分渺小。但这并不都是他的错，我也有责任。不知为什么，从前我竟然认为自己可以跟一个完全陌生的人结婚，而生活会奇迹般地顺利运转下去。我们所住的房子建得很仓促，我对乔克的承诺也做得太仓促。我匆忙做出了决定，却是一个错误的决定。“喝点儿咖啡，然后上床睡觉。”

“你甚至不敢试着承认。”这支曲子结束了，留声机发出“嗞嗞”声响。“你对那只狗的感情都比对我的深。”他一边说，一边站起身来，把唱针拨到开头的位置。

布勒几乎一夜之间就衰老了，还得了关节炎。它现在又聋又瞎，脆弱不堪，就像易碎的玻璃。如果父亲是它的主人，一定会果断地给它一枪，让它不再痛苦。但我做不到，我选择陪伴它度过最后的时光。我有时会把脸搁在它粗糙的脑袋上跟它讲话，虽然它听不见。我告诉它，它曾经是多么勇敢，现在也是一样。

“它快要死了。”我对乔克说，声音开始哽咽。但即使徘徊在死亡边缘，布勒也表现得比我勇敢。大半年里，我都躲在自己做出的草率决定后面，强迫自己不去想将来或者过去。但眼下，将来和过去在这个房间里交汇到一起，裹胁着我们。我大脑里那种可恶的钟声又开始鸣响。我知道，只要不冲破这团我亲手造就的乱麻，它就不会停。除此以外，别无他法。

“我想去为德拉米尔工作。”我快速说道，生怕自己改变了主意，再也说不出口，“我可以在那里学习驯马，父亲临走前也建议我这样做，我觉得这是个好主意。”

“什么？我们自己也养马，为什么还要去别的地方？”

“我并不仅仅是为了工作，乔克。我们之间的一切都是错误，你比我更清楚。”

“我们才刚刚开始，需要一点儿时间适应。”

“时间不会带来任何改变。你应该娶一个适合你的妻子，她会关心你，为你养育孩子，为你做妻子该做的一切。我并不适合你。”

他转过身来，手里拿着酒杯。我可以看到他体内的另一个自我——带着坚硬的外壳，身形清晰，棱角分明，就像是他自己永远无法抵达的远山。我击中了他的软肋。“这么说，你并不爱我。”他一字一句地说道，语气冷冰冰的。

“我们甚至还没怎么认识对方，不是吗？”

他紧紧地抿着嘴，嘴唇扁平而苍白。接着，他说：“我这一生中从未放弃过任何事，我不是那种虎头蛇尾的人，这件事传出去像什么样子？”

“像什么样子？至少，我们都很诚实，坦诚地面对一切，这难道不是更好吗？”

他微微地摇了摇头，动作很细微也很迅速，让人不易察觉：“我会成为大家的笑柄……被一个女孩子要了……我的家人会惊恐万分，蒙受羞辱。我们需要保护家族的名声，你是知道的。”

他这是在用父亲和农场破产的丑闻来阻止我，不过我并没有作罢。“那就把一切责任都推到我身上吧。我不介意，我也没有什么可失去的。”

“我并不认为你说得对！”

他怒气冲冲地上床睡觉了。我不知道，现在我俩究竟是什么状况。我就睡在炉边，不停地前后挪动位置，全身一边炙热难耐，一边如坠冰窟。我以为第二天早上，我们就可以把这件事厘清，没想到这次争吵带来的冷战持续了三天。我不知道他在考虑什么，不过他似乎不太可能就这样让我离开。这会玷污他的名声，让全国的人都看到他的失败。我理解这一点。他娶我是因为他到了结婚的年龄，仅此而已。他的家人希望他结婚，希望他过上圆满、稳定、富足的生活。他现在肯定不想让家人失望。他太骄傲了，一直习惯于掌控生活中的一切。再小的细节，只要违背了他的想法，他也要矫正过来：田地里，再深的树根也必须挖出来；准备建造花园的地方，再大的石头也必须搬走。他用强壮的肌肉和坚毅的魄力移除了每一道障碍，但他不会用武力强迫我屈服——又或许他会?

第三天晚上，乔克终于肯坐下来跟我谈了。他眼中一丝感情也没有，就像又冷又硬的打火石。“你不能把一切事情都埋进沙子里，然后忘得一干二净，柏瑞尔。如果你想去为德拉米尔工作，那你就去吧，不过你的身份仍然是我的妻子。”

“那我们只是表面上的夫妻了？要这样过多久？”

乔克耸耸肩：“别忘了，你也需要我。你父亲的马有一半在我手上。你那点儿薪水根本养不起它们。”

“你用我的马来威胁我？看在上帝的分儿上，乔克，你知道它们对我而言有多重要。”

“那就别挑战我的底线。我不希望自己看上去像个愚蠢的傻瓜，你也不可能收买我。”他的声音听上去如此陌生。不过他说得对，也许我们永远只能做陌生人，对我和他而言都是如此。不管怎么说，我很怀疑自己还会不会再去碰他。“你简直玷污了‘诚实’这个词，”他继续说道，“那么对你而言，现在这样够不够诚实？”

17

一个星期之后，我骑着珀加索斯离开了乔克的农场，随身只带了几样东西。行李绑在马鞍上，包括一套睡衣、一只牙刷、一把梳子、一条备用的长裤和一件结实的男式棉质衬衫。我为珀加索斯带了一条厚厚的毯子、一把刷子、几磅碎燕麦，以及一把用旧了的铁匠刀。凡是马鞍上放不下的东西我都没带。能够像这样轻装出行穿越丛林，实在是棒极了。但同时，我身后还遗留了无数尚未解决的问题。我与乔克定下了“魔鬼契约”，他掌握着我的自由。唯一能够摆脱他的方法，就是获得驯马师资格证。首先要拿到证书，然后努力地工作，最后还需要一次机会，一次赢得比赛的机会。如果一切都能按照设想完美地进行，我就能够完全独立了。这个想法真叫人兴奋，我怀抱着这个希望，决心为它付出一切。

大裂谷蜿蜒起伏，索伊撒姆布就坐落在最高的山峰边，是一块狭长的高地，两边是艾尔曼提亚湖和纳库鲁湖。德拉米尔家的牲畜拥有几万英亩的草原，它们的生活既安全又舒适。D 先生现在主要投资羊群，他喂养的是马萨伊羊。这些羊身上长着缠作一团的棕色长毛，一眼看上去，几乎认不出它们是羊。十年前，他在赤道农场第一次养羊时，四千只羊最后只活下来了六只。不过他一点儿也没有被困难吓倒。他把死掉的羊统统烧掉（据说足有八万磅重），重新购置了羊羔。他吸取了深刻的教训，成了整个肯尼亚最成功的大农场主。

但不是每个人都敬重他。不管是在城里，还是在乡间的小路上，很多人都离D先生远远的，避免与他争论，或听他大谈特谈“印度问题”。他认为，我们应当割裂同印度的关系，永远别再跟它牵扯到一起。同时，他对土地很贪婪，说起话来总是粗声大气，嗓门比任何人都高，别人根本说不赢他。但D夫人总能看到他身上良好的品质，我也一样。他工作起来比我认识的任何人都努力。他每天工作十二至十六个小时，在起伏的群山中牧羊。他总是充满激情，不屈不挠。从我认识他起，一直到现在，也就是说在我的整个人生中，他都对我很好。

“柏瑞尔，亲爱的。”我刚进门，他就大声招呼道。他把步枪摔坏了，正在小心翼翼地打磨枪托，长长的头发就像茂密的草丛。“这么说，你想成为像克拉特一样的驯马师，是吗？当驯马师可不轻松。”

“我并不想要轻松的生活。”

“也许吧，”他平静地看着我，“但我从没见过像你这么年轻的人得到英国驯马师执照。而且，不用说你也知道，假如你成功了，你将成为第一位女驯马师。”

“任何事都得有人迈出第一步。”

“你该不会是从乔克那儿逃出来的吧？”D先生温柔地看着我。

我有些心虚，不敢直视他的眼睛。“你别忘了，我结婚的时间可不短，我知道有些事会很麻烦。”

“别担心我。我需要的只是一份明确的工作，我不需要任何特殊的照顾。我跟其他人一样，睡在马厩里的床上就可以了。”

“好吧，好吧。我不探听你的私事，也不给你什么特殊照顾。不过万一你需要帮助，我希望你能直接告诉我。”

我点了点头。

“现在我已经是个多愁善感的老浑蛋了，对吧？来吧，我先帮你安顿下来。”

D 先生带我来到了一间很小的木屋前，旁边就是大片的牧场。地上铺着宽宽的厚木板，满是磨损的痕迹，屋里只有一张行军床，墙上的钉子上挂着一盏马灯。整个房间比珀加索斯的马栏大不了多少，而且很冷。D 先生告诉我作息时间，或者应该说是作为雇工的工作时间，以及明天我该去哪里，向谁报到。

“你说不需要特殊照顾。”他一边说一边盯着我看，似乎希望我看到这里简陋的条件后知难而退。

“我会好好做的。”我向 D 先生保证，跟他道了晚安。他离开后，我生了一小堆火，煮了点儿苦苦的清咖啡，又用刀尖挑了点儿罐头里的肉吃。最后，我蜷缩在窄窄的床上，依旧又冷又饿。我看着天花板上的影子，想起了父亲。他搬去开普敦后，给我写过几封简短的信。但信的内容少得可怜，连填满一只茶匙都不够，更不用说填补他在我生活中留下的巨大空缺了。我深切地思念着他，就像思念着死去的人。然而现在，在这张冰冷的小床上，我却感到自己离父亲非常近，真是奇怪。或许我来到这里就是为了更贴近他的生活。假如父亲能够回到我身旁，哪怕只是暂时的，我就可以学会用他的视角看待一切。我的影子会跟他的身影融合在一起。我对婚姻和男人一点儿都不了解，这已经得到了直接的证明。但我很了解马。经过了这么长的时间，我终于来到了该待的地方。

18

马厩里，马夫们说着混杂的方言，不停为马安上各种用于训练和比赛的马鞍。还有人在钉马掌、绑绷带，对马的状态进行评估，并安装各种设备。我必须学会观察赛道的情况，读懂记录表上的内容，计算每匹马应达到的体重范围。我必须了解马可能会患上的各种疾病，及其初始症状和后续发展。我要学会怎么给扭伤脚踝的马打夹板，怎么处理摔伤、小腿抽筋、骨折、骨裂以及蹄裂。纯种马血统高贵，但在某些方面也很娇气。它们的心脏一般都比较小，比赛时高强度的运动会影响它们的肺部，造成出血。假如没有注意到绞痛症状，它们就会因此而死。而这一切责任都将由我承担。

要照顾好马，必须先了解马的生理构造，包括头部、腿部、胸部，还有很多你看不见的地方。那些看不见的地方甚至更加重要。每匹马都是一本活生生的书，或是一张复杂的地图。你要仔细研究，记清楚每个细节，再根据你学到的知识做出判断。了解一匹马的生活，弄清楚它生命中发生的每一件事，这个过程是无止境的。甚至你永远会觉得自己懂的不够多，关于马匹的知识似乎永远都学不完。我在索伊撒姆布的这段日子过得既充实又简单。每天早晨，我从小木屋走到牧场、马厩和赛道去工作，晚上又走回小木屋，研究各种表格，直到累得眼睛都睁不开。

D先生给了我两匹马训练，用来抵消我和珀加索斯的生活费。这两匹马都已过了盛年，眼神迟钝，脾气倔强。但我必须要证明自己。我要把它们当作王室贵族对待。我花了大量精力研究它们的训练和饮食清单，记录它们的各项情况。我待在它们熟悉的地方观察研究，试图找出它们身上尚未为人所知的特点。

“王朝”是一匹六岁的母马。它的腰腹被马鞍擦伤了，肚子两旁有水泡和摩擦的伤痕，需要特殊护理。喂它的马夫试了各种方法，但它的伤始终不能痊愈。马夫对此似乎有些不好意思。

“你把伤口清洗得很好。”我对马夫说，“我看得出来……伤口并没有恶化，你把它照顾得很好。”

“是的，小姐。谢谢你。”

我蹲下身去，更仔细地检查伤口，看到有些旧伤上又添了新伤。于是我站起来，查看“王朝”的整体情况。

“也许这是它自己造成的。”我指着“王朝”跟马夫说道，“你看，它的肩部很宽，马鞍的带子就会把它勒得很紧，以至它呼吸的时候没有足够的空间。至少一周，不要给它装马鞍，也不要让人骑它，只给它安排一些跳跃动作进行训练。你还可以试着给它擦点儿这个。”我从口袋里掏出一个小瓶子。这是我和父亲专门为马调制的一种油，现在我仍在调制它，并对其加以改进，以便让它的效果变得更好。“这个可以加快皮肤愈合。”

我转身离开，让马夫继续工作。这时，我看到D先生的农场经理正注视着我们。他叫博伊·朗，看起来有点像外国人。他有一头乌黑的头发，一只耳朵上还挂着一个金环，浑身上下的气息让我想起了海盗。“那个瓶子里是什么？”他想知道。

“不是什么特别的东西。”

他打量了我一番。“我可不相信，不过你可以保留你的秘密。”

几天后，我站在牧场的围栏边上，看马夫训练“王朝”跳跃。博伊也在那儿。“王朝”的伤已经快好了，皮肤在阳光下闪着光。博伊向我靠近了一点儿。他只是默默地看着，一句话也没说，但我感到他不仅是在看马，同时也在看着我。

“一开始D告诉我他要雇个女孩子的时候，我以为他疯了。”他终于开口说道。

我耸了耸肩，眼睛仍然看着“王朝”。它跳得很好，没有一点儿柔弱的样子。“我从记事起就在干这些活儿，朗先生。”

“我看得出来，我很高兴不时有人能证明我的判断错了，这可以督促我更加努力。”

我很快就了解到，博伊干得很好。他为D监督雇工们的工作，管理马群和羊群。他似乎总是知道下一步的计划，甚至能预测出接下来会发生什么事。一天晚上，我被小木屋外的一阵骚乱声吵醒，闻到一股东西燃烧的味道。我迅速穿好衣服，跑了出来。马夫们说，他们发现一只狮子出现在了牧场里。

夜晚寒冷刺骨，一只黄褐色的大狮子就在附近猎食。它很有可能穿过围墙，冲破小屋那薄薄的木门。一想到这个，我就感到一股寒意紧紧攥住了心脏。“农场有什么损失吗？”我问博伊。他周围站满了马夫,他们手里都举着火把和马灯。博伊将一支步枪靠在胳膊上，枪已经打过了油，子弹也上了膛。

“什么都没损失，我及时赶到了。”

“谢天谢地。这么说，你一直醒着？”

他点了点头：“我有一种直觉，今晚必须要警醒，你有这种感觉吗？”

“有时会有。”可我今天晚上没有任何异样的感觉，睡得像婴儿一样香甜，“你击中它了吗？”

“没有。不过我会让一个马夫守夜，确保它不会回来。”

我回到了木屋里。我很累，想要继续接着睡，但肩膀和后颈紧张得缩在一起，大脑无法保持平静。最终，我还是爬了起来，到马厩拿酒喝。我们平时总会在马厩的小屋里随手放一些酒。博伊也在那儿，他已经喝上了。他给我倒了一杯酒，我谢过他，向他道了晚安。

“怎么不待在这儿呢？”他问，“我们可以相互做个伴。”他貌似只是随口说了句客气话，但表情里却明显流露出了别的意思。

“我丈夫会怎么想？”我问他。我不希望农场里的任何男人认为我是可以追求的，尤其是眼前这个人，这个戴着亮闪闪的耳环，无礼地看着我的男人。

博伊只是耸耸肩：“假如你真的介意丈夫的看法，你就会待在家里，不是吗？”

“我是来这儿工作的。”我说。不过这个理由并不能让他信服。他漆黑的眼睛紧紧盯着我的双眼。这种大胆的举动完全出乎我的意料。于是我继续说道：“你不要把事情搞复杂了。”

“的确。实际上我也不是孤身一人，她住在舒适的家里，不适应这里炎热的气候。”

“难道她不想念你吗？”

“我不知道。”他说。他不动声色地把杯子放下，来到我跟前。把两只手撑在墙上，低下头凑向我。我可以闻到他嘴里的威士忌和烟草味，他的脸离我只有几英寸距离。

“在这儿，夜晚总是很漫长。”他的嘴伸向我的脖子。我躲开了，双肩却依然僵硬地挺立着。“好吧，”他只好作罢，“我明白了。”博伊慵懒地朝我笑了笑，放任我从他胳膊下滑走了。

我回到自己的木屋，躺到床上，闭上眼睛。狮子再也没有在我的脑海里出现过。我从没见过哪个人像博伊这么直接。像这样，既不因为爱情，也不做出任何承诺，就这么赤裸裸地提出男女之事，哪怕想一想都让人感到不安。但同时，我也感到有些刺激和兴奋。对我而言，男人太难懂了。即使经历了一年的婚姻，我还是不知道男人是怎样想的，爱情是怎么回事，更不用谈做某人的情妇了。不过眼下，即便是博伊的一个吻也会让我身陷险境。

尽管肯尼亚非常大，但在这个国家里，隐私似乎是不存在的。每个人都知道其他人做了些什么，尤其是私事。以前我还小，没有经历过什么,也就没人注意到我。但现在我嫁给了一个有名的农场主,一言一行都应该大方得体。所以每隔几周，我就会在星期六的早上回到恩乔罗，扮演乔克合格的妻子。

D 先生教会了我开车。他有一辆破破烂烂的老爷车，用来在工具棚和清洗房之间拖运东西。他把这辆车借给了我。虽然我很喜欢坐在马背上看风景，但学会开车后，我也喜欢上了这种感觉。我甚至渴望开着汽车飞驰，虽然这有些危险。我喜欢开着车在羊肠小道上拐来拐去,喜欢车子驶过大坑时猛地一颠,将我的牙齿磕得“咯咯”响，头发也蒙上一层灰。有时，车子会遇到泥潭，还有其他一些需要特别注意的危险地方——一旦在那些地方抛锚，就真的有麻烦了。不过开车的确让我感到非常开心，尤其是刚出发的那一段路。但离恩乔罗越近，我就会越强烈地感受到乔克对我的控制。我不再属于我自己了。自从我答应了他的求婚，我就不再属于自己了。跟现实斗争得越多我就陷得越深，仿佛身处沼泽或流沙之中。恩乔罗一直是我的家，是我最爱的地方。可是现在，我每个月只回去一次，跟乔克在一个屋檐下住几天，好让邻近的农场主或是其他人知道，我还是他的妻子。这种感觉毁掉了我对恩乔罗的好感。

我刚下车，乔克就给了我一个吻。不过这样的吻并不带有任何情欲的意味。接着，我们会在露台上喝点儿酒，讲讲我不在的日子里农场发生了什么事。仆人们在周围忙前忙后，很高兴我回来。但每到夜幕降临，只剩下我和乔克两个人的时候，气氛就一下子冷了下来。乔克从没试过爱抚我——虽然这种方式对我们并没有什么效果，从一开始就是这样，但谈到我在D先生那里的工作，以及我将来的打算时，他所提的每个问题都跟男女关系相关。

“D想要占有你吗？”他问我，“你要保护好自己，不要让别人占便宜。”

“你是什么意思？”

“你总是自以为是，什么都按自己的想法来。我第一次见到你时，你就跟着那个男孩子到处乱跑。”

“齐彼？”

“就是他。”他把装鸡尾酒的杯子放下，用牙把威士忌的瓶塞咬掉，“你总是有点儿野蛮，不是吗？”

“我不知道你在暗示什么。不过，我们初次见面时，你好像很欣赏我和齐彼一起打猎。现在，这个就成了野蛮？”

“我只是在说你的做法给我的感觉。你就是在这种地方长大的，跟着不知是谁的人，做着天晓得是什么的事……现在你又去了D的农场。一个女人，待在男人堆里。这本身就不正常。”

“我是在工作，不是找了一群情夫。”

“假如你找了情夫，我很快就会知道的。”他不带任何表情地说，眼睛瞟到别处，又落回我身上，“你已经让我很难堪了。”

“我让你难堪？那你赶快跟我离婚，我们俩就到此结束，互不相干。”

乔克还没来得及说话，屋子里就传出了窸窸窣窣的声音。我家的用人巴拉萨来到了露台上。他低着头，表示自己不是有意打扰我们。

“老板想在这里吃晚饭吗？”

“不，在房间里吃，巴拉萨。我们马上就进去。”

巴拉萨走后，乔克意有所指地看着我。

“看我干什么？”我说，“仆人们不会散播流言的。”

“是啊，”乔克说，“一般不会。不过，他们心里清楚得很，不是吗？”

“我不介意别人知道什么。”

“也许你的确不介意，但你应该介意。”

我们在一片沉寂中吃了晚饭。四周所有的家具好像都往我们身上挤了过来。仆人们走进走出，大气都不敢出。这种感觉实在是糟透了，我真想尖叫，却喊不出来。乔克很害怕我让他难堪，或者说让他更难堪。他现在满脑子只有这些，所以一再警告我。他像是用粗粗的铁丝把我俩拴在了一起，完成这些可笑的表演。他一直很善于用铁丝做围栏，我第一次见到他时就知道。不过那时我并没有想到自己会困在围栏里面，无比绝望。

我终于找了个借口回到了客房，我每次回来都住在那间狭小的客房里。我感觉自己好像遭受了残酷的折磨。一整晚我都没睡。往常我都是第二天吃完午饭后才走，这次天一亮我就走了。

回到索伊撒姆布后，在某些想起乔克的脆弱时刻，他的警告和威胁仍然影响着我。但大多数时间，我会克制自己不去担心那些，把注意力放到马匹和每天的训练上。我坚持每天亲自参加晨训，并亲自安排喂食马匹的顺序，照料各项细节。我的两匹马，“王朝”和

“影之国”，都喂养得很好。但我还可以把它们驯得更好，让它们更接近完美。我每天晚上想的都是这个，努力工作使我轻松打消了心中的疑虑和恐惧，就像睡前吹灭马灯一样轻松。现在对我来说，工作就是我最在乎的。仅仅是工作本身就能让我忘记乔克带来的所有烦恼。

考执照的日子终于到了，D 先生开车送我去内罗毕参加考试。在引擎的咆哮声中，我们聊着接下来的一场比赛——“朱巴兰德杯”大赛。我们掂量着可能会赢得多少奖金，以及会碰到的竞争对手。我们对这次考试只字未提。我没有跟 D 讲，我浑身上下都紧张极了，也没告诉他，我是多么思念我的父亲，多么希望父亲能够到场。我们没有谈起乔克，也没谈到我必须通过考试才能从乔克那儿获得自由。我根本没有时间来懊悔或疑虑。所以，当我到达考场，看到考官眯着小眼睛一脸轻蔑的表情时，我也没有畏缩。他是皇家肯尼亚赛马协会的执行官，他的办公室里又热又闷。他越过宽大的办公桌打量着我，我知道他在想什么，没有女人做过驯马师，肯尼亚没有，其他地方也没有。更何况我还不到十九岁。不过我早就学会了该怎样在别人轻视我时积蓄力量,用自己的表现让他们大吃一惊。小时候，齐彼和村落里的其他“托托”瞧不起我是个女孩子，我却因为这种刺激更加努力。毫无疑问，对考官来说，我还是个孩子，并且是个女孩子。不过，假如他断定我很快就会失败，那这反而会让我抛下所有的疑虑，跳得更高，做得更努力，以此证明他错了。

几周后，我的考试结果出来了。我拿着朴素的信封，走到一个安静的角落里，心剧烈地跳动着。我撕开了封印，里面并不是一张不及格的通知单，而是一份正式的官方文件。文件是打印的，上面还有签名——柏瑞尔·普尔夫斯夫人被授予英国驯马师资格执照，有效期至 1925 年。我用手指轻轻滑过我的名字和日期，滑过秘书潦草的字迹，滑过文件的边边角角和每条折痕。文件上有官方印章，它对我而言就像是开启了新生活的门票。有了它，我终于可以圆满地实现自己一直以来的梦想，站在跟父亲同样的位置来看待驯马这件事了。现在，我多么希望父亲能在这里跟我分享一切。我多么想亲手把这个交给他，亲耳听到他的夸赞，哪怕只是简短的一句话。他一定会以我为荣。我又翻过了一座山，终于看到了我梦寐以求的风景。我满怀希望地思念着父亲，恨不得扑到他怀里，但这是不可能的。我只感到失落与寂寥。

那天晚上，D 先生让厨师准备了丰盛的晚餐，庆祝我的成功。厨师做了烤羊排，羊排是在篝火上烤的，还有桃肉蜜饯和杏仁味的牛奶冻，尝起来就像云朵一样绵软。D 先生放了他最喜欢的那支曲子，《为了马盖特，大家都上船》。他放了一遍又一遍，我装满白兰地的杯子喝空后又被倒满。一整个晚上就在这欢快的曲调中无声无息地溜走了。

“你是我近年来见过的最好的驯马师。”D 先生一边说一边拨弄着留声机，准备再放一遍，“你身上有着与生俱来的直觉，纯粹的直觉。”

“谢谢你，D 先生。”

“你不开心吗，姑娘？你或许是全世界唯一一个十八岁的女驯马师！”

“当然开心了。不过你是知道的，我不会开心得大吵大嚷，我不是那种性格。”

“那我就来替你做吧。各大报纸都会争相报道你的事，每个人都会谈起你。”

“假如我们在大赛中赢了，他们的确会这样。但万一我们输了，他们就会说，那是因为德拉米尔让一个没有经验的小姑娘来驯他的马。”

“我们还有六周的时间来操心比赛的事。实际上，比六周还多一点呢。”他瞟了一眼壁炉上的钟，“今晚，我们不醉不休。”

19

这天是“朱巴兰德杯”大赛开始的日子，我走出了位于内罗毕的伊斯特雷马厩。经过大看台时，我看到冬尤撒布镇在清晨淡蓝色天空的映衬下清新可爱。还有那座大山——肯尼亚山，在阳光下闪耀着泛银的蓝光。有时，旱季持续太久，土地会干硬裂开，草地上会出现长长的裂缝或裂沟。它们都很宽，足以卡住飞奔的马蹄，让马失去平衡，进而损伤马的肌腱。不过今天不会出现这种情况，一眼看去，草地干净平整，赛马场上的柱子新刷了白漆，上面还画着两道活泼的黑色条纹，就像碧绿的海面上漂着的浮标——不过这些浮标是固定的，一动不动。

尽管这里空旷安静，但用不了多久，成千上万的人就会涌进赛马场，挤满看台。赛马对人们具有独特的吸引力，不仅内罗毕的人会来观看，附近所有的居民都会来。其中有百万富豪，也有普通百姓；有衣着华丽的女士，也有打扮朴素的妇人。大家都注视着场内，等待开赛的信号。关于比赛的结果设有赌局，不过我从来不关心那些。在我还小的时候，我就不喜欢看那些热闹。我宁愿挤进栏杆，待在父亲旁边，远离看台上嘈杂的人群和高级的包厢，还有一个个设立赌局的单间。天知道每场赛事后会有多少钱财更换主人。比赛不应该是热闹的盛会或鸡尾酒会，而应该是一项考验。驯马场里成百上千个小时的训练,就是为了比赛中那短短一刻。只有真正走到赛场上，我们才知道一匹马是不是真的有实力。也只有在赛场上，我们才知道哪匹马会越过障碍，哪匹马会绊倒。只有通过比赛，获胜方的马和骑师才能共同获得殊荣；败方则会被尘土遮蔽，骑师大失所望，为失败寻找借口，甚至会因此蒙羞。

每场比赛都会出现各种不可预测的情况。有人会脱颖而出，有人会显示出面对挑战的勇气。假如有马跌倒，则会出现悲剧，赛况可能因此发生彻底的逆转。一直以来，我都非常热爱赛马，即使它的结果不可控制，无法预测。不过现在，新的使命驱使我来到这里。现在我代表的是自己，而眼下正是决定我成败的关键时刻。

我伸手从裤子口袋里掏出了父亲从开普敦发来的电报。我告诉了他我获得执照的事。这张淡黄色的纸已经被我捏得发软了，上面的字迹也开始褪色：“棒极了。我们一切安好，为我而赢吧！”今天的赛场竞争激烈,各种情况轮番上演。不过假如我有操纵一切的能力，我更愿意父亲突然出现在人群中，站在我身边，陪我度过那令人眩晕的喧嚣时刻。对我来说，这比赢得比赛更加重要，比一切其他事情都重要。

几个小时后，“王朝”迈着轻快的步子来到了赛道上，我感到自己的脉搏剧烈地跳动起来。马儿的皮肤在阳光下闪闪发光，它跳得很高，回弹漂亮，充满自信。“王朝”看起来完全不像D先生几个月前交给我的那匹六岁母马，它现在就像一位光芒四射的女王。在它周围，其他赛马或被骑师牵引，或在骑师的指示下走到了起跑点。有些马套着马颌缰，避免头部摇晃；有些马绑着护蹄；还有些马戴着眼罩，保持视线笔直。骑手们把赛马带到围栏后，要么温和地诱导，要么大声呵斥。这些马瞪着无知的双眼蹦跶着。“王朝”却安静地站在那里，散发出夺目的光芒，好像在说：我跟那群家伙可不一样。

号令员举起手，全场都安静下来。赛马在各自的位置上挣扎着，拼命想要跑出去。铃声响了，在那一瞬间，所有马一齐跑了出来。十二匹马在赛道上时而拥在一起，时而你追我赶。真是一次干净利落的起跑。

一匹枣红色的骟马，也是当场最受大家欢迎的马，跑到了最前面。十二匹马在草坪上踏出了击鼓般的节奏。前面的骑手们策马跳过了障碍栏，重重落地的声音让我的五脏六腑为之一颤，全身每个关节都能感受到马蹄的节奏，就像小时候恩戈麦节上的鼓声感染了我的心跳一样。场上已经有选手跑上了最后一段赛道，我感到自己的呼吸都停止了。“王朝”鼓足了劲儿向前跑着。它动作协调，身体控制得很好。我们的骑师沃特斯完全不用指引或纠正它，只是让它自己跑。它越跑越有节奏，流畅地从马群中穿过。草坪就像是闪亮的水面，而它就是水面上滑行的小船。沃特斯也像是在漂浮着，他穿着蓝金相间的丝质赛服，仿佛一只轻盈的蝴蝶落在弧形的马背上。

看台上，人们的叫声越来越大，越来越尖锐。整片土地都为之震动。赛马们就像飓风一样刮过，又四散开来。此时，任何策略都起不了作用，任何谨慎的想法都被抛到了九霄云外。最后的几里地，没有什么比奔跑的速度和步子的大小更重要了。“王朝”优雅地超过了周围的竞争者，逼近了那匹备受关注的枣红色骟马，后者就像有意等待“王朝”超过它一样。“王朝”飞鸟一般冲了过去，好像一直以来，它都梦想着获胜，或者大家都梦想着它能获胜。它的鼻子碰到了终点线，人群沸腾了。

它做到了。

我也做到了。

眼泪刺痛了我的眼角，我环视四周，想找人拥抱。几个驯马师走了过来，用力握着我的手，祝贺我。假如这些祝福出自父亲之口该有多好，那实在是意义重大。这时，乔克突然出现在我旁边。

“祝贺你。”他靠在我耳旁说道，把手按在我背上，推我离开了人群，“我知道你一定会做到的。”

“是吗？”

“你的才华不容置疑，不是吗？”我不打算理会他，他却继续说了下去，“这对我们的生意有好处。”

听他这么一说，我因为“王朝”赢得比赛而产生的自豪和感激全都烟消云散了。他这是在利用我的成功。“王朝”被带到了获胜者的围栏里，一个记者跑来询问我的名字，为我拍照。乔克抢先一步，说我的名字是普尔夫斯。他的手仍然没有离开我的胳膊和后背，就像是扯不掉的链子。但他想要的并不是我，他脑袋里想的只是我的名气可以给他带来多少新生意，或者给我们家的马厩增添多少纯种马。

不久以后，我就会知道，这次获胜带给乔克的好处远比带给我的要多得多，这真是匪夷所思。作为“王朝”的训练师，我会得到一部分奖金。假如将来我的地位能够在驯马界稳步上升，我就能够赚到大笔薪水，获得经济上的独立。不过从目前的情况来看，这还只是一个遥远的梦。乔克依然阴魂不散，对我有很大的限制。作为我的丈夫和农场主，他兴奋地计算着自己可以从中获得多少利益。我们这么快就成了对手，真是让人吃惊。

“你想过某天英国赛马界中会出现一位女驯马师吗？”一位记者问。

“我从来没想过这些。”我说道。我摆好姿势，用手肘狠狠捅着乔克的肋骨，把他赶出镜头之外。而我则在摄影师面前露出了笑容。

D 先生永远都知道如何庆祝。那天晚上，我们不知道喝了多少酒。他满脸通红，为我祝酒，还跟无数个女人跳了舞，只要是穿得像样的女人,他就会请人家去跳。旁边的五人乐队演奏着他点的曲目。他暗地里给乐队成员塞了上好的香槟，所以他点什么曲子，乐队就奏什么曲子。

穆泰嘉俱乐部是内罗毕最好的俱乐部，它离内罗毕市中心有三英里远，位于沙漠中的绿洲。它的围墙是用粉色的鹅卵石砌成的，就像火烈鸟的羽毛一样鲜艳。围墙里面，只有俱乐部会员才能进入。

他们在这里放下所有的压力，尽情享受，不去想下场比赛。你可以在网球场上举着高脚杯晒太阳，杯中倒满了杜松子酒，漂着碎冰块；你可以把最好的马拴在马桩上，在平整的草地上打康乐球；你可以请一位欧洲司机带着你四处游玩；你还可以坐在露台的一端，悠闲地边看风景边品尝美食。

我跟这里所有的人一样喜欢这家俱乐部。大厅铺着深色的硬木地板，沙发上套着松软的印花棉布，地上铺着波斯地毯，墙上挂着精心制作的猎物标本。不过现在我却一点儿也提不起劲。乔克还是紧紧跟在我身旁，我甚至没有办法好好享受。D先生从我们身边经过，他拿着一瓶上了年头的威士忌与乔克分享，我这才趁机顺着墙壁，悄悄溜到了另一个房间的吧台那里。

舞池里，人们疯狂地扭动着，好像担心还没等自己快活够，一个晚上的时间就过去了。在这个国家，赛马大会影响着所有的人。一年里的大部分时间里，人们都会为庆祝赛马胜利举办酒会，因此服务员和侍应生们总是应接不暇，疲惫不堪。我走到提供鸡尾酒的吧台时，已经有好几个人等在那里了。

“你可以到我这儿来，我有杜松子酒。”站在我前面的一位女士提醒我。她带有一点儿英格兰口音，个子很高，身材苗条，穿着一件深绿色的礼服，上面有艾斯科特赛马协会的标识，配套的帽子上装饰着鸵鸟羽毛。“谢天谢地，我早有准备。”她从小巧的黑色手提包里拿出了一个银色的小酒瓶，把它递给了我。

我谢过她，然后笨拙地拨弄开瓶塞，她在一旁微笑着看我。

“今天的比赛棒极了。我叫蔻琪·伯克贝克，几年前我们在一次赛马大会上见过。实际上，我跟你还算是远亲，我是你母亲这边的亲戚。”

听她提起母亲，我不由得有些紧张——我一直以来都是这样。我灌了一大口酒，感到鼻子和喉咙里火辣辣的，然后把那个精致的银酒瓶递还给她。“我不记得见过你。”

“哦，那还是很久以前。你那时还是个孩子，我那时还……还很年轻。难道你不讨厌这里干燥的天气吗？所有的东西都开裂了，在这里过两年就好像老了十岁。”

“你很漂亮。”我坦诚地说。

“你真是太可爱了。我打赌，你肯定希望自己更老一点，尤其是在你所处的环境中——跟一群粗壮的男人在牧场上竞争。”她一边笑着，一边拍了拍她前面那个人的肩膀，“你能不能快点儿，布利？我们都快等得受不了了。”

他转过身来对她笑了笑，表情朝气蓬勃，同时又有些饥渴。“这句话听上去有点性暗示啊。”

“什么话对你来说都有性暗示。”

他眨了眨眼：“你难道不就是喜欢我这一点吗？”他长得很敦实，脖子粗粗的，肩膀宽宽的，圆圆的脸上带着一股学生气，尽管他已经三十岁或者更年长了。

“波罗尔·布里克森，这位是柏瑞尔·克拉特巴克。”

“实际上应该是普尔夫斯，”我别扭地说道，“我结婚了。”

“听上去是场大病。”蔻琪打趣道，“好吧，别担心，你现在面对的是医术高超的老手。”她故意把我的手和布利的手放在一起。

“特弗里医生把结果寄来了。”布利说道，“从医学的角度上说，你没什么问题。”

“特弗里医生？”我笑了，“他是你的私人医生吗？”

“是他想象中的私人医生，”蔻琪边说边摇了摇头，“不过我得为特弗里说句话，他的确总能经得住考验。”

我们在舞池旁找了个角落坐下。我盯着灯光下一张张旋转着的明亮的脸，希望乔克能喜欢D先生拿去的酒。乔克不在我身边，我才能平静地待上一会儿。布利让服务生端来三只银色的小桶和三瓶粉色的香槟。“这样我们每个人都不用把酒分出去了。”他说道。

“他的性格就像狮子一样，对属于自己的东西特别在意。”蔻琪解释说，“我们的布利是个厉害的猎人，因为他对猎物有着敏锐的直觉。”

“我打猎时的直觉比工作时好。”布利赞同道，“我刚从比属刚果[1]回来。上韦莱省流传着四齿象的传说，他们还给这种象取了特殊的名字。据说，四齿象有种神奇的魔力，当地有数不清的关于它们的故事。我有一个客户很有钱，他听说四齿象后，付给我双倍的薪水，让我带他去看。他说我们甚至不需要捕猎，他只想在有生之年亲眼

1　比属刚果：现在的刚果民主共和国，当时是比利时的殖民地。——编者注

看到它们一次。”

“你们看到了吗？”

他盯着我怪异地看了看，然后拿起杯子慢慢喝了一口。“她完全不懂怎么听别人讲故事，这个女孩子。”

“你得让他自己一点儿一点儿把事情讲出来，亲爱的。不然他怎么用故事展示自己的勇敢和风趣呢？”

“完全正确。”他朝她眨了眨眼，“我们在那儿待了三个星期，就在伊图里森林里，泥泞的沼泽地旁边。有时，你几个月都看不见一头大象，但在那段时间里我们看到了好几十头。其中三四头是身形庞大笨重的公象，长着垂到地面的长獠牙。我可以负责任地说，它们是非常完美的样本，但却只有两只牙。我的客户越来越没有耐心了。我们在外面待的时间越久,他就越认为根本没有四齿象这种东西。他觉得我们只是在耍他，想从他身上赚钱。”

“你的确是在赚他的钱呀，亲爱的布利。”

“是的，不过我并没有骗他。我诚实得不得了。”布利笑道，“那种大象的确存在，我见过它们尸体的照片，那位客户也见过。但在野外待这么久的确会让人变得不理智。他对我大为光火，就差诬蔑我要趁他睡着谋杀他了。有一天，他终于受够了，结束了这次野外之行。”

“在外面待了一个月却什么都没干？”蔻琪感叹道，“这些人越来越荒谬可笑了。”

“是的，却越来越有钱了，这就是症结所在。你会认为任何东西都能用钱买到。我们还带了五十个仆从，这些人的劳务费需要支付。我很担心那位客户完全失去了理智，会拒绝在支票上签名。”他晃了晃脑袋，“不管怎么说，我们开始往回走。就在路上，我们发现了一个奇怪的东西：一头巨大的动物，孤零零地倒在湖边睡着了。它的头枕在一座巨大的蚁山上，旁若无人地打着呼噜。”

“是那个四齿幽灵。”我猜道。

“比这更奇怪。”布利露出了男孩子般得意的笑容，“那是一头三齿象。这是我见过的唯一一头三齿象。它左边的象牙分成了两只，是从同一个牙槽里长出来的。没有比这更奇怪的事了。”

“他一定欣喜若狂。”

“你说那位客户吗？你或许会这样想，但事实并非如此。他不停地说‘只是畸形’。当然，那的确是畸形……可能是遗传中出了什么问题。但他实在太沮丧了，连照片都懒得拍。”

“你不是在开玩笑吧？”蔻琪说。

“不，我没有开玩笑，当时的情况就是这样。”他摇晃着杯子，表明自己的观点，“他们只想看到奇异的东西，但真实的自然却让他们害怕，因为它实在太难以预料了。”

“好吧，我希望你最后至少拿到了钱。”蔻琪说。

“我差一点儿就拿不到了。”布利说，“不过我们在回城的路上莫名其妙地迷了路，那时水也剩得不多了。”

“当然了，”蔻琪笑着说，“你讲的故事的确很精彩，亲爱的。”

“是吗？你喜欢的话，我就再多讲几个。”布利亲昵地看着她。

他们相互注视的眼神告诉我，即使他们现在不是情侣，也会很快成为情侣的。

“我要去透透气。”我说。

“帮我把服务生叫来，好吗？我的酒快喝完了。”

“特弗里医生每次都给你寄新处方吗？”我问，“还是旧的也能用？”

“哈，我喜欢这个笑话。”他对蔻琪说，“她很有幽默天分。”

我原本计划悄悄溜回伊斯特雷马厩，不引起任何人注意。但我还没走到门口，就看到乔克快步向我走来。他面无表情。“你在搞些什么，柏瑞尔！”他大声说道，“我在到处找你。”

“我只想出去呼吸一下新鲜空气，这也有错吗？”

“我们是在城里。我百无聊赖地等着你，你却不见踪影，让别人看到像什么话？”他拉起我的胳膊，毫不客气地紧紧握住。

“我没有做任何不对的事。再说，今天是我获胜的日子。”我甩开了他的手。旁边几个人已经开始好奇地打量我们了。这让我变得更加勇敢，而别人的关注会使他退缩。

“小声点。”他警告道，但我已经受够了。当他再次拉起我的胳膊时，我挣脱了他，差一点儿撞到了路过的博伊。在那之前，我甚至没看见他。

博伊飞快地扫视着我们两个人，估摸着我们的情况。他说：“你们没怎么样吧？”

"我们没什么事，是吧，柏瑞尔？"乔克说。

我从来没有爱过他，这是事实。不过现在，我已经不记得自己是否曾对他有过一丝好感了。他对我所做的一切让我心力交瘁。"你快回去睡觉吧。"

乔克瞪着我。我想他一定很吃惊，我竟然能这么勇敢地面对他。

"你听到她说的话了，"博伊说道，"该道晚安了。"

"这不关你的事。"乔克脸颊上的肌肉拧了起来，嘴巴抿成了一条缝。

"你妻子正好在我手下工作，所以我得说，这件事的确跟我相关。"

我很确定，乔克会冲向博伊。他比博伊高，也比博伊壮，不用费什么劲就能把博伊打倒。但乔克好像突然转了念头，就像关掉了某个开关一样。他重新仔细考虑着现场的情况。"你自己小心点，柏瑞尔。"他冷冰冰地说，眼睛一直没有离开过博伊的脸，然后怒气冲冲地走了。

"真有趣。"乔克走后，博伊对我说。不过从他的声音里可以听出来，他并没有完全恢复平静。

"谢谢你出面为我解围。我可以请你喝酒吗？我想，今天我应该可以请你喝上一瓶了。"

我们去吧台要了一瓶酒和几个杯子，然后走到低处的一个露台上。露台旁的墙被装饰成了粉色。我可以瞟到围墙那边的草坪上，玩槌球的人闪过的身影。几扇颜色艳丽的球门散布在草地上，正等待着人们挥起闪亮的球棒将球打入。人们从大门中走进走出，戴着白手套的门童和接待员应接不暇，而我们所在的露台却完全被阴影挡住了。

“我从没想过自己会结婚。”博伊给我倒酒时，我对他说道。苏格兰威士忌流入矮胖的玻璃杯，发出哗哗的声响，让我感到一丝宽慰。“从前我就该知足了。”

“你不需要解释。”

“其实我也不知道能不能说清楚。”

我们静静地坐了几分钟。我注视着博伊的脸和手。在暗处，它们都是灰色的，长满了斑点，看起来十分柔软。耳环是他身上唯一闪亮的东西，就好像它在别的时间，从别的地方吸收了光亮，又在这里放射了出来。

“我已经不再试图理解人了，”他说，“马和羊对我来说更有意义。”

我点了点头。他的观点跟我一样，我一直都是这么想的。“你觉得我追求这个很傻吗？我是指，成为一名驯马师？”

他摇了摇头。“我看到你在努力让自己变得更坚毅，这还是很有意义的。作为一个女人，你要比其他人付出双倍的努力，我不确定自己能不能做到这一点。”他点燃了一支烟，深深地吸了一口。烟头在黑暗中发出亮光。他放下烟，看着我：“事实上，我认为你非常勇敢。”

我很勇敢吗？我希望是这样的。我转过头来看向他。他的手腕上戴着粗粗的象牙手镯，脖子上挂着一根皮绳，上面拴着当地人喜欢戴的骨头作为装饰。他的衬衫是大海的颜色，而其他人都穿着黄褐色的衣服。实际上,他是个个性鲜明的人。他今天为我来到了这儿，我知道他想要我。我只纠结了一秒钟,还没来得及思考自己在做什么，就拿起了他的烟，在淡粉色的墙上按熄了。他探身凑近我，吻了我的嘴。他的舌头又滑又热，我完全没想抗拒，也没想任何其他的事。他的一只手抚过我的前胸，另一只手滑到了我的双膝之间。他温暖的手压向我的身体，我不由自主地有了反应。我渴望他的触摸，这种渴望好像在从我的两腿之间往上升。也许我的渴望一直存在，只不过没被唤醒而已。我不知道该怎么做，我的手在他的大腿上滑过，缠绕在他身上，我的嘴唇和牙齿紧紧地压在他的脖子上。

“你真危险。”他轻声说道。

“对乔克而言？”

“而且你实在太年轻了。”

“你后悔了？”

“不。”

那天晚上，我们再也没说过一句话。不知为何，他的亲吻和抚摸并没有对我后来的人生产生影响，既没有让我付出什么代价，也没有带来后续的发展。不过,也许只是我自己这样想。露台的围墙外，凉爽的空气中传来夜虫的叫声。夜幕下，所有的谨慎与小心都烟消云散了。

20

我回到伊斯特雷马厩时已经很晚了。我倒在自己的床上，因为剧烈的运动难以平静，不过我还是睡着了。天亮后不久，我起床按部就班地开始了一天的工作。我还需要为另一场比赛做准备，必须忘掉前一天跟博伊之间的事，还有跟乔克之间的冲突，把注意力集中到比赛上。再说，我也不知道该拿他们怎么办才好。

直到我驯养的第二匹马“影之国”取得了第三名的好成绩，乔克才出现。他没有像昨天那样挤到我身边，沾我的光出风头，而是一直等到我身边的人群散去才过来。他神色如常，好像我们之间并没有发生什么不快。他身后跟着蔻琪·伯克贝克，还有一个身材瘦弱的黑发男人，后者一点儿都不像波罗尔·布里克森。原来，他才是蔻琪的丈夫，本。

蔻琪表现得很自然，好像即使这时我别有用意地看她一眼，她也不会恼火。她很得体地祝贺我赢得了比赛。乔克解释说，本打算进一步了解赛马产业，他提议我们四个人一起去喝一杯。

我本以为乔克会大为光火，再次控制住我，对我发出威胁或者警告。我以为他肯定已经知道了我跟博伊·朗的关系，却没想到，他来找我完全是为了生意上的事。

“假如本买到了合适的马，你就可以去帮他驯马。”我们四人坐在酒水摊前喝着鸡尾酒时，乔克说道。

“假如德拉米尔愿意让你去的话。”本补充道，“我非常喜欢你家所在的那个地方，已经看过了附近的很多土地。”

我们定下了日子，邀请这对夫妇来恩乔罗参观。蔻琪明确地表示，他们的谈话内容都跟生意有关，实在是沉闷无聊，我们两个“女孩子”应该单独聊聊天。于是，我俩走到另外一张桌子旁坐下。蔻琪确定他们听不到后，才对我说：“昨天晚上，如果布利和我的关系让你受了惊吓，我在这里向你道歉。我俩难得有空在一起，结婚了就是麻烦。”她朝我扮了个鬼脸，把便帽取了下来，拍了拍蜜色的头发，“我们是在一次野外狩猎中认识的。他是向导，带着我和本去打猎。布利只要一有时间就会去挑逗那些已婚女士。我猜，他一定很喜欢她们因为不伦恋情害怕得发抖的样子。”她扬了扬眉，眉毛就像羽毛一样轻柔，“我想，他那时并没有指望会与我发展出长期的关系，不过那都是两年前的事了。”

“这么长的时间，足以让情况变得更复杂了。本怀疑过你吗？”

“我觉得他怀疑过。不过，我们可没有低俗到讨论这种事的地步。他也有他的感情纠葛。”她朝我笑了笑，脸上的表情很复杂，“你一定听过这个笑话吧？你是结婚了还是住在肯尼亚[1]？”

1 人们通常会提问：“你是结婚了还是单身？”但这里将“结婚”与“住在肯尼亚”对立，暗指此地居民的感情状态复杂。——编者注

“的确很好笑。”我摇了摇头，“听上去也怪惨的。”一天前，这个冷笑话讽刺的对象还不包括我，现在我却成了其中的一员，“你觉得，爱情总是这样，像一团乱麻吗？”

“也许并不是在所有地方都这样，这里的情况的确与众不同。在这里，你要么得学会调情，要么就得疯掉……不过判断力还是很重要的。只要不去招惹不该惹的人，你想做什么就能做什么。滑稽的是，那个对的人并不一定就是你的配偶。”

我慢慢消化着她的话。对我来说这是从未听过的新奇观点，就像是对我的另一种教育，让我更加清醒。我意识到自己正在试图走上通往另外一个世界的路。“你打算一直这样过下去吗？”

“你说得好像我已经自暴自弃了一样，没有那么糟糕啦。”蔻琪伸手拿起桌上的瓶子，把我俩的酒杯斟满，“本不难搞定，但是布利的妻子，卡伦，就没那么好说话了。她太迷恋布利男爵的头衔了，她和布利结婚，只为了成为男爵夫人。”蔻琪叹了口气，“她掺和进来，整件事就变得没那么简单了。卡伦和我是朋友，或者说曾经是朋友。布利告诉她，他爱的人是我，想跟卡伦离婚。他以为这样卡伦遭受的冲击会小一些。”蔻琪摇了摇头，“可是现在，卡伦已经不理我了。”

“为什么总是有人在伴侣竭力想要挣脱婚姻时死不放手呢？”当然，我想到的是乔克。

“我也不知道。”蔻琪深深吸了口气，“但卡伦好像下定决心了，她不会放过布利。”

我从不善于分享自己的想法和情感，蔻琪却能轻而易举地说出心里话。她是如此坦诚，以至我也想试着跟她说说心事，同时听听她的建议……两个人的智慧相加，或许能够帮我厘清眼下的一团乱麻。“我实在太年轻了，不该这么早就结婚。”我边说边往身后瞟了瞟，看看乔克和本是不是还在谈话，“现在我想要分手，但乔克不愿意。”

“你的处境一定很艰难。”蔻琪说，“不过，坦率地讲，如果不是因为陷入了恋爱关系，我也不会特别想离婚。”

“你不想获得自由吗？独自一人的自由？”

“独自一人干什么呢？”

“比如独自一人生活，自己做出决定，即使并不是正确的决定，但也没有其他人对你指手画脚，告诉你能做什么，不能做什么。”

她摇了摇头，好像我说的话十分荒谬可笑。“亲爱的，即使没有严厉的丈夫对你提出各种要求，社会也会限制你的行为。你还没察觉到吗？我想，大部分人是不能随心所欲的，要面对现实。”

“但你现在不是正在尝试吗？”我搞不懂她的话怎么前后矛盾，有些恼火，“听上去你有些愤世嫉俗，但你不是爱着布利吗？”

“我知道。”她皱了皱眉，前额挤出了几条皱纹，看起来却很漂亮，“这是不是你听过的最傻的事？”

第二天，我回到了索伊撒姆布。一连几个星期，我都在反复思考着蔻琪的话，依然迷惑不解。我想从她身上寻找可以指导我的地方。根据她的说法，对于肯尼亚的上层人士来说，婚外情已经成了必需品。用婚外情来缓和或者逃避婚姻中的不愉快，就像发了烧要吃奎宁药片一样。但博伊的事对我而言并不算婚外情，他跟我之间的关系更加单纯，更像是动物的生理需求。我们之间并没有蔻琪和布利那样的感情纠葛。当然这或许只是我自己的想法。另外，不得不说，和博伊做这种事感觉实在是太棒了。

我和乔克在性事上笨拙地摸索了整整一年，其间充满了尴尬。直到遇到博伊，我才知道男女之事到底是怎样的，并且立刻喜欢上了这种感觉。博伊会在晚上来到我的小木屋里，粗暴地压在我身上，把我弄醒。我还没恢复意识，他的手就已经摸遍了我的全身。博伊不像乔克那样犹犹豫豫，我在他面前也丝毫不觉得害羞。我完全可以按照自己喜欢的方式行动，不用害怕把他吓到。我可以拒绝他，他也不会认为自己受到了伤害，因为我们之间只存在生理上的吸引，并没有感情上的纠葛。

一天晚上，他见我一个人待在马厩里，就把我带到了一处空马栏中。他一句话没说，直接让我趴在干草垛上。他的手绕过我的腰，粗暴地扯开了我衬衫的扣子。我的肋骨撞着干草垛，嘴里也沾了一些干草。结束之后，他伸展着赤裸的身体，一点儿都不觉得羞耻。他背着双手，说："才几个月，你就完全不是那个拒绝我的女孩了。"

"说实话，我也不知道自己是什么样的女孩。"我把一只手放在他胸口，轻柔地梳理着他浓密的胸毛，"我是跟基皮西吉斯人一起长大的。对他们来说，做爱并不会让人内疚，也不仅仅是为了生孩子。那是你的身体自然而然会去做的事，就像打猎一样。"

"有人曾经说过，我们跟动物是一样的，一样会感到饥饿，也会感到身体的欲望。这真是个绝妙的说法。”

“你不相信这个说法吗？”

“我不知道。”博伊说，“似乎总有人会受到伤害。”

“不一定会到那种地步。我们都很谨慎，不是吗？”

“当然，我们很谨慎。但你丈夫仍然会知道，他难道不会察觉吗？”

“你这是在揭我的短了。”

“不是。”他一边说一边轻巧地把我拉到他的身上，“我怎么会这么做呢？”

接下来的星期六，我回到恩乔罗时，看到本和蔻琪的车停在我们的院子里，后备厢里堆满了行李。我把D先生的车停在他们的车子后面，绕到阳台旁。他们正舒适地坐在背阴的藤桌边，和乔克一起喝着鸡尾酒。

“我们给你留了点儿冰块。”蔻琪说。她今天穿着一件宽松的丝质长裙，帽子上垂下一片罩网，一直遮到鼻梁。她这样打扮非常可爱。我很高兴能见到她，有她和本在这儿，我在恩乔罗的时光就不会像往常那样难熬。

乔克递给我一杯饮料。那是一杯红色的餐前酒，里面加了新鲜的柠檬和橘子，还有碎冰块，看起来美得像一幅画。但他脸上的表情很古怪，也没有像往常一样在我脸颊上留下轻轻一吻。

“你这里一切都还好吗？”我问他。

“当然。”他避开了我的眼睛。

“你把这块地打理得太棒了，简直像个奇迹。”本说道。本从前是英皇非洲步枪队的少校，身上还保留着一些军人的特征，一言一行都规规矩矩，气质沉稳。本的头发是黑色的，梳理得整整齐齐，衣服都线条笔挺。在一般人眼里，他要比布利好看得多。不过我已经猜到，他肯定没有布利的幽默感，或者冒险精神。

“乔克工作起来厉害着呢。”我附和道，“没有什么是他开垦不了的，也没有什么是他钉不进去的。”

“或许不包括我的妻子。”他脱口而出，语气几乎是愉快的，似乎这句挖苦不会对我产生任何伤害。本和蔻琪都笑了起来，我也勉强笑着。我从来就不善于理解乔克，现在我们分居两地，我就更难理解他了。

“我们已经买下了旁边的地。”蔻琪说，“以后我们周末可以一起聚聚，我喜欢打牌，但本宁愿去挨刀子都不愿意打牌。”

巴拉萨在冰桶中加满冰块，我们又都倒了一杯酒。天上的太阳升得更高了。但一种奇怪的感觉一直盘旋在我的头脑之中，挥之不去。乔克好像有点儿不对劲，也许他是在为穆泰嘉俱乐部的事报复我，在客人面前羞辱我；也许是我们这种粉饰太平的做法已经持续不下去了。不过，无论是什么原因，蔻琪都已经敏锐地感觉到了。晚饭前，我们四个人去看了他们新买的那块地。路上蔻琪拉了拉我的胳膊，让本和乔克走在前面。

“你想跟我说点儿什么吗？”蔻琪悄悄问道。

“我不知道。”我说。我的确不知道。不过到了晚上，我们都坐在炉火前闲聊时，事态就越来越明晰了。乔克晚餐时喝了很多酒。他一直目光闪烁，眼神里透露出烦躁不安的情绪。我把他的眼神当作一种警告，猜到接下来也许会发生什么不好的事情。今天有伯克贝克夫妇在场，我希望他能三思而后行。

“接下来的比赛，你打算怎么继续赢下去呢？”本坐在沙发上问我。壁炉里，火苗雀跃地跳动着，发出噼噼啪啪的声音。“你介意跟我们分享一点儿你成功的秘诀吗？”

“等我为你驯马时，我会跟你分享所有成功的秘诀。”我说。

本勉强笑了一下，好像也感觉到了屋子里紧张的气氛，试图转换话题，缓和一下大家的情绪。他站了起来，环视着整个屋子：“我说，乔克，这件东西真是美极了。”本说的是一扇宽宽的阿拉伯式木门，那是乔克在我们新婚不久后买回来的。它就像那台留声机一样，是生活富裕的标志，乔克对此非常自豪。门板上有很多疤节，刻满了各种浮雕，需要雕刻艺术家们辛苦工作很久才能完成。

“真漂亮，”蔻琪说道，“你是从哪儿弄到它的？”

“拉木省，”乔克说，“不过我正在考虑对它进行改造。”

“什么？”蔻琪笑道，“这可是件从古代流传下来的艺术品啊！你一定不会想动它的，摸都不会摸一下。”

“也许我会。”乔克说出最后一个字的时候，声调很奇怪。他的舌头已经僵了，不受控制。他比我设想的醉得还厉害。

“我们来玩个游戏吧。”我伸手去拿牌，但乔克完全没听我说话，他歪歪斜斜地走出了屋子。蔻琪给我使了个眼色，试图弄明白这是怎么回事。我还没来得及说话，乔克就回来了。他从厨房里拿了一个木槌。这是厨房里的烹饪工具，是用来捶肉的，捶过的肉吃起来更嫩。但很显然乔克拿它来不是为了捶肉。我们都迷惑不解地看着他。乔克拖过一把椅子，爬了上去，把一颗铜钉钉在了那扇木门的右上角。

“我妻子每闹一次绯闻，我就加一颗钉子。”乔克对着那扇门说道。我无法看到他的表情，也抬不起头来去看蔻琪或者本。“也许这是我们之间保持信息互通的唯一方式了。”

“天哪，乔克！”我害怕地大叫。这么说，他已经知道了博伊的事。他就是这样报复我的，在新朋友面前把我羞辱得无地自容。他挥舞着木槌。木槌在他手中保持平衡的那一瞬间，像极了当地村民用的“兰古”棍。他的眼睛放射出狂野的光芒。

“根据我的消息，只有一个，对吧？”他问我，然后又转向本，“除非你也跟她搞上了。”

“住口！”我呵斥道。蔻琪吓得脸色惨白。乔克膝盖一软，踩倒椅子，摔到了地板上。木槌从他手中甩了出来，从我的左肩上方“刷”地飞了过去，撞到窗扉上又弹了回来，发出重重的响声。谢天谢地，凭借我敏锐的直觉，我在那一瞬间及时地弯下了腰。只要再高几英寸，或者再迟几秒钟，木槌就会打中我的头，那我们就真的要上新闻头条了。

乔克笨拙地从地板上爬起来。本已经冲到了蔻琪旁边，把她拉到了另外的房间里。这时巴拉萨也进来了。

“把老板扶到床上去。”我告诉巴拉萨。没过多久，我就听到了他们在房间里发出的响声——鞋子重重地摔到了地上，床上的褥子被拖动了。我找到伯克贝克夫妇时，他们告诉我，他们打算开车回城了。我感到十分难堪。“至少待到早晨再走吧，”我说，“白天开车更安全一些。”

“假如我们连这点儿勇气都没有，就真的一无是处了。”蔻琪温柔地说道。她示意本去打包行李。本离开后，她说：“亲爱的，我不知道你做了些什么。不过，我可以告诉你，有些事男人不想知道，也不希望在我们这些外人面前提起……乔克这样做，我猜他是想让你知道，这个家仍然是他说了算。”

“你不会是想告诉我，他那样做情有可原吧？”

“当然不是。”蔻琪叹了口气，语气和神情却表露出截然相反的意思。

我痛苦地抱怨：“我在婚姻中的表现简直糟透了，现在，难道我连撒个谎都撒不好吗？”

蔻琪平静地笑了笑：“我知道，婚姻中没有哪件事是容易的。你太年轻了，每个人都会偶尔犯错。有一天你会明白的。不过，现在你肯定感到有些丢脸。”

我把他们送走了。他们的福特车晃动着前灯开出了我的视野，现在只剩下我自己和头顶的繁星了。我到底是怎么走到了这种地步的？黑黑的阿伯德尔高原仍然矗立在那儿，森林也发出了千百年来不曾改变的声响，而我却改变了。我已经忘记了自己该有的样子。我因为胆怯做出了一个又一个草率的决定。我竟然希望通过轻松的方式穿越这条崎岖蜿蜒、泥泞不堪的路，最终获得自由。“阿拉普”麦拉一定会摇着头笑话我。D夫人一定会用她那双充满智慧的灰眼睛注视着我，然后说——说什么呢？我必须得承受丢脸的结果吗？我不这么认为。可父亲又会怎么说？他把我培养成了一个坚强自立的女孩子，我现在却丧失了这些优点。我不想再这样了。

附近的某个地方，一只土狼正在高声哀号，夹杂着喘息声，另一只土狼应和着，夜色从四面八方往我身上压来。似乎到了我做出选择的时候，要么就走进乔克的房子，关上门，继续过这毫无意义的生活；要么冲出去，冲到黑黑的夜色中，不知道前路在哪儿，也不知道接下来会发生什么。乔克可能会因为我玷污了他的名声怒气冲天，不肯放过我；朋友和邻居可能会因为我破坏了规矩而逐渐疏远我、冷落我，就像他们对待O夫人那样。我也许再也见不到我的那些马了；也许没有乔克的支持，我会在找到出路前彻底破产……我会遭遇种种失败。但即使是这样，我也只能走下去。

我转身回到房子里，把所有的灯熄灭，然后在黑暗中轻手轻脚地走到我的房间。我一声不响，迅速把自己的几件东西收拾好，在午夜到来之前上路了。

21

“你觉得乔克会来找我的麻烦吗？”当我回到索伊撒姆布，把一切告诉博伊之后，他这样问我，“既然他已经知道了我们的事。”

“他为什么要找你的麻烦呢？他关心的只是表面上的太平，只需要避免别人的闲言碎语。就算他会做什么，那也只会让我的日子更加不好过，或者让我更难离婚。”

夜色降临后，我和博伊待在我的小木屋里。这天晚上天气很凉，我把手放在烟囱旁边，靠近马灯取暖。博伊仍然思绪重重，愁眉不展。他看上去很不安，心绪不宁，尽管他已经来过我的房间几十次了。“我们这算什么呢？”他终于开口问道。

“你指的什么呢？我们在一起很开心，不是吗？我不觉得需要改变什么。”

“我只是在想，”他清了清喉咙，把一条索马里毛毯紧紧裹在肩膀上，“很多女人都希望对方可以进一步把关系确定下来。”

“这就是你担心的事吗？我才刚刚从丈夫那里逃出来重获自由。并且，我真正想要体验的是独自一人的生活。既不是谁的女儿，也不是谁的妻子，我是说……完完全全自己一个人。”

“哦。”我的话好像让他很吃惊，“我们周围可没有多少人是这样想的。”

“当然有人这样想。”我一边说，一边试图挤出一个笑容，“只不过这样想的往往都是男人。”

现在，我不需要每隔几周就回去扮演妻子的角色，那么我可以把所有的时间和精力放在驯养的几匹马身上，努力为它们付出一切。圣莱杰大赛迄今已经举办三届了，是肯尼亚最著名的有奖赛马大会。D先生的马里有几匹颇具潜力，其中最优秀的就是“元首”。它有着缎子般的黑色皮毛，迈起步子来腿抬得高高的，是一匹真正的良驹。D先生把它交到我手上，给我机会调教它。但它有点儿“驯过了”——这是驯马师的行话。来到索伊撒姆布之前，已经有人对它进行了大量的超负荷训练。它的脚腱过于敏感，并且有肿胀的迹象。不过，只要有人能够仔细耐心地照顾它，它就可以康复。现在，它需要在柔软的地面上活动。于是，我把它带到了艾尔曼提亚湖边，让它在湿润的土壤上进行训练。附近的一群群羚羊好奇地看着我们，湖上的火烈鸟腾空而起，围绕着湖面盘旋，一遍又一遍“嘎嘎”地叫着，向我们发出警告。

一天下午稍晚的时候，我在湖边完成了一轮训练，正要带着满头满身的泥点往回走。这时，我碰上了伯克利·寇尔。此时距离我的介绍舞会已经过去两年了。那天晚上，他和丹尼斯·芬奇·哈顿一起为我背诵了美妙的诗句。他俩都穿着白得耀眼的晚礼服，一举一动、一言一行就像书里英俊勇敢的骑士。他这次来，是跟几个农场主一起找D先生谈些政治上的事，我正好碰到他出来抽烟。他靠在围栏上，夕阳的霞光在他身后逐渐消失。他的领口解开了，赤褐色的头发披散着，在风中微微摆动，看上去就像一幅完美的画像。

"我们上次见面时，你才刚刚过了梳麻花辫的年纪。"我们相互认出对方后，他对我说道，"现在，你已经成了记者争相报道的名人。你在'朱巴兰德杯'大赛上的表现让人印象深刻。"

听到他的称赞，我有些局促不安："实际上，我从来没有梳过麻花辫，我可没耐心坐那么久。"

他笑了："看来这句话对你没什么效果。你结婚了吗？"

我不知道该怎么描述我现在的状态，踌躇了半天才说了句"算是吧"。自从在伯克贝克夫妇面前闹过那一出后，几个星期的时间过去了，乔克一点儿消息都没有。我给他写过一封信，明确告诉他我想要离婚，不会再回来了，他也没有回复我。不过，就这样单纯地分居两地对我也算是种解脱。

"算是？"伯克利有些意外，撇嘴看着我，有些揶揄，又带着些长辈般的关切。他没有继续刨根问底。

"D先生让你干些什么？"我指了指那匹马。D先生洪亮的声音从不远处传来，似乎有什么事情出了变故。

"我恐怕已经知道了所有的事，那些关于安保委员会的废话。"

"啊，或许你得赶快回去了。"

几个月前，D成立了所谓的安保委员会。和以前一样，他关心的还是谁有权利管理肯尼亚以及这些权利从何而来。安保委员会就是他斗争的工具。白人移民都非常渴望拥有自治权，他们希望像管理自己的领土一样管理肯尼亚。他们把印第安人和亚洲人视为外来者，情愿不惜一切代价将其赶走。他们对非洲人反而没有那么大的敌意，只要后者老老实实地待在自己的地盘上，不占太多的土地。但最近，英国议会发表了一份德文郡白皮书，其中有一系列宣言，目的是打击白人移民对土地的贪婪野心，试图重建殖民地秩序。肯尼亚政府的现任长官科伊登对这份白皮书十分重视。科伊登本人是纯正的英国人，他硬挺的衣领和锃亮的牛津皮鞋都可以体现出这一点。但尽管如此，他却有着亲亚和亲非的政治倾向。他为了这两个群体的利益积极奔走，大声呼吁，无所畏惧。与他相比，我们的前任长官则要温和得多，愿意虚心接纳各方的意见。之前很长一段时间里，为了维护白人移民的利益，这份白皮书只是一纸空文，不仅没有真正实施，还徒增争议。而现在突然动起了真格，白人移民们立刻被激怒了，只想着该怎么回击，即便要动用武力也在所不惜。不用说，D是其中反应最激烈的一个。

“我真高兴去年的大部分时间都不在这个国家。”伯克利说。接着，他告诉我他待在伦敦时，因为心脏问题看了无数个医生。

“哦，天哪。医生的诊断是怎样的？”

“情况恐怕不太好，这个病已经折磨我好几年了。”

“那你现在该怎么办？”

“当然是好好活着，活到老天爷把我带走。还有，我现在只喝最顶级的香槟。我可没有时间浪费在次品上。”他的脸上有一种微妙而敏感的表情，就像一只血统纯正的猫。他棕色的眼睛十分深邃，看起来像是在嘲笑这种悲伤自怜。他把烟头丢掉，然后清了清喉咙：“下个星期，我要为自己举办生日宴会。这是我为自己所剩不多的日子安排的狂欢活动之一。我敢打赌，宴会上你一定会大出风头的，你一定要来啊。”

伯克利住在肯尼亚山低处的山坡上，那个地方叫纳罗莫鲁。他在山凹处建了一栋宽大的石头平房。房子跟周围的环境融为一体。旁边的牧场里满是喂得肥肥的羊。牧场周围环绕着一条河，河边长着刺树和黄色的金缕梅。肯尼亚山的悬崖俯视着下方的一切，如果走到近处，从下面往上看，这些悬崖会呈现出深沉的黑色，气势逼人，壮观威严。这幅景象堪称完美，这里正是伯克利应该安家的地方。

D也来参加伯克利的生日宴会了。我们到达的时候，草坪和车道上已经停满了各种汽车。伯克利站在露台上，他今天穿着一件十分合体的外套，哼着我辨别不出的曲子。他气色很好，身体似乎很健康。不过，我想这只是表象，就像他那件漂亮的衣服一样，是特意装扮出来的。也许对他来说，当一个完美的主人，带着耀眼的光芒出现在众人面前才是最重要的事，无论华丽的外表下掩盖的真相是什么。

“你家门前的这条河真是棒极了。”我凑过去吻了吻他的脸颊，嘴唇碰到了他的头发。他刚刚上了发油，气味清晰可辨。“我们刚才过河的时候，看到河里的鱼闪着光。”

“你喜欢鳟鱼，那真是太棒了。我正愁找不到合适的鹅来做晚餐，只能用鱼替代呢。”他冲我眨了眨眼，“快跟我来享用香槟吧，否则丹尼斯就要把它们全喝光了。”

丹尼斯。我只在内罗毕市内匆匆见过他一面，但不知为什么，听到他的名字，我的心跳就会加快。我们穿过露台，走进了主屋。屋子里挤满了人，到处都是欢声笑语。丹尼斯正百无聊赖地靠在墙上，双手帅气地插在白色裤子的口袋里。他还是像我记忆中那么高、那么帅气。

“柏瑞尔·普尔夫斯，”伯克利介绍道，“你面前的这位是尊敬的丹尼斯·芬奇·哈顿。”

我伸手握住他的手时，感到自己脸上一热。“好久不见。”

“是啊。”他笑着说道，眼睛显得更加深邃。但他说话的语气很轻，我一点儿也看不出来他是否还记得我。“很高兴见到你。”

“丹尼斯回家待了很长一段时间，在伦敦。”伯克利说道。

“现在回到了肯尼亚，你打算做什么呢？”

“问得好。我打算搞野外打猎项目。提克·麦尔斯觉得我们可以成立一家合法的公司。”他笑了，好像“合法”这个字眼出现在对话中很突兀，“而且，我实在太想打猎了。”

“干吗不打呢？”D 走来加入了谈话，“整个肯尼亚都吵嚷着需要更多优秀的白人猎手呢。”

“你应该知道，”丹尼斯取笑他，“这只是你的想法。”

“的确是的。我从不怀疑那些意气风发跑来肯尼亚、打算在打猎时大展身手的人。可是，每个月都有两三个富有的银行家因为猎枪走火打中了自己的腿，或者干脆拿自己喂了狮子。真是愚蠢可笑啊。”

“也许这才是他们应得的。”我说道，“假如他们一点儿都不明白自己面对的是什么，或者说杀死一只动物意味着什么……”

“你说得有些道理。”丹尼斯赞同地说，“到目前为止，我都只为自己打猎，我可不确定自己是否有耐心去陪客户打猎。”

“怎么不开个农场呢？”伯克利问，“那可比打猎安全多了。没有讨厌的土狼，也不需要半夜起来驱赶叮在脸上的虫子。”

“安全多了。”丹尼斯重复道。他的脸上突然出现了一种调皮的神情，就像打算搞恶作剧的学生，“你说说，开农场到底有什么好玩的？”

丹尼斯看上去比伯克利小几岁，我猜他大概三十五岁左右，同样出身高贵。根据我的经验，这样的男人来到非洲，往往都渴望征服原始的土地，参与一些大型活动，感受野外冒险的刺激。他们都是英国贵族的后代，在顶尖的学校接受教育，拥有各种优势和充分的自由。他们来到肯尼亚，利用家族财富买下上千英亩的土地。其中有些人是真的打算在这里扎根生活，比如伯克利；还有一些人只不过是逢场作戏的花花公子，他们在萨塞克斯郡或者什罗普郡待腻了，就跑到肯尼亚来找点儿乐子。我不知道丹尼斯是其中的哪一种，但我很喜欢盯着他看。他的脸实在让人着迷。他的皮肤因为阳光的照射呈现出粉色，鼻子挺拔而结实，嘴唇饱满。他的眼睛是淡褐色的，双眼皮非常明显。他身上有种悠闲而自信的气质。这种气质使整个屋子的人似乎都被他牵引，好像他就是船锚，就是轴心。

结束谈话后我就走开了，不时啜一口手中的饮料，这儿听听，那儿听听，看看人们在谈论些什么八卦。一群漂亮的女士挤向了丹尼斯，她们都打扮得光鲜亮丽，穿着漂亮的连衣裙，腿上套着长袜，脖颈上戴着夺目的珠宝，连头发也经过了精心的梳理。看得出来，她们都深深迷恋上了他。这并不奇怪，因为我也迷恋上了他。

“你应该来看看我新买的马。”伯克利说道。他走向我，递给我一杯新鲜的鸡尾酒。“我觉得它可以去参加德比大奖赛。”

“太棒了！”我脱口而出。还没等我反应过来，伯克利就把我和丹尼斯带到了他的马厩。围栏里有六匹马，我们要去看的那匹名叫“战士”，是一匹体型高大的枣红色骏马，身上有一个月白色的记号。它不像我父亲喜欢的纯种马那样脾气傲慢、性格暴躁，相反，它有一种野性的美，我瞬间就被迷住了。“看来，这是匹混血马咯？”我们三人走向马栏时，我问道。

“我猜，它有一点索马里血统。它的出身并不高贵，但它身上有种高贵的气质。”

我把马栏上的门打开，走向“战士”。我从小就学会了应该怎么接近马匹——要既温柔又坚定。父亲把他“摸马”的手艺也传给了我，不过也许我生来就有这方面的天赋。我用手抚摸着“战士”的背部、臀部和跗关节，它肯定感受到了我的专业，却一点儿都不害羞，甚至一步都没有后退。它很健康，也很强壮。

我站在马栏门口，感觉丹尼斯正在看着我。我的后颈因为他的注视宛若针扎，但我并没有抬头看他。

“你觉得怎么样？”伯克利问。

“它的确不错。”我如实承认。

“对你而言，它值多少钱？”

我的经济条件根本买不起一匹马。我知道我不该讨价还价，甚至不该装出讨价还价的样子。但我从小耳濡目染，这种行为已经刻到了骨子里。“五十英镑？”

“你正在喝的这杯香槟都不止这个数！”伯克利和丹尼斯都哈哈大笑起来。不过我看得出，伯克利是个喜欢讨价还价的人。“你应该看看它跑起来的样子。我叫一个马夫骑给你看。”

“不用那么麻烦，”我告诉伯克利，“我自己来骑。”

我不到五分钟就换上了借来的裤子，走出屋子的时候，不少人聚集在草坪上。伯克利看到我穿着他的衣服时乐不可支，但我知道这身衣服其实很合我身。我也不会因为在一群出身高贵的人面前骑马而感到尴尬。毕竟骑在马背上飞驰对我而言就像走路一样自然，甚至比走路更自然。

我拉了拉“战士”的缰绳，跑离了人群。很快，我就把其他一切思绪都抛在了脑后。在伯克利的牧场后面，有一条土路，路两旁是几栋锡皮屋顶的农场建筑。土路一直延伸至山坡下的一小片空地，那里生长着一些小型灌木。我一直跑到那块空地上，才松了松缰绳，让“战士”小步慢跑。它的背很宽，肚子两侧鼓鼓的。骑在它身上就像坐在印花棉布靠椅上一样舒服。目前还看不出来它是否够格参加比赛，但伯克利坚持认为它能做到。所以我又拉紧了缰绳，让它加快了速度。“战士”跑起来的时候，脖子舒缓地伸展着，步伐既流畅又有力。我已经快忘记骑一匹新马是什么感觉了。我拉着皮质的缰绳，巨大的力量传递到我手上，同样的力量也通过“战士”的身躯传递到我腿上。我催促它跑得更快。它伸长了腿，奋力奔跑起来。它肌肉匀称，我感觉我们就像在飞。

突然，“战士”一下子停住了。它的步子还没迈出去，前腿就僵硬地落了下来。我像鞭子一样被它向前甩去。还没等我反应过来，“战士”又扬起前腿，只用两条后腿古怪地往一边跳去，发出尖锐的嘶鸣。我被抛到了半空,然后重重地侧摔到地上。我的牙齿磕伤了舌头，嘴里一股血腥味，屁股火辣辣地疼。这时，“战士”又在我旁边用后腿直立起来，继续嘶鸣着。我往后退了一下，担心它会砸到我身上，但它却立刻从我旁边蹿出去跑远了。这时，我才看到了一条蛇。

那条蛇在离我十五英尺远的地方。它全身盘在一起，就像一条粗粗的黑色缎带。它已经锁定了我作为攻击的目标。我吓了一大跳。蛇的上半部分身体来回晃动着，让人目眩。它颈部有淡淡的条纹，比一般的蛇要宽，就像一件斗篷。我知道这是条眼镜蛇。我儿时生活的恩乔罗并没有眼镜蛇，我也从没见过这种眼镜蛇。它身上有斑马一样的花纹，尖尖的头就像箭镞。父亲曾经跟我讲过各种有关眼镜蛇的故事，它们会一下子展开身体，击中目标，有些还会喷毒液，但大部分蛇类都不希望跟人对峙。

在我手边几英寸远的地方有一根桃花心木棍，我可以伸手拿到它。假如蛇向我进攻，我可以把木棍甩出去阻挡它。我做好了准备，死死盯着蛇头。它的眼睛看起来冰冷坚硬，就像小小的黑石头。这条蛇也盘旋着身体，观察我的一举一动，不时吐出粉色的舌头辨识空气中的信息。我屏住了呼吸，然后尽可能慢地伸手去拿那根木棍。

“别动！”我身后突然传来一个声音。这人一点儿脚步声都没有，至少我完全没有听到，但是那条眼镜蛇把上身立得更高了。它的身体有一半离开了地面，露出亮闪闪的肚子，上面满是黄色的细鳞。它宽大的颈部张开了，这是它进攻前的警告。我紧紧地闭上眼，用胳膊抱住头，向后仰去。与此同时，枪声响了。扳机回弹的声音离我如此之近，我感到头骨都在震动，耳朵嗡嗡作响。第一声枪响还没有退去，丹尼斯就上前一步，又开了一枪。两枪都命中了，第二枪打中了蛇的脖子，把它掀到一旁。眼镜蛇的肉被子弹打得飞溅，鲜血淌了一地。解决完这一切后，丹尼斯看着我，面无表情地问道：“你还好吗？”

“应该还好。”我站了起来，剧烈的疼痛席卷了我一侧的身体，一直延伸到臀部。我的膝盖在打战，几乎无法承受身体的重量。

“你知道吗？即使遇到猎物反抗，这种蛇也绝不会退缩的。幸好你没做什么傻事。”

“你是怎么找到我的？”

“我看到那匹马独自回来了，就想到你不会无缘无故地落马。于是我就顺着灰尘的痕迹找过来了。”

他看起来实在太冷静了，一副理所当然的样子。“听上去，你好像每天都在做这种事。”

“倒不是每天都做。”他歪着嘴角笑道，“我们可以回去了吗？”

尽管我勉强可以自己走路，丹尼斯还是搀着我，支撑起我身体的重量。靠在他身边，我能闻到他的衬衫和皮肤散发出的温暖味道。这时，我才感到他是多么健康强壮。当他确定了目标之后，头脑十分清醒，不去想任何别的事，而是直接行动。我很少看到这么沉着冷静的人。

我们很快就回到了伯克利家里。伯克利冲了出来，羞愧不已，紧张万分。D紧锁着眉头，一脸长辈的关切。他冲着伯克利发起火来：“看看你做了什么，让我最好的驯马师去冒险。”

“我很好，”我告诉他们两个，“基本上没什么需要担心的。”

丹尼斯这时也故意摆出了一副没什么大不了的样子。我们俩并没有事先通气，却不约而同地保持低调。他没有夸耀自己的英勇事迹，而是表现得平淡自然，若无其事。这给我留下了深刻的印象。在接下来的时间里，我们谁都没有再提起之前发生的事。但随着时间慢慢推移，我越来越能感受到这件事像一根无形的线，把我们两人连在了一起。我们谈论别的事情，他跟我讲他现在仍然怀念在伊顿公学的日子，还有他是如何在1910年偶然发现了肯尼亚——他原本也是打算去南非定居的。

“是什么吸引了你？”我问他。

“肯尼亚吗？这儿的一切都吸引我。我想，这里就是我一直在寻找的避难所。”

“你在逃避什么？”

“我也不知道。我想，是那些强迫我按照应当的样子去生活的人和事，以及我应当去过的生活。”

我笑了：“‘应当’这个词并不适合用来描述你，对吗？”

“你已经发现了，不是吗？”

“这也不是我喜欢的词。”我们的目光交汇了一瞬，霎时，我体会到了心有灵犀是什么感觉。这时两个朋友走了过来,伯克利站起来，跟他们一起谈论起战争，说起他们是怎样参加了德属东非和乞力马扎罗附近的侦察队。

“恐怕，我们的表现称不上英勇。”丹尼斯说道。他向我简要描述了当时的情况。“我们大部分的伤亡事故都是舌蝇传播的疾病或食用煮田鼠造成的。”

他们俩的谈话就像优雅的舞蹈，那么有趣，那么机智，好像漫步在云端。没过多久，我们都因为灌了太多香槟而有点儿醉了。天色已经很晚。“我们去姆博加尼再喝几瓶吧，”丹尼斯突然对伯克利说道，“男爵夫人今晚是单身一人。”

男爵夫人？这个词让我心头一紧。那天在诺弗克酒店，蔻琪·伯克贝克跟我讲起布利和他妻子时提到过这个词。

“我不能离开自己的宴会，把客人都抛下。”伯克利说道，“而且现在太晚了，你又喝多了，不适合开车。”

“我已经有一个母亲管教，不用你再多说了，非常感谢你。”丹尼斯转了个身，背对着伯克利，又把目光锁定在我身上，“你想搭顺风车兜兜风吗，柏瑞尔？”

伯克利摇了摇头，示意我别答应。我愣了一会儿，估量着丹尼斯是不是认真的，他们说的又是不是布利的妻子。我还没搞清楚状况，也还没开口说话，丹尼斯就晃晃悠悠地走到吧台前，捞了三瓶香槟抱在怀里，向门口走去。伯克利哈哈大笑，我则目瞪口呆，一头雾水。

“晚安。”丹尼斯头也不回地说道，消失在我们的视线中。

“我们是不是该赶快报警？”伯克利问。

我还是没搞懂他们在说什么：“发生什么事了？”

“也只有丹尼斯才会这样。”伯克利若有所思地说，一边拉起了我的手。

22

D 和我那天晚上就住在伯克利家。还有许多喝得醉醺醺的客人在户外搭起了帐篷，睡在索马里产的厚褥子上。我每翻一次身，屁股都会火辣辣地疼，丹尼斯的身影随即会浮现在脑海里，像幽灵一般。但直到我们第二天离开，他都没有回来，而这让我对他更加好奇。“眼镜蛇事件”好像以一种奇怪的方式把我们两个联系了起来。不过，也可能是因为丹尼斯英俊帅气，也比我见过的大多数人更加自信，才让我对他念念不忘。不管出于哪种原因，我已经开始想念他了。如果能再见到他该多么好啊。

“你会代我向丹尼斯告别吧？”D 去发动车子时，我问伯克利。

“唔？”他好奇地看了我一眼，“快告诉我，你不会也爱上了芬奇 · 哈顿吧，亲爱的？”

“别傻了，”我感到脸上在发烧，“我只是对他有些好感。”

“好感就是开始。”他捋了捋胡须，“我还没见过哪个女人能拒绝他。总是有成群的女人为他着迷，不过他好像从来没有爱上过谁。”

“一个也没有？”

他耸了耸肩：“另外，关于马的事，我很抱歉。希望你不要因此介意。”

“当然不会了。如果能买得起，我会把它买下来的。但现在是乔克握着钱袋子，而我正想着该怎么逃离他——我是指逃离婚姻。我不知道该怎么解释这些事。”

“我一直都很好奇，你们俩之间到底发生了什么？你为什么会去为D工作？所有这些事。”他的语气十分和蔼，并不像我担心的那样充满成见。

“我想，在这个国家里，没多少女人会像我一样完全逃避自己的义务。”

他摇了摇头：“你需要什么的话，就派人告诉我。”又笑着补充了一句，“或者吹个口哨。”

“我会的。”我向他保证。D发动了车子，我们离开了。

“元首”的训练在一点点加强。它身上流淌着胜利者的血液，精神也很好，要是腿伤能够痊愈就更好了。我仍然让它在艾尔曼提亚湖边柔软的泥土上进行训练，我自己也很享受这段时光。即使身边总有火烈鸟嘎嘎乱叫，我也觉得这里比农场安静许多。每当我随着“元首”的动作跟上它的步伐时，都会感到自己也随即沉静下来，似乎与四周的环境融为一体。身旁的艾尔曼提亚湖就像一个浅浅的水盆，向四面八方绿色的大草原敞开怀抱。草原上散布着低矮的圆形山丘，一座名为“沉睡勇士”的山在天幕上画出一道流畅的线条。这座山完美地倒映在湖中，影子不时被在此休憩的火烈鸟搅动，碎成一片闪耀的宝石。这真是个迷人的地方。尽管没有哪个地方像恩乔罗那样打动我，但索伊撒姆布已经逐渐占据了我的心。我甚至开始认为，我可以在这里快乐地生活下去。

一天，我带着“元首”在湖边训练。它的力量越来越强，也越来越自信。这时，我看到一辆汽车从几英里外开来，就像一只瞄准了目标的牛蝇，直接驶向了索伊撒姆布。我不知道谁有这么大的胆子，竟敢驶离主道。一连好几天，雨时下时停，地上泥泞不堪。汽车驶过时溅起了无数的泥水，一群群羚羊都躲到了灌木丛后。汽车开近了，我这才认出开车的是丹尼斯。

他的车又大又重，就像一头犀牛，轮胎上沾满了厚厚的泥。我把“元首”拴好，不让它乱跑，然后走过去跟丹尼斯打招呼。他也将车向湖边驶来。离湖越近，地面就越软，车开始打滑，轮子慢慢陷进了泥里，但他似乎一点儿也不介意。

“那条主路对你来说不好走吗？”我问道。

“只有驶离主路，你才会有各种奇遇。”他熄灭了引擎，摘下帽子，看向我，“我上坡的时候，看到你正沿着湖岸飞驰。当时我并不知道是你，不过你骑马的样子真的很美，应该说惊艳绝伦。”

“这匹马已经真正走上正轨了，我今天感觉它有了新的进展。正像你刚才看到的那样，它已经近乎飞驰了。”丹尼斯棕色的头发散落开来，有几缕汗湿了，黏在一起，前额和脸颊上沾了一些泥点。我突然有一种冲动，想要用手帮他擦去脸上的泥。不过我并没有那么做，而是问他这次来是干什么。

“D发出了警报，召集我们开会。显然，在委员会看来，科伊登做了不可饶恕的事，D已经准备把他绑起来塞进壁橱了。”

“对D而言，绑架政府官员就跟他的每个主意一样合情合理。”

“我一般不掺和这些事。不过今天天气太好了，正适合出来兜兜风。”

“在泥地里？”

“尤其是在泥地里。”他淡褐色的眼睛闪了闪，在那一瞬间反射出光芒。接着他重新戴好帽子，准备离开了。

“或许我能在城里见到你。”我对他说道。

“我现在并不经常待在城里，这段时间我搬去了恩贡，那里有我的好朋友卡伦·布里克森。”

显然，他指的是布利的妻子，那位神秘的男爵夫人。“那儿好吗？”

“她简直棒极了。她是个丹麦人，布利到处猎杀犀牛的时候，她就独自一人照料咖啡园。我不知道她怎么忙得过来，但她就是做到了。”他声音响亮，语气中充满了爱慕之情，“我想，你一定见过布利了。只要是漂亮的女人，他就不会漏掉。”

“是的，”我笑了笑，“我也这么觉得。”听到丹尼斯对男爵夫人如此推崇，我心里有些不好受。他们生活在一起，就像丈夫和妻子那样吗？还是说他们仅仅是亲密的朋友，就像他和伯克利那样？当然，我不能直接这样问。

“咖啡园比城里美多了，”他接着说，“空气也十分怡人。我觉得应该是海拔高的原因。”

“这就像是伯克利的话。”我评论道。

“的确像。”他又笑了笑，“有时间就来我们那里玩吧。我们非常欢迎朋友……卡伦有座小房子还空着，那是她自己的财产，你想待多久都行。不过，你来的时候要给我们讲个故事，”他一边说，一边发动了引擎，“这也是我们对访客的要求之一。”

“故事？那我可得好好准备。”

“那就好好准备吧。”他说着，开车离开了。

23

几周后，D 把我从牧场叫了回来，递给我一封电报。我以为那是父亲发来的，他偶尔会给我发封简短的电报；也有可能是乔克，他或许会对我提出什么要求。但信封上只有个模糊的回信地址，写着“伦敦”。我走到一旁，怀着忐忑不安的心情拆开了封口。“亲爱的柏瑞尔，”我读道，“哈利死了，男孩们和我要回到这个国家。你能帮我们找个临时住所吗？我们不认识任何人，手上的钱也不多。母亲。”

母亲？这个词仿佛让我挨了一耳光。我早已把关于她的记忆抛得远远的了。我一直在努力忘记她，但这封电报却突然把她带回了我的生活。我又快速地看了一遍那几句简单的话，突然喉咙干燥，说不出话来。

“还好吗？”D 问道。

“克拉拉要回肯尼亚了。”我面无表情地说道。

“天哪！我以为她早就消失不见，去过好日子了。”

“显然不是。”我把那张薄薄的纸递给 D，好像那上面已经说明了一切，“哈利是谁？”

“哈利？”D 沉默了一会儿。他看完了电报，重重地叹了口气，将双手插进头发里。“我们去喝点儿白兰地吧，好吗？”

让 D 把整件事从头到尾说出来并不容易，不过在酒精的影响下，他还是打开了话匣子。我也因为喝酒放松了一点儿。一个小时后，我终于了解了当年的真实情况。哈利·科尔克帕特里克是母亲来肯尼亚的第二年认识的一位上尉。一次赛马大会后，母亲和他在内罗毕的舞会上相识了。他们的关系本该很隐秘，但这种事太容易被人察觉了。这桩绯闻传遍了整个国家，于是母亲带着迪奇，跟哈利去了伦敦。

“显然他俩结婚了，”D 说，“但我不知道具体的时间。之后我们就完全失去了联系。”

“为什么没有人告诉我真相？”

D 握着手里的酒杯，想了想，然后说：“也许我们做错了，可谁知道呢？每个人都想保护你不受伤害，尤其是弗洛伦丝。她坚持认为告诉你真相会让事情变得更糟。”

我想起了那天，我把 D 夫人的地图册打开，仔细端详英国的地图。D 夫人说她可以跟我聊聊母亲的事，如果我想知道的话。她是打算编个故事，还是把真相美化后再讲给我听？或者她认为已经是时候让我了解真正的事实了？我永远都不可能知道她的想法了。

“所以，那些关于克拉拉在这儿过不下去的话，都是瞎编的？”

“你母亲那个时候很不开心，柏瑞尔。那时的绿山农场一片荒凉，克拉特花费了大量心血才把它改造成现在的样子。我想，那就是你母亲投入科尔克帕特里克怀抱的原因。也许她把科尔克帕特里克当成了逃离农场的唯一出路。”

“但她还有责任啊，”我反驳道，“她应该也为我们考虑一下。”但其实我指的只是自己。迪奇真幸运，他是被母亲选中的那个孩子。“那么，哈利是个什么样的人呢？”

“在我的印象中，他是个英俊的男人，对克拉拉非常有吸引力。她也是个美丽的女人，你知道的。”

“是吗？”父亲把与母亲相关的所有东西都收起来或扔掉了，我连一件能够回忆起她的东西都没有。尤其在艾玛来了之后，父亲把克拉拉从我们的生活中连根拔除，仿佛她从未出现过一样。现在我知道为什么了。她跟着别的男人跑了，伤了父亲的心，让他十分难堪，就跟我对乔克做的事一样。但我和乔克并没有孩子，不需要考虑家庭破裂对子女的影响。“为什么他不能告诉我真相呢？”

“你父亲做了他认为对你来说最好的事。有时，知道真相反而会让人更加难受。”

我哽咽着吞下泪水，心中痛恨着母亲。她到现在还是会让我流泪。经过了这么多年，想起她，我还是感觉受到了伤害。但这次我不会再任由她伤害感情了。童年的往事如同潮水般向我涌来，我不由自主地深陷其中。那时，年幼的我完全没想过离开克拉拉后该怎么活下去。我大胆地冒险，去猎杀豹子，骑着珀加索斯在大草原上飞驰，感受风从耳畔呼啸而过，自由自在。但是我那时所感受到的力量、无敌的勇气，万一都只是表面现象呢？万一我的心早就被伤得千疮百孔，而这些行为只是用来掩盖创伤的呢？不管怎样，我现在的心情低沉得无以复加。“我真的应该装作什么都没发生过，友善地带她去找落脚之处吗？”

“哦，柏瑞尔，我不知道该怎么跟你说。她犯过错，跟我们其他人一样。”D 走过来，用他那双在工作中磨红了的手拍了拍我的肩膀，“你会为自己做出正确选择的。”

D 认为我会表现得仁慈善良，而我对此却很怀疑。克拉拉的电报仍然刺痛着我的心，把我拉回了那段痛苦的岁月。现在我突然明白了她离开我们的真正原因，发现了尘封已久的真相，感到无所适从。父亲把真相和感情深深埋藏在心里，一如既往地打理着农场——对于他这样的做法，我完全不感到意外，但我忍不住希望他当时能够告诉我真相。毕竟，克拉拉也离开了我。她的离去改变了一切，现在她却又要回来了，这不公平。她凭什么认为自己可以在肯尼亚落脚呢？当年她恨不得插上翅膀飞离这里。她又是怎么鼓起勇气求我帮助的？这难道是我的责任吗？

我既生气又困惑，恨不得让她自己去想办法。但现实情况是，我需要考虑的不止她一人。她没在电报中提到迪奇，但说了“男孩们”，这说明她跟那个上尉有了孩子。现在这些男孩失去了父亲，还将被带到一个完全陌生的世界里，他们会怎么想呢？

两个想法在我脑中激烈地斗争着，我突然想起了丹尼斯的话。不到一周前，他提到男爵夫人有一座空房子。他本想将之提供给我，让我拜访时去住，但现在我不禁认为这是一个机会，一个恰到好处的绝佳机会。尽管我还没有完全想通，不愿意向克拉拉施以援手，但她的需求恰好可以通过丹尼斯得到解决。这两件事的关联真是奇妙，仿佛很久之前就被老天爷安排好了，我们只是被命运那双看不见的手牵引着走到了一起。这种命中注定的感觉实在让人难以置信。

我告诉博伊和D我要出去几天，然后给珀加索斯装上马鞍，出发了。我的心情比之前好了许多。我仍然不知道克拉拉重新回到这里、回到我的生活中意味着什么，但我可以再次见到丹尼斯了，或许还可以给他讲个故事。这天下午天气温暖，我骑在一匹健壮漂亮的马上，心中有了计划。

24

卡伦·布里克森的农场在距离内罗毕十二英里远的地方。一条布满轮胎印痕的路一直延伸到高地上。这儿的海拔比德拉米尔或乔克的农场要高几千英尺，延伸到高地的森林在浅蓝的天空中留下棱角分明的剪影。路的一边是蜿蜒的峡谷，谷底长满了黄水仙，就像铺着一层地毯。在野外，这种花随处可见。只要下过了雨，它们就会从地底冒出来。空气中飘荡着黄水仙的香味，而白色的咖啡花，闻起来则有点儿像茉莉。丹尼斯说得很对，这里的一切都闪耀着迷人的光芒，就像香槟一样。

我很确定男爵夫人会同意把房子借给我母亲住，毕竟它现在空着。但尽管如此，我还是为自己不经通报就前来拜访感到些许不安。其实，移民到肯尼亚的人都十分热情好客，无论访客在什么时间、以什么方式冒出来，基本都会受到热情的欢迎。但我不知道丹尼斯是否跟男爵夫人提起过我，也不知道他们俩的关系究竟是怎样的。我的好奇心被进一步勾了起来，甚至有了一种参与感，好像正处于某件趣事的边缘。

这幢结实的平房是由灰色的石头建成的，屋顶上铺着瓦，山墙看起来十分牢固。房子的外沿有一整圈门廊，一直延伸到平整的草坪上。我骑马来到房子跟前时，两条大型猎鹿犬正在草坪上晒太阳。它们的眼睛是蓝灰色的，长着长胡须，嘴上戴着可爱的口套。它们见到我后没有叫，也没有受到惊扰。所以我下了马，让它们闻我的手。

我抬头看过去，一名女子正从房子里往外走。她穿着一件朴素的白色便装，身材娇小玲珑，皮肤光滑娇嫩，头发乌黑，五官轮廓分明，眼睛深邃明亮，眉毛就像鸟羽一般。锐利的目光和尖尖的鼻子让她看上去就像一只漂亮的鹰。在她面前，我自惭形秽，尴尬不安。

"不好意思，我应该提前通知你的。"我说道，并告诉了她我的名字，"丹尼斯说起过我吗？"

"事实上他出门打猎去了，至少要一个月才能回来。"

一个月？我还没来得及感到沮丧，正犹豫该怎么开口时，她就继续说，丹尼斯说起过我。她还告诉我，她是多么盼望有人来跟她做伴。"我好像有好几天都没跟任何人讲话了，除了对着狗自言自语外。"她笑了笑，脸上的五官都显得柔和了起来。"我刚刚买了几张新唱片，你喜欢音乐吗？"

"我喜欢音乐，但是没学过该如何欣赏。"

"我也正打算学一学呢！朋友们都说我的品位太过时了。"她微微做了个鬼脸，然后叹了口气，"现在我们带你的马去马厩吧。"

卡伦的房子让我想起了小时候在赤道农场见过的D夫人的房子。卡伦屋子里的东西精美绝伦，每个细节都营造着高雅的氛围。走进宽大的前门，就能看到桃花心木地板上铺着色彩缤纷的地毯。这些地毯铺满了每间屋子，使房间显得更暖和了。屋子里摆放着丝绸般光滑的木桌，圆鼓鼓的印花棉布沙发，还有厚实的扶手椅。每扇窗户上都挂着厚厚的窗帘，窗台上有插满鲜花的花瓶和碗。她还有好多排书架，上面整整齐齐地摆着各种书籍。我看着这些书，深感自己所受的教育太贫瘠了。我用手滑过书脊，手指上没沾一点儿灰。“你真的读过这么多书吗？”我问道。

“当然了。它们拯救了我好多次。这里的夜晚就像糖浆一样黏稠，让人窒息，尤其是朋友们都离开后。”

我猜测她指的会不会是丹尼斯，但她没有继续说下去。接下来，她把我带到了一间小客房里。我在房间里冲洗了一下，接着我们来到了露台上喝茶。她的仆人祖玛端着陶瓷茶壶为我们沏茶。他带着白色的手套，露出细细的黑手腕。他递过来一盘饼干和糖果，动作十分讲究。我很少看到举止这么讲究的仆人，至少我们那里没有。

“我来是想请你帮个忙。”祖玛离开后，我对卡伦说，“不过，也许你已经猜到了。”

“那么，你是打算过来住咯？”她说，声调兴奋地上扬。她黑黑的眼睛十分迷人，在这双眼睛前我感到自己仿佛越缩越小。她似乎能通过表面，看透事情的本质。

“不完全是。我母亲很多年前离开了肯尼亚，现在又回来了。我想，如果你的房子还空着，能不能给她住？当然，她会付给你一笔可观的租金。”

“为什么不呢？当然可以。到现在都没人住过那间房子。假如她愿意住，那真是太好了，你也一样。”

“事实上，她不……”我不知道该怎么解释这件事，“我们之间并不了解。”

“我懂了。”她那双乌黑的眼睛又开始盯着我看，我在椅子上如坐针毡，“这种情况下你还能帮她，你真是善良。”

“也许吧。”我说，不想再讲下去。五座深蓝色的山峰出现在屋脊上方，形成了上下起伏的波浪线。我来回扫视着它们。

“它们真是美极了，对吗？”卡伦说，“我爱它们爱得发狂。”她捏起拳头指给我看，这几座山丘的轮廓就像她手上的关节。“丹麦可没有这样的风景。我在这里看到过的任何东西丹麦都没有。”她从口袋里掏出一只狭长的银质盒子，点燃了一根烟。她把火柴甩灭后，从舌头上摘下一根烟丝。整个过程中，她的眼睛一直没从我脸上移开。“知道吗？你棕色的皮肤跟你的头发很配。”她终于开口说道，“你是我在这里见过的最漂亮的女孩之一。我在内罗毕的报纸上读过你的成功事迹。对一个女人来说，那种生活实在不容易。赛马圈可不是个充满温情的地方，对吗？”

“你是说各种流言蜚语吗？”

她点了点头。“内罗毕是个小城市。肯尼亚如此广阔，内罗毕却这么小家子气，真是滑稽。听到那些闲话，你会以为大家都挤在一起住着，隔着窗户说悄悄话，谁能想到我们其实隔了几百英里远呢？”

“我讨厌这些。为什么人们都喜欢打听那些不好的事呢？”

“别人怎么想、怎么说，对你的影响这么大吗?” 她的脸有一种锐利的美感。她目光深邃的眼睛就像玛瑙一样，此刻闪现出了一种我很少见到的深沉神情。她应该比我大十岁到十五岁，但她身上迷人的魅力让人无法忽视。

“我只是有时对这些感到头疼，我觉得自己结婚太早了。”

“如果是另外的男人，适合你的男人，年龄并不是问题。假如男女双方适合彼此，一切都不是问题。”

“这么说，你是个浪漫主义者了?”

“浪漫主义者?” 她笑了起来，“我从没有这样想过，不过最近嘛——我不知道。我对爱情和婚姻有了不同的看法。这不是适合讨论的哲学问题。不管怎样，我不想让你也感到困扰。”她沉默了一会儿。这时，一只小巧的带着斑点的金色猫头鹰从开着的窗户中飞到了阳台上，就像是她默默召唤过来的。猫头鹰落在了她的肩上。“这是密涅瓦[1]。它总是会突然出现，来陪我……或许今天它闻到了饼干的香味。”

---

1 密涅瓦是古罗马神话中的智慧女神，栖落在她身边的猫头鹰是思想和理性的象征。——编者注

25

卡伦的农场名叫“姆博加尼”，意思是“树林中的房子”。屋子四周是宽阔的草坪，草坪外生长着缅栀树，树上开满了黄色、白色和深粉色的缅栀花。此外还有一棵棵棕榈树和金合欢树，一丛丛竹子、刺树和香蕉树。再往下，六百英亩的山坡上种满了一垄一垄的咖啡苗。农场的一部分是当地的原始森林，其实更像是一片碧波起伏、草香四溢的草地；还有一部分给了吉库尤人，作为他们的自留地。吉库尤人在那里喂养牛羊，种植麦子、南瓜和红薯。

齐肩高的庄稼地里有一条人们常走的小路，就像是姆博加尼农场的经脉。我们顺着这条小路来到了卡伦打算租给克拉拉的房子跟前。这是座很小的平房，只有一个小露台，但窗户很多，屋后还有一个凉亭。凉亭旁长着一丛丛金合欢树，凉爽宜人。我试着想象母亲在这里生活的样子，想象她会如何坐在树荫下休憩。但我发现自己一想起她，就感到焦虑不安。

“波罗尔和我最开始住在这儿，”卡伦解释说，“那时我们刚结婚不久。我还是很喜欢这座房子的。”

“我在城里见过你丈夫一次，他很有魅力。”

“是的，”她脸上的笑容很复杂，“就是因为他太有魅力，以至我几次想要勒死他时最终都放弃了。”

房子里面有三间小卧室，一间厨房，一间洗手间，还有一间起居室。起居室里摆放着各种灯饰，铺着一块豹皮地毯。角落里的沙发看起来像是一张折起来的厚实的床，这使整个房间看起来就像一处温暖的小窝。卡伦指着壁炉上一座精美的法式钟让我看，那是她的结婚礼物。她一边用袖子拂去钟面上的灰尘，一边说：“你听说了关于我婚姻的传言，这并不奇怪，就像我也听说了你的一样。”

“我只听说了一点儿。”

她深表怀疑地摇了摇头：“好吧，这无所谓。没有人真正了解其他人的生活，这是事实。只有流言开始四处散播时，人们才会真正相互交流。”

我反复琢磨着她这几句直白的讽刺，想起了绿山农场破产前，那些流言是如何颠倒黑白、是非不分，把好好的局面毁掉的。“也许，对抗这些烦恼的秘诀在于清醒地认识自己。”

“是的。”她拿起那座钟，在手中转来转去，似乎回想起了它曾经是多么意义重大，“但是，这跟很多事情一样，说起来容易做起来难。”

我们离开了姆博加尼，来到了卡伦的咖啡厂参观。几十个吉库尤女人用耙子翻动着晾晒在外的咖啡果。长长的条桌上，咖啡果从红色逐渐晒成了白色。

“去年一月份，这儿发生了一起火灾，整个工厂都被夷为平地。”卡伦摘下一枚咖啡果，用手掌来回搓动，把果皮搓了下来，“老天有时真是残忍。那时，我以为自己会一蹶不振，再也爬不起来了。不过你看，我又把咖啡厂开起来了。”

“你是怎么做到的？经营农场实在太难了。”

“说实话，有时我也不知道自己是怎么做到的。我几乎冒险尝试了所有的东西，不过所有的尝试最终都会有收获。”

“我真羡慕你的独立，你做的事没有多少女人可以做到。”

“谢谢你。我在这儿也是为了独立和自由奋斗，但我越来越发现这两者并不是同一回事。”

我们回家时下起了雨。到达房前的草坪时，我们全身都湿透了，齐膝的靴子里灌满了吉库尤人田地里的红泥。我们望着对方狼狈的样子，哈哈大笑着走到阳台上，准备换下湿透的衣物。这时，我看到布利正坐在那儿，胡子拉碴，一身都是灰。显然，他赶在下雨之前跑回了家。他身旁正放着一瓶打开的白兰地。

“我回来得真及时。你好，柏瑞尔。你好，塔妮，亲爱的。”

卡伦说：“你还真是不客气。”

“这座房子目前还属于我。”

“所以你就不停地提醒我？”

他们两人唇枪舌剑，互不相让。但这些话语的背后似乎还有些别的东西，有种说不清的东西仍然把他们紧紧联系在一起。即使是我这么不会察言观色的人，也能看得出来。

卡伦和我进屋去换衣服。我们出来时，布利换了个更舒服的坐姿，并且点上了烟斗。他的烟草闻起来有一种异域的味道，就像是大费周折从遥远的欧洲大陆运过来的。“你看上去不错，柏瑞尔。”

“你也是，特弗里医生干得不错。”

“他把你也拉进了那个愚蠢的游戏吗？”卡伦转身向布利问道，“你这次又是从哪儿回来的？”

“我和范德比尔特家的一个人去了乌干达，回程中又去了坦噶尼喀湖猎犀牛。事实上，我差点儿失去了他。”

“差点儿失去了谁？是那个范德比尔特家的人，还是犀牛？”

“你的话真好笑，亲爱的。是那个范德比尔特家的人。两头凶悍的公犀牛想将他置于死地，不过他很幸运，我手里正好有把合适的枪。”布利转向我继续说，“犀牛可不是你信步游玩时愿意见到的动物。它们体型庞大，就像火车头一样，而且脾气暴躁，总是藏在你意想不到的地方。它们一旦受到威胁就会横冲直撞，即使是钢板也会撞过去。”

“难道你不害怕吗？”

“没什么好怕的，”他笑着说，“我手里有枪。”

“只要你在穆泰加俱乐部待久一点儿，”卡伦说，“你就会知道，几乎所有打过猎的人都要吹嘘自己曾经出生入死。这些故事被传得越来越夸张。波罗尔是我知道的唯一一个把大山说成鼹鼠洞口小土堆的人，他总是尽量低调，而不是夸大其词。”

“你是说，除了丹尼斯之外。”布利更正道。

“是的，丹尼斯也很低调。”卡伦听到丈夫说出丹尼斯的名字好像一点儿也不慌张，布利也能轻松地说出。我一点儿也想象不出，丹尼斯会是卡伦的情人。不过，他们这种微妙的过招着实在有趣。“你在外面见过他吗？”卡伦问道。

布利摇了摇头：“有人说他去了西边，到刚果去了。”

“那个国家怎么样？”我问他。

“非常非常可怕。”他啜了口白兰地，“到处都是各种各样的蛇，有人说那儿还有食人族。”

“你是在吓我吗？”卡伦眯起眼睛说道。

“不，我是在鼓舞你。塔妮一直在写各种故事，你知道吗，柏瑞尔？事实上，她写得很不错。”

“哪天晚上，我在炉火边给你讲一个故事吧，”卡伦挥了挥手，不接受他的称赞，“不管从哪个方面说，我都更擅长讲故事，而不是写作。”

“丹尼斯提到过你喜欢故事。”

“哦，我们的确喜欢故事。”她强调道，“但是，布利却完全不会讲故事。也许今天晚上，他可以扮演《一千零一夜》中专门讲故事的新娘。”

“当然可以，如果不需要我装成处女的话。”他说，我们都笑了起来。

那天晚上，我们在露台上吃了晚餐。恩贡的山丘在夕阳的余晖下变成了紫红色，它们一动不动，似乎被布利的故事催眠了。布利给我们讲了许多他同范德比尔特家的人去野外打猎的故事。他的故事一个接着一个，滔滔不绝。晚餐期间，布利一口气讲了几十个故事，中途几乎没有停歇过。卡伦的厨子卡曼特也不停地给我们上菜。桌子上有配着奶油酱、沾了面包屑的鸡肉，有用香草调制过的烤蔬菜，有用蘑菇和百里香装饰的玉米布丁，还有即食的熟奶酪和柑橘。布利不停给我们斟酒，上最后一道菜时，我已经喝得有些飘飘然了。我怎么会这么喜欢他们俩呢？这真是出乎我的预料。他们的感情生活并不单纯，但我仍然喜欢他们，并且信任他们。毕竟我的生活也不单纯。

一轮弯月升上了天空。我们吃着布丁，喝着苹果白兰地和咖啡。布利向我们道了晚安，然后启程去城里。

“他现在开车回城里会不会有点儿晚？”我问卡伦。

“我想，他也没有别的地方去。”卡伦沉默了几分钟，静静地看着漆黑的屋外，“他是来找我离婚的，这就是他来这里的原因。”

我从蔻琪那儿听说过，布利不止一次提出过离婚。但现在听卡伦说起，我仍然感觉这件事实在很残忍。“你会跟他离婚吗？”

卡伦耸了耸肩：“这个国家怎么能允许两个布里克森男爵夫人同时存在呢？你看，社交圈里根本容不下两个男爵夫人，总有一个会被排挤出局，然后被人们遗忘。”

“我一点儿也不相信有人会忘记你。”我说道。我并不是在恭维她，这是我的真实想法。

“我们走着瞧吧。”

“你们两人是怎么保持朋友关系的？”

“我们谈婚论嫁前本来就是朋友。我原本与他弟弟汉斯定了亲，那还是很久以前，在丹麦的时候。后来，汉斯娶了另外一个女人，于是波罗尔就成了我的亲密知己。”她停了一会儿，摇了摇头，耳朵上的银质耳环叮当作响。

“弟弟？那么波罗尔当时并不能给你男爵夫人的头衔了[1]？”

“不能。他能给我的只有爱情。”她笑了笑，脸上却露出悲凉的神情，“但那个时候我并不需要头衔。后来波罗尔想到了一个办法，他说我们可以到非洲来。但我们也因此欠下了巨额的债务。”

“你现在还爱着他吗？”

“我真希望自己对他一点儿感情都没有，但非洲的生活让人耳目一新。我来到这儿之后，以为我们可以拥有一切……孩子、挚爱、忠诚。”她闭上了眼睛，然后又睁开，瞳仁闪着黑色的光芒，“或许他根本不知道该怎么只爱一个女人。也或许他知道，但那个人不是我。他对爱情从来都不忠诚，刚开始的时候就是这样。于是我总是不断回忆过去。我嫁给波罗尔的时候，怎么会认定已经做好了跟他共度一生的准备呢？我那时根本不知道他会有这么多风流韵事。”

我喝了一大口苹果白兰地：“你说的好像是我的婚姻。我的感觉

---

1 欧洲有把爵位传给幼子的制度。——译者注

跟你一模一样。”

“你觉得你会离婚吗？”

“我希望能离婚，但现在我害怕承担更多的压力。”

“我们都会害怕很多东西。但如果你自己退缩，或者让恐惧支配了你，你就不再是你自己了，对吗？真正的问题是，你愿不愿意为了快乐而冒险？”

她说的是乔克，但她的话让我想到了更多的事。

“你快乐吗，卡伦？”

“目前还不，但我想要变得快乐。”

26

通过一系列的电报往来，克拉拉的事情很快就安排好了。她坚信那座房子一定非常完美，很希望能好好地感谢我，但她这种亲密的表示却让我感到困扰。十六年里，我的生活中完全没有母亲存在。我一点儿也不知道该怎么与她相处，即使只是通电报。我竭尽全力，试图搞清楚与她相处时，和蔼亲切和冷漠疏远的限度。我在这方面完全没有经验。没人能说得清我俩现在的关系，我们既不像母女，也不像疏远的亲戚。这种关系真让人头疼。

克拉拉在一封电报中告诉我，我的哥哥迪奇很多年前就来到了肯尼亚。他现在待在北部的埃尔多雷特，在一间非常好的马厩里当骑师。我简直不敢相信。迪奇就在这儿，在我的世界里，而我却不知道。这意味着什么？我们可以重聚到一起，成为家人吗？我希望如此吗？这可能吗？

五月底，克拉拉到达的那天，我还充满困惑，内心矛盾重重。我开着从 D 那儿借来的车到达了诺弗克酒店。在那里，我见到了她。我的手发起抖来，喉咙也哽咽了，胳肢窝和膝盖窝都开始冒汗，就像是莫名其妙地发起烧来。我尽力克制，不让自己仓皇而逃。当克拉拉带着男孩们下楼，到茶室跟我见面时，我试着回忆她的长相，不知道自己能不能认出她来。但事实证明这完全没有必要，因为我们的相貌几乎一模一样。我们都有高高的颧骨和前额，眼睛都是淡蓝色的。看着她，我有一种奇怪而错乱的感觉，仿佛在看着自己丢失的魂魄。我很高兴那些男孩也来了，看到他们我才回过神来。这两个男孩，一个七岁，一个九岁，都长着金黄色的头发，打扮得干净整洁，但见到陌生人有些腼腆。克拉拉拉起我的手拥抱我时，他们都躲在了她身后。我完全没想到她会拥抱我，手忙脚乱中把她的帽子撞掉了。我感到既心痛又迷惘。我不想要她的拥抱，但我想要的是什么呢？

“路上怎么样？”我控制好自己的情绪，问那两个孩子。

“海浪真大，比我见过的任何东西都大。”那个大点儿的男孩伊万说道。

“伊万晕船了，靠在船舷上吐。”艾利克斯好像鼓足了勇气后才开口说道，“吐了两次。”

“那都是小事。”克拉拉说，“现在我们已经来到这里了。”

我们走到一张窄窄的桌子前坐下。两个孩子立即被桌上盘子里的糖果吸引，大吃特吃起来，就像刚从牢房里被放出来一样。“你真是太漂亮了。”克拉拉赞叹道，“我就猜到你已经结婚了。”

我不知道该怎么回答她，只好点点头。

“哈利是我生命中的快乐源泉。”克拉拉的嘴唇颤抖起来，眼中涌出了晶莹的泪花，“你不知道那种生活是多么难熬，负债累累，前途渺茫，而现在我又是孤身一人了。”

她拿出手绢擦去眼泪，我盯着她，目瞪口呆。我原以为她会为当初的离开做出解释，或者道歉。我以为她会心怀悔意地问起克拉特的情况，或者问问我的生活。但她只是沉浸在自己的伤心事里，想着自己最近遭遇的困境，就像我和父亲与她无关。

“姆博加尼是个漂亮的地方，”我说，试图转移话题，“孩子们会喜欢那儿的。他们可以随心所欲地奔跑，或许还可以去上学。男爵夫人聘请了一个老师，教她领地上那些吉库尤人的孩子。”

“你真是我的救命恩人，柏瑞尔，我就知道我可以指望你。”她使劲抽了抽鼻子，“你们的姐姐真是太厉害了，是不是，孩子们？”

我是他们的姐姐，也是陌生人。这个事实给他们的震动没有给我的震动大。伊万完全没有听到克拉拉的话。艾利克斯抬头看了看，他的嘴唇上沾满了饼干屑，然后又埋头去吃了。

两个小时后，我开车带他们驶离了酒店。两个孩子坐在车里，向外面吐口水。克拉拉心烦意乱地训斥他们，然后说：“内罗毕变化真大，我都快认不出来了。它现在是座像样的城市了，你真该看看它以前是什么样子。”

“是啊，你离开了那么久，变化当然大了。”

“从前，内罗毕到处都是羊群，路都没法走，邮局小得像罐头盒，没有一家像样的商店，也没有说得上话的人。”她用手帕拍打着还在向外面吐口水的两个孩子，然后转身继续向我说道，“我那时真受不了这种生活。”

她跟我说起过去的事，一点儿都不感到尴尬难堪。她好像不记得，实际上我也是她过去生活的一部分。我想，也许这样更好，我们都能够坦然地与对方相处，不需要感到抱歉，也不需要弥补什么。我们都装作好像并没有失去什么一样，也许这样就不会再有更深的痛苦了。我一边这样想，一边用戴着手套的双手紧紧握住方向盘，把车子转往出城的方向，开上了胎印交错的路，驶往姆博加尼。

我最近一次去拜访卡伦还是上个月的事，这次我先去了主屋。卡伦原本在山坡上的咖啡厂里，听到车子的引擎声就跑了过来。她的头发被风吹了起来，脸颊上还沾着咖啡印。家里没有丹尼斯的踪迹，或许他还在外面，也可能是回来后又出去了。

“真抱歉，我看起来就像打过架似的。”卡伦伸手跟克拉拉握了握，“我们今天正好在收咖啡。”

“路上柏瑞尔跟我说了你在这儿的工作。你做得这么棒，真让我心生敬意。你的房子和草坪都漂亮极了。”克拉拉转了一个圈打量四周，脸上满是赞赏。

“你们想喝茶还是想吃点儿三明治？”

两个孩子听说又有好吃的，立即兴奋起来，但克拉拉制止了他们：“我们已经喝过茶了。”

“那我就骑马跟你们一起过去。等我几分钟，我换双鞋。”

我们沿着蜿蜒的路来到了姆博加尼。一路上，树上甜甜的花香从车窗外飘了进来。

“哦，这儿真是别致有趣。”我们到达那栋小房子后，克拉拉说道，“住在这里一定很舒服。”

“你也想在这儿待一会儿吗，柏瑞尔？”卡伦问。

“我还没想好。”我支吾道，心想着我在这儿待得可不怎么舒服。克拉拉对我而言无异于陌生人，还是个很麻烦的陌生人。

“你当然得待在这儿，我们一切都还没理顺呢。”克拉拉转身去看那两个孩子，他们已经坐在地上了，看着一只力大无比的甲虫用强壮的钳足举起一根树枝。“快告诉姐姐，我们需要她。”

“当然。”伊万说道。艾利克斯也嘟囔了一句，眼睛一直没离开那只甲虫。

“那我就留下来吧。”

卡伦把她的厨子和贴身男仆借给了我们，还给了我母亲一张名单，上面写着几个吉库尤“托托”的名字。他们第二天会过来，假如克拉拉需要做什么，可以直接吩咐他们去做。

她走后，克拉拉对我说：“当着男爵夫人的面，我不好说什么，但这个房子的确小了点儿，不是吗？”

“是有点儿小吧，毕竟这儿已经很久没人住过了。”

“比我想的要小得多。”

“房子里有三间卧室，你们正好三个人。”

“不是指今天晚上。”克拉拉解释道。

“我随便睡在哪儿都行，我没那么讲究。”

“你这种性格真好，柏瑞尔，你永远都是我们几个人里最能吃苦的。”

我一时讲不出话来，重新坐到椅子上：“你说迪奇在当骑师？”

“是的，他做得很不错。你还记得他骑马的样子吗？”

我微微点了点头。

“我知道，他现在一定想来这儿，但他的身体不太好。他的体质一直很弱，你知道的。”

我能记起来的实在有限……我只记得农场还是一片荒地时，上面长满了各种野生植物，还散布着许多石块。我们在玩耍时常常擦破膝盖。迪奇有一次跟我争抢玩具时狠狠踢了我的腰。即使那时他只是个孩子，这一行为也让我感到不快。如果能把这些陈年旧事统统忘个干净，反而会简单得多。

“当然了，他会尽自己的能力寄钱过来的。”克拉拉接着说，她又开始抹起眼泪来，“请原谅你面前的这个傻女人，柏瑞尔。请原谅我。”

那天晚上，我在壁炉边的沙发上辗转反侧，无法入眠。我被克拉拉搞得心烦意乱。她对过去毫无悔意，现在又向我乞怜。我真希望她给我发第一封电报时我根本没理她，或者她根本没想过给我发电报。但现在我们已经走到这一步了，我把自己困在了一个奇怪的牢笼里。

午夜过后，炉火早已熄灭了，外面开始下雨。我听到雨点落下来，发出越来越大的响声。这时，克拉拉出现在我面前。她穿着睡袍，手里拿着一支忽明忽暗的蜡烛，跪在我的床边。她光着脚，头发随意散在脑后。这让她看起来非常年轻。“有雨落下来了。”

“别去想它。这个季节，我们这儿经常下雨。”

“不，我是指房子里面。”她把我拉到一个小房间里。两个孩子抱成一团缩在一张床上。屋顶的一个接缝处正在往下滴水，正好滴到两个孩子盖着的毯子上，而他们完全不知道该怎么办。

“我们把床挪一挪吧。”我建议道。

“对呀！”克拉拉说。很明显，她自己完全没想过还能这么做。两个孩子从床上爬下来，克拉拉和我把床推到了另一面墙那儿。

“这儿也是湿的。”

第二间卧室稍微干一点儿。我们在厨房里找了几个水桶，分别摆在漏水的地方。我们一个个房间查看，试图找到干燥的地方摆放家具。“这真是让人绝望。”克拉拉摊手说道。

“只是下了点儿雨而已。”我叹了口气，“孩子们，你们不会介意的，是吗？”但两个孩子好像突然之间变得极其脆弱。艾利克斯拿着一只皱巴巴的玩具熊，他扯着它的耳朵，似乎随时都准备躲到橱柜里面去。

“我们先坚持这一晚吧。”我提议道，“明天我们可以看看工人能不能把屋顶修好。”

“我看这里最干燥了。”她说的是我睡的沙发，“你介意我和孩子们睡你的地方吗？”

“一点儿也不。”我再次叹了口气。

“谢谢你。如果你能再帮我们生个火就太好了，是不是，孩子们？”

用来生火的木头都湿了，一烧就冒烟，我费了好大的劲儿才把火生起来。一切安排妥当后，我已经筋疲力尽，没有力气再去搬床了。我直接走到最近的一张床前，倒了下去，蜷缩在湿湿的毯子里，努力让自己睡着。

第二天，瓢泼大雨一直下个不停。下午两三点钟的时候，克拉拉已经无计可施了。卡伦来过一趟，试图处理了一下。但这场大雨一直停不下来，屋里到处是水。最后，她把克拉拉和孩子们带到了主屋。

“真抱歉给你们带来了这么大的麻烦。”卡伦说了一遍又一遍。

“这不是你的错，”克拉拉安慰她，一边说一边用发卡把湿了的几缕头发夹起来。虽然克拉拉这样说，但她的语气却好像在说，卡伦的确应该为这些事负责，或者我应该为此负责。克拉拉他们几乎没有任何责任心和对抗困难的毅力，这一点儿也不让人意外。同时，这也让我为她感到悲哀。假如你生活中的一切都颓然坍塌，而你只是退缩，完全没有能力承担，该多么可怕啊。如果她连眼前的这场大雨都应付不了，就更不用说失去丈夫了。她这么可怜，我不该对她失去耐心，但我忍不住。晚饭时，我已经完全受不了克拉拉了，恨不得立刻回到索伊撒姆布，陪在那些马儿身边。我需要工作，因为工作从来不会让人不知所措，它总能在我郁闷的时候给我安慰。

“我周末会回来的。”我说道，然后开着D的汽车，驶向了泥泞不堪的红土地。

27

三天后，我再次来到了姆博加尼。克拉拉已经不在这儿了，她雇了一辆车，带着孩子们去了内罗毕。她还留下了一张字条，为自己所带来的不便道歉。

“我之前的确已经把房子打扫干净，并且准备好让他们住下了。”卡伦说，“但下雨这件事我可控制不了。我能怎么办呢？”

“我希望她至少给你留下了一点儿钱。”

“一卢比也没有。”

我简直惭愧到无地自容：“那让我付些钱给你吧。”

“别傻了，这又不是你该做的。不过你可以留下来，让我开心一下，我太寂寞了。”

那天深夜，雨又开始下了起来。五月的天气常常这样，猛烈的暴雨一直下啊下啊，把路变成水沟，再把水沟变成无法跨越的洪流。

“你不能在这种天气回去。”第二天一早卡伦对我说。她从敞开的阳台望出去，外面的雨水连成了灰蒙蒙的一片。

“D 会担心我的。我得冒险试一试。”

“他是个理智的人……不管怎么说，有时候他还是有点儿脑筋的。

你总不能游泳回去吧！”

我们的话还没说完，一个年轻的索马里男孩就跑了进来。他几乎全身赤裸，屁股上溅满了红色的泥点。“‘伯达’回来了，”男孩向卡伦报信，“他很快就到了。”

显然，“伯达”指的是丹尼斯。我可以从卡伦的脸上看出来，她听到这个消息后是多么欣喜若狂。她把男孩带到房子里，坚持让他洗个澡，换身衣服，吃点儿驱寒的东西再回去。

“丹尼斯的仆人对他非常忠诚。”她对我说，一边用棉布把男孩在地砖上踩的脚印擦干净。屋子里到处都是仆人，但很明显卡伦喜欢亲自动手。她为自己能够做点儿什么而开心。“那些仆人很尊敬丹尼斯，他们已经打成一片了。我猜，即使是丹尼斯让他们躺在狮子的嘴巴前，他们也会照做的。”

趁她的戒备心理减轻了一些，我赶紧问她：“你们是怎么成为朋友的？”

“我们是在几年前的一次射击活动中认识的。他是跟德拉米尔一起来的，结果他发了一场烧，不得不留下。我那时已经放弃在这里找个合适伴侣的想法了，结果他出现了。”她停下了手里的活，抬头看着我，“说实话，我以前从没遇到过这么聪明的人。这真是那一整年中最大的惊喜。”

“即使他发着烧？”

“是啊，即使发着烧。”卡伦笑道，“但后来我就回家了，他也回家了。直到不久前，我们才重新开始联络。我真的感到非常幸运。”

她站起身来，在围裙上擦了擦手。敞开的门外，天空阴沉沉的，雨下个不停。“我会叫仆人把你的马牵来，如果你非要走的话。或者你可以再考虑考虑。”

我想到了通往索伊撒姆布的那几英里又湿又滑的路，又想到了丹尼斯褐色的眼睛和笑声。我知道他与卡伦的亲密关系，但真的想再看看他。“我想，我只好留下来了。”我告诉卡伦，“这场雨不会停了。”

接下来的时间里，卡伦一直在为丹尼斯的到来做各种准备。她设计好了晚餐的菜单，让仆人们把房间里外擦得一尘不染。终于，丹尼斯的索马里仆人又跑来了。不久，丹尼斯本人也出现了。他浑身都湿透了，但兴致很高。他不慌不忙地骑着马，同样勇猛的索马里跟班比利亚跟在一旁。

“我被雨困住了，出不了门，你却在雨中随心所欲地漫步，这真让我羞愧。”和丹尼斯互相问好后，我说道。

“我还没告诉过你，我曾经陷在泥地里，只剩马脖子露在外面。”他朝我挤挤眼，取下帽子向我们致意，水从帽檐淌了下来，“另外，很高兴见到你。”

卡伦把他拉到了房子最里面，让他收拾干净，准备吃晚饭。我待在书架前，突然莫名感到一阵紧张。卡伦向我推荐了萨克雷的小说和几本游记，我试着阅读它们打发时间，却发现自己在重复看着一个段落，一个字也没看进去。那只小猫头鹰密涅瓦落在供它歇脚的地方，歪着头，用大大的眼睛看着我。它的眼睛圆圆的，一眨不眨。密涅瓦个子很小，就像一只长了羽毛的苹果。它的喙很有光泽，像衣钩的尖。我向它走过去，试图让它知道我很友善。我学着卡伦的样子，用一根手指拍了拍它。它似乎接受了我的示好。

我想，也许我只是有些不安。我又抬起头看着书架上厚厚的书堆。丹尼斯和卡伦都那么聪明，他们心意相通，让我感到自己就像个傻瓜。在学校多待几年，学点儿马匹、农场，以及跟齐彼打猎之外的知识，难道会要了我的命吗？我感到十分焦虑，迫不及待想要回家，拥抱我熟知的工作。在那儿，读书学习不会被当作有用的事。不过现在或许已太迟了。我试着从萨克雷的小说里找些片段，好在晚餐时表现得有趣一点儿。但那样做又有些装腔作势，似乎是在东施效颦。“你真蠢。”我对自己说，简直烦透了自己，这时密涅瓦伸出了一只黄色的爪子。我又想了想，不管怎么样，我就是这个样子。不管面对谁，我都应该以自己的本来面目待人。

丹尼斯在丛林里待了很长时间，现在非常渴望与人交谈。晚餐有香料调制的番茄汁、白色的莴苣尖，还有蛋黄奶油酸辣酱裹着的比目鱼——这种酱会在勺子中逐渐化开。丹尼斯告诉我们他是怎么穿越肯尼亚北边的领土回来的。他在埃尔多雷特附近逗留了一段时间，那里有他的土地。他听说那儿有一些游客坐在汽车上打猎，也亲眼见到了这幅景象。他们只是在用枪打动物玩，把动物打死后，就让尸体留在原地，慢慢腐烂。

“天哪！”我从来没听说过这种事，“这简直就是屠杀。”

“我认为这全怪泰迪·罗斯福。”丹尼斯说，“他拍了几张骑在被猎杀的大象身上的照片，就像海盗一样。这些照片流传出去，让人们觉得这样做很光荣，而且很容易就能做到。”

“我以为他打猎是为了给博物馆收集动物标本呢。”卡伦说。

“别让那套关于博物馆的说辞把你糊弄了。他是个彻头彻尾的打猎爱好者。”丹尼斯把椅子拉远了些，点了一支雪茄，“并不是罗斯福引起的这种打猎热潮让我不舒服，我只是认为动物不该无缘无故地被打死。不能因为有人喝醉了，手里又恰好拿着枪，就该有动物丧命。”

“也许有一天我们可以立法保护它们。”卡伦说。

“也许吧。但与此同时，我希望自己没有掺和到那些打猎取乐的人当中。或者我不用为自己的行为负起这种责任。”

“你一直都在努力保护着这块乐土。”卡伦的眼睛在烛光下呈现出深黑色，显得热烈而深沉，“丹尼斯总是记着早些年一切没遭到破坏时那些美好的时光。”

“我也是。它们的确很难忘记。”

“柏瑞尔的母亲来这儿住了几天。”卡伦向丹尼斯解释说，“我本以为她会成为姆博加尼的租客呢。”

“哦，”丹尼斯说道，“我以为你母亲过世了。”

“没关系。你的猜想跟实际情况差不了多少，她在我很小的时候就离开了。”

“没有母亲的爱，我简直活不下去。”卡伦说，“我每个周日都给她写信，然后靠读她的回信活下去。这周，我要跟她讲讲你。我要告诉她，你看起来就像蒙娜丽莎。你能让我画一画你吗？你真的很适合做绘画对象，就像现在这个样子，非常可爱，又有一点儿迷惘。”

她的描述让我脸红了，我仿佛被暴露在公众面前，感到忸怩不安——一方面是因为她说得很坦诚，另一方面是因为她很敏锐，好像一切都逃不过她的眼睛。她是怎么做到的呢？“实际上，我并没有那样的美貌，是吗？”

“很抱歉，请不要介意我说的话。各种人都让我很感兴趣，他们就像是神秘的谜题。想想吧，我们有一半的时间都不知道自己在做什么，但还是在继续生活。”

“是啊，”丹尼斯说道，“实际上，试图寻找生活中具有重要意义的事，无异于误入歧途。”他伸展着肢体，舒服地换了个姿势，这使他看起来就像只在阳光下悠闲散步的猫，“有时，没人知道这两者之间的区别，尤其是那些可怜又可恨的朝圣者。”他朝我眨了眨眼，动作微妙得几乎察觉不到，“现在来讲个故事怎么样？不讲故事就没有晚饭吃。”

我一直在想我可以给他们讲些什么。最后，我决定讲一讲我在艾尔金顿家的农场遭遇狮子帕迪袭击的事。为了吸引他们的注意，我从事情的最开头讲起。我讲得很慢，说出了每个细枝末节。我讲了去卡贝特车站的事，还有父亲对狮子的一番言论。我还讲了本肖恩·辛格那一圈一圈没有尽头的头巾，路上的醋栗丛，以及吉姆·艾尔金顿的鞭梢上擦出的火花。没讲多久，我就忘了自己原本是想吸引丹尼斯和卡伦的注意，完全沉浸在了故事之中，仿佛我也不知道接下来会发生什么。

“你一定吓坏了。”我讲完后，卡伦说道，“没有多少人能从这种险境中逃出来。”

“我的确吓坏了。不过后来，我把那次经历当作了人生新的开始。”

“我敢打赌，那件事一定对你产生了重要的影响。我们都有过这种时刻——不过并不都那么惊险。”丹尼斯停了停，看着炉火，“我想，这些事是为了考验我们，改变我们。是老天让我们知道，冒险前行意味着什么。”

整个屋子安静极了。我想着丹尼斯的话，看着他俩静静地抽着烟。过了一会儿，丹尼斯从他棕色的天鹅绒夹克中掏出一本口袋大小的册子：“我在伦敦的一家书店里发现了一本珍贵的小册子。它叫《草叶集》。”他把这本卷了角的书打开，递给我，让我为他们朗读。

“天哪，我可读不了，我会毁了它的。”

“你不会的，我认为这本书尤其适合你读。”

我摇了摇头。

“你来读吧，丹尼斯。”卡伦帮我说话，“以柏瑞尔的名义。”

“我想我能成为鸟兽，跟它们一起生活……”丹尼斯读道。

它们是那么宁静，那么恬淡知足，

我静静地伫立，久久地凝视它们。

它们不会忧虑，不为生活而哀叹，

它们不会流泪，不在深夜惆怅失眠……

丹尼斯轻声背诵着这些句子。他并没有使用夸张的声调，因为诗句本身就富有张力，让人感到沉重。这首诗好像是在说：动物们生来就具有高贵的品格，它们的生命比人类的生命更有意义；人类总是因为自己的欲望、对生活的自怨自艾，以及试图与遥远的上帝交流而感到困惑迷茫。这也是我一直以来所相信的观点。丹尼斯又读了这一段：

一匹硕大健美的雄马，神采奕奕，

在我的爱抚之下，它热烈回应，

它前额丰隆，两耳间宽阔无比，

它四肢粗壮而灵活，长尾拂地，

它两耳轮廓鲜明，目光如炬，

它缓缓走动着，身姿轻盈。

“真是棒极了。”我轻声赞叹道，“我可以借阅一下吗？”

“当然可以。”丹尼斯说。他把这本书递给我，这本小册子就像羽毛一样轻盈，上面还带着丹尼斯的体温。

我道过晚安，回到了自己的房间里。在灯光下，我一首诗接一首诗地读着。四周非常安静，突然，我听到楼下的大厅里传来了动静。

这栋房子并不算大，下面的声音虽然有些模糊不清，但我仍然能够辨识出来，那是丹尼斯和卡伦在亲热。

我紧紧攥着书，感到心跳加速。我太自以为是了，认为他们仅仅是亲密的朋友。我为什么会那样想呢？是因为布利那天提到丹尼斯时很随意？不过也许那只是意味着他接受了丹尼斯在卡伦生活中的位置。实际上，我越是回想，就越发现丹尼斯和卡伦十分般配。他们都有好看的脸庞，并且富有情趣。用基皮西吉斯人的话说，他俩都像一潭深水般渊博。尽管伯克利说过，丹尼斯在感情上难以捉摸，但他和卡伦之间的爱意十分明显，我可以很清楚地看出来。

我再次回到书本上，翻到了丹尼斯读过的那首关于动物的诗，文字却在眼前跳个不停。我好像看到几堵墙后，那对情人正悄声说着甜言蜜语，他们的身体在灯影下重叠，不断紧拥在一起又分开。他们的情事跟我没有任何关系，我却总是忍不住想到他们。最后，我只好熄了灯，用枕头堵住耳朵，希望能赶快睡着。

第二天，乌云终于消散了，天空呈现出澄净的蓝色。我们一起去参加了一场小型野外射击活动。鸵鸟跑进了花园，啄坏了很多新长出来的生菜芽。它们在菜地里肆意奔跑，到处都是羽毛和鸟粪。

我昨晚没睡好，精神不振，丹尼斯和卡伦倒是兴致很高。我除了疲倦，还因为昨晚听到了他们亲热而有些尴尬。丹尼斯倒是神色如常，似乎他们经常这样做。

“这些鸟的大脑只有咖啡果那么大。”丹尼斯解释说。他把一支纤长的里格比枪随意挂在肩膀上，“就算你随手开上一枪，它们也会刚好撞到子弹上。”

“那怎么不往天上开一枪呢？”

“那可不够。它们只有听到子弹的呼啸声才会惊慌失措。”他端起枪，瞄准目标，熟练地扣动扳机。鸵鸟们大吃一惊，抱团一样没头没脑地乱撞，仿佛汇聚成了一只大型动物。它们很快就被彼此绊得东倒西歪，一片哀鸣，像一堆失去了平衡的独轮车。

我们嘲笑着它们，这幅滑稽的场景实在让人忍俊不禁。我们看了看周边的篱笆围栏，确保它们没被撞坏后，就去了山脊上，去看卡伦说的风景。我稍微落后了一点儿，卡伦的猎鹿犬“暮色”给我引路。我看着丹尼斯的背影，想着他虽然常常在野外风餐露宿，但身体却几乎没有因此受到损伤。他的自我意识非常明确，知道该怎么站立，做出何种姿势，如何完成需要做的事。他从不怀疑自己，也不怀疑他即将踏入的地方。我理解卡伦为什么会深陷于对丹尼斯的情感之中，即使她仍然在乎布利，坚持要做布利名义上的妻子。

“你从哪儿学会瞄准的？”我追上丹尼斯后，问他。

“我想，应该是在伊顿的高尔夫球场。”他笑着说，“你呢？”

“你怎么知道我也会瞄准？”

“你难道不会吗？”

“我是跟父亲领地上的基皮西吉斯人学的。你真该看看我打弹弓。”

“那我可得待在射程以外看。”他笑了，“一定很棒。”

“是波罗尔教会了我开枪，”卡伦也放慢了脚步，加入了我们的谈话，“一开始我不懂为什么有人喜欢打枪，但这的确会给人带来一种快感，不是吗？不是那种嗜血的快感，而是一种力量，让你跟其他生命联系起来的力量。这话听起来也许很残忍。”

“我不这么觉得。假如是为了荣誉开枪，就不残忍。”我想起了“阿拉普”麦拉，想起了他的那些作战技巧，还有他对生命的尊敬，即使是最微小的生命也不例外。不仅是打猎，哪怕只是走在他身边，我也能强烈地感受到他对待自然生命的态度，就像我走在丹尼斯身边时感受到的一样。不知什么原因，丹尼斯走在我身边时，我似乎又回到了在绿山农场的那段岁月。也许是因为我在他身上看到了一个优雅而威武的战士形象。他让我想起了自己的战士精神，以及我身上残存的“拉克维”的影子。

这时，我们已经爬到了咖啡园上方，身下除了咖啡树，还有荆棘丛和弯弯曲曲的河床,上面散落着亮晶晶的石英。山顶平缓了很多，形成了一片高地。从这儿，我们可以一直看到东非大裂谷，那些峭壁和悬崖看上去就像摔碎的瓷片。雨季终于过去了，但大块的云仍然飘浮在南部乞力马扎罗山的上空。山顶上覆盖着积雪，云朵的影子投射在上面。靠近东北方向的吉库尤人自留地里，一片一百英里，甚至更宽广的草原一直延伸到了肯尼亚山附近，使自留地在我们的视野里尤为突出。

“现在你知道我为什么哪儿都不想去了吧。”卡伦说道，“丹尼斯甚至想把他的墓地安在这儿。”

“附近有一座山鹰的巢。”丹尼斯说，“我希望它们高贵的身影能呼啸着飞过我的尸体。我很喜欢这个想法。”他迎着太阳眯起了眼睛，脸颊是健康的棕色。他长长的四肢在身后留下了紫色的影子。汗水打湿了他的衣服，在他的肩胛骨间留下了一道痕迹。丹尼斯穿着白色的棉质衬衫，袖子刚好贴合他胳膊上的曲线。这就是他在我心中的形象：每一寸身躯都是那么生机勃勃，充满活力。

“吉库尤人会把逝者的躯体扔给土狼吃掉。”我说，“如果我们能够选择怎样处理自己尸体的话，我会选择让山鹰吃掉。”

28

九月，“元首”在圣莱杰大赛中拼尽了全力，取得了第二名。比赛中它既没有摇晃，也没有退缩，更没有出现腿部肿胀的情况，之前的那些毛病一点儿都没有发作，宛若重生。我站在获胜马匹的围栏边，看着D被授予银奖杯。我对自己的工作感到十分满意。我完全弄清楚了“元首”的问题，看到了它的需求，帮它重新获得了荣耀。这是它应得的。

大家都到城里来看比赛，伊斯特雷马厩里满是马夫和驯马师。因此，D专门为我在俱乐部附近搭了一座帆布帐篷，还把我的名字挂在了帐篷前面。但是，住在这里面可一点儿都不好玩，我得完全弯下腰，爬过那些布满蚊虫的帐篷帘。伯克利却觉得在这儿喝一杯应该很不错。他拿着一瓶冰过的香槟出现在我面前，我俩坐在帐篷外的小凳上喝了起来。

他像往常一样穿着华丽的衣服，脸色很苍白，也许身体更消瘦了。我问起他的健康状况时，他却干脆地拒绝回答。“你看到那儿了吗?”他指着不远处一座桉树林中的小房子——房子是用灰泥建的，门是圆的，还带有一座小花园，像是从童话中走出来的，“丹尼斯在那儿住过几年……在他搬去恩贡之前。”

“你应该告诉我丹尼斯和男爵夫人的事。他俩相爱了，对吗？”

伯克利的目光来回扫视着我的脸。“我该告诉你这件事吗？我以为你并不关心。”我们沉默了一会儿，谁都没有讲话。过了几分钟，他把我们的酒杯斟满，金黄色的液体里涌出一串串气泡。“不管怎么说，我不知道他们的这段感情会持续多久。”

“因为丹尼斯不会为了某个女人而停留？”

“有的人会为此停留，但丹尼斯不会。他从埃塞俄比亚为卡伦带回了一枚戒指。戒指是用很软的金子做的，戴哪根手指都合适。她兴高采烈地戴着那枚戒指，就像是戴上了订婚戒指，但她没抓住关键。不是说我不喜欢塔妮亚，”跟丹尼斯一样，伯克利用卡伦的昵称“塔妮亚”称呼她，“我很喜欢她。但她不该忘了丹尼斯是什么人。想把他留在身边是不可能的，这不符合他的天性。”

“假如丹尼斯觉得自己受到了束缚，那他又为什么会搬去那儿呢？”

“当然，他还是爱她的。爱情让某些事情变得更容易了。”他无意识地用手指梳理着胡子，“卡伦最近因为一些事情相当烦恼，是金钱方面的。”

“我想，你已经听过我母亲的那些丑事了。”

“哦，是啊，”他做了个鬼脸，“科尔克帕特里克的遗孀和漏雨的屋顶。”

“我到现在都感到惭愧。”

“那点儿租金对姆博加尼而言只是滴到桶里的一滴水。”他眼中闪过了一丝光彩，似乎在为自己的一语双关得意，“你母亲现在怎么样了？”

“我可懒得问。我听说她住在城里的某个地方。整件事越来越古怪了，为什么人们都这么复杂？”

他耸了耸肩：“你希望她做什么呢——如果她能按照你的心意行事的话？”

“坦白讲，我要是她，根本不会提议回到这儿来。退一万步讲，她也不应该嫌这嫌那。她已经离开那么久了，我完全想象不到她还会对我产生不好的影响，但现在……”说到这里我停住了。

“我还年轻的时候，父亲去世了。一开始，我们都认为这是件好事。这样一来，很多事情就简单多了。但随着时间的推移……好吧，不如说是我自己想明白了一件事：很多东西只有失去之后你才能真正重视。直到现在我也没有完全释然。也许我们俩都没有从家庭破碎的灾难中恢复过来。”

“哦，天哪。你是想讲讲自己的伤心事，让我开心点儿吗？”

他的嘴唇在胡须下扯出了一个生硬的笑容：“对不起，亲爱的，至少塔妮亚没有把你母亲的错怪在你身上，这一点我敢保证。我晚上会骑马去她那儿吃晚餐，你也一起来吧。”

我摇了摇头：“我想早点儿休息。”

“你知道，你一个人的精力比十个男人的都多。”他用祈求的眼神看着我，“我猜你也很喜欢丹尼斯，如果真是这样的话，亲爱的，他——”

“不，伯克利，”我打断了他，“我不需要你的警告，也不需要你的建议。我会保护好自己的,非常感谢你的提醒。假如我遇到了难事，我会想办法冲出一条路来的，好吗？我的脑袋硬得很。”

“的确如此。”他说，“不过，我可不敢保证别人的脑袋也足够坚硬，尤其是在男女之事上。”

我们把这瓶酒喝完后，伯克利骑马去了恩贡。我点着灯，躺在帐篷里的小床上，翻着一直随身携带的《草叶集》。几个月前，我像贼一样把这本书顺了出来，现在还不想把它还回去。我打开书读道：“我想我能成为鸟兽，跟它们一起生活。”我意识到，我之所以会被这首诗打动，是因为丹尼斯从这首诗中看到了我。我身上具备惠特曼所推崇的独立和自由，以及与野生动物和大自然之间的紧密联系。那是我天性的一部分，也是丹尼斯天性的一部分。我们因为在对方身上看到了这些相同的特质而相互吸引，无论其他方面是对是错，有无可能。

一阵清风把帐篷顶吹得上下翻动，尽管隔着一层蚊帐，我仍然能感受到黑夜的脉搏。头顶的天空中，无数的星星正在闪烁，它们好像离我很近很近，亮得刺眼。

29

十一月，卡伦举办了一场射击大会，邀请我去参加，并让我多住几天。我在心中梳理了一遍自己与博伊和乔克的关系，还有关于丹尼斯的那些疯狂想法。我心中有一个声音在质疑，质问我接受这一邀请是否明智。但我最终还是选择了参加。

我到达时，丹尼斯和卡伦正在招待满满一屋子的客人。这其中有蔻琪向我提过的金婕·梅耶尔，我之前从没见过她。显然，她已经当本的情妇好几年了，而且不知出于什么原因，蔻琪和她还是朋友。我去的时候，她们两人正在草坪上玩一种球，看起来既像高尔夫球，又像板球。她们拿着扁平的球拍和槌球游戏中的木槌，甚至还拿着一根短马鞭。金婕穿着一件长长的丝质连衣裙，将裙子在两腿间打了个结，把它变成了一条裙裤。她很漂亮，赤褐色的头发烫成了卷儿，脸上还有些小雀斑。她和蔻琪互相追逐着，用力击打那只像老鼠一样窜来窜去的皮球。她们并肩奔跑时，就像是两姐妹。

"玩得怎么样？"蔻琪来跟我打招呼时，我问道，"我猜卡伦还没跟你讲话吧？"

"还没有真正聊天，但她还是跟我打了招呼，寒暄了几句。我们现在算是处于是停战状态。也许是因为她终于得到了她想要的。”我们俩都看向房子，丹尼斯和卡伦站在阳台上，检视着几十个酒瓶，完全是男女主人的模样。“乔克的事怎么样？”

“我想，我们应该算是在分居吧。我一直试图给他施加压力，让他同意离婚，但他不给我回复，至少没给我理智的回复。”

“真遗憾，亲爱的，但这件事一定会很快得到解决的，对不对？即使是最糟糕的事，最终也能得到解决……我们就是这样走过来的。”

她拿着木槌回去打球了。我走进屋子，看到卡伦正费力地捧着一大堆东西。屋子里到处都是蜡烛和鲜花，桌子上摆着她最精美的瓷器。从房间中每扇窗户望出去的风景都是经过布置的。这栋房子不仅让人感到舒适，也让人心生羡慕。卡伦会写作，会画画，布置屋子虽然是不同于写作的另一种艺术，她却也照样精通。

“这次是有什么事要特别庆贺吗？”我问她。

“也没有。我只是很快乐，想跟大家分享。”接着，她就去吩咐祖玛安排菜单的细节了。我站在原地，想起了她几个月前对我说的话——她“想要变得快乐”。我听出了她坚定的决心，好像这儿就是她的狩猎场，追了很久的猎物终于被她捕获了。她赌上了自己的整个人生，最终得到了巨大的回报。

晚餐的时间到了，仆人们穿着白色的短上衣，戴着白手套为我们上了七道菜。卡伦坐在桌子的一端，用一只小巧的银铃驾轻就熟地安排着上菜流程。之前我来这儿时，房子里只有我们两个人，她总是穿着朴素的白裙子和女式衬衫。但今天，她穿着鲜艳的紫红色丝绸长裙，深色的头发烫成了卷儿，还别着一只水晶发卡。她脸上打着精致的粉底，眼睛也描得格外深邃，整个人简直令人惊艳。当然，她这番打扮并不是为了给我留下深刻的印象。

我只有两条进城时穿的长裙，今天这条是我自己买的。裙子也许并不够漂亮，我担心它会让我与其他客人格格不入。但实际上，除了衣着打扮，我跟其他客人之间的鸿沟还有很多。除了我，几乎每个人都能听懂别人所讲的笑话，每个人都熟悉演奏的歌曲。丹尼斯和伯克利都是从伊顿毕业的，那天晚上他们一直唱着同一首歌。它像是对划船的赞歌，因为里面有一句“一起弯腰用力划桨”。丹尼斯的声音最大，高音十分优美。人们尽情饮酒欢笑，我不禁感觉有些受了冷落。到目前为止，我都是在场最年轻的客人，也是最土的。卡伦向金婕提及我时，称我为“那个孩子”。她说：“柏瑞尔是你见过的最可爱的孩子，不是吗？”

吃饭的时候，金婕坐在我左边。我对她的了解仅限于蔻琪的介绍。我只知道她是本的情妇。她在一只由整块水晶雕成的烟灰缸里掸了掸烟灰，然后对我说：“你走起路来就像一只猫，有人这样跟你说过吗？”

“没有。这是对我的赞美吗？”

“当然了。”她对着我晃了晃脑袋，红色的发卷微微抖动，“你跟这里其他的女人一点儿都不一样，不是吗？”她的蓝眼睛又大又亮。尽管在她的打量之下，我感到有些忸怩不安，但我不想退缩。

“难道世界上真的只有一种女人吗？”

“我这样说有些不厚道，但有时的确是这样。我刚刚从巴黎回来，那里几乎每个人都穿着一模一样的‘浪凡’礼裙，佩戴着同样的珍珠项链。在那儿，你的新鲜感维持不了两分钟。”

“我从来没旅行过。”我告诉她。

“哦，你真该去试一试。”她坚持向我推荐，“只有通过旅行你才知道自己家园的真实面貌是什么样的。关于旅行，我最喜欢这一点。”

桌子收拾干净后，几乎所有人都聚到了壁炉边，坐在靠椅、长凳或大大的软垫上。卡伦自己则静静坐在一个角落，就像一件精美绝伦的艺术品。她一只手拿着一支细长的乌木烟嘴，另一只手端着装满红色葡萄酒的玻璃杯。丹尼斯坐在她附近。我走近时听到他们在谈论伏尔泰。他们一个还没说完，另一个就马上把剩下的话说了出来，看起来就像是同一个人的两面，或是极度相似的孪生子。他们好像从很久以前就一直这样坐着，紧紧依偎，眼波流盼。

第二天，我一大早就起来了，跟着那些男人去打猎。除了丹尼斯，就数我打中的野鸭最多。好几个人都拍着我的肩膀，对我连连称赞。

“要是我不认真点儿，你就会超过我啦！”丹尼斯说道。他把那支里格比枪扛在肩上。

“要是那样，你会感到很难过吧？”

“恰恰相反，我会感到很开心。”他迎着太阳眯起了眼睛，“我一直都喜欢那种会打猎会骑马、独立自主、能让人心生警觉的女人，就让其他男人去追求那些仪态端庄、羞怯柔弱的女人吧。”

“你母亲是前一种女人吗？你是因为她才欣赏那种女性吗？”

“是的，我母亲是个坚强的女人。假如她没有那么多的责任需要承担，一定会成为伟大的探险家。”

“你并不怎么喜欢家庭生活。”我这句话算是对他的点评。他的性格在我眼中越来越清晰。

“家庭实在太小了，不是吗？”

“那么非洲就是你足以施展拳脚的地方喽。非洲那么辽阔，与封闭的家庭恰好相反。这里让你失望过吗？我是说，你能想象将来有一天会对这里感到厌倦吗？”

“永远不会。”他直截了当地说，一秒都没有犹豫，“这里的每一天都是新鲜的，好像每时每刻都在更新着自己，不是吗？”

“的确。”我表示同意。这正是我前一天晚上想对金婕说的话，但我没找到合适的语言来表达自己的想法。肯尼亚永远都在不断变化着，向你展示全新的面貌。你根本不需要去别的地方旅行，只需要在肯尼亚四处转转，就会有新的感受。

丹尼斯提着数不清的野鸭大步往前走，我穿着沾满鸭粪的靴子，紧紧跟着他的步伐。我有一种强烈的感觉，他和我在很多地方都有共通之处。在精致和智慧方面，我完全不能跟卡伦相比，我根本不可能赶得上她……但是，她也无法做到我能做到的事。

我们回到姆博加尼后，发现院子里停着两辆高级轿车。又来了两拨客人——卡斯戴尔－拉克夫妇和卡伯里夫妇。卡斯戴尔－拉克夫妇非常有钱，他们在北部的莫洛经营着一家名叫“英格尔伍德”

的顶级马场。约翰·卡伯里和他美丽的妻子玛雅在北部拥有一大片咖啡园，就在涅里附近，阿伯德尔山脉的另一边。

卡伯里是出生在爱尔兰的贵族，但如果让我猜，我永远都猜不出他的出身。他看上去很健壮，又高又瘦，皮肤很白。他总是抨击爱尔兰，说他的继承权没有得到公平处置。他说话时带有浓厚的美国口音，这是别人告诉我的。

卡伦向我介绍他时，称他为“卡伯里勋爵”，但他拉长了声调更正道：“叫我 JC。”同时用力地摇晃着我的手。玛雅看起来清爽可爱。她穿着夏季的丝绸衣服和蕾丝长筒袜，颤颤巍巍地踩着一双高跟鞋，比一旁的卡斯戴尔 - 拉克夫人高出了许多。衣着单调过时的卡斯戴尔 - 拉克夫人被她比了下去，只好在一边扇着扇子，抱怨着炎热的天气。

“JC 和我下周会去美国，”玛雅向卡伦和卡斯戴尔 - 拉克夫人解释道，“我要去学完飞行课程。”

“你耽误了多少课时？”丹尼斯热心地问。

“只有十课时。JC 说我驾驶起飞机来就像鸭子划水一样自如。”

“我也真想飞上天去看看。”丹尼斯说，“虽然我参加过战争，但退役之后就再没机会回到部队，更谈不上去驾驶飞机了。”

“来我们家开飞机吧！”JC 说，“我们一回来就给你写信。”

“你不需要训练吗？”卡伦赶紧问他。

“开飞机就像骑自行车一样简单。”JC 轻松地说。他和丹尼斯两人大步离开，去试新到的步枪。

飞机对我来说是一件新鲜玩意。我偶尔也看到过飞机在高空中飞行，划过蔚蓝的天空，留下一条长长的烟迹。以前我认为它很傻，就像是小孩子的玩具，跟我一点儿关系也没有。但很显然，丹尼斯非常渴望飞行，玛雅也一样。

“你不害怕自己会从天上掉下来吗？”卡斯戴尔－拉克夫人面带疑色地问道，她还在不断擦着汗湿的脸和脖子。

“我们每个人都总有一天会死，”玛雅笑着说，粉色的脸颊上露出了一个酒窝，“至少我会死得轰轰烈烈。”

30

伯克利的弟弟，加尔布莱斯·寇尔，拥有一块名叫“科寇佩”的领地。这块地在艾尔曼提亚湖的西边，旁边有一处天然温泉。在马萨伊语中，“科寇佩”指“绿色变成白色的地方”。那儿总是会不断冒出含碱的粉末，向四周飘散，如同雪花。这些碱灰会飘到你的喉咙里，刺痛你的眼睛，但当它溶解在水中，却会让水变成治愈疾病的良药。当地人常常在那处温泉里泡澡，这样可以预防被蛇和蝎子咬伤。我并没有去那儿泡澡，我开心地前往科寇佩，是为了跟D一起参加节礼日[1]。我兴高采烈地骑在马上，看着新鲜的风景，心想节礼日一定很有意思。

我们到达时，丹尼斯和伯克利已经搭好了帐篷，正坐在火堆边喝着鸡尾酒。显然，他们是半夜抵达的。昨天晚上他们的车坏了，只得半路搭了一辆车过来。卡伦留在了姆博加尼。

“我们本来打算用牛皮鞭把弹簧修好，”伯克利解释道，“但天太

1　节礼日：英联邦部分地区的节日，时间是每年的12月26日，这一天雇主要向雇工赠送礼物。——编者注

黑了，什么都看不清。最后，我们不得不带着打到的鸭子搭了一辆车来到这里。”

“足足五十磅的鸭子。”丹尼斯补充说。

“你们没有招来狮子还真是奇迹。”D说。

“那正是我当时担心并尽力避免的。”伯克利说。

丹尼斯跟我们打了招呼。他吻了吻我的脸颊：“你气色不错，柏瑞尔。”

“她什么时候气色不好过吗？”伯克利问道。

“伯克利有种特别的能力，能感知到女人最想听的话。”加尔布莱斯的妻子莱尔说道。她跟卡伦一样个子小巧，头发和眼睛都是深色的。但她的脸上没有涂脂抹粉，没有描眼影，她也没有卡伦那种逼人的才气。

“柏瑞尔早就知道她今天很美啦。”丹尼斯说道，“她今天早上照镜子的时候就已经知道了。现在跟早上相比难道还有什么变化？”

“别这么讨人厌，丹尼斯。”莱尔嗔怪道，“每个女人都希望有人能不时称赞她的容貌。”

“假如她们并不希望呢？假如她们只是对自己感到满意，却不需要别人竭力奉承呢？那样不是更简单些？”

“我们只是在谈论赞美，丹尼斯。”伯克利说，“别搞得那么夸张。”

“我明白他的意思。”我说，“并且，坦白讲，美貌能带给你什么呢？还不如力量，或者勇气。”

“哦，天哪，”伯克利笑着对莱尔说，“现在他们俩合起伙来对付我了。”

餐厅里，莱尔已经备好了一排倒满香槟的酒杯。我迅速地喝光了一杯，感觉气泡从鼻子里直往外冲。然后我又端了两杯给伯克利和丹尼斯。“在非洲，喝香槟可是一项义务。”我想起了伯克利对香槟的迷恋，于是这样说道。

伯克利笑了起来，眼睛眯成了一条缝：“这正是我想对自己说的话。”

我摇了摇头：“圣诞快乐。”

“圣诞快乐，戴安娜女神。”丹尼斯温柔地说。他的话就像活生生的小动物，在我的耳中、心头跳动着。

我们的晚餐是一头用炭火熏制的乳猪。除此之外，餐桌上还摆着很多我许久都没见过的美食：蔓越莓做的开胃点心、烤栗子和约克郡布丁。我坐在丹尼斯对面，他一直大吃特吃，根本停不下来。

“我拿到了猎获象牙的特殊许可，年后我要出去打猎三个月，”他说道，“或许我该往口袋里装满烤栗子。”

“可怜的丹尼斯。”D说。

“没什么可怜的，他这是要发大财了。”伯克利说。

“你这次要去哪里打猎？”我问道。

“去坦噶尼喀湖。”

D说：“那是马萨伊人的地盘。”

“是的，不过路上并没有很多障碍。假如我的卡车能够撑到那儿，狩猎应该不成问题。”

“你最好把马鞭也带上，以防万一。”我建议说。

“哈，是的。我会带上的。”接着，他又把自己的盘子装满。

晚餐后大家一起玩了一会儿，然后在炉火旁抽烟，喝白兰地。今天的一切好像以截然不同的两种速度在我身边进行着：一半像是完全静止，什么都没改变；另一半又像是飞速向前，已经完成了一大部分。我不知道该怎么准确地表达出这种感觉，甚至自己也不清楚这是怎么回事，但我一刻也不愿意放弃接近丹尼斯的机会。我感到体内有种情绪在集聚，就快冲出来了。这是一种我无法说明的情绪。

D打算回家的时候，我已经想好了三个不同的理由来说明自己必须留下。我想D并不相信这些理由，但他还是取下帽子向我们道了晚安。他满腹狐疑地看了看我，然后就走进了夜色之中。“我不会做什么荒唐事的。”我想向他这样解释。当然，这句话并不是真的。

大家都回房睡觉了，只有我和丹尼斯两人坐在壁炉旁。这样的行为的确荒唐，也让我感到十分困扰。他目前还是属于卡伦的，我怎么能跟他走得这么近呢？虽然这件事很荒唐，而且错得离谱，但我满脑子想的都是再靠他近一些。两根木柴在炉膛里烧着，火红的光映照着丹尼斯的手背和上面凸起的关节，好像有一种催眠的魔力。

“你提起在野外打猎时，就像能找到人生真谛一样。”我对他说，“关于人生的真谛，也许只有在打猎时你才能找到，我也有这样的感觉。只有在父亲的农场里我才会感受到自己的生命是有意义的。农场在恩乔罗附近。”

“那是个美丽的地方。”

“是最美好的地方。”

“你知道，我刚开始狩猎的时候，还没有卡车，只能靠搬运工携带所有必需品。我们还得用砍刀开路。那时也发生了一些严重的事故，猎手或扛枪的人会在打猎的过程中受伤。有一次，一个人的脸被一头愤怒的水牛用角撞烂了，还有个人在隆戈诺特火山惊动了一头狮子。当他被发现时，肠子已经流了一地。那时的一切都更原始，土地也是。去野外狩猎无疑是把全部身家都押在了赌桌上。”

“你不是真的渴望受伤吧？”我朝他笑了。他也朝我笑了。他眼睛周围的皮肤皱了起来，一边的嘴角高高翘起。我现在对他的表情已经很熟悉了，闭上眼睛都可以清晰地想象出来。

“现在的情况不一样了。上次去狩猎的时候，我的客户每顿饭都要喝四种不同的酒。我们随身带了一个装满叮当作响的冰块的箱子，还带了一张熊皮毯子。”

“我可不想要那些东西，我只希望能看到天上的星星。”

“我也是这样想的。假如你想到大自然中去，你至少得试着去感受自然的气息，看看真实的自然是什么样子的。那些客户只是渴望得到战利品，但假如他们根本就没体验过在自然环境中打猎，这些东西又有什么意义呢？”

“你能不能找个时间带我去打次猎？我想要体会一下大自然……在它完全消失之前。”

“好的。我想你一定能够理解这其中的感受。”

“我也觉得我能。”

加尔布莱斯养了一只薮猫做宠物，它走过来找剩饭，蹭了蹭痒。它在丹尼斯脚边打滚，露出带着浅色斑点的脖子和肚皮。炉火已经快要熄灭了，夜晚正在悄无声息地溜走。丹尼斯站了起来，伸了个大大的懒腰。这时，我不自觉地脱口而出——

“我能跟你一起吗？”

“这样好吗？”我的话让他有些吃惊，“我以为你和塔妮亚成为朋友了。”

“我不知道这件事跟我和她的友谊有什么关系。”事实当然并非如此，但我不知道该怎么表达真实的感受。我想要跟他过一晚。仅仅一晚，之后我就会把一切都忘掉，不再去想他。“我们也是朋友，不是吗？”

他紧紧盯着我，我故意装出漫不经心的样子，或者说努力不让他看出我的想法。我感到他的目光把我从里到外看了个透。我站了起来。我们之间只相距一英尺。他伸出手，用指尖摸了摸我的下巴。接着，他一句话也没说，只是转身向大厅的方向，向他的房间走去。几分钟后，我跟上了他。我走过去的时候，到处都是漆黑一片，我只能一寸一寸摸进他的房间。门没有锁，我走了进去，赤脚踩在光滑的木地板上，悄无声息。四周的黑暗就像棉花团一样软绵绵地把我包裹其中。我们两个人都没有说话，也没有发出一点儿声音。但我能够感觉到他在哪儿，于是向那个方向走去。我一步一步地摸索着，找到了他。

31

我醒来的时候，四周黑得出奇。丹尼斯躺在我旁边，他的呼吸沉稳而均匀。我的眼睛慢慢适应了黑暗的环境。我看到了他臀部流畅的线条。他的一条腿随意搭在另一条腿上。我曾想象过我们亲热的场景——他的胳膊是那么有力，他的吻是那么甜蜜——但我从来没想好如何应对这之后的事。我们该说些什么？这件事会不会改变我们之间的关系？这真是蠢透了。我这才意识到，我真的惹上麻烦了。

我注视他时，他睁开了眼睛。时间好像停止了流动，一切都静止了。他没有眨眼，也没有看向别的地方，伸手把我拉到他的身下，动作十分温柔，像是早已考虑好了似的。第一次亲热的时候我俩都很急切，几乎连呼吸都顾不上，也根本没有工夫考虑当时的状况。而现在，时间似乎已完全停止了，我们也像是永远地停留在了这一刻。房子里悄无声息，窗外的黑夜依然一片静谧，只有我们两人的身体在暗影里上下起伏。我们靠得更近，似乎是要突破什么障碍。即使是这种时候，我也没有意识到，这场情事将会改变我的人生。我更没有想到，从此以后我的心将不再属于我自己。我只是温柔地吻了丹尼斯，这场春梦到此结束了。

丹尼斯沉沉睡去之后，我轻手轻脚地穿好衣服，溜出了房间。我从加尔布莱斯的马厩里借了一匹马。也许第二天我得想办法跟主人解释清楚为什么马厩里少了一匹马，但这总比被人发现我和丹尼斯的事要好，至少不会让我丢脸。这匹马是稳健的阿拉伯马。我出发时天还是黑的，但我并不害怕。走了几英里后，东方开始出现一丝曙光，并且逐渐变亮。紧接着，明晃晃的太阳升了起来，颜色就像艾尔曼提亚湖边的那群火烈鸟一样,亮得刺眼。我离湖岸越来越近，已经可以看到火烈鸟成群结队地在湖面盘旋，就像被线织在了一起。正在觅食的火烈鸟三三两两地聚在一起，迈着S型的步子，帮助对方把泥水滤掉，把食物拣出来。

这样的场景我见过成百上千次了，但今天，它对我而言有着不同寻常的意义。湖面依然像婴儿的肌肤一样光滑，整个世界仿佛刚刚才被创造出来。我停下来，让马喝了个饱。当我再次跃上马背时，我让马快速奔跑起来。火烈鸟在我们身边上下飞舞，就像潮汐起起落落。它们掠过湖面边缘，收拢翅膀，露出白色的肚皮。接着，它们又齐刷刷地转了个弯往回飞，就像听命于同一个大脑的指挥。交错的彩色浪潮将我也卷了进去。这时，我忽然意识到，自己的灵魂一直以来都在沉睡。从父亲告诉我绿山农场垮了的那一刻起，我的自我意识就陷入了沉睡，或者逃走了，或者两者都有。太阳高悬在湖面上，成百上千的火烈鸟拍击着空气。我不知道将来会发生什么，不知道该怎么面对丹尼斯和卡伦，不知道怎么把心里的这一团团乱麻理顺。我一无所知。但现在，至少我终于苏醒了；至少，我找到了自己。

D在纳库鲁有一家酒店。四天后，他在那儿举办了一场新年派对。每个人都拿出了最好的行头，把自己装扮起来。大家吹响了漂亮的纸喇叭，送走了1923年，迎来了崭新的1924年。新的一年就像一匹未经裁剪的布，让人无限期待。D邀请了一支大型铜管乐队，并承诺只要他们一直演奏到天亮，就可以尽情享用香槟和美食。伴随着乐队奏出的热情舞曲，小小的舞池里到处都是狂乱舞动的胳膊和腿。

“你的心脏最近怎么样？”我和伯克利跳舞时忍不住问他。他戴了一条鲜红的圣诞节领带，但眼睛下面一片青黑，皮肤更是苍白得没有血色。

“我的心脏是有点儿问题，不过它还在跳着。你呢，怎么样？”

“事实上，我还跟以前差不多。”

我和伯克利跳着华尔兹，转过丹尼斯和卡伦的桌子，他们两人正在讲话。丹尼斯穿着帅气的白西服，卡伦穿着优雅的黑色塔夫绸长裙，露出雪白的肩膀。看着他俩亲密交谈，我的心像被刀割一样难受。自从上次我像贼一样从丹尼斯的床上溜走后，就再也没跟他讲过话，甚至再没见过他。而我跟卡伦在射击大会后也没有再见面。在他俩之中的任何一人面前，我都会感到心虚，浑身不自在。我们三个之间的关系再也回不到从前了。

一支舞曲结束后，我辞别了舞伴，去拿酒喝。我花了很长时间才挤到吧台前。当我终于挤过去的时候，卡伦已经站在那儿了。她那支细长的乌木烟嘴在我们之间隔出了一段距离。

“新年快乐，柏瑞尔。”

“新年快乐。”我凑过去，吻了吻她的脸颊，心里缓缓升腾起一股罪恶感，“你最近过得怎么样？”

“快过不下去了，股东们都想让我卖掉农场。”

“到了那么严重的地步吗？”

“一直都是这样。”她吸烟的时候，牙齿把乌木烟嘴磕得咯咯响。她把烟深深吸了进去，一点儿也没吐出来。这就是卡伦。她的话总是说得很直白，让你以为自己已经完全了解她了。但其实这是一种狡猾的谈话技巧。表面上，她好像把自己的一切都坦诚地讲了出来，实际上真正的秘密却都被她深深隐藏了。

我说：“有丹尼斯在身边一定对你帮助很大。”我竭力保持神色如常。

“是啊，他就是我的一切。你知道吗，他每出门一趟，我就感觉灵魂的一部分死去了。”

我感到自己的心脏正在收紧。她的话语仍像以前一样充满了诗意，但语气让我感到她也许是在警告我，或者在向我示威。透过缭绕的烟雾，我看着她两侧的颧骨，想到她是非常善于洞察人心的。我是她口中的“那个孩子”，但她很有可能已经察觉到有什么发生了变化——她可以从空气中嗅到。

“你能说服股东再给你一次机会吗？”

“我已经得到过一次机会了，实际上是两次。但我还想再做一些别的事，例如结婚。”

“你不是已经结婚了吗？”我勉强问道。

“当然。我只是在考虑未来的事。”她的头低了下来，尖尖的鼻子正对着我，“也许，我会放弃一切搬到中国或者马赛去。”

“你不是说真的吧？”

“有时……重新开始也是个不错的念头。你肯定也有过这样的想法吧。”

“你是指离开肯尼亚吗？我从来没这样想过。我去其他任何地方都会不适应。”

“但你总有一天会改变想法的。假如你受到了深深的伤害。”她以一种惯用的神情，眯起眼睛看着我，接着离开了。

接下来的几个小时，我一直站在乐队后面的墙壁旁，细细咀嚼着卡伦说的话，猜测她是否已经知道了我和丹尼斯的事。丹尼斯今晚肯定不会来跟我讲话，那太冒险了，但另一方面我又很希望他能那样做。我不确定能跟他说些什么，或者我想要什么。放眼望去，到处都是一对对风月鸳鸯，他们这一刻还在缠缠绵绵卿卿我我，下一刻就决然分手，就像是滥俗剧本里的人物。他们的人生不停翻滚着，瞬间就会发生彻底的改变……就这样，新的关系迅速开始，另一些则永远结束。表面上看，这些事情不会让人有太大的变化。但无论是开始还是结束，都会让他们付出巨大的代价。

我和D还有博伊·朗离开纳库鲁酒店的时候，天已经快亮了。我走在他们中间，为这个夜晚终于结束而感到庆幸。那天晚上，我只有一次跟丹尼斯面对面接触的机会。我们两个站在吧台旁，互相对视了一眼。正当我俩的目光纠缠不舍时，卡伦把手搭到了丹尼斯的肩膀上。于是丹尼斯转过身去，我们的相见仅限于此。此时的我垂头丧气，泪眼蒙眬，没有注意到身边的情况。乔克不知从哪儿冒了出来，踉踉跄跄地横穿街道向我们冲了过来，嘴里骂着些莫名其妙的话。我看到他就心烦。

“你给我离她远点儿！”他含混不清地对D嚷道，眼里放射出狂乱的光芒，似乎没有焦点。

我感到身旁的博伊要发火了，他似乎打算向乔克冲过去。但D抢先一步站了出来：“你先冷静一下。我们俩好好谈谈，像男子汉那样。”

“我不会像个傻瓜一样被你耍的。”乔克啐了一口口水。我们还没来得及再多说一句,乔克就抡起胳膊疯狂地冲向了D。我大惊失色，吓得浑身冰凉。难道乔克已经知道了丹尼斯的事？我能想到的只有这个。

D向后避让了一下，差点儿摔倒。看得出来，他也没想到乔克会有这样的举动。D大吃一惊，窘迫不堪，但乔克反而愈加嚣张，他绕过了博伊，再一次冲向D。这次，他的拳头重重地打在了D的下巴上。D被打得站立不稳，一条腿跪了下去，好像身体里所有的力气都被抽走了。博伊去拦乔克，但乔克依旧横冲直撞，似乎不发泄完就誓不罢休。

但即使是我和丹尼斯的事被公之于众了，这又跟D有什么关系呢？乔克为什么要这样折磨一个老人？一个无辜的人？这真是荒唐透顶。乔克喝醉了，完全失去了理智，又踢又蹬，要起了酒疯。

“快住手！”我尖叫道，“那是D！ D！停下！”我从后面拉住乔克，用拳头捶打他的背，但乔克轻而易举地把我摔在了一边。我重重倒在地上，但又立即爬了起来。

D歪倒在了地上，蜷缩成一团。他的胳膊护在头上，而乔克还在对他拳打脚踢。这一切发生得太快了。“住手，快住手！”我不停地大叫。我突然害怕起来，怕乔克把D打死了。

我向博伊大喊，让他去酒店找人帮忙。好像过了很久，他才终于带来了一大群人，把乔克和D隔开。这些人把乔克压制在旁边的墙上。乔克拼命挣扎，怒气冲天。他的脸涨成了紫红色，像猪肝一样。

“你这个自私的贱人！”他冲我吐了口唾沫，“你以为自己可以像个肮脏的婊子一样招摇过市，而我一无所知吗？你以为我不会教训你吗？”他突然用力往前一冲，从那群人手中挣脱了出来，沿着街道逃走，消失在夜色中。

D被打得惨不忍睹。我们把他送到了医务室。他的眼睛肿得睁不开，嘴巴和鼻子都在往外渗血。一个外科医生来到床边为他治疗，花了几个小时给他缝合伤口。我和博伊就在旁边坐着。D的一只胳膊断成了三截，脖子被打歪了，下颌骨也被打坏了。医生告诉我们D的伤势时，我把脸埋在了双手之中，感到无比羞愧——是我的任性激怒了乔克，我应该知道他会做出什么事来，这都是我的错。

“他会康复吗？”我问医生。

“需要很长时间。我们会让他先在这儿住几个星期，他回家后还需要一名护士贴身照料。”

“凡是他需要的，我一定做到。”博伊跟医生说道。

医生走后，我想起了乔克。他就这样逃走了，没有受到任何惩罚。“我们应该去报警。”我告诉博伊。

“D 不想把这件事宣扬出去，他是在保护你……也许是在保护我们，同时也是保护他自己。假如安保会的成员们得知他这么容易受到伤害，那会怎么样？”

“可是我觉得……这样不对。”

“在这种情况下，对错并不是最重要的。”

“是吗？”我的内心充满了痛苦、恐惧和自责。这一切都是因为我。

我终于鼓起勇气去看了 D。他的下巴和额头上一片青紫，胳膊上绑着石膏板，白发上的血迹分外扎眼，一脸痛苦的表情。看到 D 的惨状，我不由得倒吸一口冷气。我拉起他的手，说了声“对不起”。

D 还不能说话，但他微微地点了点头。他的眼睛里布满了血丝，看上去格外脆弱苍老。

“有没有什么是我能够帮忙的？”我问。他别过头，表示不需要。

即使是这么轻微的动作，也让 D 难受地喘了起来。他的整张脸因为痛苦而扭曲在一起，一直到呼吸慢慢平稳才好些。D 的胸膛上下起伏着，我盯着他看了很久，最后满腹心事地睡着了。

32

接下来的几个星期，关于我在索伊撒姆布的各种流言传遍了整个肯尼亚。显然，我在圣莱杰大赛上的亮相，让我和博伊的关系再次受到了非议。乔克听到了风声，觉得自己受够了这种耻辱。现在，我婚姻中的每个细节都被公之于众——也许一直以来都是这样。但谢天谢地，我还没听到任何人提起我跟丹尼斯的事。尽管我私生活的方方面面都被披露了出来，但不知为什么，这个秘密却一直不为人知。

D待在城里接受治疗，博伊打算离开这里，他辞去了农场的工作，订了去英格兰的船票。

“我终于打算回多尔金和我的女朋友结婚了。”他一边说着，一边把露在外面的衬衣角塞进粗呢外套里——那件衬衣颜色艳丽，就像是海盗穿的衣服，“留下你一个人维持局面，我有些不好受。”

“没关系。”我说道，“我明白你为什么要走。”

尽管他的脸埋在大衣里，我仍然能看出他因为自己的逃避而备感痛苦。“如果你需要任何帮助，希望你来找我。”

“去多尔金吗？”我怀疑地看着他。

“为什么不呢？我们不是朋友吗？”

“我们的确是朋友。”我说道，吻了吻他的脸颊。

博伊离开后，我仍然为这桩沸沸扬扬的绯闻感到如芒在背，无法入眠。我一直都在开解自己，我离开乔克跟博伊在一起这件事，并不比这个国家中的其他任何人错得更离谱。但在索伊撒姆布，流言四起，人们说乔克威胁博伊，只要他在城里出现就会要他的命，所以博伊才会逃到多尔金去。

我感到既孤独，又不堪重负。此刻，我深切地盼望父亲能够在我身边。我希望他能够稳住我的心，给我提供建议。我应该无视这些流言吗？还是该做点儿什么让流言消失？我该怎么处理乔克的事？他已经变得不可理喻了，整天怒气冲冲，随时都可能爆发。

D回到家后，身体变得极度虚弱。他需要在床上躺六个月才能逐渐康复。

“我为乔克的恶劣行径感到抱歉。”我对D说。护士在一旁为他整理床单，更换绷带。这句话我已经说了无数次，但每次见到D我都忍不住再一次道歉。

“我明白。”D的一只胳膊被纱布缠了起来，吊在肩膀上。他的脖子周围打着硬硬的石膏，“不过委员会给了我十分周全的保护，甚至比我自己考虑得更加周全。”

“这是什么意思？”

他让护士离开，然后说：“我一直试图不让他们因为这件事责怪你。但一旦整个国家的人都认为这是丑闻，流言就会不断传播。”

我感到既羞辱又气愤，这两种情绪在我体内相互纠缠。“我不在乎别人怎么想。”我心虚地争辩道。

“但我却不能这么想。”D 低头看着他的手。他的手放在叠得整整齐齐的床单上。“我觉得你应该暂停工作一段时间，别去参加赛马大会了。”

“那我能做什么？我现在唯一剩下的就是工作了。”

“人们会渐渐淡忘这些事的，但现在，它正是新鲜的谈资。他们正想把你生吞活剥呢。”

“为什么不是乔克？他才是发疯的那个人。”

D 耸了耸肩：“我们都是自由主义者，但现在人们都盯着我们，很有成见。人们一般更容易接受一个因嫉妒而愤怒的丈夫，却不会理解一个……行为不当的妻子。这的确不公平，但又有什么是绝对公平的呢？”

“那么，你是把我开除了？”

“我一直把你当女儿看待，柏瑞尔。你在我家永远都有一席之地。”

我哽咽着，嘴唇苍白：“我不怪你，D。这是我应得的惩罚。”

“谁知道谁应得什么？人们总喜欢假模假式地主持正义，但实际上，谁私下里不是一团糟？”D 伸手拉起我的胳膊拍了拍，“流言平息后你就回来吧，照顾好自己。”

滚烫的泪水在我的眼眶里打转，但我强忍了回去。我点了点头，谢过了 D，然后双腿颤抖着走出了他的房间。

我不知道该去哪儿。母亲和迪奇是不用考虑了，蔻琪在伦敦探亲，伯克利对我过于担心，同时他又过于敏感。我也不能再去卡伦那里了，我背叛了她——这是显而易见的。暂且不论我对丹尼斯感觉如何，光是考虑到我对卡伦的喜欢和仰慕，我也为自己引起的那些麻烦而深感不安。不管是什么情况，我都可能已经失去了她的尊重，还有丹尼斯的。

现在我才发现，人们的尊重竟然这么重要，这让我感到无比痛苦。我的人生好像是易碎的玻璃。我又想起了绿山农场最后的日子。那时，我们周围净是父亲破产的流言，但他比我沉稳得多，那些流言似乎根本伤不了他。我再次极度希望父亲能够为我指引方向，我感到自己整个人都要崩溃了。我能想到的唯一办法就是尽快离开这个国家，逃离那些刺探的眼神、乱嚼的舌头。我要走得越远越好，甚至比开普敦更远。但有什么地方足够远呢？我想了又想，将手伸进衣兜。我大概只有六十英镑，几乎算是一贫如洗。这点钱够我去哪儿？能让我走多远？

33

福南梅森百货公司的玻璃橱窗里摆着罐装的栗子和糖渍杏肉。摄政街上，店铺门口的木质模特穿着条纹棉布衬衫，戴着三角巾和方巾。货车司机摁着喇叭，吵成一团，争抢着要先走。伦敦的一切都让我感到头晕目眩，无所适从。这里的天气很冷。我离开蒙巴萨的那天，天气又闷又热。当时我站在船上，扶着围栏，看着齐里尼迪港越缩越小，一阵温暖的海风吹过了我的头发和单薄的衬衣。而在伦敦，地上到处都是沾满了污渍的雪，厚厚的雪团跟地上的碎石子冻在了一起。一路上，我冻得瑟瑟发抖。我没有选对合适的靴子，也没有选对合适的衣服。我根本没有外套，也没有胶皮套鞋。我的口袋里只有一张写着地址的纸条——我要去多尔金，找博伊·朗和他的新婚妻子金妮丝。在这么多人中，我最终选择去找以前的情人寻求帮助,这的确让人有些难以理解。但在跟他经历了这么多事之后，我相信他对我说的话。既然他告诉我可以找他帮忙,那他一定会帮我。我信任他，这就足够了。

我到达了多尔金，见到博伊的时候，我大吃了一惊。他在这儿的样子跟在肯尼亚时完全不一样了。从前，他总是打扮得像个海盗，但在这里，他穿着格纹长裤、裁剪得体的衬衫，裤子的背带绷在衬衫外面，脚上还穿着精美锃亮的牛津皮鞋。金妮丝叫他卡斯米尔，而不是博伊，所以我也改了称呼。

谢天谢地，金妮丝为人和善热情，个子也跟我一样高。她很慷慨地借给了我一些衣服，要不然我就得穿着单薄的衬衫在寒冷的大街上走来走去，不是被别人当成傻子，就是被冻死。我穿着她的针织套装，咨询了博伊之后，独自搭火车来到了西哈尔金街。这条街位于伦敦附近的上流住宅区贝尔戈维亚内，我来到这里找蔻琪。

我找到西哈尔金街时，已经是下午了。此前我并没有告诉过蔻琪我要来。我不知道蔻琪的家庭情况，不过很明显，她的家世一定相当显赫。她家离白金汉宫不远，街道两旁的房子都建得整整齐齐，形成了一条长长的直线。房子都是用米白色的石头砌成的，前面装着黑色的铁围栏，围栏里面是深深的庭院。我鼓足了勇气去敲蔻琪家的大门，但实际上，我并不需要那么紧张，因为只有她的女仆在家。那位女仆上下打量了我一番，见我没穿外套，就把我认作蔻琪家的穷亲戚，以为我是空着手来借钱的。我看着自己两只湿漉漉的脚在门厅的大理石地砖上留下的印迹，实在不知道该给蔻琪留什么话。最终，我还是匆忙地从她家离开，回到了冷风刺骨的大街上，甚至连名字都没跟那位女仆讲。

我不想再搭那么远的车回多尔金了，于是在海德公园、皮卡迪利广场和伯克利广场四周转悠。我的脚都快冻麻了，才终于在索霍路找到了一家不怎么贵的旅馆住下。第二天，我又去了蔻琪家，但她又出门了，去了哈罗德百货公司。

“请再等一会儿，”那位女仆说，“她让我留你在这儿。”

午餐前，蔻琪终于回来了。她把大包小包扔下，一把挽住了我的胳膊：“柏瑞尔！我就知道是你。你怎么会来这儿？”

“这一切实在是个可怕的故事。”我拥抱了她。她身躯健康丰满，穿着可爱的短裙和精致的鞋子，皮草外套上沾满了雪花。跟我上次在内罗毕见到她时相比，她除了外套没怎么变，其他的一切似乎都变了。“我们可以先来点儿白兰地吗？”

我花了很长时间才断断续续地把整件事的前因后果讲清楚。不过，即使这样，我还是保留了一部分内容没有说出来。我完全没提丹尼斯，也没说卡伦的情况。我很感激蔻琪一直静静地听着。我讲完后，她一脸难过的表情。

“这事平息之后，D 当然应该让你回去。”

“我不认为他应该这么做，他也得保护自己的名誉。”

“谁的人生不是一团糟，你的错并不比别人严重。”

“我知道……但是所有的流言都压在了我身上，这才是让我为难的地方。”

蔻琪点了点头，好像在仔细思考我说的话：“乔克现在在哪儿？”

“我最近一次看到他时，他趁着夜色冲到了纳库鲁酒店。我简直不敢想象如果我要离婚他会怎样。”

“他也许不愿离婚，但只要你们的婚姻关系存在，你就可以得到经济支持。”

"什么？从他那里要钱？我宁可饿死算了。"

"那你该从哪儿得到经济来源呢？"她看了看我的衣服——这些衣服在乡下穿还过得去，但在伦敦的上流住宅区则完全上不了台面，"你自己挣不到多少钱的。"

"我会想办法找工作或者做点儿什么。说真的，我一定会站起来的，我从来都是这样。"

无论我怎样安慰蔻琪，保证自己会想出办法来，她都无法放下心来，为我的前途忧心忡忡，试图帮我找到一条出路。我在她家住了几个星期，她带我出席各种派对，把我介绍给上流社会的达官贵人。她还耐心地向我解释在伦敦该怎么使用钱。我对金钱一向都不怎么了解，只知道怎么打欠条。在肯尼亚，店主们会把你需要的任何东西赊给你。你大可以几年去结一次账，甚至每到青黄不接时都可以去赊些东西。但在伦敦，如果你手头没有钱，是不能赊到任何东西的。

"假如我有钱买，为什么还要赊呢？"

蔻琪笑着叹了口气："我们要为你找一位英俊的'捐赠人'。"

"一个男人？"我有些犹疑。在受了那么多委屈后，我根本不愿意往这方面想。

"就把他当作赞助人，亲爱的。假如只需要送给你精美的礼物，就能挽着你的手臂出席各种活动，每个男人都会愿意的。礼物嘛，最好是珠宝。"她又笑了笑，"这些礼物就可以帮你渡过难关。"

蔻琪的身材很丰满，还比我矮了整整一个头，她的衣服我都穿不了，但她带我去买了很多衣服。她有一个身材跟我差不多的富有朋友，蔻琪带我去扫荡了后者的衣橱。我很感激蔻琪愿意照顾我，并且努力帮我理顺眼下的生活，但是在伦敦，我感到自己一点儿都不像是原来的我了。事实上，我从蒙巴萨启程的时候，就感到自己已经不再完整了。在海上，我晕船晕得厉害，几乎要把五脏六腑都吐出来了，不得不整天躺在船舱里的床铺上。在登上陆地之后的很长一段时间里，这种眩晕的感觉仍然困扰着我。但当我到达贝尔戈维亚后，这种感觉就逐渐消退了，取而代之的是挥之不去的倦怠。我不愿跟蔻琪提这些，但她很快就看出来了。她开始检查我的症状。

“你一定是得了流行性感冒，亲爱的，这儿曾经有人因此而丧命。去找我的医生看看吧。”

“但我从来没发过烧。”

“这里的情况不同。去吧，好吗？就当是为了我。”

一般情况下，我尽量不服用现代的药品。“阿拉普”麦拉曾告诉齐彼和我，那些疯狂的“姆尊古”[1]医生会从别人的身上抽血来治疗患者。他讲述时甩着手，嘲笑着那些荒唐的白人。一想到那黏黏的红色液体会从别人身上爬进我们的血管，齐彼和我就吓得发抖。假如你的身体里掺进了别人的血液，你还是你自己吗？

蔻琪不顾我的反对，硬是把我拖到了医生那儿。医生给我量了体温，测了脉搏，还问了我许多关于旅途的事，以及最近的生活习惯。

1　此处指白人。——译者注

最后，他断定我一点儿问题也没有，健康得很。“最多有一点儿便秘。”医生说道，然后给我开了一点儿鱼肝油。

“没查出什么问题，你难道不高兴吗？”蔻琪在回西哈尔金街的路上问我，“现在你可以放心了。”

但事实不是这样的。我身上还是有什么地方不对劲，而且肯定不是因为便秘。我谢过了蔻琪，然后回到了多尔金——我非常渴望能脱离城市快节奏的生活。博伊和金妮丝对我还是像之前一样热情而耐心。但有一天早晨，我在床上醒来后，各种不适突然一起排山倒海地向我压来，让我头晕目眩、心慌气短。我穿着借来的衣服，感到身体日趋丰满。我试着回想上次来月事的时间，却想不起来。我把手伸进被子，放在小腹上。这几周里，我的腰腹明显膨胀了起来，我曾把这一切都归结于吃了太多的黄油煎饼和奶油。但现在，我突然恍然大悟。

我重新躺了回去，真相在眼前忽隐忽现。节育是件麻烦事。战争结束后，男人们可以搞到一些安全套了，但这些安全套既硬又粗糙，很容易因为冲击和拉扯而破裂，所以大部分男人会选择在射精前离开伴侣的身体。或者，你也可以试着避开每个月容易怀孕的那几天。我和博伊当时就是这么做的。但跟丹尼斯的那一晚，一切都发生得太快了，我根本没来得及做任何防护措施。现在，我已经陷入了麻烦中。如果是在家里，我就会去索马里村落，找当地的女人要点儿薄荷茶，或者大叶桧制成的茶，看看能不能解决问题。但现在在这儿，在英国，我该怎么办呢？

我紧紧地蜷在被子里，想着丹尼斯。我才在他怀里过了一夜，就给自己惹了这么大的麻烦，老天真是太残忍了。我也没办法骗自己，丹尼斯如果知道我有了他的孩子未必会高兴。家庭生活对他而言只是束缚，他早就表明了这一点。但这让我如何是好呢？我只有二十一岁，身处离家几千英里之外的陌生国度，没有丈夫可以依靠，没有父母可以倾诉，没有固定的工作。并且，我解决这事的时间非常有限，拖得越久就越麻烦。

那天稍晚的时候，我找了个借口辞别了博伊和金妮丝，感激了他们的热情款待，满怀忧惧地登上了去伦敦的火车。

蔻琪的医生再次看到我时非常意外，实际上还有点儿不满。他已经给我开了鱼肝油，我却像讨食的猫一样又来到了他的门前。但经过了几周时间，我的问题已经很明显了。蔻琪在外面的小休息室里等我做检查。我躺在医生的诊台上，紧紧地闭着眼睛。医生用不知是什么的器械在我身上又戳又捅。我竭力不去想他在做什么，任由自己的思绪飞到了恩乔罗。我想起起伏的小山上长满了金黄色的玉米，一条小路在田间蜿蜒；我还想起了那晴朗静谧的天空和尘土里升腾起来的热气。我告诉自己，只要能回家，我什么都可以忍受。

“你已经有几个月的身孕了。”我坐起来后，医生告诉我。他清了清喉咙，转身离开了。我感到整间屋子从四面八方向我压来。

“之前你怎么没有查出来？”医生把诊断结果复述给蔻琪时，她几乎吼了出来——虽然这是在医生的私人办公室里，但蔻琪似乎并不在意。现在是四月，阳光开始变得温暖，但露水还是很重，屋子里潮潮的。医生的皮面诊台很宽，上面放着一张深蓝色的吸墨纸。在我蜷起的膝盖旁有一个干净的垃圾篓，它光洁如新，似乎根本没人往里面扔过垃圾。

“这种事本来就不容易准确诊断。”

“五个星期前你说她是便秘！你根本没有好好给她做检查，现在搞得事情更加严重。”蔻琪还在继续对医生进行讨伐。我坐在椅子上，静得像块墓碑。我的视线开始模糊，就像在从一根长长的弯管子里往外看。

“有些年轻的女士会在某些……情况下去法国解决这种问题。”医生说，他的眼睛转向别处，不敢看我们。

“我还有时间去法国解决吗？”我问他。

“也许没有了。”他终于承认道。蔻琪和我又缠着他磨了半天，他才终于给了我们一个地址。他强调说：“我可没有让你去。我从来没有见过你。”

我大概听说过一些关于医生所说的“那种地方”的事。一些身怀“麻烦”的女人会去那里解决问题。在回家的车上，我害怕得浑身发抖，就像有人在用铁丝勒我的心脏。“我不知道能从哪儿搞到足够的钱。”我对蔻琪说。

“我知道。”她看向窗外，深深地叹了口气，然后紧紧地握住我的手，“让我想想。”

诊断结果出来后，我们就没有多少时间可以耽搁了。两天后，我们去了布鲁克街上的一座小房子里。蔻琪并没有问我任何问题，她对我的私事只字未提，只是无微不至地关心我、安慰我。去布鲁克街的路上，我坐在车里，觉得自己再也不能瞒她了。“孩子是丹尼斯的。”我说道。滚烫的泪水顺着我的两颊流了下来，滴在了借来的衣服上，打湿了衣领。

“是丹尼斯的？哦，亲爱的。我真不知道那边居然发生了这么多事。你不想先告诉他吗？”

我摇了摇头：“没有用的。你能想象他会娶我吗？而且卡伦一点儿都不知道我们的事。这会剥夺她的幸福，而那也是丹尼斯的幸福。我不能只想着自己。”

蔻琪长长地吸了口气，点了点头，咬住了嘴唇：“我真希望能够替你分担一些痛苦，让你的日子好过一些。”

“没有人可以这样做。再说，这都是我自己的错。”

“别傻了，柏瑞尔，你只是个孩子。”

“我的确很傻，但我不是孩子。”我对蔻琪说道。我再也不是个孩子了。

34

我住在多尔金，在博伊和金妮丝家休养身体，恢复健康——如果这也算是病的话。我告诉他们我发了一场烧，让他们把我安置在太阳下，靠近枝叶茂盛的行道树。我喝了好几加仑的英国茶，并试着读了读杂志，我内心承受着剧烈的痛苦。尽管理智上，我知道自己只是选择了唯一可行的办法，麻烦也的确被干净利落地解决了，但这个结果却不能让我心安。丹尼斯和我一起创造出了一个生命，我却野蛮地把它毁掉了。但就算丹尼斯得知了我怀孕的事，也根本不会感到一丝开心，更不会想要跟我一起生活。这让我感到更加难过。我没有任何机会和立场来向他表明我对他有多么在乎，或者我真正想要的是什么。我对他太了解了，所以连一丝幻想也没有过。

我每天都沿着弯弯曲曲的石墙慢慢散步，从山坡上走到篱笆边，然后又走回去。我一直尝试着让自己振作一点儿，却依然陷在痛苦的思绪中无法自拔。丹尼斯永远不会知道这个可怕的秘密——我曾经怀了他的孩子，卡伦也不会知道。但现在我们之间的关系不可避免地更加紧密，并且更加复杂了。我无法把他们两人的身影从脑海中赶走。多尔金的阳光总是温和而斑驳，不像肯尼亚的阳光那么灼人。

行道树上盘旋着苍鹰，而不是恩贡威武的雄鹰。尽管身处大洋彼岸，但我的思想、我的心每天都向往着家。

奇怪的是，报纸上也铺天盖地都是关于肯尼亚的消息。无论D的安保委员会抗争得多么激烈，最终还是德文郡白皮书占了上风。维护非洲人权益的呼声越来越大，还有消息称亚洲人将会获得选举权，在高原地区拥有自己的领地。这些新近传来的风声让人不由得感到威胁重重。尽管这些事都不会在短期内实现，但这种观念上的改变也足以让人心惊。

五月底，蔻琪搭火车来探望我。“你知道，”她说，“《泰晤士报》不断批评我们这些去往非洲的移民是多么贪婪，说我们玷污了国家给我们的殖民地，妄图控制一切。但他们每报道一次，都只能加深一次人们对那儿的印象。否则，伦敦人根本就不知道这个地方的确是真实存在的。”她“啪”的一声把报纸合上。

“这没关系。”我说道，我对这些报道和传闻已经麻木了，“没有人可以把非洲打包装走，甚至没有必要为它争辩。它不属于任何人。”

“你指的是除了非洲人之外的任何人？”

“我指的是任何人，不仅仅是移民。也许我们都太愚蠢了，竟然认为自己可以拥有非洲的土地。”

“你会再回去吗？这就是你脑子里正在想的吗？”

“但我该怎么回去呢？”我看着远处，视线一直越过窗外那片草坪。一只苍鹰在一片平坦的草地上缓慢而优雅地飞过，平稳地滑过天空，似乎连翅膀也没扇动一下。“如果我有翅膀，也许我就会飞回去。”

一道石墙把青翠欲滴的草地分隔开来。墙只有膝盖那么高，基底爬满了绿苔，还有些地方倒塌了。这道被人遗忘的石墙恰到好处地融入英国乡村风景中，带来了一种荒凉的美感。我站了起来，慢慢走到墙边，用手捅了捅一团枯叶，然后把它们捏成了碎末。我想起了跟丹尼斯在科寇佩度过的那一晚。他是那么温柔，那么真实。他注视着我的眼睛，我感到他真正地了解我，看到了我的内心，明白我是个怎样的人。我也理解他，我知道他不可能属于任何人。但现在这些对我没有任何帮助，我的心已经受了重伤，我对任何灵丹妙药都不抱希望，只有回家才能让我康复，我必须得找到办法回家。

过了一会儿，蔻琪从草坪那边走了过来，静静地坐在墙边。

“你是怎么搞到那些钱的？”我问她，“手术的钱。”

“为什么你想要知道这个？”

“我也不清楚。告诉我吧！”

“弗兰克·格列斯沃德给的。”

“弗兰克？”他是我们在肯尼亚的老朋友，是个养马的农场主。我还是个小女孩的时候，他就是我父亲是老相识了。蔻琪和我在伦敦的一场酒会上见过他，当时他全身上下打扮得极度奢华，但他似乎对我完全没有兴趣，只是想知道我父亲怎么样，但那时我也根本不知道父亲过得怎么样。

“弗兰克是个好心人。”

“你是说，他的钱多得花不完？”

“坦白讲，柏瑞尔，一个男人可以既有钱，又善良。我跟他提了你的事，讲得很简略。我只是告诉他你现在需要帮助，于是他就坚持要帮你。”

“这就是你说的赞助人喽。那他希望从我身上得到什么呢？”

“我并不认为他怀有什么不好的目的。他也许只是希望能带你出席一些活动，假如你愿意的话。这并不是什么可怕的事。”

显然，对她来说，这的确没什么大不了的，但我一点儿也不希望受制于一个赞助人——一想到这个我就受不了，不管他希望我做什么，或是用什么方式约束我。只要我能靠自己，就不需要别人给我任何东西。但当时我没能立刻想到另一种解决困境的办法。“那我们就回伦敦吧。”我说道，“我得尽自己的义务了。”

“别把弗兰克想歪了，亲爱的。我敢保证，你可以做任何你想做的事，也可以拒绝任何你不想做的事。”

“不管怎么样都没关系。”我对蔻琪说，“我已经一无所有了。”

第三部分

35

蒙巴萨港口是个喧嚣嘈杂的地方，四周停满了货轮和渔船。甲板周围挂着晒干了的鲨鱼肉，放着一桶桶鳗鱼。港口朝向大海的地方有阵阵潮热的风袭来，遍地都是手推车和牛群。另一边的山坡上，建满了粉色和黄色的平房。这些房子有淡绿色的锡皮屋顶，与粗壮的紫色猴面包树形成了鲜明对比。我靠在船舷上，空气中充斥着鱼腥味，还有尘土和粪便的味道，但我却感到心旷神怡，因为我离家越来越近了。故乡在我的视线中一点点变大，变得更加清晰，更加生机盎然。我的脖子上挂着一串晶莹耀眼的珍珠项链，一颗颗珍珠硕大无比。我穿着量身定制的纯白丝绸长裙。我扶着船舷，在我的手边还有另外一个人的手，是弗兰克的。他有权站在我身边，因为我已经算是他的人了。

“我们要在蒙巴萨待几天吗？”弗兰克问道，“还是直接开车到农场去？”他站在我的旁边，大大的肚子紧贴着白色的船舷。一个服务生给我们每人端来了一杯酒。他抿了一口酒，然后转过来看着我。我能够看到他右眼下面那道凸起的伤疤，就在黑色的眼罩下面。几年前，他在一次射击中失去了一只眼睛，这让他看上去十分冷酷。

但实际上，他并不是个冷酷无情的人，至少他对我很温柔。

“我已经准备好回家了。”我对他说道。

“我估计之前的那些事已经烟消云散了，毕竟，都过去六个月了。”

“当然。在肯尼亚，六个月就像一辈子那么长。”我说道，也希望情况果真如此。

弗兰克粉色的手指上戴着一枚金戒指。戒指是方形的，十分厚实，上面镶着一颗晶莹剔透的蓝色绿柱石。他是在伦敦发现这枚戒指的，买下来后，他十分兴奋地戴上给我看。“纯度高的绿柱石是透明无色的，”他说，“这颗虽然不那么纯，但仍然很漂亮。”

“就像非洲的天空一样漂亮。”

“就像你一样漂亮。”他说道。

虽然弗兰克的话充满了浪漫的温情，但真正让我感动的是他的忠诚，那对我来说比任何事都重要。同时，他还非常信任我。我希望自己能够返回肯尼亚工作，他也是这么想的。从蔻琪把我俩撮合到一起开始，直到现在，弗兰克都没对我做过任何事。他只是坚持认为我应该去马厩工作，好好振作起来。他向我保证，我可以为自己驯马，不用欠任何人的情。到目前为止，他都一直遵守着他的承诺。今天，夜晚降临之前，我们就能登上开往内罗毕的火车，然后开车去弗兰克的莱特茨维格农场。他的农场就在马乌陡崖下面，我可以在那里重新开始驯马的工作。

“你感到快乐吗？”船驶进港口时，弗兰克问我。这个地方就像是一只巨大的怪兽，四周围绕着各种零碎的杂物，沸腾喧嚣，令人眼花缭乱。这就是嘈杂纷扰的蒙巴萨，地上是红色的泥土，四处生长着歪歪扭扭的棕榈树，头顶是高高的蔚蓝色的天空。船工把长长的缆绳抛向码头，系在木桩上，每根缆绳都有人的大腿那么粗。

“我感到很快乐。仅仅是闻一闻家乡的空气都会让我感到更加自在，看到这些熟悉的颜色也让我感到快乐。假如我不用去见任何人，我想，我会立刻恢复元气，精神焕发的。”

“我们可以直接去莱特茨维格。”

“那就显得太古怪了。先在附近住几天吧，好吗？”

“当然可以。”弗兰克说道。他紧紧地握了握我的手。

两天后，我们坐着弗兰克的福特敞篷车驶进了内罗毕。整个城市与我离开前相比没有任何变化——街道是红色的土路，两旁是有着锡皮屋顶的商店和咖啡馆。大货车拖着货物跑来跑去。淡绿色的桉树长得飞快，细细的树干不停地换皮，树叶在微风中沙沙作响。

进入穆泰嘉俱乐部低矮的粉色大门后，司机沿着一条蜿蜒的车道继续行驶，路上的草皮修剪得十分整齐。车子在门廊处停了下来，一位戴着白色手套的服务生替我打开了车门。我伸出套着精致鞋子的脚下了车。我身上的裙子、腿上的长袜和头上的帽子都比我从前来俱乐部时穿过、戴过的要漂亮。走过昏暗的门厅时，我尤为强烈地感受到了这一点。弗兰克理所当然地挽着我的胳膊，把我带向吧台，就像我已经很久没来过这里一样。也许的确是这样。我离开故乡去了一趟伦敦，就像是蜕了一层皮，也许不止一层。

“我们看看谁在那儿。”弗兰克说道。他指的是他的朋友。我基本上不认识那些人，只是听过他们的绯闻。他们的绯闻可真是太多了。这些人都住在欢乐谷一带，大多仪表堂堂，家财万贯。他们在吉尔吉尔和涅里拥有大片的土地，在那里，他们把经营农场当作娱乐消遣，不用去管各种法律或规矩。他们有自己的规矩，那就是没有规矩——因为他们的钱多得花不完，时间也多得花不完。他们轮番交换配偶，还大量吸食鸦片，不时就会有人精神恍惚地半裸着身体出现在内罗毕街头，他们通过这种方式来打发无聊的生活。

弗兰克并不完全属于这个圈子，因为他不够“精致”——假如这个词合适的话。他说起话来像水手一样粗鲁，走起路来一瘸一拐的。据我观察，那些富人之所以把他留在圈子里，是因为他知道怎么搞到最好的可卡因。弗兰克总是随身携带着一个棕色的天鹅绒口袋，里面就装着可卡因。我在伦敦时见过这东西一两次，但从来不会碰。我对毒品一点儿都不好奇，一想到它会让我丧失自己的思维，我就感觉浑身不自在。弗兰克尊重我的选择，没有试图改变我，也没有让我怀疑自己过于清高。至少他在伦敦是这样的，我不知道在肯尼亚情况会不会有所不同。

现在是下午三点左右，为了避免热气进来，华丽的窗帘都拉得紧紧的。屋子里显得很黑，还有一点儿发潮，就像一个洞穴。弗兰克像探矿一样，每个房间都进去看看，但没有发现任何他认识的人。于是我们就自己拿了点儿酒，在一旁静静地喝了一会儿，然后他就回城去了，他还有些事务需要处理。我自己坐在餐厅的一角，吃午饭，喝咖啡。我放心地让弗兰克离开了，因为没有人过来跟我讲话，甚至没有人认出了改头换面的我。我开始觉得自己真的变成了另外一个人。就在这时，卡伦进来了。她戴着白色的帽子，披着彩色的围巾。她老远就看到了我，径直走了过来，稳稳地停下："柏瑞尔，是你啊，你回来了。"

我把餐巾放到一旁，站起来吻了她："你以为我不会回来了吗？"

"当然不是。"她眨着美丽的双眼，就像一只来自异域的猫，"我只是在想你该怎么回来，你离开的时候简直一无所有。"

"的确如此。"我清了清喉咙，让自己直视她的双眼，"实际上，我希望自己再也不要落到那种地步。D 怎么样了？"

"已经完全康复了，但还是像以前那样脾气暴躁。你了解他的。"

"是啊……我希望我还了解他。六个月已经足够让所有的流言都消散了，同时也足以让我和他变得生疏。我很想念他。"

"他也一定很想念你。"她的目光落到我的珍珠项链上，然后又落到我精致的新鞋上。看得出来，她心中充满了疑问。她一定很想知道我是怎么改头换面的，但我知道她不会直接问我这些。

"留下来跟我喝一杯吧。"

"好吧。"她坐了下来，把帽子取下，整理了一下头发。她把头发剪短了，发型是最新潮的样式。我看到伦敦的女人都留着这种发型，没想到卡伦也会去赶时髦。"是不是很难看？"她笑着问，"我不知道为什么要换这种发型。"紧接着，她的表情变得认真起来，说，"你离婚的事办得怎么样了？你终于自由了吗？"

“还没有。”我在多尔金的时候，曾经接受蔻琪的建议给乔克写信坚持要求离婚，但我还没有从他那里得到任何回音，“乔克受到指控了吗？”

“是的，不过不是因为那件事。”卡伦看起来很严肃，似乎在犹豫着要不要告诉我。

“那又是因为什么？”

“最近发生了一起事故。因为没有目击者，所以不知道真实情况到底是怎样。据说乔克在纳库鲁酒店外撞了一辆小汽车，然后又撞了旁边的一对夫妇，但他好像认为是那对夫妇的错。总之两辆车都着火烧毁了。”

“天哪，有人受伤吗？”

“谢天谢地，没人受伤。警察正在进行损毁鉴定，不过目前还没有定论。”

“他肯定是喝醉了。”

“我们只能这样推测了。”她扯着围巾的一角，好像感到在我面前说起这些有点儿尴尬。我们俩默默地坐了一会儿，彼此都感到有些不自在。接着，卡伦说：“你看起来真漂亮，柏瑞尔。假如我来给你画像，一定会让你穿上白色的衣服，你天生就适合穿白色。”

我拿着鸡尾酒杯，玻璃杯又凉又滑。杜松子酒中涌起一团团泡沫，和蛋清是一样的颜色，撞击着杯子里的碎冰块。我曾逃到遥远的异国他乡，想要逃离这些闲言碎语，但流言始终都存在，在等着我回来。等待着我的还有许许多多悬而未决的事，一张由痛苦的真相织成的大网。没有人把它们说出来，也没有人能够把它们梳理清楚。然而我还是很高兴能再次见到卡伦，我想念她陪伴在我身边的感觉。

“一切都还好吗？”弗兰克回来后问我，那时我已经和卡伦分手告别了。

“还好吧，不过待在城里的确会让我不由自主地紧张。要不了多久，关于我俩的绯闻就会传开的。”

“伦敦也有各种八卦绯闻。人们就喜欢谈论是非，他们忍不住。”

“我很反感这些。”我的杜松子酒早就喝完了。我搅着杯子里的残渣，轻轻说道，“我想我能成为鸟兽，跟它们一起生活。”

“你说什么？”

“没什么……只是我曾经听到过的一首诗。”弗兰克耸了耸肩。我定了定神，用手稳稳地推开了桌子。“我已经准备好了，带我回家吧。”

36

弗兰克对经营农场并没有什么兴趣，他雇工人种植，这样他自己就有足够的时间去打猎和访友了。他的狩猎小屋在科东峡谷，离莱特茨维格农场有十英里远。大多数晚上他都带着猎手博格睡在那里，每隔几天再回来看看我。我们一起吃午饭或者晚饭，然后他就带我去卧室，看着我脱掉衣服，把我压倒在床上。他喜欢听我急促的呼吸声，也喜欢抚摸我扭动的臀部，以及看我扭动臀部的样子，他还喜欢看我双手紧紧攥住床单的样子。他好像更愿意让我获得愉悦而不是追求自己舒服。我想，这可能会让他感到他是在照顾我。他的确在照顾我，用他自己的方式。

弗兰克从来不会强迫我，当然我对他而言可能也没有什么吸引力。他走起路来姿势奇怪，起落很有节奏，像一只训练有素的熊。他的手脚都又肥又短，骨骼粗壮，肚子圆圆的，绷得像一面鼓。吃饭时，他说的话粗俗而生硬，但从不会忘记问我感觉怎么样、现在正在做些什么、有什么想法。他跟我讲打猎时遇到的各种事，或者他骑马走过的路。他从来没有让我跟他一起出去，我对此也并没有什么抱怨。他能不时来陪陪我，我就已经很满足了。我们亲热时，我只是把它当作一种生理上的交易。我们带给对方一些身体上的满足，但那不是感情。我总是紧闭双眼，或者强迫自己盯着他花白卷曲的胸毛，试着不去想他的年纪跟我父亲差不多大。他很善良，他在乎我，不会放弃我，这就够了。

在弗兰克的卧室里有一个办公间，他在那里留了一大堆现金，让我去购买马匹或者自己喜欢的任何东西。我经常打开抽屉看看这些钞票。看着这些钱，我会有种奇怪的感觉，好像自己游离于金钱的世界之外。在那个世界里，钱是可以办事的。很长一段时间里，我都是一贫如洗，身无分文。我实在应该利用这个机会好好大捞一笔的，但是我没有。我很感激弗兰克，我相信这是他的一番好意，我也的确很想重新得到驯马师的工作。但我并没有打算把自己的人生押在弗兰克身上，跟他共度一生——至少现在还没有，我总是感觉那样做不对。所以我总是自己骑着珀加索斯出去，或者穿着弗兰克在内罗毕给我买的丝质印花长裤在附近散步。他的朋友因迪娜·哈伊去哪儿都穿着这种裤子，甚至连去城里也穿。弗兰克认为我也应该这样穿，看起来既迷人又闲适。

因迪娜的农场在吉尔吉尔附近，叫作“斯莱恩斯”，我们打算去拜访她。因迪娜此前一再恳请我穿上那种长裤，说它会让我感觉非常自在。但我最终还是穿上了白色的丝质长裙，就是卡伦说很衬我肤色的那条。我还穿上了长袜、高跟鞋，戴上了那串珍珠项链，它是弗兰克和我在贝尔戈维亚的一家商店里发现的，那时我们才刚在一起没多久。我这样打扮，是希望因迪娜和她的朋友们能够尊重我，尽管我不知道自己为什么会在乎这些。

七月份，一个炎热的下午，我们来到了斯莱恩斯。这块土地就像一块镶嵌在吉尔吉尔上方二十平方千米山峦间的不规则宝石，紧紧挨着蓝色的阿伯德尔山脉。我们驶过的路越来越窄，颠簸不平。终于，我们开到了因迪娜的房子前。房子一部分是砖砌的，一部分是木瓦盖的，色彩和质地迥然不同，看起来却让人感到亲切。

因迪娜和丈夫乔司建起了这栋房子，但把农场租了出去。乔司是她的第三任丈夫，他俩看上去俊美靓丽，就像是从杂志中走出来的模特。他们皮肤很好，身材匀称，都把赤褐色的头发剪得很短，并且歪向一边。要么是乔司看起来有些女性化，要么是因迪娜看起来有些男性化，总之他俩看上去就像一对美貌动人光彩四溢的双胞胎。因迪娜和乔司朝我们的车挥着手，身后紧跟着几个仆人。仆人们都戴着毡帽，身穿白色的长袍，他们把我们的东西都拿了进去，光着脚的因迪娜和乔司则带着我们走过了一个绿草如茵的小山包，来到了野餐的地方。草地上铺着一张格呢花毯，另一对夫妇正舒适地伸展着四肢躺在上面。他们都戴着草帽，喝着磨砂玻璃杯中的威士忌酸酒。对大多数人而言，野餐就是吃点儿干巴巴的三明治，喝点儿水壶里的温水。但在这里，我们身旁有一台电动制冰机正在不断生产着冰块。这台机器就像是尽职的管家，会适时地为客人杯中添加冰块。草地旁还有一台留声机，放着缠绵的爵士乐。

“你们好啊。”花毯上那位身材苗条的漂亮女士向我们轻声打了个招呼，然后盘腿坐了起来，整了整自己的帽子。她是娥娜尔·戈登，旁边的那位绅士是查尔斯，她的新任丈夫。查尔斯皮肤白皙，头发乌黑，一脸聪明相，是个苏格兰人。几年前，因迪娜亲手把他赶出了家门。现在，他们看上去像亲密的朋友，相处十分融洽。他们待弗兰克也是一样亲热。弗兰克第一杯酒还没喝完，就拿出了那个棕色的天鹅绒口袋。

“哦，亲爱的弗兰克。”因迪娜说道，“这就是为什么我们要请你来，你总是有好东西。”

“而且欣赏女人的眼光也很敏锐。”乔司一边说一边把手伸向了那个口袋。

“你看起来真是秀色可餐。”因迪娜赞同地朝我说道，“不过我很难想象弗兰克是怎么把你弄上钩的。这话不是针对你，弗兰克，”她冲弗兰克瞟了一眼，笑道，“但你毕竟不是纯洁的加拉哈德骑士[1]。”

“弗兰克是我的好朋友。”我说道。

“没有朋友我们该怎么办啊？”因迪娜两条腿滑向一边，悠闲地往后靠去。她穿着纱笼裙，这样一靠，衣服就跟着扯了上去，露出了白皙的大腿。

“你白得像百合花一样！”娥娜尔大声叫嚷着，“你怎么没有像其他人一样晒黑呢？”

“她是个吸血鬼。”乔司笑道，“她自己完全没有血，要借用别人的血活着，还有威士忌。”

1　加拉哈德骑士：亚瑟王的骑士之一，是圆桌骑士中最纯洁的一位。——编者注

“是啊，我的狮子。”因迪娜娇笑道，“那就是我长生不老的原因。”

“只要你不把我扔下就好。”乔司说着，他弯下腰凑近一个盘子，盘子里是用可卡因粉撒出的一条线。他手上拿了一个卷好的纸筒，深深地吸了一口。

我们躺在斑驳的树荫下，直到日光逐渐拉长，变成金色，我们这才起身去更衣，准备吃晚饭。因迪娜为我和弗兰克预留的客房十分豪华，铺着地毯，四周是雕刻精美、套着罩子的古董家具。房间里的床很大，床上放着两个圆滚滚的枕头，上面是叠好的丝质长裤。那是因迪娜送给我们的礼物。

“我跟你提过这些裤子的事。”弗兰克一边说，一边脱掉了他的灯芯绒长裤。他的腿很粗，长袜以上都是厚厚的腿毛。“他们人都还不错，对吧？你看起来有些拘谨。”

“我只是感到很空虚。对他们来说，什么都像是游戏一样，人与人之间的关系也是如此，我并不了解那样的生活。”

“也许你喝点儿酒就会放松下来的。”

“我不想失去自己的理智。”

“不会的，”弗兰克笑道，“那样你会觉得舒服些。”

“我这样就挺好的。”我坚持说，不想再提起这个话题。我真希望这一天赶快结束。我把长袜向下卷，然后脱掉，接着开始摸索着搭扣，脱掉汗湿的胸衣。就在这时，门开了，此前我根本没听到敲门声。乔司站在门口。

“你好啊，亲爱的。”他脸上满是友善的笑容，“你们还需要什么东西吗？”

我感到脊背一紧，拼命抑制着拿东西遮住自己的冲动——这种行为在这里会被认为是故作清高。“不用了，谢谢。”

“因迪娜想在晚饭前见见你，柏瑞尔。她就在楼下大厅右手边的最后一个房间里。”他冲我眨眨眼，然后离开了。我恼火地瞪了弗兰克一眼。

他耸了耸肩，低头去扣长裤上的骨质纽扣。从弗兰克笨拙的动作中可以看出来，他喝多了。以前和乔克一起生活时那种熟悉的恐惧感在我心中弥漫开来，像鬼魂一样纠缠着我。弗兰克跟乔克完全不一样，但我也不希望看到他醉醺醺的样子。“你真的不能怪罪他。”弗兰克说道。

“不能？也许我应该怪罪你。”

“我知道我们在这件事上会有争执。”他走到我旁边，伸手拉我。

“求你了，弗兰克。”我把手抽了回来。

“只是吃顿晚饭。假如你想走，我们明天就走。”

“这儿没有人工作，我不知道他们究竟怎么打发时间。”

“如果你有足够的钱，你也可以永远玩乐下去。”

“工作不仅仅意味着赚够生活开销。”我的紧张情绪也让自己大感意外，“工作给了你继续活下去的理由。”

“你的确需要喝点儿酒了。”弗兰克说，然后他转过身去照镜子。

因迪娜的卧室比我们的还要大三倍。她的床很大，上面铺了厚厚的皮草，柔软顺滑。床的上方悬挂着一面巨大的镜子，闪闪发光。我从来没见过这样的卧室。

“我在这儿！”因迪娜欢快的声音从浴室中传来。我循声走去，发现她正躺在一个巨大的绿色玛瑙浴缸里。她泡在里面，水一直淹到了下巴。洗澡水带有好闻的香味，像小溪一样缓缓流动着。“这条裤子非常适合你。”她冲我身上的长裤点了点头，“你喜欢吗？”

“裤子非常漂亮，谢谢你。”看到她的眼神，我就知道自己的回答听上去肯定很生硬。她伸出手去拿烟嘴，烟嘴是黑色的，十分光滑。接着，她用湿漉漉的手指划亮了一根火柴。

“你不介意我之前说的话吧，关于弗兰克的？”

“没关系。我今天只是有点儿累。”

她把烟嘴点燃，然后吐出一团团烟雾，眼睛一刻也没从我身上离开。“我不想要金发，”她说道，“不过你的金发看起来很漂亮。”

“我的头发就像马鬃一样，”我拉起一缕头发，然后让它垂下，“不管我怎么弄，它都不服帖。”

“不管怎么说，看上去挺不错。”她又吸了口烟，然后用手把吐出的烟雾挥散，“你的眼睛也很漂亮，就像蓝色的玻璃。”

“我现在是不是也应该把你的样貌特征都说一遍？”

“我是在夸奖你，亲爱的。你好像更喜欢男人这样打量你。”

“我没有，除非是合适的人。”

“快告诉我，”她笑着说道，“我正愁没有新鲜的风流韵事可听呢。”

"也许你该多去城里走走。"

她又大笑了起来，好像并没有把我当成一个丑闻缠身、臭名远扬的坏女人。她接着问道："你爱的是谁呢？"

"我没有爱谁。"

"真的吗？我还以为是芬奇·哈顿呢。"她耸了耸眉毛，等着我的反应。我宁死也不会在这种情况下表现出任何异常。"你不觉得卡伦对他有些过于依赖了吗？可怜的塔妮亚……到时候丹尼斯离开了，她该多难受哇。"

"我不知道你和她这么熟。"我说道。我感到自己有必要维护一下卡伦。

"我们当然很熟。我喜欢她。我只是不认为她是那个可以留住丹尼斯的人，她身上没有任何野性。"

"没有人喜欢纯粹的野性。"不知道为什么，我不能听任因迪娜把卡伦说得这么平庸。她确实有一些缺点，但不是像因迪娜说的那样。"他们两人有很多共同语言。"

"你这样认为吗？要我说的话，丹尼斯实在太适合单身生活了。假如他能够拥有一打美女相伴，为什么要留在一个人身边呢？"

"也许他的确可以拥有许多美女相伴，"我的喉头紧了紧，我已经很久没有提起丹尼斯的名字了，也从未向陌生人谈起过他，"但那也是把双刃剑，不是吗？"

"为什么不选择一打美女呢？女人也可以拥有众多情夫。只要他们足够聪明，不四处宣扬就行了。"

“但世上没有不透风的墙，总有人会知道的。”

“那就是你没把事情做好。”因迪娜评论道。只听“哗啦”一声响，她从水里站了起来，光滑的水珠沾在她白皙的皮肤上，反射出耀眼的光芒。她的身材完美无瑕，就像一件艺术品，或是盘中精美的佳肴。她甚至没有伸手去拿毛巾，只是站在那里让我看。她好像知道我会不自在，于是主动转过了身。

我的脸红了，不由得对她和她所过的生活产生了深深的厌恶。假如这种生活代表着谨慎和精致，那我可一点儿也不感兴趣。“也许我并不想把事情做好。”我说道。

因迪娜眯起了眼，但眼神中并没有嘲讽的意味。“我不相信你的话，亲爱的，每个人都想得到更多，否则我们怎么会在这儿呢？”

摆放晚餐的桌子又长又矮，靠近火炉。高原的夜晚相对而言更冷一些，不过除了取暖，炉火更大的作用是装饰，它让房间更加明亮，也让因迪娜的脸颊更加明亮。她坐在长桌子的一端主持晚餐，宽大的壁炉正好在她身后，火焰照亮了她的发梢。在她上方，一对弯弯的水牛角从木质椅背中伸了出来。

因迪娜身上的某些特质让我联想到了捕猎的茶隼和鸢，也许是因为她的眼神和话语都敏锐而冰冷。她希望所有人都像她一样，沉溺于寻欢作乐之中，压根不管谁会因此受到怎样的伤害。我不理解，为什么弗兰克会跟这群人混在一起。他们不过是些无聊又淘气的孩子，喜欢饮酒、吸毒，把性爱当成游戏，也把其他人当成他们的玩具。

因迪娜把我叫去她的浴室，就像猫逗老鼠一样。她很好奇我会有什么样的反应，是吓得呆住还是落荒而逃。现在她又开始了另一场游戏，跟她之前的策略差不多。这是一场室内游戏，每个人都要讲一句话，组成一个故事，轮番发言。游戏的目的就是让人袒露自己的隐私。

因迪娜为我们起头："很久很久以前，在肯尼亚还不叫肯尼亚的时候，我甚至还没有遇到我的狮子，不知道自己会深陷爱情之中，并因此而改变。"

"你真是太甜蜜了。"乔司说道，眼神在火光的映射下显得有些狂乱，"很久很久以前，在肯尼亚还不叫肯尼亚的时候，我跟塔卢拉赫·班克黑德一起在浴缸里用香槟泡澡。"

"那样不会痒吗？"查尔斯讽刺道。因迪娜连眼皮都没抬一下。

"痒是痒，不过痒得很舒服。"乔司愉快地咕哝道，"现在该你了，柏瑞尔。"

"我喝多了。"我说道，试图避免搅和到他们的游戏中。

"哦，别故作清高了！"乔司嚷嚷道，"你清醒得很，一起玩吧。"

"我们不能玩牌吗？我不懂这个游戏的规则。"

"你只需要说出以前发生过的真实的事就行了。"

只需要？这个游戏似乎很安全、很平静，表面上看甚至很幼稚。但游戏的目的是看你能否把你看中的那只"老鼠"逼到墙角，让它展露内心。我不想告诉他们有关我自己的任何事，尤其是那些对我而言珍贵的往事。最终，我说道："很久很久以前，在肯尼亚还不叫肯尼亚的时候，我把一条死去的黑色曼巴蛇放在了我家庭教师的床上。”

“啊！我就知道你心里一定有些恶劣的地方！”乔司说道。

“这是在提醒我不要把你惹火了。”因迪娜补充道。

“让我们看看你对弗兰克的黑色曼巴蛇做了什么。”查尔斯咯咯地笑了，像个傻透了的学生，大家也跟着笑了起来。

游戏玩了一轮又一轮，不停继续下去。看来我如果真的喝醉了，一定会任由这些人摆布，甚至连今晚都熬不过去。我得使出浑身的解数来应对，如果最后是我赢得这场游戏，我一定要赢得漂漂亮亮。威士忌让我变得很伤感，每次大声说出一件往事，另一件无法言说的往事就会无声袭来，激荡着我的心，试图把我击倒。

很久很久以前，在肯尼亚还不叫肯尼亚的时候，绿山农场还存在着，父亲还爱着我。我可以跳得像齐彼一样高，可以穿越整片森林而不发出一点儿声音。我可以用揉纸的声音把疣猪引出洞。我曾经被一头狮子咬住，却死里逃生。我可以做任何事，因为那时我简直就像在天堂里。

午夜时分，每个人都兴奋得双眼通红，几乎陷入了疯狂之中。因迪娜又开始了另一场游戏。她让我们围成一个圈坐下，把一根羽毛往中间吹。羽毛飘到离谁最近的地方，谁就是吹羽毛者当晚的床伴。起初我还以为她是在开玩笑，但接下来的事却让我目瞪口呆。娥娜尔把她的羽毛吹到了弗兰克的大腿上，然后他们俩就站了起来，径直走向大厅，往房间的方向去了。娥娜尔纤细苗条的背影衬得弗兰克更加强壮结实。其他人根本没有抬眼去瞅他们。因为喝了太多威士忌，我的思绪有些茫然，眼前发生的一切都变得影影绰绰、虚无缥缈。别人说一句话，我要好几分钟后才能反应过来。我现在好像看到因迪娜在笑，因为查尔斯正四肢着地爬向她坐的地方，用牙齿把羽毛叼到她腿上。

“但我是你的旧情人呀，亲爱的。”因迪娜作势要用手中的烟嘴敲他，“你不可能还想跟我亲热的。”

“满口胡言，”查尔斯笑道，“再让我看看你的魅力吧。”

他俩东倒西歪地走向大厅。我看向乔司，感到一阵厌恶和恶心。我实在喝得太多了，舌头已经麻木了，肿胀不堪地堵在嘴里，眼睛也感到十分酸涩，眼皮沉重得抬不起来。“我要上床睡觉了。”

乔司两眼发光，就像镜子一样。“这正是我们的目的啊！”

“不，我是说真的，我感觉不舒服。”

“我有办法让你舒服。”他把手伸向我双腿之间。隔着丝质的衣服，我感到他的手就像烙铁一样滚烫。他探过身来吻我，我转身缩了回去。他再次看向我时，眼神更加幽深。“弗兰克说你刚开始会有点儿冷淡，不过我不会因此放弃的。”

“什么？”

“别装出一副无辜的样子了，柏瑞尔。我们都知道，你风骚得很。”

我对乔司的行为一点儿也不意外，但没想到弗兰克竟然也会这样做。假如弗兰克就这样把我扔到了一群凶猛的恶狼之中，那他接下来肯定还会让我做其他事。我一句话也没说，直接站起来走向大厅，打算回房，但房间的门已经锁上了。我用手使劲拍着门，屋里只传来一阵笑声。

“弗兰克！”我大声喊道，他却没有回答。

大厅里一片漆黑。所有房间的门都关得紧紧的。我不知道该做什么，于是把自己锁在了一个化妆室里。我坐在地板上，等待着第二天的清晨。我知道这个夜晚会很长，但我有很多事要回忆……那些我绝对不会跟他们分享的事，就算用全世界的金钱来交换我也不会分享的事。

很久很久以前，在肯尼亚还不叫肯尼亚的时候，我投掷过长枪和“兰古”套索。我爱过一匹长着翅膀的马。我从来不会感到孤独或渺小。我是基皮西吉斯村落的“拉克维”。

37

两天后，我们从斯莱恩斯回来了。弗兰克躲开了我，径直去了狩猎小屋，而我已经计划好离开他了。我有条不紊地行动着，一点儿都不慌张。我谨慎而缓慢地收拾行李，把自己之前的东西都收到帆布背包里——弗兰克给我的一切，我都留在了那个办公间里，包括他的钱。我并没有生他的气，我没有生任何人的气，我只是想要找到自己的生活，再次依靠自己站起来。

至于接下来该怎么做，我有一些大致的打算。离开伦敦之前，蔻琪向我提到了维斯特兰德。那是莫洛的一家马场，由她的表亲盖里·亚历山大经营。她觉得那里可以作为我的新起点。我不知道那些闲言碎语会不会传到遥远的北部，也不知道盖里是否需要一名驯马师，但我信任蔻琪，相信她会帮助我走上正确的路。但首先，我得回一趟家。

我顺着大路向北走了一段，一直走到了奈瓦莎湖，然后向西踏上了人烟最为稀少的小路，直接进入了丛林之中。石堆和金黄的野草逐渐变少，取而代之的是红色的土壤、刺树和原始的大草原。珀加索斯富有节奏的蹄声越发响亮，它似乎知道我们不是出来闲逛的，不管脚下是平坦的土地还是险峻的沟壑，它都没有停顿，一路向前奔跑。在前方一百码[1]远的地方，河谷里冲出了一只体型庞大的薮猪。它甩着粗短的蹄子，因为受到惊扰而愤怒地吼叫着。即使遇到了这种情况，珀加索斯也只是晃了晃脑袋，迈着稳健的步伐，径直跑了过去。

我们终于开始往山上爬了。在山崖较宽的那边，马乌森林绿色的边缘逐渐出现在视线之中。我看到山脊上生长着茂密的树木。很快，整片土地在我眼前铺展开来。这里就是我深深热爱的地方——梅南加伊火山、龙盖峡谷、层峦叠翠的阿伯德尔山脉。

乔克在家里，他刚刚吃完午饭。我原本就计划趁他不备突然出现，现在正如所愿。他见到我，脸色一下子变得苍白，甚至都来不及把桌子推开，只是坐在那里，绞着亚麻餐巾。“我想不到你会来这儿。”

“你没有回我的信。”

“我想，你也许会改变主意。”

“是吗？”我无法相信他的话。

“好吧，我不知道，所有的事都跟我预计的不一样。”

“我也觉得。”我对他说道。有那么一刻，我心中涌起一股冲动，想要尽快把我们从这场漫长而疲劳的战争中解放出来，把一切都讲清楚。我想让乔克认识到他这样做是在伤害我。当然，我也伤害了他。

1　1码等于0.9144米。——编者注

我们之间的纠葛，我也负有一部分责任。“求你了，乔克，告诉我，你会跟我离婚的。这一切实在是拖得太久了。”

他站起来，走到窗前，看着远方的山谷：“我会找到办法来解决的，我一直都在考虑这个。”

“我会把离婚协议拟好寄给你的。”

乔克长长地叹了一口气，然后转过身来：“好吧。”他注视着我，看了好一会儿。在那对清冷的蓝色瞳仁中，我终于看到了这么久以来我所期盼的那丝悔意。那是发自内心的忏悔。“再见，柏瑞尔。”

“再见。”我说道。当我走出这扇门，知道自己再也不用回来的时候，我感到长久以来压在肩头的重担终于卸了下来，心头无比轻松，好像要跳到了天上。

离开乔克后，我直接去了绿山农场。那儿的野草已经长得又高又厚了。马厩和主屋都还在，但已经开始颓坏了。磨坊早就没有了，田地也荒芜了。这块土地似乎又被旷野收了回去。我想起了父亲干过的那些活儿，还有我们曾经的快乐时光，但不知出于什么原因，我并不感到空虚和失落。我只是单纯地感觉到，我并不会真正失去以往的生活，也不会遗忘它带给我的意义。农场的一条小路通往森林。路边有一个高高的石堆，那是布勒的坟墓。我让珀加索斯停下，翻身下马，牵着它的缰绳，在一旁坐了一会儿，想起了埋葬布勒时的情景。那天，我把墓坑挖得很深很深，深到土狼也无法找到布勒的尸体。坟墓上堆的石头一块也没有移动，布勒可以带着它灰白色的伤疤和胜利的荣耀安然长眠了，没有任何可恶的捕食者会惊扰到它。

从山上下来，我循路来到了村落。我将珀加索斯系在刺树编成的“博巴”围栏上，走进村子，一个名叫婕巴塔的年轻女人首先注意到了我。我已经好几年没见过她了，上一次见面时，我们还都是孩子。现在，她站在院子里，腰上还绑着一个胖乎乎的小孩。我对此并不感到意外。

“欢迎您啊，小姐，进来吧。”

我朝她走去，伸手摸了摸孩子丝绸般光滑的发辫和圆乎乎的肩膀。婕巴塔已经长成了一个典型的女人，担负着女人的职责。这就是村落中人们的生活，这里的一切都没有改变。

“你就这一个孩子吗，婕巴塔？”

“是最小的一个。您的孩子呢，小姐？”

“我没有孩子。”

“您还没有结婚吗？”

“不，我已经恢复单身了。”

她轻轻地前后晃了晃头，仿佛在说她理解，但那只是出于礼貌。门外的火堆上，金黄色的火苗舔着黑黑的罐子，罐里的谷物粥煮开了，咕嘟咕嘟地冒着泡。我体内升起了一种熟悉的饥饿感，我已经很久没有这种感觉了。“我是来找‘阿拉普’努塔的。婕巴塔，他在附近吗？”

“不在，小姐，他跟其他人打猎去了。”

“哦，那好吧。麻烦你告诉他，我来过这儿了，还有我在找他，好吗？”

“好的。假如错过了您这位好朋友，他一定会感到遗憾的。”

莫洛位于恩乔罗的西北方，距离恩乔罗有十八英里远，在马乌陡崖顶上的高原地带。莫洛比恩乔罗距离群星近一万英尺，海拔的差异使两地的景致截然不同。在莫洛，冰冷的溪流在厚厚的欧洲蕨间流淌，皮毛厚实的羊群在弥漫着雾气的低矮山峦间吃草。一路上，我也见到了一些农场，但其中种的都是除虫菊之类的作物。高原上生长着大片白色菊花，蔓延了几英里。这些花晒干磨粉后可以用来驱虫。现在正是它们盛开的时节，漫山遍野都是雪白的花朵，就像一团团的雪。高原上的确会下雪，我不知道自己是否已经做好了迎接严寒气候的准备。

在这个小小的村落里，零星分布着几栋小木屋、锡皮屋顶的房子和茅草屋顶的房子。村子中间还有几条街道，十分冷清。这是一个比恩乔罗、纳库鲁或者吉尔吉尔更艰苦的地方。我立刻就发现，这里很难让人喜欢。我来到了第一家咖啡馆，把珀加索斯拴好，然后走了进去，询问维斯特兰德的情况。我只是简单地问了几个问题，就了解到了需要知道的情况，还有更多别的信息。在维斯特兰德农场旁边，是英格尔伍德农场，后者的主人是卡斯戴尔－拉克夫妇。我在卡伦的射击派对上见过这对十分乏味的客人。我们一起待了好几天，我却没有跟他们两人中的任何一个拉近关系。不过现在我要去往维斯特兰德农场，或许也可以顺便把握机会，和他们套套近乎。为此，我还需要一些谈话技巧。不过我已经赢得了一些赛马奖项，清楚自己的实力，可以证明自己。我只是需要时间和一点点信念。

蔻琪的表兄盖里是个非常热情且头脑理智的人。蔻琪早就给他写了一封长信，把我大大夸赞了一番。盖里已经打算让我为他驯马了。他让我试着训练一匹两岁大的栗色种马“伯爵”。他跟一位非业务合伙人汤姆·坎贝尔·布莱克共同拥有这匹马。“伯爵”目前还要学习怎样迈步，但它跑起来很有激情，并且十分勇敢。我相信我可以让它变得更加优秀。除了“伯爵”，我还要训练“毁灭”，它是一匹一岁的种马，是卡姆西斯坎的孩子。绿山农场还欣欣向荣的时候，卡姆西斯坎是父亲饲养的种马里最耀眼的明星。“毁灭”属于卡斯戴尔－拉克夫妇，他们同意给我一个机会，让我为他们驯马，还交给了我一匹敏捷的小母马梅尔顿·派。除此之外，我还住进了他们农场中的一栋小屋，得到了一个仆人做马夫。

“‘毁灭’身上流着卡姆西斯坎的血，它一定有机会赢。”卡斯戴尔－拉克夫妇来查看我的工作时，我这样向他们保证。乔治·卡斯戴尔－拉克抽着辛辣的雪茄烟，这让他周身散发着丁香似的气味，就像是到了圣诞节。他的妻子薇欧娜，即使在莫洛这么冷的地方也总是在出汗。她的衣领永远潮潮的，手中永远握着一把纸扇。她站在跑道边上看我驯马。我骑着“毁灭”，让它以半速跑了一又四分之一英里。我经过薇欧娜的时候，她说：“我很少见到女人做这一行，你不担心这份工作会让自己变粗糙吗？”

“不，我从来没想过这些。”

假如艾玛·奥查德森得知我在干这个，她一定会比薇欧娜更加喋喋不休。假如我放任她说下去，她还会建议我戴上帽子和手套。但跟带领“毁灭”获胜，赢得奖金相比，皮肤粗糙点儿算不了什么。我只有短短的几个月来训练它。七月，我们就要去内罗毕参加普罗杜斯大奖赛。从现在开始一直到比赛前，我都要努力训练马匹，不能分心。

在莫洛，我很容易就能专注于驯马工作。我每天清晨就起床，辛苦忙碌一整天，到晚上就筋疲力尽了，倒头就睡。偶尔，我会在深夜想到穆泰嘉俱乐部，幻想那儿发生了些什么——伯克利在讲什么笑话，他喝的是什么酒；那儿的女人穿着什么衣服在跳舞，喝着什么茶；有没有人提到我的名字，甚至是我的往事。假如夜晚十分漫长，我却一点儿睡意也没有，我就会卸下心中所有的防备，放任自己想念丹尼斯。也许他会靠在卡伦家花岗岩桌子旁低矮的皮椅上，读着沃尔特·惠特曼，听着留声机里最新的唱片。也许他会在穆泰嘉俱乐部童话般可爱的小屋里啜饮美妙的苏格兰威士忌。也许他去了刚果或马萨伊乡间，猎取象牙，猎杀纰角鹿和狮子。或许他会抬头看向天空，与我从窗子里看到的是同一片星空。

假如你思念的人去了足够远的地方，远在地图的边缘，他们反而会和你贴得很近，近到无法遗忘。

38

一天早晨，我和珀加索斯离开维斯特兰德农场去取补给。我坐在马鞍上，缩在鹿皮外套里，手指冻得直抽筋。这时，我看到一辆汽车的前盖被掀了起来，用棍子撑着，里面射出了清冷的灯光。一个男人正在弯腰检查引擎，他穿着跟我差不多的粗棉布工作服和鹿皮鞋。莫洛是个位置偏远的地方，它落后于内罗毕的程度，堪比内罗毕落后于伦敦的程度。这里陡峭的山崖就足以把人挡在外面，汽车十分少见。在这里抛锚很麻烦，所以我觉得应该尽力帮忙。

“有什么是我可以帮你的吗？”我坐在马鞍上大声说道。

“你能做什么？”他从前盖下探出耳，站起来，用一块黑乎乎油腻腻的布擦着沾满黑色油污的双手。我发现他很年轻。他头发的颜色很深，接近黑色，胡子也修剪得整整齐齐。他累得直喘气，薄薄的嘴唇间呼出了一团团白气。

“你的车抛锚了。”

“还有挽救余地。”

“这么说，你很懂得该怎么修理引擎喽。”

“不算懂，不过我正在研究。引擎似乎是在考验我，想看看我有没有认真对待它。”

“我可没你这么有耐心。”

“你不认为这家伙也在考验你吗？”他指了指珀加索斯。

我笑了起来，翻身下马，牵着缰绳。“我们互相考验，”我勉强承认道，“但这更像是自然法则，人类和马已经一起生活了几个世纪。我有时觉得，总有一天这些汽车会统统垮掉，然后被遗弃。我们会在路边看到它们的骸骨。”

“你描绘的这幅景象很美，但我认为事情会向另外一个方向发展。汽车只是一个开始，一切才只是刚开了个头呢。人类只想跑得更快，追求更自由的感觉。”

“珀加索斯对我来说就足够了，谢谢你。”

他露出了微笑。“它叫珀加索斯？我想它一定跑得非常快[1]。但假如你坐过飞机，就会把刚才的话吞回去了，也许连你的心脏也要一起吞回去。”

我想起了丹尼斯，还有JC和玛雅。他们谈起开飞机都非常兴奋。我抬头看向天空，那里空无一物，甚至连云都没有。“那是种什么感觉？”

“就像是突破了所有试图束缚你的东西。天空中没有任何障碍，没有任何东西阻止你去你想去的地方。整个非洲都在你脚下展开。飞机不会拖住任何东西，也不会阻止你。”

“我猜你是个诗人。”

1　珀加索斯是希腊神话中一匹长有翅膀的马的名字。——编者注

“实际上，我是个农场主。”他咧嘴笑了，“我在埃尔达玛有一小块地。你在这里做什么呢？”

我把自己的情况告诉他后，我们很快就了解了彼此的身份。他就是盖里的非业务合伙人汤姆·坎贝尔·布莱克，和盖里共同拥有“伯爵”。“你有一匹非常棒的马。”我对他说，“我敢打赌，它在七月的大赛中一定会拔得头筹，也许那时你就能买下飞机了。”

“这件事我就指望你了，行吗？”他又弯下腰去鼓弄引擎，做着最后的调整，“当心你的马，我要发动车子了。”引擎艰难地喘息了几声，终于运转起来。我看着他把前盖关上，把工具放进后备厢里。珀加索斯在我身后踏着脚，它很冷，我也很冷。

“祝你好运！”我在引擎发出的嘈杂声中大声喊道。接着我们互相道了别。

几个月后，在毫无预警的情况下，莫洛的情况急转直下。维斯特兰德的马厩里有一扇门的铰链生锈了。一天深夜，梅尔顿·派跑了出去，不知道在哪里受了惊吓，它缠在了生锈的铁丝围栏上，腹侧和胫骨被严重撕裂。虽然它可以通过治疗恢复健康，但治疗的费用贵得惊人。乔治和薇欧娜对此十分恼火，他们想把这件事怪罪到我头上。

一天晚上，他们把我带到英格尔伍德的图书室谈这件事，把我堵在角落质问我。我反问道：“门铰链生锈怎么会是我的错呢？”

“是你在照看它！”乔治责怪道，“你应该负责所有的事。”

我看向盖里，希望他能施以援手，但他只是缩在自己的椅子里。他的胡子修剪得整整齐齐，衬得他的脖子更红了。“也许你可以承担一半的费用，柏瑞尔。”他终于开口说道。

“我怎么承担？我穷得像乞丐一样，盖里，你是知道的。再说，那些费用应该由主人承担。假如马赢了，奖金都是主人的，我一分钱都拿不到。”

“但它没有赢得任何比赛。”薇欧娜面无表情地说道。

“是你没有给我时间。”

“现在，我们不想再冒这个险了。”乔治下了定论。他穿着紧身背心，将双手环抱在胸前。

事情就这样决定了，和我的期望相去甚远。我得支付治疗费用，卡斯戴尔－拉克还把我辞退了。他们给了我一周的时间离开农场，去找另外的地方住。那天晚上，我回到自己冰冷的小屋里，感觉备受打击。盖里向我保证，他不会从我手里把“伯爵”要回来，但我得找到更多的马来训练，还得自己找地方住。我熬到很晚，把所有的账本都翻了出来，希望能凑出梅尔顿·派的治疗费。这时，我听到小屋外面传来了脚步声。我没插门闩，好一会儿，我都吓得不敢动弹。是乔治·卡斯戴尔－拉克来找我要现金吗？还是乔克来告诉我他改变主意不离婚了？我的心一紧，在胸腔里咚咚乱跳。

“吼迪？”一个男人的声音在门外响起。

“卡里布[1]。”我一边向门走去，一边说道，却没听出这是谁的声音。

1　这两句对话为斯瓦希里语，意为“我可以进来吗”“欢迎”。——编者注

我推开茅草门，看到了一个身材高大、肌肉结实的战士。他穿着齐肩的“舒卡”，一柄弯弯的剑插在皮质剑鞘里，在他精瘦的臀部摇晃。他的头发剪得紧贴头皮，却留了一条粗大的辫子，从前额一直延伸到后颈。他的眼睛幽黑深邃。看到这双眼睛，我几乎要哭了出来——“阿拉普”努塔找到我了。他找到我了，即使我来到了这么远的地方。

我看着他裸露的双脚。他的脚上只系了几根手编的草绳，脚踝上沾满了灰尘。他是从恩乔罗走过来的，就像一支箭，从几百英里外直奔我而来。虽然肯尼亚辽阔无比，但即使你想方设法把自己藏起来，想要消失却并不容易——这里人烟稀少，每个人留下的痕迹就像烟火信号一样明显。努塔能够找到我并不意外，我只是没想到他会主动来找我。我还以为他把我忘记了。

“看到你我真是太高兴了，努塔。你气色不错，家里人怎么样？”

“我家的牛染了病。”他走到了灯光下，“我们只剩一点点钱了，有时甚至根本没有收入来源。这种情况下，要养一大家子人实在太难了。”

“真是太糟糕了。”我对他说，“我能帮你什么吗？”

“一切都变了，我没了工作。我想，你或许有工作给我做。”

他从孩提时代起就十分骄傲，现在，他成了一个男人，一定更加骄傲了。前来向我请求帮助，对他来说一定很不容易。“你是我最早认识的朋友，努塔，我会不遗余力地帮你。但我不知道现在是否有适合你的工作。”

他盯着我，想从我脸上看出点儿什么。“你父亲很愿意让我去他的马厩工作。我还记得那些与马有关的工作，我骑马也骑得很好。我可以骑任何动物……曾经。”

“是的，我记得。你能进来吗？”

他点了点头，把脚上的土擦掉，然后进屋坐在了一个小马扎上。我试图跟他解释我目前的状况。“现在的情况很难。或许将来有一天，我们会有很多马匹需要训练，会有很多钱，可以满足每个人的需求，但是现在……”我越说声音越小。

“我有耐心等待。”他的眼睛乌黑清澈，眼神十分坚定，“等我们赢了，你再付钱给我。”

“但我不知道什么时候会赢。我证明自己实力的最好机会就是‘伯爵’能够在四个月后的普罗杜斯大奖赛上获胜。我还没有在这里证明过自己的实力。”

“我相信我们会赢的，小姐。”

“是吗？”我忍不住露出了笑容，“一直以来都是我在独自训练它们，根本不清楚自己到底有多少把握获胜。”

“我从没见你害怕过，我也不害怕，我会让人去把我妻子接过来，她可以为我们煮饭。”

“这是个好主意，努塔。但我们怎么住呢？”

“我们是认真的，一定要赢得比赛，所以肯定能找到住的地方。”

我坐在床上听着努塔的话。他是如此乐观，这让一切似乎都变得容易了起来，我惊奇地眨着眼。当然，现实情况不会这么简单，但努塔的出现是一个关键的转机。我们都非常需要对方，仅仅只是待在一起我就感觉好多了。或许有一天我们真的会赢。

“喝点儿咖啡吧！不过味道恐怕不怎么样。”

“你在烹饪方面从来都没有天赋。”他翘起嘴角笑了。

“是啊，的确如此。”

我在一张小小的松木桌子上倒了两杯咖啡。他跟我讲了他的妻子琪玛露，还有他两岁大的儿子阿西斯。我向他解释了自己的婚姻状况，告诉他我离婚了。我知道他不会理解我的行为，也完全不会赞同。对基皮西吉斯人来说，妻子是私有财产，男女间权力的差异分明。男人是家庭的主宰，男人的话就是法律，妻子们也都遵守着这条规矩。

“普尔夫斯老板毕竟不是你的父亲。”我把自己的事情讲完，努塔立刻评论道。

“当然不是。”我说，“也不是你的。”努塔也许永远无法完全理解我的选择，但我们不用在每件事情上都达成一致，只要能够互相帮助就行了。努塔长途跋涉，从峡谷底部的恩乔罗来到了高原上的莫洛，来到了我的小屋中，是因为他自己有需求，而我也同样需要他。“你不知道我有多么需要你的帮助，连我自己也才刚刚发现了这一点。”

“我很高兴我来了。不过，你先告诉我，这里一直都这么冷吗？”

“恐怕是的。”

“那么我们就得生堆更大的火了，小柏瑞。”

“没有问题。”我说道。我们的火已经开始燃烧了。

39

现在，有努塔在身边，我无所畏惧，我终于又拾回了当初的自信。我勇敢地把马匹带到丛林中去训练。四月初，我手上又多了一匹浅栗色的马，它叫鲁迪格尔，长得十分壮硕。目前我还在训练“伯爵”，同时，“毁灭”和梅尔顿·派又回到了我的手中——卡斯戴尔－拉克夫妇把这两匹马卖给了另一位农场主，后者立即让我来训练它们——他对我的信任要比卡斯戴尔－拉克夫妇多得多。我可以把这些马都带上，离开莫洛，去纳库鲁。这是我和努塔想出来的办法，以此解决住宿问题。莫洛太冷了，而且地势险峻，所以我们在纳库鲁的训练场上租了一块地。那里离索伊撒姆布和我所熟悉的地方都不远。努塔和他的妻子住在马场后面的一座小泥屋里，我在看台上方的板条箱上搭了一张床。我的头顶是倾斜的金属屋顶，床边放着一大捆干草作为床头柜，还有另外一大捆干草当椅子。我一住进去就感到非常自在。我开心极了，很快就把这儿当成了家。我的生活好像又充满了活力。努塔和我又走到了一起，我们即将赢得比赛，我还有什么别的要求呢？

最让我感到兴奋的是“毁灭”。它生来就有赢得比赛的潜力：它的血统非常好，体型也十分完美。潜力有可能变成实力，但也有可能会浪费掉，甚至根本就发挥不出来。对任何一匹赛马而言，后天的训练都是关键。在几个月的时间里，我看着“毁灭”从一匹任性傲慢的小马成长为优秀的赛马选手。它强壮的肌肉把栗色的皮毛撑得鼓鼓的，似乎在展示着自己的力量和优雅。它腿脚轻便灵活，健壮的身体闪着光泽。它生来就是要奔跑，要赢的。它很清楚这一点。

“毁灭”就是努塔和我的入场券，是我们挤进这个艰难人世并得以立足的一条通道。

赛马大会几周前的一天下午，我在城里调整着一份饲料清单，突然决定去D的酒店看看。距离我上次来这儿已经有一年了。一年前的那个晚上，乔克找上了D，把他打得不成人形。假如我不想再回忆那些事，或者想要避免跟D碰面，都是很容易就能做到的。但我认为自己已经准备好去见他了，也想看看我们之间到底是什么情况。我把珀加索斯系在酒店门外，然后脱下鹿皮鞋，用力拍了拍头发，不知道自己这个样子能不能见人。我走进屋子里，眼睛过了好一会儿才适应了黑暗的环境。我这才发现D不在这里，但是丹尼斯却在。他躺在椅子上，伸长了腿，手里拿着一杯酒，灰扑扑的帽子放在旁边。我觉得自己的呼吸好像停止了。

“你看上去气色好极了，柏瑞尔。”丹尼斯说道。我几乎不受控制地向他走了过去。“你来这儿做什么？”

我们之间发生了太多的事，有过太多的艰难抉择。有些失去的东西我永远都不会提及。“路过。”我终于控制住自己，然后说道，“你呢？”

“有点儿生意上的事。”他眨了眨浅褐色的眼睛。也许是因为之前的亲密接触，我一靠近他，心脏就开始战栗，感到头晕目眩。也许一直以来都是这样。“我听说你去了一趟伦敦。”

“是的。”我伸手扶住椅背，试图让自己平静下来。

“我那时也不在肯尼亚，我去参加母亲的葬礼了。”

“我很抱歉，丹尼斯。”

“我想，或许可以用人们的一种说法来解释，她这是大限到了。”

“你现在还工作吗？”

“是的。几个月前，我才遇到了第一位真正专业的客户，带他去打猎。他是个很不错的家伙，一个美国佬。他学会了用砍刀，还带了自己的装备。”

“看到没？我就知道你能把那些被宠坏的‘泰迪·罗斯福’训练好。”

“这我可说不好。布利最近的一位客户坚持要带上钢琴出发呢。”

“哦，布利。我挺想他的。”我们俩你一言我一语，意有所指却又不着痕迹，“卡伦怎么样？”

“她去丹麦探望她母亲了，从她寄来的信件看，她一切都好。”

“哦。”我沉默了，再次看着丹尼斯的脸。他晒了很多太阳，但在他健康的肤色下，我可以窥到一丝倦怠，或者是焦虑。“那伯克利怎么样了？”

“伯克利这次恐怕情况不妙。他去索伊撒姆布时心脏病发作了，在那里躺了一个月。医生让他不要动，但他不听。”

“这的确是伯克利的做派。他现在在哪儿？”

“在家。不过我不知道他还能在家待多久。”

“伯克利不能死。我不许他死。”

“那么，也许你应该赶紧去告诉他。”

我们静静地坐了几分钟，我努力控制着自己的情绪。伯克利一定能好起来的。那丹尼斯呢？经历过这一切之后，我们还是朋友吗？

“有时间就来姆博加尼。”我准备离开的时候，丹尼斯说道，“我可以请你喝上一杯。”

“你刚才说卡伦不在家。”

“她是不在家，不过我随时欢迎你来。”

“哦。”我只是答应了一声，然后站起来，靠近他，嘴唇滑过他刚剃过胡须的脸颊。“晚安，丹尼斯。”

第二天，我骑马去了索里奥。我到达的时候，已经快到伯克利喝鸡尾酒的时间了，我很了解他的生活习惯。于是我内心期待着他像往常一样，站在院子里，一手拿着一瓶香槟。但事实是他躺在床上。看到他虚弱的样子，没有血色的脸，瘦小得像个孩子似的身体，我的心都碎了。

“柏瑞尔，你这个天使。”我把在纳库鲁买的粗雪茄递到他手上时，他说，“帮我点燃它，好吗？我不知道自己还有没有力气点火。”

“我不知道你的情况这么严重，我该早点儿来的。”

“你这是什么意思？”他佯装生气地说道。他面色灰白，连漂亮的牙齿都变成了灰色。他的声音很虚弱。“你知道吗？我的农场从来都不曾像现在这么赚钱。我慢慢找到了窍门，时机刚刚好。”他努力着想要坐起来。我弯下腰去帮他，在他身后垫了几个枕头。他的索马里仆人们都是一脸焦虑的神色。“他们不知道能不能让你碰我，”他悄声说道，“我的床上可不常有漂亮女人。”

“我才不信。你就像王子一样，伯克利，你是最潇洒的王子。”

“除了一点儿小瑕疵之外。”他凝视着我放到他手里的雪茄。银色的烟雾像幽灵一般，不停上升，然后渐渐消散。“但我会像伟大的诗人一样死去，不是吗？身边充满了激情的火焰和深沉的声音。”

“别死，你这个家伙，你不能离开。”

他闭上了眼睛。“好吧，今天不会。”

我找来两个玻璃杯。他告诉我，他床边的橱柜后面，就藏着最好的酒。

“这瓶是法兰娜酒。”他把酒举到有光线的地方，“这是古罗马人流传下来的少数几种酒之一。有人认为它是世界上最好的酒。”

“你可不想把它浪费在我身上吧？”

“美丽的柏瑞尔，可怜的孩子。你确定不能嫁给我吗？你可以在我死后得到我的财产，作为我年轻的遗孀去寻欢作乐，再传些绯闻。”

“英俊的伯克利，可怜的家伙。你总是讲得头头是道，但你能不能告诉我，你心里真正装着的是谁？”

“啊，那个啊……”他用衬衫的袖口捂着嘴咳了几声，“那是个非常重要的秘密。”透过黑黑的睫毛，他棕色的眼睛中闪着温柔的光，就像他早已知道什么正在等着他，他知道自己这一世的生命结束后会怎样进入下一世。“拿本书，读点儿什么给我听吧，好吗？我感到有些孤独，想听听诗歌韵文。”

我从头开始念了起来。他的呼吸变得越来越弱，眼神也涣散起来，接着他闭上了双眼。他苍白的嘴角露出了一丝微笑，稀疏的睫毛映在脸颊上，像脆弱的羊齿蕨。我该怎样跟他告别？我不能，我也不愿。离开前，我吻了吻他，他身上带着法兰娜酒的芳香。

40

漫长的雨季开始了，每隔几天就会有一场猛烈的暴风雨。但伯克利的葬礼那天，天气却好得出奇。他希望葬在自己家的土地上，就在农场中的那条河边。他常信誓旦旦地对人们说，这条从肯尼亚山上流下来的河，河水十分甘甜。蜿蜒的河道就像女人婀娜的身姿，河水欢唱着从黑色的玄武石上跑过，激起一层层沙土。我们就在这个美丽的地方看着伯克利下葬。椋鸟和捕蝇鸟从空中掠过，发出银铃般清脆的叫声。

许多朋友都来了。布利从索马里赶来，身上还沾着浅黄色的尘土。D 戴着圆圆的遮阳帽，眼里充满了哀伤。致辞一结束，伯克利的墓刚堆好，D 就朝我走了过来。他轻轻拉起我的手，握了好一会儿。“知道吗，那时让你离开，我真觉得自己是个浑蛋。”他说道。

“你当时没有别的选择，”我说，“我看得出来。”

他用力清了清喉咙，摇了摇头，一缕长长的，几乎全都白了的头发滑到了衣领上。“如果你有任何需要，希望你能来找我。你实在太年轻了，有时我会忘记这一点。弗洛伦丝和我在你这个年纪根本就不懂得该怎么收拾自己的烂摊子。”他直视着我的眼睛。如果说以前的屈辱还在我心中留有一些痕迹，此刻它们已全都烟消云散了。这些往事的确痛苦，但它们让我明白了很多重要的道理。

“我会的，D。谢谢你。”

伯克利家的阳台很长，昏暗阴沉。我听到留声机开始播放优美的旋律。丹尼斯就站在留声机的圆喇叭和嗞嗞作响的唱针旁边，D和我一起朝他走去。

“你不是不喜欢贝多芬吗？”D问道。

因为伤感，丹尼斯高高的颧骨有些发红：“但伯克利喜欢。”

我们一起站了很久，为伯克利的安息和他的一生干杯。我们轮番讲着伯克利的故事，直到天色昏暗，灰色的乌云一团团凝聚起来。几乎所有人都离开了。这时，丹尼斯对我说：“跟我一起回恩贡吧。”

“我还带着珀加索斯呢。”

“我可以把你送回来。”

“好吧。”我答道，就好像这种事经常发生，我已经习以为常了一样。我的内心并不脆弱，但是疑惑和隐约的伤痛、失望和欲望，正在我心里猛烈地翻滚着。

一路上，我们几乎没有说话。阴沉的天空终于拉下脸来，一场持久而缓慢的热带降雨开始了。雨水冲刷着玻璃窗，在车子的皮质顶棚上打着温柔的鼓点。丹尼斯没有拉我的手，也没说一句他想干什么。我也一样。我们两人之间隔着无法言说的鸿沟，以至于根本没法用言语来表达自己的想法。

快要到卡伦的农场时，丹尼斯早早驶离了通往姆博加尼的主路。

我理解他为什么这样做。他不想在卡伦的房子里，在卡伦所有物的注视下跟我亲热。那是他们俩的地方，我们得找一个属于我们的地方。

丹尼斯熄灭了引擎，我们跑进了一栋房子。我俩身上湿透了，屋子里也湿漉漉的。一年前，我母亲来这里勉强住过两天。这里一点儿变化也没有，非要说的话，也就是屋顶更加破败不堪了，到处都在漏雨。我们弯着腰避开雨水，准备生火。炉膛里的木头已经受潮腐烂了，一点火就冒出浓烟来。丹尼斯找到了一瓶上好的白兰地。我们没有杯子，就直接对着嘴喝，一人一口。尽管雨声很大，炉膛里的松木也烧得嗞嗞作响，但我还是能清楚地听到我们两人的呼吸声。

"伯克利为什么不结婚呢？"我问丹尼斯。

"他结过婚了，以他自己的方式。他跟一个索马里女人一起生活了很多年，他们彼此深爱着对方。"

"什么，很多年？没人知道吗？"

"这个国家可以容忍很多事，却不能接受这种事。"

我终于明白了为什么伯克利总是跟女人保持距离，也明白了为什么我问到感情方面的事时，他总是温柔而羞涩。他的人生拥有过爱情，这让我感到很欣慰。但他为此付出了什么呢？他保守的秘密有多沉重？"你认为世界上有某个地方可以接受这种感情吗？"我问丹尼斯。

"我希望有。"丹尼斯说，"不过概率很小。"

白兰地快喝完的时候，丹尼斯带我来到了那间小小的卧室。他一句话也没说，直接把我的衣服脱了下来。他的嘴唇亲吻着我的眼睛，手指抚过我的手腕。我们四肢交叠躺了下来。他把头埋在我的头发和脖子之间。他的动作是如此温柔，而我几乎快要迫不及待了。自从上次亲密接触以来，我们分离了这么多天，我渴望着他的靠近。我的心猛烈跳动着，我真担心它会冲出胸膛。

“我不知道我们俩是什么关系。”我终于开口说道，“也许除了这一刻，我们之间什么都没有。”我抚摸着他，摸着他的肋骨，他的胸口随呼吸上下起伏。我们俩的影子映在墙上。“但我真的很在乎你，丹尼斯。”

“我也在乎你，柏瑞尔。你是个不同寻常的女人，你自己也知道这一点。”

有一刻我真想把所有的事都挑明。我想告诉他在伦敦发生的事，想问清楚他对卡伦的感觉，他自己到底打算怎么理顺这一切。但我转念又想，没有任何事可以通过谈话或解释得以解决。我们都做出了选择，有单独决定的，也有一起决定的。毋庸置疑，我们都遵循了自己的本心。

我俯身跪下，抚摸着他锁骨上方的凹陷，抚摸着我投射到他身上的影子，还有他粗壮的脖子、肩膀和上臂。我用自己的手把他的样子记在心里。“假如你能再活一次，”我问他，“你愿意改变什么吗？”

“我不知道。也许正是我们的错误把我们塑造成了现在的样子。”他沉默了几分钟，接着说道，“我唯一害怕的事，就是从生活中退缩，不去勇敢地尝试……你知道吗？”

“是的，我也这样想。”我把自己的手放在他的心口上。他的心跳就像温柔的鼓槌，敲击着我的手掌。的确，我经历了许多曲折才来到了这个房间。我所经历的那些事痛苦万分，我也为它们付出了代价，但现在却感到前所未有地充满活力。我有些担忧，但我不想离开丹尼斯，即使在足够理智的情况下也不愿意离开他。“丹尼斯？”

“嗯？”

“我真高兴我们来这儿了。”

“是啊。”他紧贴着我的嘴唇说道。我们头顶上电闪雷鸣，大雨滂沱。整个屋顶很可能会直接砸到我们的头上，但我不在乎。我在丹尼斯的怀抱里，即使被淹死也甘之如饴。

41

从第一声喇叭响起，直到看台上的人群散去，整场大赛持续的时间非常短暂，转瞬即逝。十匹骏马甩蹄飞奔，赛道全长只有一又四分之三英里。赛马们跑完全程的时间太短了，你连眨眼都来不及。但这段时间又足以展示一切。赛马们在赛道上稳健地舒展身躯，奔跑就像呼吸一般自然。输赢成百上千次在这里上演。

在普罗杜斯大奖赛上，“毁灭”跑得像风一样快。它迈开长长的腿，冲到了马群最前方。我目不转睛地盯着它，生怕错过了一秒。努塔站在我身边，他就像在祷告一样，身子挺得笔直。而就在一瞬间，“毁灭”的领先地位被另一匹马超越了。它们相差不过毫厘。“毁灭”仍然没有放弃，不停追赶着。然而到达终点线的时候，那匹跑得飞快的骗马还是率先冲了过去。我颓然吐出一口气，瘫软下来。

“你看到了吗，它已经非常接近了。”等到尘埃落定，我的心跳又恢复正常后，努塔对我说道，“等到下次比赛时，‘毁灭’会记住今天的教训，跑得更好的。”

“我不认为马会记住这个，努塔。”我努力打起精神来，想着下一次比赛——如果“毁灭”的主人奥吉维愿意让我们继续训练它的话。

“为什么不会？”

“我也不知道。马儿不像我们一样可以记住这些教训。每次比赛对于它们来说都是新的尝试。”

然而，当我们跟奥吉维碰面时，他的意见与努塔十分一致。“你看到‘毁灭’离成功有多近了吗？下次它就会赢的。”

它的确赢了。

在1925年接下来的时间里，我驯养的马赢得了许多比赛，并且名次都不错。我终于在等级森严的内罗毕赛马圈内得到了认可。D邀请我再回到索伊撒姆布。他告诉我，不管什么时候，他的马厩里都有我的位置。本·伯克贝克写信给我，说他热切地希望把马交给我来训练。我正在逐步取得父亲在肯尼亚赛马圈内曾经的地位。在一次庆祝活动中，我看到了母亲的身影。她戴着一顶高高的帽子，上面还装饰着羽毛。她是来祝贺我的。我有一年没见到她了。这次看见她，我既吃惊又心痛，一股复杂的感情涌上心头。我仍然不知道她在我生活中的位置，也不知道该如何淡定地站在她身边，不去想她曾给我带来的伤害——也许我永远都做不到。

“看到你这么成功，我真的很骄傲。”她在庆祝活动之后找到我，对我说道，“祝贺你。”

我注视着母亲。她小口喝着肉粉色的鸡尾酒，讲着她近来的生活。她跟迪奇和那两个男孩一起住在埃尔多雷特附近。迪奇的生活总是人不敷出，她试图帮忙，却没有那么好的运气。

“你们的生活这么艰难，我感到很难过。”我对她说道。我很意外，自己竟然真的这么想。也许伯克利对家庭的看法是对的，也许我们永远都不可能逃离家庭，逃离我们所爱的人。我们不可能真的把这种关系梳理清楚。一直以来，我对克拉拉的感情都是爱恨交织，错杂混乱。无论我是否情愿，她的离开都在我心中留下了永久的烙印。但我也不能把她当作陌生人，我做不到在她需要的时候转身离开。“我能帮你什么吗？”

“我们会解决的。”她说道。她不再像以前那样任性，而是变得十分收敛。她喝完了杯中的酒，向我告别。她说：“看到你获得了应得的成功，我真心感到高兴。”

我驯养的马连续赢得了很多场比赛，我终于能够付给努塔他应得的钱了，他也终于可以为妻子买新鞋子和炊具了。我购置了一张合适的床，放在我位于看台下面的帐篷里，又用剩下的钱买了一辆车。但我并不打算就此松懈，我不认为这样的好运气会一直持续下去。

我对丹尼斯的感觉也一样。我跟他在一起的每分每秒都像是偷来的，格外甜蜜。我借了一辆卡伦的摩托车。丹尼斯在姆博加尼的时候，我就骑着卡伦的摩托车去和他幽会。我在坚硬的红土地上颠簸地行驶，侧着车身绕过坑洞和石头。这条路就像我和丹尼斯的关系一样危险，是一种粗暴而难忘的入侵。假如卡伦知道在她回丹麦期间，我和她的情人在姆博加尼那栋破了屋顶的房子里亲热，她一定会死上十几次。但我根本顾不上去想那些，顾不上去考虑卡伦。

假如我为她着想，我就不会拥有丹尼斯。对我而言，那样更加可怕。

卡伦很快就要回家了。丹尼斯说他要去梅鲁山附近狩猎，提议我跟他一起去。我知道他的意思：这也许是我们待在一起的最后一次机会了。“你可以骑马过来，再跟我一起走。”

我们需要做好周密的计划。我要先骑马到索里奥，到伯克利的农场，把珀加索斯留在那儿。然后我们再一起坐着丹尼斯的哈德森车离开。等我们回来后，就各自分头走。

我们计划在二月份碰头。之前的这段时间里，他带着一位澳大利亚的有钱客户进行了一场长途狩猎。而我则在训练“毁灭”，帮助它为圣莱杰大奖赛做好准备。“毁灭”最近赢了好几场比赛，是大家最看好的选手。我使出浑身解数，确保它能够发挥出全部的实力，甚至更多。

到了我和丹尼斯计划好会面的那天，天空像是裂开了一个口子，暴雨倾泻而下，一点儿停的迹象都没有。

努塔从马厩大门向外看去，外面是一片灰蒙蒙的雨帘。“看来，你得留在家里了，对吗？”努塔知道我的计划。我在他面前没有秘密，永远都不会有。

“不，我不能那样做，但我可以迟点儿再去。你不赞同我跟丹尼斯在一起，我知道。”

他耸了耸肩，叹了口气，说了一句当地人常挂在嘴边的谚语：“谁懂得女人和老天爷的心思呢？”

“我爱他，努塔。”经过了这一切之后，我还没有向谁承认过这一点，甚至没有向我自己承认。

他漆黑的眼睛注视着潮湿的水雾和飞溅的水花。“我不赞同又能怎么样呢？反正你还是一样会去找他的。”

“你说得对，我的确会去找他的。”

整整一天，我都盯着屋外的大雨，还有地上混合着红土的泥水。终于，天边出现了一点光亮，我看到了几片淡淡的云和一线微弱的阳光。我骑上珀加索斯，出发了。索里奥在阿伯德尔山脉的另一边，向东直走有三十五英里。假如时间足够，我会让珀加索斯绕着山脉向北走。但现在我出发得太晚了，想抄小路直接翻过山顶。

我一点儿也不害怕一个人骑马走夜路。我以前也这样做过，只是不像今天这么着急。珀加索斯会把我带到目的地的。它在山地上行走时直觉很敏锐，步子十分稳当，就像一只经验丰富的山羊。

起初我们走得很开心。雨水把空气冲刷得十分清新，使我的皮肤感到格外凉爽。我们顺着狭窄的山路稳稳地往上爬，城里的灯光开始零星投射在我们身上。店铺的老板们睡在窄窄的床上，孩子们蜷缩在地上的毛毯上，睡得舒适而香甜。我完全无法想象我和丹尼斯能过上这种生活。我们都不适合做重复的琐事，还有那些烦人的家务。但今天晚上我就要去跟他相会了，还有明天晚上。狂野的吻，甜蜜而可怕的快乐——哪怕只能在他怀里多待一个小时，我都愿意付出任何代价。

走到一半时，我开始闻到了水的味道。很快，我就听到了河水的声音。这条河就在我们的前方。在微弱的月光下，珀加索斯和我慢慢向前走去。靠近后，我看到一条激流在面前奔涌而过，激起鬼魅般的漩涡。河岸十分陡峭，就算是珀加索斯也不能保证安全跃过。我们也根本不知道河水有多深，能不能游过去，或者蹚过去。在漆黑的夜里，我们什么都看不清。于是我们调头向北走，试图找到可以过河的地方，但最终一无所获。然后我们又向南走，还是没找到合适的地点。

许久之后，我终于隐约看到了一座桥。走近后，我发现桥是用竹条和粗绳搭成的，只有几英尺宽。这种桥一般是当地部落搭建的，方便部落居民过河。我无法弄清楚它有多坚固，但一般来说，当地人会在上面推手推车或者赶牛车。也许我们能过去。

我下了马，牵着珀加索斯的缰绳，开始往河岸走。珀加索斯踩到岸边的石子，有些打滑。它吃了一惊，嘶叫了起来。上桥后，我感觉桥还比较结实，只是绑着的绳子有些松，导致我们一走动，桥身就跟着摇晃。我有些眩晕，就像晕船一样。我知道珀加索斯的情况也好不到哪儿去。

一步又一步，我们慢慢地在桥上移动着。我听到脚下的河水在怒吼。河面离我们大概有二十英尺的距离，在月光下翻腾着白色的泡沫，看上去像是某种生物。黑沉沉的河水涌起巨大的波浪，闪着银边。我终于看到了对面的河岸，长长地松了一口气。这时我才意识到这一路走来实在是太不容易，太冒险了。但我们已经快要到了，就要踩上坚实的土地了。

这时，桥上的绳子突然响了起来，发出撕裂的声音。接着，竹条也开始断裂。珀加索斯滑倒了，掉了下去。它一边往下落，一边大声嘶鸣。有那么一刻，我以为自己真的要失去它了。在它往下落的同时，桥身也开始剧烈晃动，这让珀加索斯的前腿正好搭在了桥面上。它胸以上部分都在桥面上方，竹条恰好把它卡住，但也仅仅只是卡住而已。在我们的下方，河水咆哮着，发出可怕的声音。我自己也很有可能掉进河里丧命。但此刻,我的心里想的只有珀加索斯，我真痛恨自己让它陷入这种险境。

纯种马自诞生以来就是一种非常容易激动的马，但是珀加索斯一直有着冷静的头脑。在这种紧要关头，它表现得不仅很勇敢，而且很冷静。黑暗中，它用大大的眼睛注视着我，相信我能够想出办法来救它。正是因为它的信任，我也相信自己能够做到。我开始思考营救方案。我把一根绳子系到马鞍上，这根绳子足够长，如果我能够把它固定好，就能把珀加索斯拉上来。

我每往前走一步，就愈加感觉桥身像是弹簧一样在往下压。我全身紧张，呼吸都乱了。终于，我到达了河对岸。我把那根绳子拴在一棵金合欢树上，调整好了角度。那是一棵小树，但附近只有这棵树能用了。我希望它能够帮到我们。接着，我转过身，走回到珀加索斯的身边。它一直在默默地等着我，它的耐心真叫人敬佩。我在它的鼻梁和头部各打了一个套，做成了一个临时的笼头——假如绳子滑脱了，我就没办法救它了。它没有办法从竹条之间爬出来，因为没有支撑点。但如果我贸然走过去拉它的话又太冒险了。我在黑暗中看不清楚，很可能反而会让它滑落下去。我不能冒这个险。我的想法是先把它固定住，挨到天亮。

我把临时笼头系好，然后把绳子的另一头拴在那棵金合欢树上。接着，我就靠在珀加索斯的脖子上，稍事休息。“我们这一遭可真够讲个传奇故事了。”我在黑暗中对它说道。它把天鹅绒般的耳朵转向我，认真地听着。我把一条羊毛毯搭在肩上，然后靠在珀加索斯身边取暖。我刚躺好，打算睡一会儿，就听见附近的灌木被折得啪啪响，接着是一阵轰隆隆的响声。一群大象闻到了我们的气味，正往这附近走来。它们开始在河岸边吼叫跺脚，恐吓珀加索斯。我担心它们会往这边冲来，把桥扯成碎片，我本能地一下子站了起来。珀加索斯奋力地往上挣扎，往桥面上扑。它的身体摇晃起来。我害怕极了，生怕它会跌落下去。但没想到它居然把一条后腿拉了上来，接着，它的另一条腿也上来了。它向着河岸的方向往前爬去。桥面在我们身后塌陷，桥身在我们脚下摇晃。我们就像是走在牙签扎成的筏子或是不断剥落的糖屑上，甚至像是行走在虚空之中。

珀加索斯就像一个英雄，爬过了剩下的这段桥。但我们所处的位置仍然非常糟糕。珀加索斯的身体挂在陡峭的河岸上，已经筋疲力尽了，松软的沙土在它身下不断滑落。我觉得我最终还是要失去它了。象群就在不远的地方，我可以听到它们的警告。它们用鼻子发出的怒吼声非常独特，我不会听错。大象的视力不怎么好，但我知道它们可以闻到我们的气味。

我催促着珀加索斯再加把劲。我站在那棵金合欢树边，双手使劲拽着绳子，把全身的重量都压了上去，整个人几乎对折起来。我看到珀加索斯的胸口被竹条划出了深深的口子，腿上也有好几处被划破了皮，肉都露出了出来。最终，我们很幸运地上了岸，但并不安全。象群就在附近，谁知道还有些什么猛兽呢？珀加索斯全身都是血腥味，我们两个也都折腾得筋疲力尽了，这让我们很容易成为猎食者的目标，我们必须尽快离开。

等我们终于到达索里奥的时候，天已经快亮了。伯克利的索马里仆人十分忠诚。他们仍然在打理着这个地方，直到伯克利的家人找到合适的买家。他们认识我，尽管这个时候非常不适合待客，但他们还是把我迎进家门，为珀加索斯收拾出了一处干燥的马栏。

我小心翼翼地清洗了珀加索斯的伤口，帮它包扎好。它的伤势并没有我所担心的那么严重。那些竹条在珀加索斯的胸口和腿上勒出了一些口子，但伤口并没有感染的迹象，也没有继续出血。它会痊愈的，谢天谢地。不过，与此同时，丹尼斯在哪儿呢？也许他也因为大雨受阻了。我完全不知道他现在的情况，只能在睡觉前祈求事情往好的方向发展。

几个小时后，我睡醒了。我喝了点儿咖啡，吃了点儿简单的早餐，一直竖着耳朵捕捉丹尼斯的声音。他如果来的话，一定会开着那辆轰隆作响的汽车，半英里外就能听见声音。接着我们就可以一起单独待上六天了，我们从没在一起待过那么久。一想到他马上就会来到我的身边，我就感到一阵幸福的晕眩。我马上就能闻到他的味道，牵起他的双手，听到他的笑声了。他会带我去看他喜欢的地方，喜欢的东西。我们可以一起度过每个白昼和夜晚。假如他能来的话。

午饭后，我终于看到一个跟着丹尼斯的吉库尤男孩向房子跑来。他迈着缓慢而稳健的步子，好像可以一直这样跑下去。看到男孩时，我的胃不由得一阵抽搐，我知道他的到来意味着什么。

“老板说他不能来了，‘姆撒布’[1]。”男孩找到我后说。他那天一定是跑了二十英里陡峭的山路，光着的脚上都是一块块老茧。

“完全取消计划吗？”

“因为他们没有猎到象牙。”

这么说，丹尼斯还在外面工作。他的时间并不属于他自己，即使他想来也来不了。但这也意味着我被拒绝了。我看着伯克利的仆人给男孩端来水和食物，又看着他再次出发，看他顺着蜿蜒的小路，无畏地向北方跑去，去找丹尼斯。当他终于跑出我的视线之后，我感到自己的灵魂都塌陷了下来。珀加索斯和我差点儿死在了黑暗的深山里，这份勇敢却没有得到任何回报。我见不到丹尼斯了，我们不可能拥有在一起的时间了。我冒了那么大的风险来到这里，来和他相聚，可计划中的一切都不存在了。想起这个，我就感到心痛。

我把东西收拾好，然后直接去了河边，那是埋葬伯克利的地方。几个月过去了，垒砌的土堆开始出现塌陷，我手脚并用，往上面添了些土。我想为伯克利做点儿什么，也想再靠近他一次。我的头顶上，

1　姆撒布：斯瓦希里语中对白人妇女的称呼。——编者注

一对椋鸟从空中掠过，发出清脆的叫声，亲昵地交谈着。它们的胸部生长着彩虹般斑斓的羽毛，头部则是宝石般的绿色、蓝色和红铜色。它们周围的树叶簌簌抖动着，但森林的其他地方则一片寂静。

“哦，伯克利，这次我实在陷得太深了，”我说，“我该怎么办？”

没有任何的回答，就连那对鸟儿也没有出声。

42

卡伦从丹麦回来后，我试图避开与她有关的任何消息，但这是不可能的。肯尼亚的社交圈子太小了，人们热衷于谈论别人的各种动向。卡伦回来就生病了，在床上躺了一段时间。那年的咖啡收成不是很好，她的债务堆积如山。我还听说丹尼斯突然去了欧洲，没有任何人知道原因。他也没有给我寄来只言片语,我也不知道为什么。我终于还是在穆泰嘉俱乐部碰到了卡伦，她在跟布利一起喝茶。我差点儿忍不住同时向他俩求助。在肯尼亚就是这样，不管你跟别人的关系有多复杂，不管他们让你多么痛苦，你有时还是需要他们做朋友。

“柏瑞尔，”布利拍了拍我的肩膀，“大家都在说，你驯出来的马几乎场场都能赢。真是了不起啊。”

卡伦和我礼节性地相互吻了吻脸颊。她变瘦了，眼睛周围的皮肤十分苍白，颧骨凸起，两颊陷入阴影。“丹尼斯回伦敦了。”她几乎一见到我就这样说，好像除了这件事，其他什么她都不在意，“我们只在一起待了两个星期。我们分别了整整十一个月，却只在一起待了两个星期。就这样，我还得感激涕零。我还得鼓起勇气，继续过下去。”

有那么一刻，我真想大声冲她喊！是啊，本应属于我和丹尼斯单独相处的时光被偷走了，而她却得以跟丹尼斯一起待上十几天。但我同时也能体会她心中的痛苦。因为我也一样痛苦，现在丹尼斯又离开了我们，离开了非洲大陆。“这次他为什么走？”

“他父亲的身体越来越差了，他和他的兄弟们必须给哈弗霍姆找个买家。这块地在丹尼斯的家族里已经传了几百年。我实在难以想象，他们会感到多么痛苦和遗憾。”她摇了摇头，头发上的小卷跟着颤动，她的头发又长长了，“我知道，这种时候我应该为丹尼斯的家人考虑，但我真的很想让他回来。”

布利轻声咳嗽了一下，似乎是在警告，又像是在提醒。

“你已经厌倦了我的这套论调，我知道。”她生气地说，“但我该怎么做？坦白讲，波罗尔，你说我该怎么做？”

我看得出来，布利根本不想与她纠缠。“不好意思。”他把椅子推开站了起来，“我看到那边有个朋友。”

布利离开后，卡伦深深叹了口气。“我终于答应跟他离婚了，但他好像并没有像我想象的那样感激我。”

“为什么？他不是恳求你好几年了吗？”

“我也不知道。我拖了他那么久，现在我开始为此感到抱歉。我只想有人陪在身边，你没看出来吗？我以为丹尼斯会跟我结婚，但现在看来，这越来越像是个愚不可及的想法了。”

我咽了口唾沫，努力使自己的声音听上去不那么异常，在卡伦面前我要尽量镇定一些。“布利离开后，农场的经营是不是变得更艰难了？”

“什么，你是指经济方面吗？”她苦涩地笑了笑，“波罗尔总是挣一块花两块，接着就又找我借，好像我很有钱一样。”

“真抱歉。你值得过更好的生活。”

“我想，也许潜意识里我一直都知道自己跟他在一起会过上什么样的生活。我俩应该都知道。”她发出了一声轻响，像是吞下了一口空气，或者一个确定的事实，“波罗尔一点儿也不会体贴别人的感受，但是丹尼斯也一样。上帝啊，帮帮我吧。我该怎么办？他让我感觉没有他我就活不下去了。事情就是这样。”

她说话的时候，我的脸色一定很难看。这场战役我已经失败了，但我要保持表面上的镇定。可是，我发现要稳住双手，端好杯子，实在是一件难事。“可他在农场的时候挺快乐的。”

“他怎么会不快乐呢？他只在想来的时候来，这又不会让他付出什么代价。是的，他在乎我的挣扎，但体会不到我的心情。”

她说的是承诺——她想得到他的全部，他的一生——但是，她似乎不能理解，那会让丹尼斯感到窒息。她不能强迫丹尼斯做出承诺。他要么就自由地来到她的生活中，要么就完全不来。我在经历了与乔克的纠缠后，在这一点上与丹尼斯很有共识。“为什么你还要尝试呢？”

“因为他在我身边时，我比其他任何时候都要开心，一切事情都变得可以忍受了。他在我身边时，我可以听着他留声机播放的音乐在草坪上散步；我走进门，看到他的帽子挂在衣钩上，整个灵魂就活了过来。而其他时候，我一天到晚都是浑浑噩噩的。”

“我觉得你很有精神。”

“那是你不了解我，不像丹尼斯那样了解我。”

我坐在那儿，听着卡伦说出那些美丽又伤感的话语。我想要恨她，恨她昂贵的椅子和地毯，恨她佩戴的珍稀的白百合，恨她脸上搽的粉，以及过于浓重的眼影。她试图把丹尼斯拴在自己身边，这实在是大错特错。但我自己不是也想得到丹尼斯吗？在这一点上，我和卡伦很相似，如同亲生姐妹，又不可避免地如敌人般势不两立。

我离开酒店时，去吧台处找布利道别。

“说真的，你最近怎么样？”他问我。他的语气有些微妙，我以前从来没听他这样说过话。

“我好着呢。”我伸了伸手臂，让他不要担心我，“你知道，我在伦敦时，蔻琪救了我的命。”

“她很不错。”

“她简直棒极了。如果你不娶她，我就娶了。”

“我会的。”布利笑着说道，眯起眼睛，“我打算等她回来再求婚，如果她能等到那个时候的话。”他又笑了，从眼镜片上方瞅着我说：“我会成为新郎的。”

“特弗里医生呢？我猜他也会去吧？”

“是的，他答应出席婚礼。他要挽着新娘，把她送上红毯。”

43

我竭尽全力训练着“毁灭”。圣莱杰大赛将于八月初举行，我只有几个月的时间让它达到巅峰状态。然而这时，最糟糕的事情发生了。“毁灭”最近赢了好几场，这让奥吉维对他的马十分自信，但他的朋友们开始在他耳朵边说些风言风语。他们说，奥吉维怎么会妄想让一个女孩带领毁灭夺得最高的荣誉呢？也许这在纳库鲁的普通比赛上还可行，但是他真的打算在圣莱杰大赛上冒这个险吗？

这场大赛是我人生中最重要的赛事。离比赛只剩三个月的时间，我手上却一匹赛马都没有了。我感到前途一片灰暗，看不到出路。在训练“毁灭”的那一年里，我竭尽全力付出了一切。它所掌握的一切技巧都是我教的，它应该和我一起获得荣誉。那份荣誉是属于我的，是我带着它通过了重重考验，一步一步走了过来。我失去了“毁灭”，就什么都没有了。我感到心里空荡荡的。

“我们该怎么办？”我问努塔。我们坐在看台上面的干草垛上。太阳下山了，带走了这一天工作的辛劳。天鹅绒般的夜幕铺展开来，柔软而沉静。

“我们还有六匹马呢，还可以参加比赛。”

“参加那些小型比赛倒是可以，但我在乎的是这场最重要、最有意义的比赛。”

“我们要好好想想。”努塔看着沉沉的黑夜，“我们没想到的事还有很多。”

“所有马场主人都会知道奥吉维把‘毁灭’收回去了。假如在没有我们帮助的情况下它赢了，那些人就会拍着奥吉维的后背，说他是多么明智，多么有远见。”我叹了口气，烦恼地挠着头发，直到努塔回家去找他的妻子。

剩下我独自一人时，我侧耳听着昆虫鸣奏着小调，远处的马厩里也传来各种声音。假如丹尼斯在非洲，在这块大陆上的任何地方，我都会跑向他。我只想要感受他的拥抱，感受他对我的关怀，然后我会重拾力量和勇气继续前行。但他不在这里，他在一个我无法找到的地方。

几天后，努塔骑着梅尔顿·派训练，就像风一般洒脱。这时，艾力克·古奇来到了马厩。我和他并不熟。他个子很高，看上去有些紧张，每隔几分钟就用手捋一下领带。不过我对他的一匹小母马很熟悉，它叫智娃，是我父亲的马厩中血统最好的母马阿斯克·帕帕生的。它和珀加索斯一样，是我亲自接生的。刚出生时，它身上滑滑的，十分温暖，前途一片光明。它继承了父母的优点，非常适合做一匹赛马。但之前的驯马师把它训练得太狠了。由于在不当的跑道上过度奔跑，它的腿腱磨损严重，变得十分脆弱。现在，不管它的血统是多么优良，它都很难再负载一名骑手奔跑了。

“它的腿能恢复，”艾力克说，“只要用正确的方法悉心照顾它。”

“也许可以，”我说，“但你打算在十二个星期内让它上赛场吗？”

“它是个勇士……不过我也不知道。”艾力克又扯了一下领带，喉结不合时宜地跳动着，“我想你知道该怎么处理这种情况。”

他说的是我之前对“元首”进行的康复训练。“元首”的伤跟智娃差不多。我把它带到艾尔曼提亚湖柔软的湖岸上训练，它恢复了健康，回到赛场上赢得了比赛。但那次的时间宽裕得多，我的事业也不像现在这样岌岌可危。“我不想做出什么虚假的承诺，”我说，“事实上它现在可能无法发挥出原本的实力，更别说在大型赛事上获胜了。但还是有一定的可能让它在这段时间内康复。”

“这么说，你愿意收下它了？”

“我可以试试。我能做的只有这么多。”

第二天，智娃来到了我们这里，它戴着柔软的口套。智娃很坚韧，它腿上的伤让我心痛不已。以前训练它的人实在错得太离谱了，它现在需要得到精心的照料才能康复。在接下来的十二周里，我们一丁点儿错也不能出。

纳库鲁湖就像艾尔曼提亚湖一样，岸边有着柔软的泥地，这对智娃的康复非常有利。我们把智娃带到那里，让它自由地跑动。有时努塔骑着它，有时我骑着它，让它先慢跑，再加速，最后飞奔起来。粉红色的火烈鸟就像潮水一样环绕着我们，发出呆笨的叫声。成千上万的火烈鸟合为一体，飞到空中再逐渐散开。通常，它们喧闹一番后会落下来，又继续飞起。火烈鸟是我们的计时员，它们目睹了智娃惊人的变化，它变得越来越强壮，越来越自信。它曾经受了重创，几乎无法奔跑。你可以看得出来，每天早晨，它谨慎地抬脚走出前几步时充满了恐惧，好像那些泥地里插着刀子一样。但它非常勇敢。现在，它已经完全敞开了心胸，眼中充满了信任和向往，这比提升速度重要得多。

“看看这肌肉，”努塔站在智娃的马栏里说，他洗刷着智娃光滑的皮毛和枣红色的身体，“这肌肉可以托起一座山。”

“你说得对，努塔，但这也让我感到害怕。它现在已经是巅峰状态了，将来不会比现在更好。但即使它的状态像现在这么好，一旦腿出了问题，一切努力也就白费了。但腿伤很可能在比赛时发作，甚至可能在明天出现。”

努塔继续他的工作，用上好的毛刷梳理着智娃的皮毛。它的毛发就像水面一样光滑。“你说的都对，但它有神保佑。它的心就像一柄长枪一样，就像一只豹子一样。”

我朝努塔笑道：“到底像什么，努塔？一柄长枪还是一只豹子？你知道吗，有时候你说起话来就跟小时候一样。那时你总是吹牛，说你比我跳得高多了。”

“我还是可以跳起来，小柏瑞，”他笑着说，“即使是现在。”

“我相信你，我的朋友。我最近有没有告诉过你，有你在身边我是多么开心？”

我知道努塔会一直和我相伴，直到人生尽头。在我们训练智娃的这些天里，靠着上帝或者魔法的保佑，一切都没出问题。但麻烦终究还是找上了我。比赛前三天，艾力克来找我。有一天晚上，他的妻子来到俱乐部，恰巧看到我和艾力克低头凑在一起谈论着智娃，于是给他下了最后通牒。

“她让我要么选择你，要么选择她。”艾力克拉扯着领带，压低了声音闷闷地说道。我恨不得把领带从他的脖子上扯下来。

“但我俩之间什么事都没有！你不能对她讲清楚吗？”

“那没用。她比马重要得多，比其他任何事情都重要。”

“别傻了！马上就要比赛了。等比赛结束后，你想把它牵去哪里都行。”

他摇了摇头，咽了口唾沫：“你不了解我的妻子。”

“这会毁了我的，艾力克。我为你的马付出了一切，这是我的比赛。你这个浑蛋，你明知道这是你欠我的。”

他的脸一直红到了耳朵尖，像个懦夫一样咕哝着自责的话，缩头缩脑地走了。

那天早晨，索尼·邦姆普斯带着一个马夫过来牵走智娃。我简直要发狂了。索尼曾经是与我搭档的赛马骑师。我们在少年时代就认识了，一起在城里的寄宿学校中度过了那段烦闷的时光。那时，我们把桌子排成一排，玩障碍赛。现在，索尼已经成了肯尼亚最优秀的骑师之一。不难猜到，艾力克一定费了很大的劲才请到他做智娃的骑师。这回，索尼和智娃都被交到了新驯马师的手上。

“告诉我为什么会这样，索尼？你知道我干得多卖力。”

“真是太可惜了，柏瑞尔。假如我有任何其他的选择，我都绝对不会把智娃带走的。我本来已经做好了准备骑‘毁灭’比赛，但它被训得太狠了，受了伤。它可以再度恢复，但肯定参加不了这次比赛了。”

“‘毁灭’不参赛了？”

“至少目前看来是这样。”

“这么说，智娃这次一定会赢。天哪，索尼，我一定不能让智娃走！”

“我不知道该怎么跟你说，姑娘。古奇不太可能改变主意。”他的牙齿咬得咯咯响，腮帮子上的肌肉都跳了起来，“不过，我可以向你保证，赛场上所有人都会知道这是谁的功劳。你已经把该做的都做好了，我要做的就是好好骑着它。”

索尼离开后，我盯着墙发呆，心痛得发抖。我以前也遇到过这样的事，我很清楚这都是我自作自受——艾力克的妻子一定是听到了很多关于我的流言蜚语，但我跟艾力克之间什么事都没有。我为智娃付出了全部心血，照顾着它，宠着它，爱着它。现在，它被别人带走了，从我的马厩中，从我的手中被带走了。

我满腹烦闷沮丧，就连努塔也没法开解。

44

起跑点，十匹骏马上下跃动着，踏着步子，它们背上的骑师就像羽毛一样轻盈。它们保持着平衡，随时准备奔跑，用尽全力地奔跑。发令员一发出信号，它们就冲了出去。努塔站在我身后，我们在德拉米尔的包间里观看比赛，都觉得智娃在赛场上表现得很好，就像流动的音乐。赛道上的每匹马都拥有自己的荣誉、故事和远大的抱负。它们都具备优良的血统，肌肉强壮，四肢匀称，尾巴甩得飞了起来。但没有一匹马像智娃一样，没有一匹马拥有智娃的力量。

索尼知道该怎样让智娃一点点发挥出它全部的实力。他稳稳地把握住节奏，凭直觉就知道什么时候该放任它跑，什么时候该把它拉住一点儿，或者什么时候该让它稍稍停顿一下，留出微小的距离。智娃跑得又快又稳，但体内似乎还蕴藏着其他能量，一股我也不清楚的力量。它今天的表现足够好吗?

很快，看台上的人们都站了起来，踮着脚尖，伸长了脖子努力辨识那些翻腾的马腿上方骑师们所穿的各色绸衣。有的人会赌赢，有的人则会输得精光。不过这一切都不重要了。金钱只是赛后的游戏，只是人们在赌桌上戏耍用的。这些马是活生生的东西。每匹马都神采飞扬，但智娃尤为突出，它比之前任何时候都更有活力。它超过了一匹黑色的种马，接着是一匹栗色的公马，然后是一匹奶油色的母马。它从一匹匹马身旁跑过，跨越了一道道围栏，留下风一般的身影。在最后一道弯那里，它取得了领先地位。智娃先是超过了身边的马一个鼻子的距离，接着整个身子都超了过去。它排到了第二位。

努塔把一只手放到我的肩上。我的胃剧烈地抽动着，接着是我的喉咙，我的耳朵。我看到成千上万的人在叫喊，耳朵里却听不到一点儿声音。艾力克·古奇跟他的妻子坐在一起观看比赛。他看到自己的马跑在了前面，却并不怎么开心。但他看不到我所看到的。除了我和努塔，还有索尼，没有人能看到智娃是怎样跨过障碍栏的。它把腿使劲往上抬，用尽全身的力量跨了过去。但它的腿再也承受不了这样剧烈的奔跑了。智娃已经尽了全力。

看着智娃奋力奔跑，我伤心地扑到努塔怀里。他的心跳得咚咚响，就像很久以前我们听过的恩戈麦节的鼓声，又像是“阿拉普”麦拉在用拳头重重地敲击着盾牌，震动着我的整个身体。只有这样我才能勉强撑下去，才可以控制住自己。否则，我真想冲到赛场上大声尖叫，让它停下，让一切都停下。难道大家都没看到它在忍受着巨大的痛苦吗？难道这还不够吗？

就在这时，智娃的体内迸发出了一股不可思议的力量，它向前冲了过去。最后的那段距离是勇气支撑着它跑完的，它是咬紧了牙关撑过去的。当它的口套碰到终点线时，整个赛场都爆发出了欢呼声，甚至连那些失败的选手都在为它庆贺。智娃的这种拼搏精神超越了比赛本身。

赛场上，五颜六色的票头撒了一地，人们都挤在围栏和大门边，乐队开始了演奏，只有努塔和我静静地站着没动。我们的智娃不仅赢得了比赛，它还靠着刚恢复不久的四肢和坚强的信念，打破了圣莱杰大赛的记录。

45

直到索尼·邦姆普斯很老的时候，马儿也没有远离他，有关非洲的记忆也是一样。他总是随身带着一个银烟盒。那是我送给他的。我在这个烟盒上刻上了智娃的名字，还有那次圣莱杰大赛的日期。索尼总是喜欢把它掏出来，用大拇指把它磨得温热，时刻准备跟人讲述他人生中最精彩的那场比赛。他总会讲起智娃在赛场上的英勇表现，以及我是怎么把智娃从一匹近乎跛腿的马培养成在赛马史上留名的名马的。

索尼是个很好的人。他在比赛中也发挥出了超强的骑术，但他把大部分功劳都归在了我身上。尽管艾力克·古奇从没来央求过我，让我重新训练智娃，甚至没有来感谢我，但肯尼亚的大部分人都认可了我的成就，对我大加赞赏。那个赛季后期，努塔和我又取得了一系列的胜利。威尔士·伽德在埃尔多雷特大赛中获胜，梅尔顿·派夺得了圣诞节障碍赛的奖杯，我们自己的珀加索斯在三场障碍赛中获得了金牌。

二月份，我开始训练德弗戴尔。德弗戴尔是本·伯克贝克的马。我跟他约在纳库鲁碰面，准备在D的酒店里讨论怎么训练德弗戴尔。

本走进酒店时，胳膊上挽着金婕·梅尔。在卡伦的射击派对后，我就很少碰到她了。金婕气色很好，也显得心满意足。她红色的头发光亮滋润，被梳到了一侧，用一个镶满珠宝的夹子固定了起来。她洁白的皮肤毫无瑕疵，左手戴着一只大大的珍珠戒指。显然，她跟本已经订婚了。她的动作很快，本跟蔻琪才离婚不到几个月。

“我们的婚礼就在这家酒店办。”金婕一边说，一边用手指敲着自己的锁骨。锁骨下方是蓝绿色的衣领,她今天穿的是一条丝绸长裙。

我对此一点儿也不感到意外。肯尼亚的社交圈子实在太小了，总是同一群人在相互交换着伴侣。金婕当然会嫁给本，不然还会是谁呢？但我实在没有耐心去参与这种事，我也做不好。我仿佛看到了命运的车轮从他们身上碾过，他们挣扎着想爬起来，再抓紧宝贵的生命。我已经被碾过了，并且付出了代价，现在我感到很疲倦，也并不在状态。最近的天气太干燥了。我的喉咙一直都很干，嗓子不管吞咽什么都觉得疼，耳朵里好像被塞进了灼烧的棉花，眼睛周围也火烧火燎的。

“你应该去内罗毕，让我的医生检查一下。”金婕后来坚持说。

“胡说什么呢？”我对她说，“只要一下雨，我就会好的。”

“你现在是在为我工作，”金婕笑着说，故意装出了很严肃的样子，“快跟我保证你会去的。”

我到达内罗毕时，已经烧得很严重了，浑身冷得发抖。我怀疑是不是疟疾终于把它的魔爪伸向了我，或者是伤寒、黑水热，或者其他致命的疾病。这些病折磨了肯尼亚移民五十年，带走了许多人的生命。金婕的医生打算直接把我扔进澡盆冰冷的水里降温。显然，我是得了扁桃腺炎，他想要给我动手术。

“我不喜欢看医生。”我对他说，伸手去拿外套，“我不想把血抽出来，谢谢你了。”

“炎症不会自己消失的。这样下去，你会得败血症的。你不想因为扁桃体腐烂而死吧？”

于是，他为我动了手术。他把浸了乙醚的纸筒套在我的鼻子上，我稍微挣扎了一下就失去了知觉。一切都旋转了起来，世间万物逐渐消散，紧接着是一片黑暗。我再次恢复知觉时，就像是从一层浓厚的雾中爬了出来。我看到了丹尼斯熟悉的脸庞。光线穿过了斑驳的影子，在他周围呈现出模糊的光圈。

“你回来了。”我用沙哑的嗓音说道。

他拍了拍自己的喉咙，示意我不要讲话，免得影响伤口。“金婕让我发誓一定要来看你。我想，她肯定是担心她的医生会把你杀了。”他带着歉意笑着说道，“我很高兴，他没把你怎么样。”

丹尼斯身后，一个戴着三角帽的护士正手忙脚乱地铺着另一位病人的床铺。我希望她赶快离开，这样我就能和丹尼斯单独待在一起了。我想问问他怎么样了，他想我吗？现在是什么情况？可不管现在是什么情况，我都什么也不能做，甚至连话都不能说。

“塔妮亚也想来看你，但她的身体不太好。”丹尼斯说道，“农场的运营状况非常糟糕。她的心情极度低落，我担心她可能会伤到自己。”看我睁大了眼睛，他接着解释道，“她以前也威胁说要自杀，她父亲就是自杀身亡的。”丹尼斯停了下来，思考着该怎么说。我看得出来，他说出每一句话时都很不情愿。他是个率性而为的人，这次却不得不做出妥协。我们三个人之间的关系实在太纠缠不清了。显然，他不想跟我讨论卡伦的问题，因为我跟他们两个人都关系密切。

“我安排了一个叫英格丽德·林德斯托姆的邻居照顾她。我去野外游猎的时候，英格丽德跟塔妮亚住在一起。”丹尼斯继续说，“塔妮亚不能自己单独待着，我不能让她为任何事情而忧虑。”

“所以不能让她知道我们的事，”我大着胆子轻声说道，“我明白这一点。”我当然明白。

丹尼斯看向凹凸不平的墙壁，病床的栏杆在墙壁上投下了斑驳的影子，那几道黑影就像是囚房的栅栏。“我好像从来都不知道该对你说些什么，柏瑞尔。”

“那么，你这是在跟我告别了？”

“只是暂时的。”

我闭上了双眼，一股无力感在全身蔓延开来，把我向下拉，我很快就陷入了沉睡之中。我一直都知道自己不可能拥有丹尼斯，因为他不是那种可以被感情束缚的人。他天性热爱自由，我太了解这一点了。但我仍然觉得我们可以就像以前那样，不时聚一聚，偶尔一起享受一段美妙的时光。但现在，连这点儿奢求都不可能了。我们必须断绝一切来往。

“柏瑞尔。”我听到丹尼斯在喊我，但我没有回答。当我再次醒来时，房间里一片黑暗，丹尼斯已经离开了。

过了一周，金婕开车来医院接我，把我送到我在纳库鲁租的临时住所。这样我就可以避免在火车上颠簸。我喉咙上的疼痛还未消去，丹尼斯跟我之间的羁绊又让我悲伤不已。无论他是否会跟卡伦结婚，两人之间的关系都将变得更加复杂，他们不可能轻易分开。无论怎样，我还是会说服自己祝他们幸福的。我真心地在乎着他们两人，尽管我们三个之间的关系实在是一言难尽。

“你还没恢复，是不是？”金婕问我。我没有说话，只是看着车子前面的路一会儿在上坡，一会儿在下坡。路上的辙痕很深，有时车轮会深深地陷进去，把我的牙齿震得打战。“也许我不该多嘴。”金婕委婉地说道，“丹尼斯真是个不错的人，不是吗？”

我歪头看着她，猜测着她知道些什么，又是从哪儿得知的。“当然，我们是很好的朋友。”

“他正在很努力地尝试跟塔妮亚一起生活，”她戴着浅黄色的手套，牢牢地抓着方向盘，“但我不认为他真的会把谁放在心上。”

坦白讲，金婕的话让我很意外。我只听她谈过一些浅薄的话题，比如蕾丝和腰围，订婚和布丁。但我觉得她不像是在开玩笑。“很多人都做不到，”我说，“难道爱情真的只能有一种方式吗？”

“你对爱情和婚姻的理解比我深刻得多。”

“真的吗？你和本不是也没经历过传统的求婚仪式吗？”我艰难地咽了口唾沫，感到喉咙里像是有刀子在绞动。我真希望能拿些冰块或者冰凉的软冻来给喉咙降降温，希望一切都能尘埃落定。“对不起，我没有恶意，我真心希望你们两人幸福。”

“没关系。我等了他太长时间，根本不知道他能不能离婚。你说我是愚蠢还是勇敢？”

“我不知道，”我对金婕说，“也许两者都有。”

46

金婕和本结婚后，就开始在他们的农场姆甘伽大摆筵席。她似乎特别希望邀请到新的客人和拜访者。金婕喜欢举办晚宴。她总是穿着一件完美无瑕的丝绸外衣，戴着一大串珍珠项链，那项链沉得几乎要把她的脖子压弯。而我只有几件适合这种场合的旧衣服，还都落了灰，所以大多数时间我都随意穿着硬挺的男式衬衫。在金婕六月举办的晚宴上，我就是这么穿的。我以客人的身份被邀请来到恩乔罗，这真让我有些感慨。他们的土地离绿山农场不到一英里远。我开着自己新买的汽车，顺着熟悉的小路蜿蜒而行，心中不由得升起了一股怀旧的愁绪。这里一切还是从前的样子。

查尔斯爵士与曼斯菲尔德·马卡姆是一对亲兄弟。他们到肯尼亚为富有的母亲寻找一处避寒的住所。她在家里衣食无忧，于是开始对伦敦冰冷潮湿的天气感到不满，打算到非洲来。马卡姆兄弟在龙盖河谷附近为她找到了一处不错的别墅，金婕就是在那里碰到他们的。她为他们举办了规模盛大的欢迎宴会。之后马卡姆兄弟就跟着布里克森去野外猎象了。

曼斯菲尔德二十二岁，下巴上的胡子刮得干干净净，举止非常有教养。他的皮肤就像黄油一样光滑，双手像牛奶般洁白，没有一丝劳作过的痕迹。

晚餐时，我注意到他一直在盯着我看，而他的哥哥则完全被盘子里堆得满满的羊排所吸引。我不忍心去提醒查尔斯：在这里，食物的品类非常有限，在接下来的几个月里，估计除了羊排他就吃不到别的东西了。

“我们是从诺丁汉郡来的。”曼斯菲尔德告诉我，手指在水杯厚重的底端滑动，指甲修剪得整整齐齐，“那是侠盗罗宾汉的家乡。”

“你看上去可不像他那么有传奇色彩。”

“是吗？我正在努力呢。”他笑了起来，露出一口漂亮的牙齿，“金婕跟我说你是驯马师，这真是个不同寻常的职业。”

“你这是在委婉地告诉我，这是个男性化的职业吗？”

“呃，不是。”他的脸红了。

没过多久，我就发现自己在不知不觉间已经跟他一起坐在低矮宽敞的起居室里喝白兰地了。他开始跟我解释他之前所说的话。“实际上，我完全没有男子气概。我还是个小孩的时候身体就很弱，大部分时间都跟着家里的园丁学习园艺。种植花草就是我的运动。母亲送给我的圣诞礼物是白手绢，而她送给查尔斯的是步枪。”

“手绢也很有用。”

“是的。”他皱起了眉头，“不过在肯尼亚可就没什么用了。”

“那你会怎么选择呢？”

“你是说让我自己来选？我不知道。也许我会想要过跟你们一样的生活。这是个神奇的国度。我能感觉到，在这里生活可以激发出每个人身上最好的部分。”

“我不想去其他任何地方。我就是在这座山的另一边长大的。我父亲曾经拥有一座非常棒的马场，那儿曾经承载着我的整个生活。”

“后来怎么样了？”

“经济上出了问题。不过现在谈论这些似乎有些俗气，不是吗？”

“这都是事实，我觉得没什么。”

不知道为什么，曼斯菲尔德让我感觉很放松。我很快就跟他讲起了自己的许多故事。我告诉他，有一次，我骑在维·马克戈雷格身上的时候，一匹发怒的公马袭击了我。两匹马直接打斗了起来，就好像我不存在一样。那一刻,我真的感觉自己到了生死关头。接着，它们却突然退开了。

“难道你不害怕吗？”

“当然……但我也感觉很奇妙，好像自己目睹了某个稀有而隐秘的场景，它们完全忽略了我的存在。”

“跟我相比，你更像罗宾汉一些，对不对？”他很专注地听完了我的故事。

“白手绢可以让我不这么‘罗宾汉’吗？”

“或许并不能。”

第二天，马卡姆兄弟出发去跟布利会合。我开车去内罗毕处理一些事情，在俱乐部办好入住手续后，我就出门了。当天晚上我回来的时候，发现曼斯菲尔德坐在吧台那里，点了一瓶最好的酒。

“你终于来了。”他说道，显然，他大大地松了口气，“我以为自己错过你了。”

“我想，你现在本该在猎象的路上。”

“我的确已经上路了。但到达坎皮亚莫托之后，我让布利调转车头，我得回来见个女孩。”

我的脸红了：“你是从书本上学来这套话的吗？”

“对不起，我不想太冒昧，我只是无法控制自己对你的思念。你晚餐有别的安排吗？”

“也许我该撒个谎，告诉你已经有安排了。这样可以好好给你上一课。”

“也许吧。”他笑着说，“不过我过几天还会再来转悠转悠，再邀请你一次。”

尽管他这样很冒失，但我发现自己挺喜欢他的。他带我来到餐厅的一个角落。这里灯光昏暗，服务员不时过来端菜。我的酒才喝了一半，他就帮我斟满；我刚伸手去拿烟，他就俯身帮我点上。他的殷勤让我想起了弗兰克，但他不像弗兰克那么粗俗。

“我很喜欢你那天晚上给我讲的故事。我想，假如我在这里长大，我一定会成为一个完全不同的人，就像你一样。”

“对于你们这种人来说，在哪里长大又有什么区别呢？”

“主要是我从小受到了过度的娇宠，确切地说，我被照顾得太好了。”

我点了点头："我有时候想，比别人少得到一些关爱或许可以成就一个人，反之则可能会毁掉一个人。"

"会有人不爱你？这真是难以想象。等我搬来肯尼亚后，我们会成为非常好的朋友的。"

"什么？你就这么轻易地决定了要搬来这儿定居？"

"为什么不呢？我已经飘荡了好几年，不知道究竟该用继承的遗产做点儿什么，现在我有了明确的目标。"

"遗产"这个词在桌子上方飘荡。"我从来都不知道该怎么打理钱财，"我对他说，"我觉得自己一点儿都不懂理财。"

"我也不懂。也许正是因为这样，金钱才一直黏在我身边。"

我拿起白兰地酒瓶，往手里的杯中倒满酒。"黏在我身边的只有不断的麻烦……不过现在我把它们当作了塑造自己的工具。"

"你这是在逼我说出下面的话了，是吗？"

"什么话？"

"你身上的每个部分都被塑造得很好。"

吃完晚餐，他跟着我来到阳台上，用一个很沉的银质打火机为我点燃了烟。打火机上有他姓名的首字母缩写，MM，字体华丽。很明显，这就是来自诺丁汉郡的马卡姆家族对孩子的宠爱。他平时的生活状况由此可见一斑。但同时我也能够看出，他的成长过程中还伴随着各种美好的事物和文明的教养。他文质彬彬，并且非常乐观。这种乐观是因为他成长得过于顺利，即便在这一刻生活不能如他所愿，他也可以在下一刻将其扭转过来。

他低头点燃手中的烟。我看着他流畅的动作，突然有了一种非常熟悉的感觉，这让我大为震动。他让我想起了伯克利。他是那么沉稳，一举一动都潇洒利落。他们俩就像是一个模子刻出来的。

他抬起头来看着我："怎么了？"

"没什么。你的手真漂亮。"

"是吗？"他笑道。

穿过粉色的走廊，露台向前伸展开来，宽阔、凉爽、黑暗。几只萤火虫闪着哀伤的微光，照亮了欲望的脉搏。"我很喜欢这里，这是我特别钟爱的地方之一。"

"我在这里租了个房子。"他说，眼睛并没有看着我，而是看着他手上闪烁的烟头，"那是我见过的最可爱的房子，是栋独立的小平房，四处都摆放着某人收集的书册，还有一张象牙做的桌子。你想去喝一杯吗？"

那是丹尼斯的房子。他已经不在那里住了。我一想到这栋房子已经属于别人了，哪怕只是借出了一晚，就感到喉咙发紧。

"你的邀请真不错，不过我恐怕得拒绝你了。至少现在不行。"

"我又过于唐突了，是吗？"

"也许是吧。"我跟他说，"睡个好觉。"

第二天下午，曼斯菲尔德约我一起开车去恩乔罗。

"那里的路很难走。"我警告他，"要走上一整天。"

“那就更好了。”

半路上，他的车子爆胎了，发出了尖锐的爆破声，就像开枪一样。即使是这样，他脸上还是洋溢着灿烂的笑容。很明显，他从来没有换过轮胎，所以只能在一旁看着我换。他瞪大了眼睛盯着我，好像我不是从后备厢里拿出备胎的，而是从口袋里将它变出来的一样。

“你是个特别的女人。”他说。

“这活儿很容易。”我四处找了找，看看可以用什么东西擦掉手上的油污，最后发现只能擦在裤腿上。

“说真的，柏瑞尔，我从来没有见过你这样的人。这让我想要为你冲动一次了。”

“比如说学习换轮胎？”我取笑道。

“比如说为你买一座农场。”

“什么？你一定是在开玩笑。”

“完全不是。我们都应该找回失去的东西，只要能做到。并且，这不仅仅是为了你，我也很想拥有那种生活。”

“我们才刚刚认识。”

“我刚才说了，我感到自己有些冲动。”他说道，“但是我也要提醒你，我是很认真的。我不是那种逢场作戏、开空头支票的人。”

我们回到车子里，接下来的几英里路中，我们都没有讲话。我不知道该对他的话做出什么反应。他很快就意识到了这一点。

“我让你感觉不舒服了？”过了一会儿，他问道。

“请不要误会，我感到受宠若惊。”

“但是……？”他握着方向盘，侧过脸来对我笑道，“我感觉你会提出很多条件，我对这些事具有敏锐的直觉。”

“我是一个自尊心很强的人。不管我多么想拥有一座像绿山一样的农场，我都不能接受这么贵重的礼物，不管是来自你还是其他任何人。”

“我也是自尊心很强的人，”他说，“并且也很固执。但我认为，我们俩想要的是同样的东西。我们可以成为一大笔资产的合伙人，同等独立、同样固执的合伙人。”

听到他的话，我不由得笑了起来，不过什么话都没说。我们一直开到了坎皮亚莫托，然后开始沿着陡峭的山路向上爬。父亲的农场里没有留下任何东西，只有一些破败不堪的房屋残骸和几排篱笆。但是从农场的山坡上向远处望去，风景如故。

“真是美极了。”曼斯菲尔德说道。他停下车，关掉了引擎。“这些都是你家的吗？”

这儿有我的阿伯德尔山脉。在清澈蔚蓝的天幕下，蜿蜒的阿伯德尔山脉显得格外青翠。这儿还有高耸的梅南加伊火山，幽暗却生机盎然的马乌森林。看着周围熟悉的一切，即使是父亲那破破烂烂的老房子也无法让我感到悲伤。“是的，这儿就是我的家。”

“哦，我差点忘了。”曼斯菲尔德突然从身后提出了一只冰桶。他把冰桶藏得很好，卡在后座和前座间的空隙里。现在只剩下了半桶温热的水，酒瓶早就不是冰的了。“这瓶酒现在尝起来可能不怎么好喝了。”他一边撬着瓶塞，一边说。

“没关系。”我说道，“一个好朋友曾经告诉我，在肯尼亚，喝香槟是一项义务。你一定是属于这个地方的。”

“现在你终于看出来了？”他带了两个简易的杯子，在杯中倒满酒，“我们为什么而干杯呢？”

我的视线越过他，透过玻璃杯，看着烙印在我心上的这片风景。“我永远都不会忘记这个地方，就算有一天它会忘记我。我很高兴你愿意来这儿。”

“‘绿山’是个可爱的名字，我们的农场叫什么好呢？”

“除非我松口答应，否则你会一直坚持下去的，对吗？”

“我的确是这么打算的。”

我看着他。他精致光滑的双手，漂亮的头发，简直跟伯克利一模一样。我突然有一种想要吻他的冲动。当我真的吻上去时，发现他的嘴唇像羽毛一般柔软，他的舌头尝起来就像香槟一样甜美。

47

在接下来的几个月里，曼斯菲尔德就像他所说的那样，一点一点打消了我的疑虑，卸下了我的心防。买农场是一回事，毕竟我一直都梦想着能够重建心中的绿山农场，但很快我就意识到他打算跟我结婚。

“我跟乔克的离婚手续才办完，你不会觉得我这么快就想再尝试一次婚姻吧？”

“一切都会不一样的。”曼斯菲尔德向我保证道，“我们之间的感情跟别人不同。”

曼斯菲尔德似乎是很少见的一种男人，他跟乔克、弗兰克以及博伊·朗都不同。他可以一动不动，专注地听我讲过去的遭遇。我决定毫无保留地告诉他我过去的一切，甚至是跟丹尼斯和卡伦有关的事。假如我们真的要走到一起，我就不能对他隐瞒任何事。我为此受到过沉痛的教训，才明白了这个道理。

“你还爱着丹尼斯吗？”曼斯菲尔德非常想弄清楚这一点。

“他选择了卡伦，我没办法改变这个。”我看到曼斯菲尔德的脸上掠过一丝阴影，“你真的确定想跟我掺和到一起吗？我没法一直保持平静的心态，也不敢担保我能做好那些琐碎的家务，诸如做饭之类的。”

“我早就猜到这一点了。”他笑着说，“我想要找的是伴侣兼爱人，生活有时太让人孤单了。告诉我，你喜欢我吗，柏瑞尔？”

“我喜欢，事实上，我非常喜欢你。”

“我也喜欢你。我们就从这一步开始吧。”

金婕引荐我和曼斯菲尔德认识的四个月后，我们就结婚了。婚礼定于 1927 年 9 月举办。我的新娘捧花是百合与康乃馨，卡伦帮我挑选了这些花，作为送给我的礼物。婚礼上穿的裙子是我自己挑的，那是一条修长的丝绸长裙，两只袖子完美地贴合手臂，长长的拖裙银光闪闪，就像一网璀璨的星辰。我之前曾经冲动地把头发剪短了，这次我把头发修剪得更短，脖子如释重负，我立刻就喜欢上了这种轻松自在的感觉。

D 扮演了我父亲的角色，他挽着我的胳膊带我走向新郎。一路上，他不停用袖子擦着眼角。婚礼结束后，我们在穆泰嘉俱乐部举办了一场盛大的婚宴。在整个过程中，我一直控制着自己不要去想丹尼斯。丹尼斯去了察沃，接着又去了乌干达。我给他发了婚礼邀请的电报，但他没有回复。我更愿意相信他是因为吃醋故意不回复我的，但也有可能是因为他根本没收到我的电报。

我把驯马工作交代清楚，告别了努塔，然后跟曼斯菲尔德去了欧洲度蜜月。在罗马的那几天，我们住在哈塞拉酒店。这家酒店就在西班牙大台阶附近。在我眼中，它就像是一座19世纪的皇宫。我们房间的床巨大无比，上面铺着金黄色的天鹅绒毯，一直垂到地面。浴缸是用意大利的大理石制作的。拼花地板被擦得像镜子一样闪亮。我止不住地掐自己，想看看自己是不是在做梦。

“巴黎的乔治五世酒店比这儿还要好。”曼斯菲尔德说。我们到达巴黎后，酒店的房间果然更加豪华，我们甚至能够在自己的房间里看到埃菲尔铁塔和香榭丽舍大街。曼斯菲尔德告诉我，这还算不上最好的，真正的好酒店是伦敦的克莱里奇酒店。他这话说得一点儿都没错。我们是坐着他的劳斯莱斯来到伦敦的。这辆车实在太豪华了，足以让所有的门童都三步并作两步跑来为我们开门。酒店里铺满了光可鉴人的大理石，摆满了插着鲜花的花瓶，四处垂挂着丝绸布饰。这儿的一切都是如此美好，几乎让我忘记了上次来伦敦时备受冷落的遭遇。我真心希望这次情况能有所不同，可是，每当我决心往前走的时候，过去的阴影就会再次冒出来。我盯着我们的那一长排“路易威登”牌旅行箱，默默地陷入了深思。

我们在巴黎吃的是蜗牛，配着小片迷迭香泡菜；我们在罗马吃的是拌了贻贝和墨鱼汁的意大利面。比美食更美妙的是每个城市都有其独特的文化：歌剧、建筑、风景和博物馆藏。每走到一个新的景点，或者遇到一处无与伦比的风景，我都会想，如果丹尼斯在这儿该多好。我努力抛开这个想法，因为它首先是对婚姻的不忠，其次也并不现实。丹尼斯做出了他的决定，我也做出了我的。曼斯菲尔德是个好男人，我越来越敬仰他，爱慕他。哪怕这种感情不足以让我半夜骑马翻山越岭，但它仍然是十分牢固可靠的。曼斯菲尔德就待在我身边，他拉着我的手，不停地吻我，对我说："我真高兴，我们能够在茫茫人海中相遇。我简直不敢相信这是真的。"

曼斯菲尔德跟他母亲一直都很亲密。我尝试着去理解这种关系，可我怎么能理解得了呢？他非常急切地希望母亲能够喜欢我，他认为我和他母亲的关系应该有一个良好的开端。

"母亲一定希望你是她所期待的那个样子。"曼斯菲尔德对我说。

"这是什么意思？"

"在非洲是一回事，在这里是另一回事。等我们把这里的事应付过去后，就可以躲得远远的，想怎么样就怎么样。但现在我们得顾及母亲和她的朋友。他们的思想比较保守。"

我一直以为曼斯菲尔德指的是政治方面的保守。直到我们到达了"伊丽莎白雅顿"美容店，我才知道他另有所指。他为我预订了一整天的美容护理，把我扔在美容院门口就直接离开了，我甚至还来不及开口抗议。他自己去了邦德街，然后又去了哈罗德百货公司。我待在美容院里，被人戳来戳去，东涂西抹，几乎脱了层皮。我的眉毛被完全拔掉了，然后用眉粉重新画了一遍。我的嘴唇上方和大腿处都用蜜蜡脱了毛，然后打磨光亮。我的嘴唇被涂上了我所见过的最鲜艳的红色。

"这样就可以取悦你母亲吗？"一切结束后，我问曼斯菲尔德。在脸上和身上涂抹了这么多层东西，我感觉自己就像是光着身子一样，不敢见人。

“太完美了！你的样子真是美极了！她不可能讨厌你的，你没看出来吗？”

“我很担心……不是担心她不喜欢我，而是这一切对你来说竟然如此重要。这完全就是在演戏。”

“一切都会很顺利的。”曼斯菲尔德向我保证道，“你到时候就知道了。”

于是，我们离开了住处，来到了斯威夫登。曼斯菲尔德的母亲和她的第二任丈夫——欧赫拉上校住在一栋大房子里。上校比曼斯菲尔德的母亲小十五岁，马卡姆兄弟俩都不怎么喜欢他。欧赫拉上校长得胖乎乎的，不怎么爱说话。曼斯菲尔德的母亲也长得胖乎乎的，却喜欢评东论西，什么事都要发表两句观点。我试图跟她握手，她却只捏了一下我的手指尖。

“很高兴见到你。”曼斯菲尔德的母亲用法语低声嘟囔了一句。不过看起来却一点儿都不像是高兴的样子。说完话她就坐在了最好的那把椅子上，对我大讲特讲她的那些猎狗赢得了多少座奖杯，取得了多么了不起的成就。

那是我第一次跟她喝茶。我忍不住想，假如我穿着去蔻琪家时的那身衣服，没有外套，冻得发青的双手裂着口子，脚趾也都快冻掉了，曼斯菲尔德的妈妈会怎么对待我？我们在巴黎和米兰度蜜月的时候，曼斯菲尔德带我去最好的裁缝店做衣服，现在我什么都不缺了。我穿着丝质长袜，披着皮草披肩，还戴着钻石手镯。手镯在我的胳膊上来回滑动，就像我小时候见过的本肖恩·辛格胳膊上的“卡拉”一样。曼斯菲尔德实在太慷慨了。我以为他给我买了这么多漂亮的衣服首饰是因为它们很美，但现在，我经过了美容院各种华丽装饰的洗礼，又欣赏了他母亲会客厅里琳琅满目的珠宝，开始意识到曼斯菲尔德给我买的每件礼物都是为了给他母亲看。

“她一定认为我不善于社交。”我们俩单独待在房间时，我对曼斯菲尔德说道。他坐在床边，床上铺着光滑的丝绸褥子。我坐在长长的化妆桌前，用一把银柄发刷漫不经心地梳着脑后的短发。“我们演这一出是为了什么？我可怜的眉毛再也长不出来了。”

“别心烦，亲爱的，我们只需要在这里待很短的一段时间。接下来我们就可以换回平时的衣服，去过我们的新生活了。”

“我感觉自己像个骗子。”

“但你根本不是骗子啊，难道你看不出来吗？这一切都不是装出来的，你本身就很优雅。”

“那如果我穿着平时那种松松垮垮的衣服呢？如果我的举止跟平时一样呢？她会把我赶出去吗？”

“耐心一点儿，柏瑞尔。母亲的观点不像你那么开放。”

我不想跟曼斯菲尔德争吵，于是我告诉他我会努力表现得好一点儿。结果我们俩在斯威夫登的生活被生生隔开了。曼斯菲尔德一直陪伴着他母亲，而司机则会带我四处游玩。我被带到伦敦，逛遍了所有的景点：伦敦桥、西敏寺，还有大本钟。我在白金汉宫门口看了皇家护卫队的换岗仪式。那些穿着红色制服的警卫踏着整齐的步子进进出出，像是安装着齿轮的机器一样。接着，我去电影院看了《索姆河战役》。放映机和电影中伦敦的现代设施让我大开眼界：街道上装满了电灯和各种电器设备，“马格纳沃克斯”牌电喇叭播放着优美的乐曲，乐声飘扬在牛津街上。但电影的画面很残忍，那些战士蜷缩在战壕里，因为害怕和伤痛瑟瑟发抖。这让我想起了“阿拉普”麦拉。真希望上帝保佑他，让他死去时不是这副光景。我又想起了努塔，真希望他能在这黑暗的影院里陪伴我。当然，他肯定会被银幕上的画面吓到，甚至比我更加害怕。

几天后，曼斯菲尔德终于有足够的时间离开母亲来陪我了。他带我去了新集市，让我挑选一匹种马，他认为我们的新农场需要补充一些新鲜血液。

“在生意方面，我希望我们能成为真正的合伙人。”曼斯菲尔德说，“我们可以选一块你喜欢的地方，然后建造马厩，里面养的全是最好的骏马。你可以教我做各种农场的活儿，我都想学，我也想跟你一起完成生意上的各种事。”

听他这么说，我松了一口气。正是“建造农场”这个梦想让我们两个人走到了一起。但是在斯威夫登，在他母亲傲慢的注视下，我开始怀疑他是否还能实现这个梦想。在这里，母亲的意见对他的影响非常大。每当曼斯菲尔德的母亲在场，他就成了个软骨头，什么都听她的。她就像是操纵着木偶的人，而曼斯菲尔德就是穿着衣服的提线木偶。不过在我们来到新集市后，他就紧紧牵着我的手，径直往马厩走去。他当然想要去肯尼亚开始新生活，就像我想要重新得到绿山农场一样。他想成为真正的自己，开拓新的领地。他想要我陪在身边，跟他一起完成这一切。在此之前，我必须相信他，也要相信自己。

“信使”是一匹高高的杂色红马，马尾和马鬃是亚麻色的，周身都掺杂着火焰般的亮红色条纹。它是我见过的最大的种马，也是最漂亮的。它的母亲菲芬尼拉赢得过大奖赛和障碍赛，它的父亲“快腿”战无不胜，是世界上最好的赛马之一。尽管曼斯菲尔德和我一下子就被“信使”吸引了，但它的驯马师弗雷德·达令却告诉了我们一件令人惋惜的事。

“它可不好驯服。”弗雷德说，“我不能对你们撒谎。”

事情是这样的：“信使”曾经把弗雷德伤至住院，没多久它又踩死了一个马夫。它用强有力的蹄子和牙齿攻击那个马夫，在他身上使劲踩踏——完全是蓄意谋杀，明白无误，一清二楚。假如“信使”是个人，它会被送上断头台；作为赛马，它也被禁止在英国参加任何比赛。但在肯尼亚它可以得到第二次机会。

“它有可能被驯服吗？”曼斯菲尔德问弗雷德。

“这很难讲。但我是不会去做这件事的。”

“我想过去看看它。”我说道。我看到火焰般的阳光倾斜着射进了这匹公马张大的鼻孔中。

“你不害怕吗？”曼斯菲尔德拉起我的手问。

“我害怕，但我们不能把它留在这里，让它像狗一样被锁住。”

不知为什么，“信使”让我想起了狮子帕迪，让我想起了自然界和文明世界之间那道让人痛苦万分的界线。“它身上也有好的特质，每个人都看得到。”

曼斯菲尔德捏紧了我的手。我知道，他因为这匹马的前科而有些不安。“它会赢得大奖赛吗？”

“假如努塔在这儿，他一定会说，‘这匹马的腿就像豹子那么有力’，或者‘它的心就像一头野兽’。”我试图开玩笑缓和曼斯菲尔德的紧张情绪。

“那好吧，这‘豹子腿’卖多少钱啊？”曼斯菲尔德一边问达令，一边掏出了支票簿。

48

丹尼斯和曼斯菲尔德之前从没见过面。从英国回来后不久，一个晴朗干燥的下午，我们开车去了姆博加尼。一想起曼斯菲尔德和丹尼斯并肩站在一起的样子，我就紧张得难以呼吸。我们把那辆毛茛黄色的劳斯莱斯开到了肯尼亚。我身上穿的衣服是沃斯牌的，脖子上戴的珍珠项链是爱斯普蕾牌的。我有点儿倔脾气，想要在丹尼斯和卡伦面前显摆一下，好让他们知道我现在是完全占上风的。我不再孤苦无依，也不再是个孩子了。但当我们到达的时候，只有卡伦的管家法拉在家料理事务。

“他们出去散步了，‘姆撒布’。”法拉热情地说道，“就在拉姆维亚山上，他们的墓地那里。”

“可他们还活得好好的。”曼斯菲尔德好奇地看着我。我向他解释：“这只是他们用来表达浪漫的一种方式。”

“那挺不错的，”曼斯菲尔德说，“我喜欢浪漫。”他推开了车后门，一直跟随着我们的三条狗跑向了外面的草地。它们是一条俄国狼狗，一条漂亮的红色蹲伏猎狗，以及一条幼小的蓝色猎鹿犬。这是我们送给卡伦的礼物。三条重获自由的狗非常开心，大声叫着往前冲去。而我却不住地往山上看，猜测着卡伦和丹尼斯能不能看到我们，他们什么时候会回来。

“你气色不错，柏瑞尔。”丹尼斯回来后在阳台上对我说道。那个时候，我的裙子已经坐皱了，我也有些累了，同时还因为看到他而有些紧张。他飞快地吻了一下我，说道：“恭喜你。”

曼斯菲尔德比丹尼斯矮一个头，不过伯克利大约也这么高。我发现自己急于让丹尼斯看到我对曼斯菲尔德的影响，以及曼斯菲尔德对我的欣赏。

“我们去了伦敦国家美术馆，”我说道，感到自己的脸开始发烧，“还在罗马欣赏了波休瓦芭蕾舞团的表演。”我恨不得一口气告诉他所有的事，以及我的变化。

“真是棒极了。”我喋喋不休的时候，丹尼斯不时赞叹道，“真为你们俩感到开心。”但我并没有从他的语气里感受到任何真实的感情，他好像对一切都很冷漠。

卡伦显然被那条猎鹿犬迷住了。它有一对迷人的灰眼睛，修长的胡须和尖尖的鼻子。“它真是太迷人了。你们这么体贴，还为我带了礼物，实在太让我感动了。尤其是密涅瓦离开后，我感到特别孤独。”一个月以前，那只漂亮的猫头鹰飞进了黑暗的树林里，被绳索绊住勒死了。“我们不应该在动物身上投入太多感情。”她说，“那样太危险了。”

“我告诉你，动物可不会这么在乎我们。”丹尼斯一边说一边靠在椅背上。

“它们当然会。”卡伦反驳道，她伸手摸着猎犬浓密柔软的毛，“密涅瓦特别喜欢我，我的狗也是。”

“我们摇响开饭的铃，它们就跑来讨吃的。这是条件反射，不是爱，也不是忠诚。”

“他最近情绪不佳。”卡伦向我们解释道，好像丹尼斯不在场一样。

“你接下来去哪儿？”我问丹尼斯，恨不得马上转移话题。

“去雷贾夫，我要带几个客户去尼罗河。”

“多么有异国风情啊。”曼斯菲尔德一边说一边用手中的雪茄比画着，“听上去就像是一部好莱坞电影中的情节。”

“如果你见识过那儿的蚊子就会知道，现实跟电影根本不是一回事。”

“我一直都想去看看尼罗河。”我说。

“尼罗河就在那里，你想去就去。”丹尼斯一边说一边站起身来，走进了屋子。

卡伦向我扬了扬眉，表情像是在说“情绪低落”这几个字。但我却感到自己好像被扇了一巴掌。在回肯尼亚的船上，我默默地排练了几十次跟丹尼斯再次见面的场景。现在我已经结婚了，选择了另一条路，我很想知道再次见到他是什么感觉。我想要表现得很幸福，并且希望他能看到这一点。但是他举止古怪，对谁都是一副冷冰冰的样子。一切都超出了我的计划。

“这么说，你们打算买块地？”卡伦问道。她的声音听上去矫揉造作。

“是的，也许在埃伯根附近。”

“在那么远的地方吗？”

“那块地的售价不错，还带有一个美丽的花园，曼斯菲尔德喜欢花园。”

“是的，我的确喜欢花园。”曼斯菲尔德笑着站起身，拿起装着白兰地的玻璃瓶为我们各倒了一杯酒。他似乎很熟悉该怎么使用卡伦这套精致的器具。“我去看看丹尼斯，也许他也想来一杯。”

“你现在是马卡姆夫人了，”曼斯菲尔德离开后，卡伦对我说道，“你喜欢这个头衔吗？”

我从她的眼神中看到了以前没见过的情绪。也许她是想弄清楚我跟曼斯菲尔德的婚姻是否仍然仅有虚名。无论她意图如何，我都很不舒服。“还好吧，除了你之外，没人这样称呼过我。”

“好吧，你看起来真漂亮。”

“是珍珠项链衬的。”我说。

“你以前也戴过珍珠项链。”

她指的是我跟弗兰克·格列斯沃德在一起的时候。她倒不是故意揭我的短。不过她一定看得出来，曼斯菲尔德并不是一个付钱来换取我陪伴的人。他不是寇琪所说的赞助人，而是我的丈夫。

那条狗躺在卡伦脚边，在睡梦中呜咽，四只爪子缩到了一起。“我们为了得到爱情，一直在费尽心机地讨价还价，不是吗？”

不是。我一边看着卡伦像母亲抚摸婴儿一样抚摸着那条狗，一边想着。但我没有回答。

49

埃伯根位于内罗毕以北一百二十英里处。那里早晨的空气十分凉爽。清澄明朗的天空中，几片白云缓缓飘荡。雨后，薄雾弥漫于山间，而我则沉醉其中。我清晨就来到驯马场工作，我告诉自己这一切都不是借来的，它们完美无瑕。再没有人能够毁掉我的工作，或者夺走我的成就了。

我们的农场叫作“梅勒拉”，房子建在木桩之上，蓝色的三角梅和火焰藤顺着桩子垂下来，紫色的西番莲爬满了后院的篱笆，牵牛花沿着阳台和藤架攀缘而上。你每看向院子的一处，就会发现一种新的颜色。这里的空气也格外新鲜。我们搬进去后没多久，我就在主马厩的门外安装了一只很沉的黄铜铃铛。每天早晨，努塔会敲响铃铛，把大家叫起来。我小时候在绿山农场时，马夫总管维尼纳就是这样做的。努塔和家人住在马厩旁的屋子里。他也有自己的工作室，就在我的工作室旁边。不过我们经常会并肩坐到同一张桌子前，盯着同一本账簿研究。

“我们能不能把克拉特从开普敦叫回来，让他为我们驯马？”一天晚上，我在床上问曼斯菲尔德。这事我已考虑了几个星期，越想越兴奋。它对我来说意义重大。父亲是因为经济问题离开的，他的名声也因此受损。但我现在是马场主人，可以提供给他一份工作，让他在肯尼亚享有配得上他才华的名声。

“他会愿意吗？”

“我觉得会，假如我把话说得好听些。”

“这下我们的马厩里就有了两位克拉特巴克家的驯马师。我想在肯尼亚，没人能比得上我们了。”

“你都不知道我现在有多开心，这实在是太棒了。”

我马上给父亲发了电报，不到两个月，他就回到了我身边。他变老了，头发稀疏花白，面容也更加沧桑。但一看到父亲，我心上的洞就被修补好了。他离开的时候，我还那么小，因为婚姻问题和农场的破产感到绝望。八年过去了，我所受过的那些苦一言难尽，就连我自己都难以将之梳理清楚。但我已经不需要跟父亲说那些过往的伤心事了，甚至连高兴的事都不用说。我只想跟他一起站在驯马场的大门前，看着我们的马儿施展出全身的力量；我只想跟他一起完成一场普通的比赛；我只想再次成为他的女儿——是的，只要这样就行了。

当然，艾玛看上去也老了，更温和了一些。我发现她不再像以前那样让我感到紧张了。现在我是这个家的主人，她是梅勒拉农场的客人。所以，即使她认为我太粗鲁，或者太顽固，又能怎么样呢？她的意见并没有我的意见重要，也没有曼斯菲尔德的意见重要。

曼斯菲尔德和艾玛相处得非常好，他们都喜欢园艺。很快，他俩就戴着圆圆的太阳帽，一起跪在地上讨论根菌和枯叶病了。而我则逃到了马厩，那儿才是属于我的地盘。

“开普敦怎么样？”父亲回来后不久，一天早晨，我向他问道。我们靠在驯马场的围栏上，看着马夫训练克莱门西。它是一匹漂亮的母马，才刚来没多久。

“很热。”父亲把靴子上的土踢掉，在灼人的阳光中眯起了眼，“竞争很激烈，不怎么容易赢。”

“假如我们不叫你回来，你还会待在那儿吗？”

“应该会吧。不过我很高兴能来这儿，这个地方很大。”

尽管父亲不怎么说话，也不轻易表露情感，但我丝毫也不介意。我知道他为我感到骄傲，为我所取得的成就而自豪。我们并肩站着，看向苍翠的谷底时，我能感受到这一点。

“我们在恩乔罗不是也能看到同样的景致吗？”我对父亲说，“只是那里更靠北一点儿，其他方面都一模一样。”

“我想是的。”父亲说，“你做得很好。”

“我很费了些力，有些事情没那么容易。”

“我知道。”在父亲的眼中，我看到了我们离别的那段岁月，我们做过的选择，还有我们不愿提及的那些困难。父亲叹了口气：“那么，我们去工作吧。”所有的过往都像一块沉重的石头，一下子被推到了一旁。

没过多久，柏瑞尔·马卡姆夫人开始以驯马师和马主的双重身份出现在了报纸上的赛马专栏里，这是史无前例的事。恩乔罗的那些老农场里有一些马，是绿山农场的马匹所孕育的后代，父亲和我制订了各种方案，想把这些马儿收购回来，那是他很早就计划培育的优良品种。看着眼前俊美的马儿，回想我们曾经怎样挑选出它们的父辈，这种感觉棒极了。无数个夜晚，父亲、努塔、曼斯菲尔德和我，我们四个人头挨着头，一起对厚厚的黑皮本子讨论怎样培育马匹，梦想着在赛马界干一番大事。

每天清晨，晨训开始前，我会骑一骑“信使”。我独自带着它出去，这让曼斯菲尔德有些紧张。“信使”并不是普通的马，它目前还不信任我，这一点谁都看得出来。“信使”总是任性地使劲摇着脑袋，愤怒地瞪着胆敢碰它的马夫。它谁也不放在眼里，驯马师算什么?

一天早晨，我们才出发没多远，“信使”就受了惊。我不知道是什么让它发了狂，总之我什么都没看见，只感觉到它强壮的肌肉剧烈地颤动着。它猛地弓背跃起,向左右两边来回猛冲。尽管吓得够呛，我还是试图控制它，让它冷静下来。“信使”根本不听。我使出了浑身解数,勉强没有被甩下来。但“信使”突然沿着杉木围栏猛跑起来，用力把我甩了下去。谢天谢地，我落到了围栏的另一边，否则它一定会毫不留情地把我踩死。后来，四个马夫才合力把它制服。我的鼻子和下巴上鲜血直涌，于是我让马夫照料“信使”，自己赶紧回到屋里包扎。我的屁股很疼,一定青紫了一大块。不过比起自己的伤势，我更担心曼斯菲尔德的反应。

“我的天哪，柏瑞尔！”他一看到我就大惊失色，“要是它把你摔死了怎么办？”

“没那么严重。实际上，摔下马背对我来说再平常不过了，我一生中的大部分时间都在经历这种事。”

“那匹马很危险，万一它真的弄伤你了怎么办？我知道，你想成为驯服它的那个人，但这值得你拿生命去冒险吗？”

“你认为我只是为了荣誉和面子才去驯服‘信使’的吗？”

“难道不是吗？”

“驯马是我最拿手的事。我知道‘信使’的潜力，也知道怎么让它发挥出潜力。我可以看到它的未来，我不想放弃它。”

“好吧，但你为什么非得亲自来做这件事呢？你可以让某个马夫代劳，或者让努塔去做。”

“那是我的工作。我能够制服它，曼斯菲尔德，我会做到的。”

我刚包扎完伤口，曼斯菲尔德就带着一肚子火气走开了。我回到谷仓，看到马夫们把“信使”绑了起来，系在两根粗大的柱子上。他们在“信使”头上系了遮光罩。“信使”的两只眼睛散发着狂野的光芒，似乎想要将人置于死地。它的目光像是在说：你永远别想驯服我。

我可以叫马夫过来解开它，但还是选择了自己动手。我没有发出任何声音，静静地把绳子解开。马夫们在旁边焦虑地看着我，父亲并没有阻止我，努塔也没有。不过，当我把“信使”牵往它自己的马栏时，他们俩紧跟在我身后不远的地方。一路上，“信使”把地面踏得砰砰响，似乎是在警告着我。它被带到马栏后，还把缰绳拽得紧紧地，来回打着转，瞪着我，向我示威。它很傲慢，浑身散发着戾气。但我能看透，这种行为背后是深深的恐惧和自我保护意识。它不想让我改变它,使它变得不像自己。它不会在外界的强力下屈服。

“你还要再骑上去吗?”我听到曼斯菲尔德问我。他一直站在房子里看着我，又悄悄跟着我来到了马厩。

“明天吧，它今天还在生我的气。”

“为什么你不生它的气呢？说真的，柏瑞尔，你好像反而希望它会伤害你。”

“别胡说了。我不会因为它顺从自己的天性而责怪它。”

“那我的感受就无所谓了吗?”

“当然不是。但我必须让‘信使’开始训练，这才是真正的农场生活。它不像你想象的那样，充满了诗情画意。农场工作不仅仅意味着摆弄一下花花草草。”

听到这话，曼斯菲尔德再一次怒气冲冲地离开了。我不得不花了好几天的时间向他解释，告诉他我不是在跟他赌气，只是在顺应自己的天性。我必须这样做，因为只有这样做我才感觉是对的。

“没想到看着你工作我会这么难受。”曼斯菲尔德气消了之后，温柔地对我说道，“假如将来我们有了孩子怎么办？那时候你会缓一缓吧?”

“我不觉得有这个必要。对我来说，在农场中长大是件好事，正是这种生活塑造了我。”

“我必须承认，我没有自己所认为的那么开放。”曼斯菲尔德说。

“但我比你认为的更加顽固，比你告诫过我的还要顽固。”说着，我吻向他，我想跟他重归于好。

三月，曼斯菲尔德和我去了内罗毕。我们发现俱乐部里的每个人都在谈论JC年轻漂亮的妻子玛雅·卡伯里。就在两天前，玛雅给一个同样年轻的学生杜德里·考伊上飞行课时，飞机突然在低空失去了控制，撞到了恩贡公路的边缘。出事的地方就在达戈勒提飞机坪附近。那时，杜德里的双胞胎哥哥摩维恩刚刚上完课，从头到尾目睹了整场事故：飞机先是撞到了地面，接着发生了剧烈的爆炸，火焰有一堵墙那么高。两位遇难者的遗体已经无从辨认了。杜德里只有二十二岁，玛雅也只有二十四岁，她还留下了一个三岁的女儿茹安尼塔。现在，JC和孩子待在涅里，在卡伯里自家的农场里闭门不出。显然，他们悲伤不已，无法跟任何人谈论这件事。

我们在俱乐部碰到丹尼斯和卡伦的时候，他俩都为此事震惊不已，也为卡伯里一家担心，想要帮助后者走出事故的阴霾。

“那个可怜的小女孩再也没有机会好好了解母亲了。”卡伦说道。她忧虑地抓紧了棉质披肩。“她甚至不会记得自己母亲的样子，对吗？”

“这样才最好吧。”丹尼斯冷冷地回应道，“目前最难办的是JC。”

“我很意外。她的生活这么充实，有这么多人依赖着她，她居然会去开飞机。”曼斯菲尔德毫不掩饰地盯着我说道，好像生怕我遗漏了他的言外之意。但我不想在这样悲伤的时刻与他发生争执，我们俩的小矛盾不是此时的重点。

“飞机或许比汽车更安全一些。”丹尼斯说道，“我想，她并不认为开飞机很可怕。”

“你的观点并不是正常人的观点，丹尼斯。”曼斯菲尔德淡淡地说，“告诉我，你是不是很快又要去尼罗河了？”

“还没计划好。”丹尼斯说道。

“这么说，你们肯定还没听说那件事。”卡伦说道，“埃伯根实在是太偏远了，不是吗？”

很快，我们就知道卡伦说的是什么了。英国王室要到肯尼亚来访问。王位继承人——威尔士亲王爱德华[1]，将于九月底莅临肯尼亚。他的弟弟格罗斯特公爵亨利也将随行。丹尼斯将奉命带他们打猎。

“皇家狩猎？”我问道。

“我看更像是皇家闹剧，你都不知道他们要准备多少东西。”

“这可是千载难逢的机会。”卡伦尖锐地说。她的披肩是猩红色的，其中夹杂着深蓝色，上面还覆盖着一层织成了花纹的线。她把披肩紧紧地裹在胸前，就像是举着一块盾牌。“假如你真的不想干这个活儿，那就把它让给波罗尔。”

曼斯菲尔德用手揪着裤子，好像那里有个线头。显然他还在为玛雅·卡伯里的事忧心我的工作。丹尼斯闭上了嘴巴，一言不发。

---

1 威尔士亲王爱德华：即爱德华八世，著名的温莎公爵，温莎王朝的第二位国王。——编者注

卡伦的脸上似乎有一种被遗弃者的落寞。我不知道他们之间发生了什么，直到曼斯菲尔德和丹尼斯进到屋子预订午餐座位时，我才有机会跟卡伦谈谈。

“这是我们国家历史上最重要的事件之一，他却完全不当回事。”

“他本来就不喜欢这些大张旗鼓的事。”我说道，“我想，到时候肯定会有十来个负责不同任务的委员前来仔细审核每个细节，甚至连马桶都要查验一番。”

“这不仅仅是狩猎。这是近十年来，或许是近一个世纪以来最盛大的社交活动。”

“你知道的，他不怎么喜欢宴会。”但我并没有意识到问题的关键。

“波罗尔最近结婚了。我一直都在担心会出现一位新的布里克森男爵夫人。现在这件事真的发生了，而且是在我最难堪的时候。离婚的女人不能受邀参加政府举办的宴会，你现在知道我有多绝望了吧？”她伸开手掌，又紧紧握住，指节被捏得发白。

“你想要丹尼斯娶你。”我轻轻地说道。所有的一切突然在我脑中汇成了这句话。

“他拒绝了。”卡伦冷冷地说，声音听起来叫人害怕，“假如他现在不为了这件事娶我，那么他永远都不会了。”

50

在接下来的几个月里，我努力把全部精力都放在驯马上，尤其是“信使”身上。它好像渐渐没那么抗拒我了。虽然目前它还算不上被驯服，但有时，它已经可以在清晨载着我跑上一段了。我坐在它健硕光滑的脊背上，感觉它好像已经勉强接纳我了。虽然这并不意味着它喜欢我，或者接受了我的驯化，但我认为它已经开始理解我想要它做什么了。很快它自己也会想做这些事的。

一天早晨，我结束了晨训，把“信使”交到马夫手上，自己坐下来凉快一下。这时，我碰到了艾玛。她戴着一顶像伞那么大的遮阳帽。“你感觉还好吗？”她问，脸上有种奇怪的表情。艾玛就是这样，提问之前甚至都没有先跟我打个招呼。

“当然。”我回答道。但那天晚上，曼斯菲尔德有事进城去了，我突然感到一阵强烈的恶心。我担心自己会吐到床上，于是拼命地挪到了床边。曼斯菲尔德回到家后，看到我正蜷缩着倒在地上，虚弱得站不起来。

“我们是不是应该进城去看医生？”他担忧地问。

“不用。我只是吃坏了肚子，躺一会儿就好了。”

他把我抱到床上，在我的前额上搭了一条凉爽的毛巾，然后把所有的窗帘拉紧，让我好好休息。他在我的手掌心上印了一个甜蜜的吻，然后退出了房间。而我却瞪着墙壁，发了好一会儿呆。毫无疑问，我怀孕了。这种感觉跟我在伦敦时一模一样。而艾玛在我发现之前就猜到了。

我知道自己应该把这件事告诉曼斯菲尔德，但目前“信使”的训练刚刚有了起色，他又对玛雅·卡伯里的死反应激烈，我实在不想跟他提及此事。假如他得知我怀孕了，毫无疑问，他只会更加紧张。那时，假如他不仅限制我的工作，还要限制我的自由，我该怎么办？

就在我疑虑伤神的时候，曼斯菲尔德已经猜到了真相。“难道你不开心吗，亲爱的？”他握紧我的双手，注视着我的眼睛问道。

“我们农场的生意才刚刚起步。”我努力解释道，“要把农场管理好，把马儿都安排好，还有很多事需要我做。”

“只是休息一小段时间，有那么难吗？等你的身体恢复了，马儿还会在马厩里等着你。”

我们静静地躺在黑暗中。他白色的睡衣好像飘浮在空中一样，在我眼前晃动。“我不想停止工作，曼斯菲尔德，请你别让我停止工作。”

“你当然不能再骑马了……至少等到孩子出生后，你得照顾好自己。”

“我就是通过工作来照顾自己的，难道你没有发现吗？就算有了这个孩子，我也得跟从前一样工作。我不知道其他的生活方式。”

“就算有了这个孩子？”曼斯菲尔德猛地朝后一缩，他的眼神变得冷硬起来，“这件事是不容置疑的。”

我连忙改口：“我只是害怕改变。”

“我们的生活当然会改变。我们谈论的是一个孩子，柏瑞尔，是一个小男孩，或者小女孩，他会全身心地依赖我们。”

曼斯菲尔德的声音透着紧张，让我感到头晕目眩。他好像无法理解我的心情。我一想到要放弃自己最熟悉的生活方式，就感到害怕。的确，有些女人喜欢家庭生活，她们二话不说就会投身其中，将自己奉献给丈夫和孩子，甚至非常渴望扮演妻子和母亲的角色。但我从来没有经历过这种家庭生活，我能够胜任吗？

“你会学会怎样做一个好母亲的。”我沉默了好久之后，曼斯菲尔德说道，“人们总是能够学会各种事。”

“但愿如此。”我闭上眼睛，把手放在他的胸膛上，轻轻地摸着他衬衫上光滑的扣子，还有棉质睡衣上完美的卷边。这些卷边做工如此精细，好像永远都不会散开。

51

全世界都知道了英国王室要来访肯尼亚的消息。内罗毕的火车站里到处装饰着玫瑰，挂着欢迎条幅和几百面旗子。成千上万的人从肯尼亚各地涌来。每个人都喜气洋洋，穿着色彩艳丽的节日盛装。他们顶着精致的发型，戴着时尚的帽子，穿着天鹅绒做的鞋。我们的新任总督爱德华·格里戈通过扩音器发表了欢迎致辞。接着，两位年轻的王子被迎到了山坡上的议政厅里。那里将举办各种盛大的欢迎仪式和晚宴，还有大型的高级舞会。

整整一个月，方圆百里之内，每个白人女性都在练习怎样让举止更加优雅，同时还要绞尽脑汁地选择出席各种场合时所穿的衣服。这一次，拥有贵族身份的人都像是中了头彩一样兴奋。侯爵的子女们，准男爵，还有不知从哪儿继承到爵位的第三代伯爵，都把自己打扮得光鲜亮丽。我当时已经有四个月的身孕了，根本无暇顾及这些事，况且我还没有准备好告诉其他人我怀孕的消息。为了掩饰身体上的改变，我穿上了宽松的罩衣和裙子——以前我一向只穿松松垮垮的长裤，但现在我想用衣服把自己微微凸起的小腹藏起来。曼斯菲尔德却坚持认为我们应该坦然面对这件事。“我们就直接告诉大家吧，亲爱的。不管怎样，他们还是会知道的。”

“我知道……但这件事太私密了。”

“什么？”曼斯菲尔德的眉头皱了起来，“这是件高兴的事，傻瓜。”

“你不能自己一个人去参加宴会吗？我不是很舒服。”

“你不能像这样讨价还价。能受到邀请是件很荣幸的事，柏瑞尔。”

“你说话的口气跟卡伦一样。”

“是吗？”他表情复杂地看了我一眼，“也许这意味着你说话的口气就像芬奇·哈顿一样。”

“什么？”我盯着他的眼睛，“你这是什么意思？”

“没什么意思。”他冷冷地说着，大步走开了。

最后我还是跟他去了。在第一场晚宴上，亨利王子被安排坐在了我的左边，爱德华八世远远地坐在桌子一端。他的全名是爱德华·阿尔伯特·克里斯蒂安·乔治·安德鲁·帕特里克·大卫，是炙手可热的王位继承人。平日里，人们叫他大卫。他的弟弟格罗斯特公爵亨利则被叫作哈利。大家都费尽心思想让他们玩得开心。

“去年我看过你在莱斯特郡骑马追逐猎犬。”哈利隔着几只装满了冰镇柠檬汤的碗对我说道。他指的是我跟曼斯菲尔德的母亲一起待在斯威夫登时的事。那时我并没有被正式介绍给哈利。他比哥哥大卫更高，肤色更黑，看起来也稍微帅气一些。“你骑在马上很神气，尤其是穿着宽松长裤的时候。我觉得所有的女人都应该穿上宽松长裤。”

“假如可可·香奈儿听到你的话，肯定会晕倒的。”精心打扮过的格里戈夫人探过哈利的手臂说道。她很想加入我们的谈话，但哈利没有理她。

“你那天差点在梅尔顿引起了大骚乱。”哈利说，“那是我玩得最开心的一次。”

我忍不住笑了：“是的。好像高雅的莱斯特郡人从来没见过女人跨在马背上，而不是侧骑。”

“看到那些老家伙大吃一惊，实在是太有趣了。不过，他们看到你勇猛地策马跨栏时，就再也说不出什么了。一个美丽的女人，同时又马术高超，这本身就足以打消一切流言蜚语。”

我笑着对哈利的赞美表示感谢。格里戈夫人朝我们这边伸长了脖子。她是高贵的总督夫人，但在这种情况下，有哈利王子在场，她似乎对我们说的每句话都侧耳倾听。我感觉她一定认为哈利是在跟我调情——也许他的确是在调情。

“或许你可以在狩猎前来埃伯根看看我们的马。”我向哈利提议，“我家的马是这一带最好的。”

“这主意棒极了。”哈利轻轻地笑着说。他的嘴唇上方是精心修剪过的深棕色胡须，灰色的眼睛此刻正注视着我。“假如让我来决定，我们根本就不需要去狩猎。这次完全是因为大卫想猎一头狮子，而我更愿意骑马去山上跑跑。我要骑到最高的山上，俯瞰四周的一切。”

“那就这样做吧。”我说，“谁能够阻止你呢？”

“你们都这样认为，但我不是这次活动的主角。事实上，我不过是来当陪衬的。”

“你是个王子。”

“我的位次很低，”他笑道，“不过这对我来说没什么关系。可怜的大卫，他现在已经被死死地禁锢住了。”

“那么，假如你不介意去打打猎，就算是找对人了。”

“芬奇·哈顿，是的，他是个不错的家伙。”

“他是最好的猎手。”我往丹尼斯坐的地方瞟了一眼。他坐在大卫王子旁边，两人身边都挤满了爱慕者。正如卡伦所料，她没有被邀请。一旦丹尼斯回到姆博加尼，等待他的将是一场狂风暴雨——但谁知道他什么时候回去？狩猎前的准备工作让他忙得够呛，就连我也有好几个月没见过他了。

从某些方面讲，丹尼斯和我都处于一种不安定的状态。这次狩猎给他的生活带来了巨大的改变。他渴望的自由时间和个人空间被完全挤占了，我知道他的内心很抗拒这些。他真正需要的就是按照自己的节奏安静地生活，我是多么了解他的心思啊！短短几个月，我的肚子已经鼓了起来，胸部也开始肿胀。身体的变化是第一步，紧接着一切都会改变。我仍然很在乎曼斯菲尔德，但我感觉自己好像搭上了一列不会掉头的火车，目的地是一个完全错误的地方。这整件事让我感到非常绝望。

小提琴手动情地奏完一曲后，乐队开始演奏舒伯特的四重奏。“告诉我，你会跳舞吗，哈利？”我问他。

“我的舞步很笨拙。”

“那太棒了，”我说，“留一支陪我跳。”

接下来的那周，大卫和哈利在我的建议下去了梅勒拉，在我们的训练场上赛马。不过现场的情况可一点儿也不像比赛。大卫看起来很结实，善于运动，但他不太会骑马。他骑着康姆布里安，哈利骑着克莱门西，跑了一千米远，却还是并肩而行，并没有拉开一点儿距离。周围的随从不停发出欢呼声，鼓励他们继续向前。康姆布里安是匹优秀的赛马，以前从未失败过，那天却败下阵来。

“你真好心，没有说我的骑术糟糕透顶。”在走回牧场的路上，大卫对我说道。他蓝色的眼睛里散发着领导者的魄力。围栏边，优雅的女士们都摆好了姿势，拼命想博得他的一丝青睐。

“你骑得不错。”我笑道，“不管怎么说，那匹马跑得不错。”

“这家伙是谁？”我们走近“信使”时，他问，“我总算看到了一匹好马。”

“它的来历有些复杂，不过它已经开始适应这里了。你想看它跑跑吗？”

“当然。”

我让马夫把“信使”的各项装备准备妥当，上了马。我当时的想法是，这可以让“信使”给王子留下深刻的印象。同时这也是个合适的机会，可以让曼斯菲尔德认识到我还能像以前一样工作。也许是我太过倔强了，但我可以跟曼斯菲尔德解释，是大卫想看看“信使”跑起来是怎么样。

然而，直到那天所有的接驾事宜结束，我才知道曼斯菲尔德有多么生气。“你这是故意在拿孩子冒险，柏瑞尔，也是故意让我难堪。

他们两个都是大名鼎鼎的花花公子，所有人都会觉得你们在相互调情。”

“别说傻话了，我只是在表示友好，大家都知道我已经结婚了。”

“你以前也结过婚，还不是一样惹来了风言风语？”

我感到自己好像被扇了一巴掌。“假如你对骑马的事感到生气，就直接说出来，别拿我以前的事情做文章。”

“你的确是非常想要骑马，但你好像并不清楚自己正置身于流言中心。”

“你太夸张了。”

“我母亲会在报纸的社会新闻栏读到这里发生的每件事，柏瑞尔。假如有任何丑闻传到家里，我都会羞愧至死的。你知道她是个多么厉害的人。”

“你为什么要凡事顺从她呢？”

“你又为什么要故意制造绯闻和猜疑呢？”他紧紧地咬着下唇，他一生气就会这样，“我觉得我们应该回英国去，一直待到孩子出生。从很多方面看，那儿都是更加安全的地方。”

“为什么要去那么远？”我愤怒地说，“为什么我要到那里去生孩子？”

“你先要学会做好自己，学会扮演我妻子的角色。”

“你是怀疑我，认为我没有爱你胜过一切，对吗？”

“你的确在乎我……尽你最大的能力来爱我。但有时，我在想你是不是还在等着芬奇·哈顿。”

“丹尼斯？你为什么直到现在才说出真心话？”

“我不知道。最近我感觉我们之间没有真心相待，就像是在玩感情游戏。”曼斯菲尔德深深地凝视着我，“是吗，柏瑞尔？”

“当然不是。”我坚决地否认了。但到了深夜，我试图入睡时，内心却涌动着一股愧疚感。我并不想玩弄曼斯菲尔德的感情，但我的确是在跟王子们调情。某种程度上说，我控制不了自己。能够跟哈利说说笑笑，或者看到大卫的眼神停留在我身上，我感到非常开心。这很幼稚，也徒劳无益，但只有在这种时刻，我才感觉自己是自由的，是充满魅力的，并且还有能力掌控一些事情。

我和曼斯菲尔德怎么这么快就矛盾重重了呢？我不由得回头想了想。我们俩的关系刚开始时非常亲密，我们是坚定的盟友和挚友。这种关系并不算完美，但也还不错。而现在，怀孕这件事把我们逼向了两个不同的角落。我根本不想为了安慰他而去英国，但还有什么别的办法呢？假如我们现在分手，我就得独自抚养孩子，还会失去农场，我绝对不会让这种情况发生。无论是否情愿，我都必须低头接受他的安排。

52

皇家狩猎就要开始了，卡伦为此举办了一场盛大的宴会，丹尼斯从旁协助她。毫无疑问，这是丹尼斯对她的妥协。她因为身份问题无法参加议政厅的社交活动，但王子们可以来她家。卡伦的精心准备让王子们不虚此行。宴会的菜式无与伦比，仆从们不停地端上数不清的精致餐点——有一道菜是香槟炖火腿，点缀着像宝石一样可爱的小草莓；还有渗了石榴汁的馅饼、脆皮烤菇配松露奶油。卡伦的厨子卡曼特端来了甜点，圆滚滚的朗姆巴巴酒蛋糕烤得恰到好处，色泽诱人。我感觉卡曼特骄傲得都快飘起来了。

我凑近卡伦瞅了瞅。她一定把这次晚宴当成了人生中最重要的事情之一。但在脂粉和浓黑眼线之下，她的眼睛周围布满了皱纹，看上去十分憔悴。皇家狩猎的规模又扩大了，作为丹尼斯的助手，布利也加入了进来。原本只有一次的狩猎活动，现在扩充为几次。他们先是去乌干达搞了一次突袭打猎，然后又去了坦噶尼喀湖。蔻琪作为布利的妻子随行，也是这次狩猎活动的女性组织者，负责在每天打猎结束时准备好洗澡的热水。特弗里医生给他们带了一大摞治伤解乏的处方，需要用到大量的杜松子酒。卡伦被扔在了家里，她为此十分生气。在这次晚宴上，我很快就知道了这一切。

那天晚上的高潮是吉库尤人的恩戈麦节，那是我见过的最盛大的恩戈麦节。周边的部落来了几千个舞者，他们的首领也加入了，誓要给王子们留下永生难忘的记忆。舞者中间的火堆很高，跃动的火舌好像舔到了天幕。中央的大火堆旁环绕着一些小火堆，像是轮轴周围的辐条。鼓声起起伏伏，就像水波中心的石子，激荡着声浪扩散开来。男女舞者有节奏地摆动着身体，跳着古老而复杂的舞蹈。

看着跳动的舞者，我想起了童年时代的恩戈麦节。那时，我总是在太阳落山后和齐彼一起溜进人群里，看那些舞者跳舞。我们无法理解他们的动作所表达的意思，却仍然被他们打动，内心升腾起一种激情。现在我变了很多，褪去了一层又一层的皮，但内心仍然住着一个“拉克维”。假如她从阴影里爬出来，站在火堆旁，我仍然能够认出她。可是，她能认出我吗？

卡伦在露台上挂了两盏灯，那是她从丹麦带回来送给伯克利的礼物。伯克利死后，这两盏灯被送了回来。我们站在露台上，从远处观看着恩戈麦节的表演。丹尼斯单脚站在一盏灯下，另一只脚蹬在一边，肩膀靠在一根蓝色的卵石柱子上。曼斯菲尔德站在另一盏灯附近。他们两人一左一右，就像是通往不同世界的门。我忍不住想，假如命运安排我走上了另一条路，会是什么情况呢？在另一个时空，或者在另一个星球上，也许丹尼斯会成为我的丈夫，我腹中的孩子会是他的，那么我的感受就完全不一样了。我一定会对未来感到十分快乐和兴奋，而不是像现在这样情绪低落，忧心忡忡。但命运的骰子已经抛出了，就算是上天眷顾我，就算我的内心仍然隐秘地期待着丹尼斯能离开卡伦来爱我，把我夺回去，这一切又有什么意义呢？这种事是不可能发生的。

我不再看眼前的两个男人，而是把目光转向火堆。火焰向上跳动着，发出黄铜色和金色的光芒，火舌则呈现出蓝色和白色。飞溅的火星就像流星雨一样，纷纷落了下来。

又过了几天，在结束一天的工作后，我走到努塔和琪玛露家门口，敲响了他们的房门。厨房里飘来了辣椒和炖肉的香味。阿西斯已经四岁了，样貌跟他父亲一模一样，额头方方的，眼神里充满了自信。他喜欢站在被压实的泥土地面上，倚着桌子把双手使劲往上伸。他努力的样子实在太像齐彼了，我不由得心生感动。

“他以后一定能够成为一名很棒的‘莫兰’，是不是？”琪玛露对我说。

“是的，他将来一定是个很棒的人。”我点头同意。这时，我才向努塔说明，我很快也要生孩子了。

“我早就知道了，柏瑞尔。”努塔轻描淡写地回应道。这是显而易见的事。我真是傻，竟然还以为他根本不知道。“孩子们可以像我们小时候一样在一起玩耍，对不对？”

“当然。”我点头说道，“也许他们可以一起去打猎。我们都记得……啊，至少我还记得我们小时候打猎的情景。”

“‘莫兰’也没有忘记。”努塔回答道。

“你是我的家人，努塔。你，阿西斯和琪玛露都是。所以我希望你们也知道这件事。”

他点了点头，漆黑的眸子像一片幽潭。我突然有一种感觉，假如我足够深地凝视他的眼睛，就可以看到我们小时候快乐度过的每一天。正是此刻，我突然对腹中的孩子产生了一丝期待。生孩子这件事并不轻松，但努塔让我想起了自己小时候勇敢的样子，觉得自己或许可以努力做好这件事。我会独自去英国，跟曼斯菲尔德的母亲住在一起。到了夏天，我们会把孩子带回家。梅勒拉农场将会成为我儿子的“绿山”。一旦这样想，未来似乎就没有那么可怕了。

“你父亲怎么说？”努塔问我。

“他还不知道。”

“哦。”他说道，然后就开始反复念着一句斯瓦希里谚语。以前他总拿这句话向我挑战：新东西总是好的，即使它会让你感到疼痛。

“好，我听明白了。”我向他们告别，好让他们一家人吃饭。

53

有些过时可笑的词汇总能让人深感意外，它们表面是一个意思，实际上却另有深义。“孕产期调养”就是其中之一。我正在斯威夫登跟曼斯菲尔德的母亲住在一起，她给我安排了孕产期调养，把我身边的每一件事都安排得妥妥帖帖，看起来没有任何可挑剔的地方。但从另一个角度来讲，现在身处的环境舒适得让我害怕。我住在一个漂亮的房间里,有一位女仆专门服侍我。我连一根手指头都不用动，甚至连倒茶都不需要亲自动手。显然，曼斯菲尔德的母亲非常慷慨，她竭尽所能，让马卡姆家的孩子享受最好的待遇。我并不是马卡姆家的人，她也很清楚地把这一点表达了出来，即使她从没直接这样说过。

我把马交给了努塔和父亲，独自乘船离开了蒙巴萨。曼斯菲尔德在一月份也来到了我身边，和我一起等待孩子的出生。1929 年 2 月 25 日，那是寒冷冬季里的一天，伊顿广场上，烟囱被北风吹得咣当作响，似乎随时都会砸向我的房间。我站在临街的窗前向外远眺，想看看四周是什么景象。这时，我突然感到腹中一坠，地上出现了一些模糊的污渍。仆人们给我拿来了止痛用的笑气和镇静剂，这两样东西却都让我抖得更加厉害。我感觉自己要被撕成碎片了。一种有规律但无法克制的剧烈疼痛向我袭来。我双膝发抖，双手在打湿的毯子上颤动。

经历了几个小时的剧痛后，我最后用力往外挤压，杰维斯终于从我的身体里滑了出来。我探头去看他，只匆忙瞥到了他皱皱的小脸和小小的胸膛。他浑身都沾满了鲜血，医生们过来把他抱走了。我被施加了各种药物，无法动弹。我不知道发生了什么，只能躺在那里，任由护士们摆布。

没有人告诉我任何事，我不知道他们为什么要把我的孩子抱走，甚至不知道他是否还活着。我挣扎着摆脱护士的控制，还打了其中一位，于是他们又对我用了镇静剂。当我再次醒来时，曼斯菲尔德来到了我的房间里。他看上去面色枯黄，满脸憔悴。他开始向我解释，那个孩子情况不妙。婴儿太瘦弱了，而且有些地方发育不健全——他没有肛门，也没有直肠。

“什么？”因为镇静剂的作用，我仍然有些昏沉，“怎么会这样？”

“医生说这种情况偶尔会发生。”曼斯菲尔德再次咬住了下唇，我可以看到那里有一道苍白冰冷的印痕，“但，万一这是你骑马造成的呢，柏瑞尔？”

“是吗？你就是这样想的吗？”

“母亲认为你孕期骑马肯定会有不好的后果。”

“哦。”他的声音让我从头到脚都凉透了，“他们会对孩子做什么？”

“会给他做手术。如果他足够强壮，还需要做好几次手术。但他现在太虚弱了。他太小了，就连呼吸都若有若无。医生说我们要做好最坏的打算。”

曼斯菲尔德离开房间后，我把所有的床单和毛毯都围在身边，却无法感觉到温暖。我的儿子可能会死。只要想到这一点，我就浑身发抖，痛苦无比。

在我还是“拉克维”的时候，我曾经在村落的农田边目睹了一个残疾婴儿的出生。他有着粉嫩的皮肤，但在本应长腿的地方只长了一小截残肢。我和齐彼对此疑惑不解，但没人试图向我们掩盖这场悲剧。这个孩子活不活得成，得看他们的神的旨意。那天晚上，孩子的母亲把他放在屋外，无论他怎样哭叫都不去管他。这是部落里的规矩。他们的理由是，假如公牛不来伤害他，那么这个孩子便是注定要活下来的。但是那天晚上，一头猛兽跑来把他叼走了，也许是一只豹子，也许是土狼。不过这都是神的旨意，那个孩子注定活不了。

杰维斯会挺过手术吗？他能够撑过来到人世的第一晚吗？是不是有神灵想借此惩罚我？还是说我们在地球上经历的一切都是命运之神盲目的捉弄，既没有任何理由，也没有任何计划？我不知道自己信仰什么，也从来没学过祷告。我不知道怎样向命运屈服。于是在等待的过程中，我低声哼起了一支古老的非洲歌谣。那是一支充满了勇气的歌谣……“卡里克马，斯姆巴斯斯……阿斯卡里育提尼乌达里”——我们像雄狮一样凶猛，战士们英勇无畏。

54

刚出生的那几天是非常关键的危险期，让人惊讶的是，杰维斯居然挺过来了。医生们在他的肚子上插了一个特殊的袋子，然后把一根软管伸到他的鼻子里，给他喂食。他重了一盎司[1]，接着又减轻了两盎司。杰维斯出生时有黄疸，医生把他放在明亮的灯下，以降低黄疸指数。大多数时间我们都看不到他，因为他不能暴露在充满细菌的环境里，哪怕沾上一点儿细菌都不行。我身体恢复后，只见过他两次。这两次见面给了我心头重重一击。他看上去那么脆弱无助，就像一只折断了翅膀的小鸟。

杰维斯手术前的那天，曼斯菲尔德来到了我的房间。他脸色苍白，垂头丧气。“我知道现在说这些为时尚早。但假如杰维斯安全熬过了手术，我希望他能够继续待在斯威夫登进行疗养，母亲可以保证他得到了最好的照顾。”

“当然，假如医生建议这样做的话。”我非常讨厌住在斯威夫登，但杰维斯的健康更重要。

1　1 盎司约等于 28.350 克。——编者注

“那么你呢？”曼斯菲尔德继续说道，“你出院后去哪儿呢？”

“你这是什么意思，我当然是跟杰维斯待在一起。”

“我还以为你打算回家呢。”

“将来有一天我会回去的，等到我们可以一起回去的时候。你想跟我谈什么，曼斯菲尔德？”

他转身走向窗户，踩着深色的地板，在窗边踱来踱去。外面的天气还是很糟糕，窗框上挂满了绿色的冰凌。窗外的光透射进来，照在了曼斯菲尔德的皮肤上,使他看起来就像个鬼魂。我们一到英国，他就变得不同了，不仅看上去更苍白了，精神也更软弱了。他仿佛又回到了少年时代，变成了那个成天躺在床上，背诵着各种花朵拉丁文名字的男孩。

“我不知道自己还会不会再回肯尼亚。”曼斯菲尔德说，“目前情况越来越明朗……我们两人之间的差异太大了。我感到自己就像个傻瓜一样。”

“傻到竟然娶了我？为什么你现在跟我说这些？我们才刚刚创造了一个小生命。你的意思是想把他扔掉吗？”

“我当时想要新的生活，我的确是那样想的。但也许一直以来我都只是在扮演某种角色，或许你也是。”

我感到整个房间都向身上压来。“我不理解。农场是我的整个生命，现在我们又有了杰维斯，我们因为他联系在了一起。”

“我知道。”曼斯菲尔德无力地说道。他离开了房间，去跟医生谈话。我们刚刚说的一切就像冰冷的迷雾一样，笼罩了整个房间。

我跟不上这些变化。曼斯菲尔德和我有时会发生口角，我们之间的关系也算不上完美，但我们都想要同样的东西，我们曾经是朋友。现在，我们之间的所有感情就像太阳落山一样飞快地消解了。这个寒冷的冬季实在令人难熬。

正当我在为各种事情烦恼时，门外传来了急促的脚步声。我以为是曼斯菲尔德回来告诉我医生的意见，但进来的却是哈利王子。

“你应该还在狩猎呀。”我看到他，意外地说道。他穿着灰色的西服，衣服完美地贴合着他的身材。他不应该出现在杰拉德路上的母婴病房里。

“肯尼亚的一切活动都缩减了。我猜你待在这儿一定什么消息都不知道，我父亲肺部感染了。这种病是致命的，不过他挺过来了。你怎么样？我甚至都不知道你怀孕了，你的名字就一下子出现在《泰晤士报》上——‘杰拉德路马卡姆家诞下一男婴’。你真是个滑头的家伙。”

“我还没有打算好告诉任何人，而且现在孩子的情况并不好。”我感觉自己的脸皱了起来。我不知道应不应该在王室成员面前哭泣，这会被《泰晤士报》报道吗？

“真抱歉，我听说这件事了。我可以做什么呢？”

“如果你真的愿意帮忙的话，请帮我安排最好的外科医生。你一定知道这里谁的医术最高明，谁最靠得住。我的孩子实在太弱小了。你见过他吗？”

哈利摇了摇头。这时，两个护士进来了。她们装作在忙手头的事，但很明显，她们因为王室成员的出现而慌张，想要凑近点儿好好看看他。

“我很愿意帮你寻找合适的外科医生。”哈利没有理会她们，对我继续说道，“假如你需要任何其他的帮助，一定要给我打电话。什么事都行。”

“谢谢！我只是太焦虑了。”

“那是自然的。”哈利拉起我的手捏了捏，然后俯下身在我的手腕上吻了一下。这个动作再寻常不过了，只表示着他的关心。但那两个护士却转过身去，退了好远。她俩头上方方的护士帽向我们这边倾斜着，就像是两朵花，或者更像是两个扩音器。

55

尽管杰维斯的身体很虚弱，但他拥有一颗小小的“莫兰”之心。他撑过了三月份的第一次手术，现在更健全了一些，医生在他臀部的皮肤上开了个小口。下个月，他还有另外一场手术要做。医生会从他的结肠上取下一些组织来制成直肠。接着，医生会把肠道连接起来，就像将儿童画报上的小点连成线。每一次手术，我们都不知道他能不能撑过去，最终从麻醉中醒来。每一次手术，他都有术后感染和出血的风险。

医生不同意我们带杰维斯回斯威夫登，他仍然住在医院里。曼斯菲尔德和我住在格罗斯文洛酒店，两人各住一个套间。我们暂时没有谈起婚姻和未来，因为我们之间几乎没有任何交流。

一天，金婕·伯克贝克来酒店看我。她和本来到了伦敦，因为她需要切除一个良性肿瘤。肿瘤长在女性的某个特有部位，她不方便直接说出来。不过她并不想跟我说这些，她想说的是哈利。

“全城都在谈论你们两个的事。”金婕对我说，“有人说，你之所以住在格罗斯文洛酒店是因为它正对着白金汉宫，这样哈利就能从地下密道进入你的房间。”

“简直是一派胡言。我们只是朋友而已，他对我非常友好。”

“就算事实如此，你也应该注意。这种事很严重——请原谅我这么说，不过你以前的声誉就不是很好，那些乱嚼舌根的人总会挖掘别人过去的丑闻，然后跟现在的事情联系起来。”

“那就让他们说去吧，我再也不在乎了。”

“这么说，你真的跟哈利有染？”

“就算有染又碍着谁了？没有又怎么样？”我在毛茸茸的地毯上走来走去，红绿交织的地毯很有圣诞风格，又像是苏富比拍卖行里的东西。天啊，我实在是太累了。

金婕睁大了眼睛，起身挪到我坐的沙发上，问道：“这么说，你不打算澄清了，是吗？”

“你没有抓住我说的重点！我只想告诉你，这件事根本不重要。就算我出来否认也没有人会相信我的。”

“你会声名狼藉的，柏瑞尔。”金婕说，“你想过这点吗？”

我闭上眼睛，又睁开：“说实话，假如我能够重新获得自由的生活，也许我不会那么介意。”

“我只是想要帮你，想做对你来说最好的事。”

“我也想做对我来说最好的事，无论你是否相信。”

有人在门上叩了几下，哈利走了进来。他的头发被用心打理过，身上散发着古龙香水的松柏味道。他今天穿着紧身裤。“你好啊。”哈利说，“今天怎么样？杰维斯好吗？”

“各方面都更强壮了。”

“那真是棒极了，实在太棒了。”哈利迅速走了过来，捏了捏我，然后在我的额头上吻了一下。金婕的脸变得通红。

五月初，医生终于同意杰维斯回斯威夫登了。尽管我知道这会引来一番激烈的争执，但还是打算在这个时候提一下回肯尼亚的事。

“他不可能撑得过那么长的旅程。”我跟曼斯菲尔德在图书馆谈及此事时，他这样说道。这座华丽的图书馆是他哥哥查尔斯的，坐落在康诺特广场。

“当然不是现在，明年怎么样？”

“我不打算回去，我不想过那样的生活了。杰维斯在这里会生活得更好。”

“你怎么能这样做？你怎么能把我们之间的一切连根拔起，不留一丝商量的余地？”

“你可以做你喜欢的事，”曼斯菲尔德面无表情地说道，“我现在只在乎杰维斯。这里有护士、奶妈和最好的医生随时候命。他不可能长成一个强壮的孩子，你也听到了医生的话。”

“是的，医生的每句话我都听到了。”我注视着曼斯菲尔德的眼睛说道，“你难道不知道杰维斯的情况可能会发生在任何人的身上吗？而我骑马跟这件事一点儿关系都没有。”

曼斯菲尔德的下巴抽搐了一下，接着，他把目光转向了别处。“现在这些已经不重要了，不是吗？”

“是啊，已经不重要了。”

几周以来，我一直内疚自责，备受煎熬，认为是我的行为伤害了杰维斯，但我们都清楚，把罪责归咎到谁的身上都无济于事。杰维斯将会拥有权力和丰富的资源。曼斯菲尔德的母亲一直不喜欢我，想要把我推出家门，远离我的儿子。曼斯菲尔德又变得很严厉，不愿跟我交流。我们之间的门好像变成了一堵墙。杰维斯在墙的那一边。“他也是我的孩子。为什么我一点儿决定权都没有，连表达意见都不行？”

曼斯菲尔德耸了耸肩，噘起了嘴：“这是你自己造成的。现在还有人谣传，这个孩子是公爵的。”

“那是胡说八道。我是六月怀孕的，哈利十月才到肯尼亚。我那时已经有几个月的身孕了。”

“哈利？大卫？两种谣言都有。说真的，柏瑞尔，一个王子对你来说还不够吗？你还得两个都勾搭上？”

假如我不是愤怒得失去了力气，一定会一巴掌扇向他。“这种谣言让我恶心。”

“那你就出来澄清。”

“我不需要澄清，尤其是对你！别人怎么想跟我有什么关系？去他们的。”

我们就这样吵个不停。当然，仆人们肯定都蜷伏在门外偷听，准备把每个细节都透露给专门披露贵族隐私的《尚流》杂志。曼斯菲尔德打算强迫我在《泰晤士报》上做出澄清，显然，他的母亲因为这桩绯闻快要精神崩溃了。“请你想想母亲的清誉，”曼斯菲尔德向我恳求道，“在这里，体面和名声意味着一切。”

“我恨透了以维护名声为借口做事，我宁愿去死。”我啐了口唾沫，“我要回家。”

“别逼我动手，柏瑞尔。我可以告你和公爵通奸，然后离婚来维护自己的声誉。你不可能从我这里得到一分钱，你也会失去对杰维斯的抚养权。”

“你能不能直接告诉我，无论怎样你都会把他从我手中抢走？”

曼斯菲尔德面无表情地看着我，门外有茶具晃动撞击的声音。我快要哭出来了,心里也空荡荡的。我好像经历过许多次类似的场景，只不过每次大家指责我的话不同而已。他们讨伐的是我反复犯下的同一种罪过：身为女人，我竟敢试图追求自由。但现在，受到牵连的不仅仅是我一个人的命运。

“那就全力打击我吧。”我最终说道,“尽量下狠手,千万别留情。”

接下来的日子里，人们交头接耳，窃窃私语，传播着马卡姆家的秘密。各种传闻不绝于耳，花样百出。仿佛在玩传话游戏，每个人的版本都不相同，故事越传越离奇，真相也越来越扑朔迷离。有人说曼斯菲尔德拿着公爵所写的一沓厚厚的情书冲进了王宫。也有人说冲进王宫的是曼斯菲尔德的母亲，她在皇家艾斯科特赛马场上找了人帮忙。那天凌晨，玛丽王后的随侍近臣被从睡梦中叫醒，又或许那是尤里克·亚历山大爵士，王室财产保管员。马卡姆老夫人愤怒至极，因为儿媳跟王子之间的私情受到了沉重打击。她对此十分不齿，要求王室立即进行处理。以前，从来没有人把高贵的王子牵扯进离婚诉讼里，但马卡姆老夫人声称，假如王室对此事不予理会，她会不惜一切代价把王子告上法庭。只要我滚得远远的，就可以每年拿到一大笔钱。有人说是十万英镑，有人说是三十万英镑，还有人说是五十万英镑。

谣言和猜疑不断产生，新的版本层出不穷。现在，不管人们怎么说，我都不觉得吃惊了。我感到自己的内心空洞无物，对什么事都无所谓。杰维斯会留在斯威夫登，我早就猜到了这一点。他在斯威夫登逐渐成长起来，身体恢复了健康，在可爱的摇篮里含混不清地咕哝着，他好像很喜欢自己的声音。也许，他能记得我站在摇篮边，来回摩挲他胖乎乎的下巴的样子。我真希望他记得。杰维斯的眼睛跟曼斯菲尔德的一模一样，他身上几乎没有什么地方像我。不过，他继承了我的性格，那就是对自由、对生命不懈地追求。

接下来的几年里，我时常回到斯威夫登去看杰维斯。每次曼斯菲尔德的母亲都会带着好几个奶妈守在旁边，好像担心我会把杰维斯带回非洲一样——我的确这样想过，如果说只有这样才能让他了解非洲的话。我多想让杰维斯看看狮鬃般金黄的草地，还有乞力马扎罗山雪白的山顶，我多想让他真正地了解我。但我不能带走他，于是我只能跟他讲恩乔罗的故事。我跟他讲了齐彼、布勒和维·马克格雷戈，讲了豹子深夜溜进屋的故事，讲了大象出没的夜晚，还讲了非洲一望无际的天空。每次离开的时候，我都会告诉杰维斯同一句话：“总有一天，我们会一起去非洲的，我会带你去看故事里的一切。”

56

1929年接下来的日子里，我一直待在英国。我常常跑去皮卡迪利的飞行俱乐部消磨时光。那里的氛围能让我低落的情绪稍稍得到缓解。一架架飞机在谢尔海滩上方空旷的蓝天上来回穿梭，就像是一枚枚银针在织补天空。这壮美的景象似乎能让我暂时抛却烦恼。十月的一天，天气凉爽，我居然在俱乐部意外碰到了丹尼斯。他穿着一件舒适的皮夹克，脖子上围着一条飞行员专用围巾。俱乐部的房子建在最大的飞机棚附近，露台被用作人们喝咖啡的休闲区。丹尼斯直接穿过露台，向我走来。那一刻，我几乎不敢相信眼前发生的一切是真的。我以为自己在做梦。接着，我们毫不犹豫地冲向对方，紧紧拥抱在一起。这完全是下意识做出的举动，就像是分隔在天涯海角的人久别重逢一样。

“天哪，能见到你实在太好了。”我紧紧抓住他的手，不想放开，“你怎么在这儿？”

“我来这儿学习飞行。我在王室的狩猎活动中获得了不少赏赐，足够我买下看中的那架飞机了，它是架漂亮的金色吉卜赛蛾式飞机。假如我们俩都能在这儿待满六个月，我就会驾驶它飞回蒙巴萨。”虽然有玛雅的事故在前，但丹尼斯好像并不惧怕飞行。我听到他说要飞回非洲，不由得吃了一惊，觉得他真是胆大。不过这本来就是丹尼斯的性格。

“这些飞机的确都很漂亮。”我抬头看去，一架闪亮的德哈维兰飞机在空中来回摇晃了几下，又直直地飞了出去，“它们的动作非常优雅。”

“我猜，你这段时间一定很难受吧？”

“你从来就不喜欢曼斯菲尔德，是吗？”我试探着问了一句，“我跟他一起出现时，你总是冷冰冰的。”

“我希望你能得到幸福……这是我一直以来的愿望。但你跟他结婚的确让我感到很意外。说实话，我始终认为你太热爱自由了，不适合任何一种约束型的关系，我们俩在这方面很相似。”

“也许，正是因为这样，所有的事在一开始就走偏了。谁知道呢？不过现在一切都尘埃落定了。我只是不知道农场和我的马会怎么样，甚至不知道该怎么处理我的积蓄。”

“你应该去学学开飞机。”

“我？”我问，“在天上比在这儿的感觉更加开阔吗？”

“开阔多了。”

“如果是这样的话，似乎挺不错。”我对丹尼斯说，“替我留个位子。”

我回家前的几周里，丹尼斯和我每天都在飞机场一起吃午饭，无论刮风下雨还是艳阳高照。我比之前更加迷恋他了。我在潜意识中迫切地想要亲吻他，离他更近一些。但是现在杰维斯的身体还很虚弱，我的婚姻还弥漫着硝烟。假如现在就去亲近丹尼斯，似乎并不妥当。不过丹尼斯仍然是我的朋友，我这时也正好需要朋友的安慰。他跟我讲述他在空中学到的一切，每一个细节都深深吸引着我。我很高兴生活中有新鲜的事物来转移注意力。

“听起来，飞行时的确像是得到了绝对的自由。”我对丹尼斯说道，“假如你能够忘记其中的风险。”

“恐惧从来都不会完全消失，它让你的感官更加敏锐。”

我点了点头，完全理解他的意思。在我很小的时候，我就知道恐惧的感觉，并且不断挑战着自己。尽管我有时会忘记内心那个热爱挑战的小姑娘，但每当我看向澄澈蔚蓝的天空，她就会清晰地出现。也许我也会飞上天空，也许这就是丹尼斯和我在飞机场待了这么多天的原因，也许正是因为这样，我才慢慢不那么失落绝望。一想到飞行，想到未来我可以插上双翅在天空中自由翱翔，我就动力十足。这个想法让我渐渐恢复了活力，丹尼斯也给我带来了极大的安慰。坐在丹尼斯旁边，我又能回忆起往日快乐的岁月中我自己的样子。那时的我多么强壮，多么自信；那时的我勇往直前，对未知的一切无所畏惧。

“你曾经幻想过我们俩一起生活吗？”有一天，我问丹尼斯，“在某个时间，某个地方……或者另外的某个世界，总之就是我们被允许在一起的地方。我是指，不至于毁掉对方，或者索取对方无法提供的东西。”

他的脸上慢慢浮现出了笑容，栗色的眼睛就像幽深的潭水，我不由得沉醉其中。“就是现在，就在这个地方，怎么样？”他拉起了我的手，我们俩肩并肩紧紧依偎，享受着这短暂而宝贵的时光。在我们的头顶上，一架银色的蛾式飞机就像流星般一闪而过。它伸展着双翼，不时左右摇晃，冲到云层上方去了。

57

1930年3月，我乘船回家了。我匆匆赶去梅勒拉农场，去见父亲、努塔还有我们的马。我不知该怎么向他们解释杰维斯留在了英国，而他们可能永远都见不到他。这比我想象的要困难得多。父亲想要去教训曼斯菲尔德，好像我们可以越过重洋，改变一切。努塔则沉默得多，我知道他在为我难过。他好像立刻就猜到农场已经完了。

“我现在没有心情参加比赛了。”我对努塔说道，“我没办法回想在这里发生过的任何事。我不想骑马，也不想闻到牧场的味道。我要去学开飞机。”

“我明白了。”努塔沉默了好一会儿，接着说道，“那么我们要去哪儿学开飞机呢？”

“我们”这个词瞬间击中了我，填满了我千疮百孔的心。“去内罗毕怎么样？”

我们搬去了穆泰嘉俱乐部，我在那里租了丹尼斯以前的房子，努塔和他的家人在附近的部落中找了一间房子住下。看着阿西斯在他母亲身边跑来跑去，或者爬到努塔的怀里，我就更加思念杰维斯。

这让我常常怀疑自己的决定是否正确。从曼斯菲尔德的来信中，我得知杰维斯的身体还是很虚弱，但他每天都在变化，变得更结实。除了通报杰维斯的消息，曼斯菲尔德还给我寄赡养费，不过数额并不大。尽管在伦敦时他不容置疑地说要跟我离婚，让我一分钱都得不到，但他并没有做得那么绝情。不过这都无所谓了。他调整好心态后，还是会把离婚这件事办彻底的。我发现自己并没有因为可以跟他脱离关系而高兴，这与我和乔克离婚时不一样。我现在是一位母亲，却不能把自己的孩子抱在怀里。自由对我来说跟以前不太一样了，一切都跟以前不一样了。

一天，卡伦来到我的屋子里喝茶。她说自己前段时间也在英国，这让我很意外。那时，马卡姆家和王室成员的花边新闻正闹得沸沸扬扬，人尽皆知。

“那实在是糟透了。”卡伦说道，我跟她讲了几句曼斯菲尔德和杰维斯的事，但没有告诉她那些让人心痛的细节。

“我又不是弗利特街唯一的交际花，很快就会有其他女孩代替我处在绯闻中心的，大家很快就会忘记我。”

“我可不敢保证。”卡伦叹了口气，轻轻抿了一口杯中的饮料。她的目光凝滞了一会儿。“你离开后，我的农场遭了蝗灾，接着又是霜冻，所有的植物都枯萎了。我这才离开农场去找丹尼斯，看看他能不能帮我解决一点儿债务问题。”

“他有办法吗？”

“没有。”卡伦轻声说道，“但他答应我，他回来以后可以让我搭他的飞机。王子们也要回到肯尼亚，继续展开更多的皇家狩猎活动。你应该已经知道他们的目的了吧？”

“大卫想要猎到狮子。”

“这是自然的。”卡伦苦涩地说道。

“事情没那么糟糕。你知道丹尼斯有多么想要那架飞机。”

“是啊。现在越来越多的客户点头哈腰地请他，他根本忙不过来。我应该为他感到高兴才对，是吗？但同时，我也担心这会毁掉我们之间的关系。”卡伦的眼睛周围布满了皱纹，眼神深不可测。她说她跟丹尼斯的关系即将走到尽头，但我不知道这是事实，还是她编造的动听故事。我也不知道他们之间的感情纠葛会怎么影响我，但我的确受到了影响。

几个月后，丹尼斯回到了肯尼亚，开始为王子们的第二次到访做准备。我没有马上见到他，但我听蔻琪说，他准备从恩贡搬到城里来。

“塔妮亚把他送的戒指还给了他。”蔻琪在城里碰到我时对我说道，“很明显，这次分手是双方共同的决定，不过这并不意味着塔妮亚不伤心。”

“你觉得是什么最终导致了他们分手？”

“她想要的太多，而他给不了那么多。”

“两个人都没有错。他们已经很努力地尝试过了，对吗？”我停了下来，思考着该怎么表达复杂的心情。“我们只能遵循自己本来的心性。如果说我从自己的人生经历中什么也没学到，至少也明白了这一点。假如我们索取的比自己需要的多，我们就必须放弃更多。这样一来，我们就不适合跟任何人相处了。”

“她也许不得不卖掉农场。这么多年来，她一直为此坚持抗争，她实在称得上勇敢无畏。”

“她是个勇士。”我点头同意。卡伦的确是一位勇士。二十年来，她全身心地投入到农场生意中，不向命运屈服，把一切都献给了自己的农场。她太爱那块土地了，舍不得看着它荒芜。然而现在，它还是走向了没落。难以想象没有她在，恩贡，甚至是肯尼亚会变成什么样子。“现在唯一让我高兴的事就是你终于得到布利了，你感觉之前经历的一切磨难都是值得的吗？”

“我不知道。”蔻琪转动着手指上的戒指。戒指上镶着一颗方形的黄色钻石，在阳光下闪闪发光。“这并不重要。我那时没有别的选择，他就是我的一切。你懂我的意思吗？”

“懂。”我对她说道，“我想我懂得。”

几天后的晚上，我正坐在床上读书，丹尼斯敲响了我的门。我没开门之前就猜到了来的是他。我已经等了他几个星期，甚至几年。这一次，我知道他一定会来。

我披上睡袍，点亮台灯，然后给我们两人各倒了一杯苏格兰威士忌。丹尼斯看上去很疲惫，胡子没刮，一只手肘还擦破了。但在我心中，见到他就像进入了天堂一般幸福。我们静静地坐了很久，一直没有讲话。我觉得，我们之间是否有语言交流根本不重要，仅仅听到他的呼吸，我的心就安定了下来。我看着他的胸膛一起一伏，他沉重的身子坐到椅子上，椅子发出轻微的响声，他饱满的手指紧紧地握着杯子的底座。

“你的飞机怎么样？”我终于开口问道。

“简直完美极了。我没想到我会这么喜欢它，而且这架飞机还可以在工作中帮到我。有一次，我在空中飞行的时候，看到了三群大象、四群野牛。有这么多的猎物，我可以在外面待上几个星期，往前开上几百英里去打猎。”

“什么？从空中侦查，然后提前安营扎寨？”

丹尼斯点了点头。“很不错，是吗？”

“是不错。”我笑道。

我们又安静了下来，听草丛里和蓝花楹树上的昆虫吱吱地叫着。“听说卡伦也许会卖掉农场。”我对丹尼斯说道。

“她现在对每件事都很悲观。我很担心她，但她叫我不要去她那里。假如我们现在不保持距离，或许会把之前所有的感情都毁掉，包括那些美好的回忆。”

我把酒杯放下，走到他身边。我在他的椅子前面跪下，拉起他的双手：“我非常尊敬她，她是位无与伦比的伟大女性。”

“是的。”丹尼斯认真地看着我，表情甚至可以称为神圣。他仔细观察着我，就像在阅读一部古老的文献一样。台灯在他的脸上投下了一道暗影，但他琥珀色的眼睛闪闪发亮，显得格外温柔。这双眼睛让我想起了伯克利的法兰娜葡萄酒，还有草丛中的狮子。

“你能教我开飞机吗？”

“我不能掌控你的性命，至少不能在我刚刚学会飞行的时候。”他没有提及自己的性命，或是玛雅·卡伯里的性命。玛雅的飞机在恩贡的路边燃烧了几个小时，警方对寻找她和杜德里的遗骸不抱任何希望。我当然不希望丹尼斯遇上这样的危险。

“将来总有一天我会飞上天的。”

“好的，我三个月后回来，”丹尼斯说，“我们到时候一起飞，让我看看你的技术。我们可以飞到海边，或者一起去狩猎。我们直到现在都还没有实现那次的六天之约，是吗？”

我想起了那天晚上。勇敢的珀加索斯，危险的大象，散架的桥，还有丹尼斯的侍从——那个孩子光着脚跑了二十英里来伤透我的心。“是啊，我们一直没有实现它呢。”

58

我在莫洛见过汤姆·坎贝尔·布莱克之后，他经历了很多事。他得到了那架梦寐以求的飞机，学会了驾驶它。他成了内罗毕市威尔逊航空公司的执行主任，也是该公司的首席飞行员。这家公司既运送乘客，也运输货物。汤姆最近还上了新闻头条，因为他救了一位世界闻名的德国战斗机飞行员厄尔恩斯特·乌德特。乌德特的飞机迫降在了沙漠中，是汤姆发现并救了他。我找到汤姆，问他该怎么上飞行课，他似乎一点儿也不意外。他对我说："我早就知道你会来学习飞行的，我可以从星象上看出来。"

"我明白了，所以你当时就对我讲了那么多关于飞机、自由和云彩的事，说在天空中多么自由自在。这都是为了让我今天来找你学习飞行，对吗？"

"什么？难道我看起来一点儿也不神秘吗？"

"只要你愿意教我，"我笑道，"你想多神秘就可以多神秘。"

一天清晨，内罗毕尚未从甜蜜的梦乡中醒来，我们的飞行课就开始了。内罗毕是一座只有三十年历史的城市，因此这儿的飞机场也显得很简陋。飞机场的建筑是用锡皮和玻璃搭建而成的，四周一片空旷，我不敢太过显露出内心的渴望。

汤姆以前没有教过任何学生，但这并没有关系。学习飞行主要靠直觉和天赋，再加上一些生死攸关时刻的关键准则。“相信你的罗盘”就是准则之一。“有时，你自己的判断会出错，地平线也会欺骗你的眼睛，但这根针，”汤姆指向罗盘，神色凝重，一点儿也不像是开玩笑，“它会告诉你该去哪儿。信任它，你就会慢慢学会飞行。”

我们的飞机有两个驾驶座。我可以在实际操作中学习，汤姆能够随时纠正我的错误。我们可以通过耳机进行对话，但汤姆很快就不打算这样做了。“你得学会自己发现错误。”他对我说道，“我可以纠正你，但这对你来说没有意义。”

当然，汤姆的话很对。怎么控制油门，怎么操作驾驶杆，怎么调节尾翼和襟翼，怎么控制升降舵，我必须要对每个环节完全了解和熟悉。即使我偶尔会犯错（尤其是在刚开始的时候），但我也得亲身去体验每一个步骤。有时，这架飞机会突然下降，高度不断降低，向着洒满阳光的草地和石头撞去，眼前的一切都以飞快的速度向我们靠近。有时，我们会在大山附近遭遇预料之外的下降气流。有时，螺旋桨可能会突然停转一小会儿。有时，我们会遭遇不知从哪儿冒出来的风暴。你可能会降落在虎尾兰丛中，机翼被撕碎，或者侧滑下去撞坏起落架。你也可能会撞到地下弯曲交错的根茎，或者是隐蔽的野猪窝。你还可能会撞断液压杆，把自己摔伤，甚至出现更糟的情况。你可能已练习了无数次，正确识别出了各种情况，却还是失败了。然而我非常喜欢这种挑战的感觉。挑战让我感受到了自己体内的活力，我已经很久没有这种感觉了。

“我要拿到B级驾驶许可证。”丹尼斯回来后，我对他说道，“我会成为非洲历史上唯一一位女性职业飞行员。”

“这是你能力范围之内的事。”丹尼斯笑道，“不过你以前就打破过驯马师只能由男性担任的传统，不是吗？”

“那倒是，不过这次感觉不一样。在天上，只有你和你的直觉，不是吗？这种挑战每时每刻都是新鲜的。”我沉默了一会儿，接着忽然意识到了一件一直被忽略的事，“在杰维斯的身体出了问题后，我曾经想过是否还能再次找回自己。”

“你很快就会见到儿子的。”丹尼斯柔声说道，“曼斯菲尔德不能永远把你跟他隔开。”

“我不会让他那样做的。我不会像母亲放弃我那样放弃杰维斯，我不能那样做。”

“你感到难过的话，可以全身心投入到别的事情中去。有时，这样可以消解烦恼。”

我点了点头。

“不过你要答应我，开飞机的时候一定要小心。”

“我答应你。”我说道，“你知道吗？努塔也顺利找到了工作。他跟我一样，看到飞机就很开心，汤姆说他能够成为一位很棒的飞机修理师。”

太阳落山了，我点亮了马灯。丹尼斯从背包里掏出一本书，然后交叉着双腿，放松地坐在椅子上。他大声为我朗诵着书中的字句，我依偎在他身旁。我们沐浴在温暖的灯光之中，我真想就这样过上十年。他真的在这儿吗？我想，我又在哪儿？丹尼斯继续读着，声音起起伏伏。一只豹蠹蛾被窗帘困住了，在那里撞来撞去。直到它停下来，它才意识到自己原本就是自由的。

59

丹尼斯接下了一个又一个狩猎任务。不过在两次任务之间，有一段很短的时间，我们可以单独出去。我们去了南部的马赛兰德，打算一直走到马拉河,那里有一支非洲狩猎队。丹尼斯的下属比勒拉，还有经常跟着他的吉库尤男孩卡马乌都在那里。气候十分干燥，然而我们穿过普洛瓦斯湖的时候，还是看到了数不清的动物，有水牛、犀牛、鬃毛茂盛的狮子，还有品种多样形态各异的瞪羚。金黄色的山坡，露水闪烁的平原，到处都充满了勃勃生机。

在旷野里，丹尼斯如鱼得水般自由自在。仅凭一副脏兮兮的野外望远镜，他就能精确判断纰角鹿的角长，或者是象牙的重量。他知道怎样射击猎物，不会射偏任何一只。他还可以飞快地把猎物的皮剥掉，让猎物几乎不流一滴血。但他并不会随意射杀动物，只在非常必要的情况下才会开枪。大部分时候，他只是用照相机记录下眼前的一切。那时野外摄影还是件新潮的事。丹尼斯相信，照相机可以改变人们对打猎的追捧，使其不再成为时髦的活动。野外摄影可以让人们拥有非洲，同时不带走这里的生命，不会毁掉非洲。

一路上，我发现丹尼斯比我放松得多。他有一只非常精确的指南针。他每到一处都会用心观察，就好像这一切都会转瞬即逝一样。我比任何人都懂他。他非常了解没有什么事物会为我们而停留，没有谁有义务这样做。我们能做的就是在各种事物到来的时候，全身心地接纳它们，不要有任何犹豫或恐惧，不要尝试把它们抓紧或者改变它们。在我还是“拉克维”的时候，我就知道这条真理了。在丹尼斯身边，我又重新记起了它，再次感受到它的强大力量。

一天中的大部分时间，我们都在碱滩上散步。白色的石灰屑就像一层盐霜，你用脚踩下去，粉末就会腾起。我们身上到处都是粉末，膝盖上，指甲缝里，步枪的带子上都沾满了。我的乳沟间、嘴巴里也都是白色的石灰屑。我发现没办法把它们清除掉，于是就放弃了徒劳无用的努力。我意识到我根本没办法清除掉任何东西，这就是我喜欢非洲的原因之一。非洲的一切都会从外部进入你的体内，再也不出来，也不放你离开。

丹尼斯整天都很高兴，也很兴奋。头一天晚上，我们带来杜松子酒已被他喝完了五分之一。这让我很惊讶，他怎么能喝下去那么多酒的呢？他的血液一定很黏稠，因为它们承受住了足以放倒一头公牛的酒精。丹尼斯从来没有发过烧，也没有病倒过。灼热的太阳悬挂在我的头顶，我的头、肩膀和脖子就像被铁砧烫过一样难受。汗水不断往外涌，打湿了我的衣领，衣服紧紧黏在身上，汗水晒干后，留下了一圈圈汗渍。我的呼吸变得非常沉重，我可以听到自己紊乱的鼻息。但我们还是得走完这段路。我的疲劳算什么呢？在我前面，还有长长一队的搬运工。我的视线变得模糊起来。搬运工组成的长队行走在白茫茫的平原上,就像是几何图形。人们的四肢就像是木棍,或者是数字符号,这是一个简单的关于毅力的等式。

午后,我们停了下来,在一棵粗壮的猴面包树下歇息。这棵树,枝叶茂盛,树皮层层叠叠,就像某种款式的裙子,又像是翅膀上的纹路。树上结满了果子,猴面包果是淡褐色的,顺着枝丫垂了下来,狒狒们正在树上肆无忌惮地享用着美食。它们就坐在我们头顶的树枝上,我们可以听到狒狒剥开猴面包果的声音,充满了音乐的韵律,就像演奏乐曲时伴奏的沙球声一样。四周不时有一团团粉状的果肉和崩散的果核落下,掉进浅浅的黄色草地中。同时落下的还有狒狒的大便,闻起来臭烘烘的。

我露出了痛苦的表情,丹尼斯于是说道:“我们要么离开,要么把它们打死。”

我知道他不是真的要开枪,于是也开玩笑地说:“我可没这么想。我可以马上躺进这堆屎里睡着。”

丹尼斯笑了:“生理上的劳累改变了你,你变得更坚韧了。”

“我本来就很坚韧。”

“是啊,我一开始就看出来了。”

我看向他,很好奇我们第一次见面的时候,他对我的感觉除了坚韧还有什么。他有没有像我一样心情复杂?我第一次见到丹尼斯,就像是认出了多年未见的老朋友一样,心中突然敲响了熟悉的钟声,仿佛我们本来就应该认识。“你曾经想过我们会一起走到这一步吗?”

“在这棵糟透了的树下面？”丹尼斯笑了起来。“我不确定。”他说道，我们头顶上的各种东西又纷纷落了下来，“但我会越来越喜欢这里的。”

傍晚时分，我们抵达了河岸，安顿好了营地。我们的晚饭是一只小纰角鹿，那是丹尼斯早晨猎杀的，当时就剥好了皮。接着，我们喝了咖啡，盯着篝火聊天。火堆噼啪作响，火焰盘旋而上，一股紫色的烟升了起来。

“塔妮亚曾经用一条牛皮鞭赶走过两头狮子。”丹尼斯对我说，“当时她和布利在追赶水牛。布利下车去寻找可以用作晚餐的猎物，突然，水牛群中传来了狮子的吼声。搬运工们像受惊的老鼠一样四下逃散，只有可怜的塔妮亚站在那里。两只狮子爬到了他们捕获的水牛背上。当时步枪收在车厢里，这个情景简直太荒唐了。”

“所以她就用鞭子把狮子赶走了？她真是太勇敢了。”

“是的。她比你想象的勇敢得多。”

接下来的时间里，我们都小心翼翼，避免过多提及卡伦。她把农场卖掉了，自己显然也要离开了。“你有很多理由去爱她。”我试探着说道。

“并且仰慕她。”丹尼斯接过我的话。

“在我看来，这更好。”

“但我不可能成为她想要的好丈夫，她一定深刻地了解到了这一点。”

“这真是滑稽，我们为了某件事而执拗地努力，即使知道它不可能实现。她是不是还救下了那些牛？”

“她救了其中一头牛——布利空着手回来了，于是他们把另一头牛当作了晚餐。”

“这么说，一切都很顺利。”

“那一次是的。”

我们听到远处传来了土狼尖利的叫声，就像猴子在高声喊叫一样。我们听到的是它们的笑声，但这种声音对我来说，有一些神圣的意味。升腾的紫烟突然向外涌动，好像也想叫出声，向着天际呼喊，或是向着天空中变幻的星星呼喊。

“当一只狮子也许并不算很糟糕。”丹尼斯说，“整个非洲都是它的餐桌。它想吃东西的时候，随时可以吃，不会把自己搞得太过辛苦。”

“不过它也有妻子，不是吗？”这是毫无疑问的。

“每段时间换一个。”丹尼斯解释道。

接下来，火焰升了起来，烟也越来越浓，篝火几乎要把我们的脚烤焦了。丹尼斯开始朗诵沃尔特·惠特曼的诗，是我叫他读的。他面向我，面向星光读出这些诗句，我的身体变得越来越僵硬。我想到这些年来，我和卡伦一样苦苦追寻，但追寻的东西对我们而言却是灾难。也许这种追寻是无法避免的。正如丹尼斯曾告诉我的那样，虔诚的朝圣者和没有信仰的人实际上是一样的。也许每个人最终都会走到同一个地方，无论我们选择哪条路，祈祷得多还是少。这句话实在是充满智慧。

丹尼斯悄无声息地握住了我的手。他慢慢地抚摸着我，慢得让人心焦。他的手滑过我的指节、手背，还有因为劳作而变厚的手掌。我想起了拿着牛皮鞭的卡伦。她戴着漂亮的围巾，化着精致的妆，家里摆放着高雅的酒杯、水晶和印花棉布。但在这一切表象之下，她有着无与伦比的勇气和毅力。我们跳了一支痛苦的三人之舞，各自都失去了很多。我们互相伤害，也伤害了自己，但也有精彩的事情发生。我永远都不会忘记他们两个人。

我们就这样坐了几个小时，足够我思考自己的命运，它越来越像是融入了这白色的石灰屑中。天神早已安排好了一切，让这些石灰屑从大山中分离出来，从无边无际的岩石中蜕变出来。万事万物所知之事远多于我们，并且都依循着自己的本性生存。刺树并不会感到痛苦或害怕；星星也不会奋力拼搏，或者犹疑不定；月亮的圆缺遵循着自然的规律。世界上的每件事物都是暂时的，同时也是永恒的。跟丹尼斯待在一起的这一刻会消逝，但它也会永远存在。

“你在想些什么？”丹尼斯问我。

“我只是在想，你改变了我这么多。”我感觉到他的唇落在我的脖子上，还有他的气息。“诗歌之所以存在，”我悄声说，不知道他听见了没有，“是因为有像这样的时刻。”

60

尽管我早就做好了心理准备，但看到卡伦那些华丽的家具和藏书都被堆在草坪上等待出售时，我还是感到万分难受，好像腹部遭受了重重一击，双膝发软。卡伦打算把一切都卖掉，或者送走。这让我想起了绿山农场破产时的情景，整座农场都被一片一片地搬走，而我只能无助地旁观。卡伦的农场会落到别人手中，此刻她正努力为这块土地上居住的吉库尤人寻找可以安家的地方，让他们保留自己的财产。我看到卡伦绞着双手，抽着烟，绕着她的东西一圈圈地走着。

“现在你也来了。”卡伦对我说道，“每天都有很多人来拜访我，跟我告别。对着他们，我根本流不出眼泪来。”她穿着一件白色的裙子，领子松松地垂到胸口，下摆刚好遮住大腿。她的草帽被扔在椅子上。突然之间，她看起来是那么年轻。

“我会为你流泪的。”我说道，“我现在就快要哭出来了。”

“你听说他们要以我的名义举办一次恩戈麦节了吗？”卡伦抬手把蓝色的烟雾挥散，“这是一件意义重大的事。不过我不会再办一次晚宴了，像王子来拜访时举办的那种。我的东西都打包了。”

“没关系，这次恩戈麦节依然会很精彩的。他们想要为你而庆祝，你给大家留下了如此深刻的印象，没有人会忘记你的。”

“最近，我常常梦到丹麦，梦到自己站在一艘船上。那艘船又大又笨重，我站在船头，看着非洲在我的视野中越变越小。”

“我希望你将来还会回来。”

“谁能有超凡的能力预知未来呢？这个执念又会不会成为负担？不过我可以告诉你，我从没想过我真的会离开。我想，这就是那些梦的意义。我不会离开非洲，但非洲却慢慢从我身体里流走了。”

我感到喉头一紧，勉强咽了口唾沫。卡伦的花岗岩桌子被拖了出来，放在了露台边上，我一直把这张桌子看作姆博加尼的心脏。老旧的花岗岩桌面上印迹斑斑。它曾经无数次承载过白兰地酒杯和茶具，承载过卡伦鲜艳的服饰，承载过精致的赛弗尔瓷器和利摩日瓷器，还承载过丹尼斯的大脚，他的书本和双手。卡伦在这块花岗岩上坐过千百次。她总是坐在那里点燃一支烟，把火柴甩灭，然后看向远处，收拾自己的心情，或者用羊毛围巾紧紧裹住双肩，准备讲话。

在一切感情纠葛发生之后，看着卡伦和逐渐分崩离析的农场，我有些不自在。眼前的事物把我们聚到一起，又让我们分离。但事实上，如果不来这里送别卡伦，我会更加不自在。

我俩坐在低矮的藤椅上，看着恩贡的五座小山。“他们说你在学习飞行。”卡伦说道。

“是的，这对我来说很重要，它让我感到快乐。”

“你二十八岁了？”

我点了点头。

“我就是在二十八岁来到肯尼亚，嫁给波罗尔的。人的命运还真是变化无常啊。总会有你无法预测甚至完全没有想过的事发生，它们会永远改变你。”她摩挲着地上的草丛，来回轻柔地拨动着，没有发出一丝声响，“你知道吗，我一直都想要飞上天空……这比任何愿望都要强烈。丹尼斯第一次带我飞上天的时候，我们绕着我的小山盘旋，然后又飞去了纳库鲁湖。那里有成千上万只斑马，我们的影子就落在它们身上。”

“那是最自由的感觉，对吗？”我问她。

“是的，但同时也让人的感觉更加敏锐。现在我明白了，直到现在，我才知道，从那么高的地方往下看，所有隐藏的东西都会展现出来，即使可怕的事物也有美的一面。”卡伦用漆黑的眼睛紧紧盯着我，“你知道的，柏瑞尔，你不可能真正拥有丹尼斯。你不会比我拥有得更多，他不属于任何人。”

我的心猛地一沉。“哦，卡伦……”我想用语言表达自己的想法，却找不到合适的字句。

“我想，我大概一直都知道你爱他。但很长一段时间里，我都强迫自己不去想这件事。也许你也一样。”

过了这么多年，看到卡伦把我们之间的这层纱揭开，我还是感到很难受。但这也是非常必要的。我想，我们应该对彼此坦诚。我们从这一切磨难中学到的最重要一点，就是要彼此坦诚。“我并不想从你这里夺走任何东西。”我最终开口说道。

“你没有夺走什么。是天神在惩罚我，因为我索取得太多。”她再次抬头看向屋后的小山，又看向堆在草坪上的东西，“享受这种快乐总是要付出代价的，我一次又一次地付出了代价。但我不会后悔度过了任何一段时光，即使它让我心痛。”

“你是我认识的最坚韧的女人。”我对卡伦说道。“我会想念你的。”我探身吻了吻她的脸颊。她的眼泪流了下来，把脸上的妆冲花了。

61

人的命运是多么变化无常啊。

丹尼斯打算来找我，然后带我一起飞去塔卡温古附近的海岸。返程途中，我们会试试他的方法，在沃伊附近侦察象群，然后用无线电通知那些准备猎象的朋友。那是五月初，我跟努塔说了要出门的事。然后，我去威尔森航空公司的飞机棚找到了汤姆，他正在飞行记录表上快速写着什么。

“但我们明天有训练课。”

“不能推迟一天吗？”

汤姆看了看我，然后走出了飞机棚大门。淡蓝色的天空中，几片云来回飘荡着。“别去，好吗？”

“怎么了？你又有什么神秘的预感吗？”

“也许是吧。你们还有其他时间可以去的，不是吗？”

我不想因为模糊的预兆而放弃这次旅程，但汤姆是个很棒的老师，我非常信任他。他很少要求我做什么事。于是我回到了穆泰嘉俱乐部中的小屋，而丹尼斯出发去了沃伊。后来，我听说他也邀请了卡伦跟他一起去，是先邀请了卡伦，然后才邀请了我。但那天，他唯一的乘客是那个吉库尤男孩卡马乌。出发时天气很好，他们飞行了好几天，到达了姆波罗山的山脚。丹尼斯的朋友沃农·寇尔住在那里。沃农是那个地区的行政长官，有一个儿子，名叫约翰。约翰年纪还小，总是围着丹尼斯转。沃农的妻子希尔达最近刚刚怀上第二个孩子。他们为丹尼斯准备了丰盛的晚宴，听他讲怎么从空中侦察象群。

“那些大象就像你想象的一样勇猛，它们正沿着河岸吃草。以前我们需要几周时间侦察，现在几分钟就能解决了，真的只需要几分钟。”

第二天清晨，丹尼斯和卡马乌再次出发了，他们准备返程。希尔达送给他们一大筐肯尼亚厚皮橙。卡马乌刚把橙子放在大腿上，飞机的螺旋桨就转了起来。丹尼斯的手指动了几下，油门大开，这架蛾式飞机的引擎轰鸣起来。丹尼斯很快就飞了起来，在原地绕了两圈后，飞出了人们的视野。

我正在丹尼斯的房子里睡觉，什么梦都没有做。这时，努塔敲响了我的门，把我惊醒。“你有‘伯达’的消息吗？”

“没有。”我睡眼惺忪地说道，“我怎么会有他的消息呢？”

“我不知道。”努塔说。但他好像猜测到了什么事，或者像汤姆说的那样，感觉到了什么。

这架淡黄色的飞机只晃动了一下就直直飞走了。丹尼斯把这架飞机叫作“恩兹戈”，意思是“蝗虫”，因为它轻快、灵活，同时也很沉着稳固。这架无与伦比的机器本该一直飞下去的，丹尼斯也一样。但是，向南飞行一英里之后，不知什么原因，飞机开始在低空打转。也许是他弄断了一根至关重要的电线，或者没有处理好风切变。也许是他在低速飞行时突然转向，或者是任何一种情况，总之他失去了对这架飞机的控制。大家一致确认的是，他的飞机几乎是垂直掉了下去，撞在姆瓦康加尔山附近的岩石地面上，爆炸了。爆炸地点火光冲天。寇尔一家循着升起的火光找到出事地点时，两人的遗体已经被彻底烧毁，无法辨识了。只有几只烤煳了的橙子散落在烧焦的地上，还有一沓薄薄的诗页从飞机残骸中掉出来，落在一片灰烬中。

因为受到了巨大的惊吓，希尔达·寇尔摔倒在地。那天下午，她流产了。一天之内三条生命在沃伊终结了。三个灵魂升天了，而其中没有任何一个属于我。

62

卡伦把丹尼斯埋在了农场里，她知道那是他的愿望。他的坟墓在拉姆维亚山的山坳里，旁边就是恩贡的山脊。墓地在一座陡坡上。抬棺材的人费了好大的劲才把沉重的棺材弄上去。卡伦走在最前面，站在离墓穴最近的地方。墓穴中的土是红色的，像个大大的伤口。丹尼斯的棺材被放了下去。我整个人都是麻木的，完全没有办法跟卡伦或其他任何人说话。

那天的天气格外晴朗。山脊下,红铜色的斜坡一直延伸到草原上。一条浅色的路蜿蜒向前。它就像是从云端垂下的绳子，或是一条不断爬行的蛇，一直通向乞力马扎罗山。丹尼斯的坟墓附近，青草十分茂盛，生机勃勃。草丛间点缀着两个黑影，那是一对在我们头顶盘旋的雄鹰投下的影子。

许多人从内罗毕、吉尔吉尔、埃尔多雷特和纳瓦沙前来吊唁。其中有索马里人、吉库尤人和高原的白人，还有猎手、拿着枪的人、朝圣者和诗人。每个人都喜爱或敬仰着丹尼斯身上的某些特质。他总是顺应自己的天性，毫不妥协，就像天上的雄鹰和地上的青草一样值得尊敬。

在追悼仪式上，卡伦的头无力地垂在胸口。我内心有一股冲动，想要站到她旁边去。在场的人当中，只有我完全了解她在丹尼斯身上失去的东西，也只有她能了解我的悲伤。但现在，一场事故发生了，我不得不退了回去，卡伦才是大家公认的丹尼斯的遗孀。也许上天把丹尼斯从卡伦身边偷走了，但现在丹尼斯死了，卡伦又把他赢了回来。没有人会质疑他们的关系，没有人会怀疑卡伦对丹尼斯的爱，也没有人会去追究丹尼斯的心是否真的属于卡伦。将来有一天，卡伦会为他写下一本书，书中的情节会把他们两人永远绑在一起，而我不会在那些书页中出现[1]。

我想，我不能像卡伦那样悲伤地哭泣，我一生的眼泪都哭干了，但那天我找到了更好的方式来表达悲伤。追悼仪式结束后，吊唁的人群散去，走向山下的姆博加尼。我在丹尼斯的坟墓上抓了一把土。它就像鲜活的血液一样红，它的历史比时光还要悠久。我将手指收拢，感受这把土的凉爽，然后让它从指缝中滑落。无论卡伦的悲伤是否合理，她爱丹尼斯的方式是否正确，一切都不重要了。我爱丹尼斯的方式也并不比卡伦完美。我终于理解了这一点。我们都试图追逐太阳，又在空中坠落，再次投向了大地的怀抱，品尝烛泪和悲哀的味道。丹尼斯不属于她，也不属于我。

他从来都不属于任何人。

---

1 这本书就是卡伦·布里克森以笔名“伊萨克·迪内森”出版的《走出非洲》。——编者注

丹尼斯的葬礼结束后，我回到了他的屋子。看到满屋的书，我几乎又要被悲伤击倒。他的思想就这样消失了，这是多么让人震惊啊。我再也不会听到他的笑声，握住他强壮的双手，再也不能抚摸他眼角的皱纹了。当他从空中掉下来后，他的一切和将要做的一切都消失了，同时消失的还有我的心。我该怎么把自己的心拿回来呢？

我想不出自己能够做什么，或者该去哪儿。不知不觉中，我又回到了埃伯根，回到了梅勒拉农场。父亲看到我似乎很意外，但他没有问我任何问题。就算他问了，我也不知该怎么回答。我只想独自待着，或者跟马儿们待在一起，这两件事过去都曾拯救过我的灵魂。我在这里住了几周。每天黎明到来之前我就醒来，然后大步跨出门外，在寒冷的空气中沉思。野地里的色彩跟往常一样斑斓显眼。薄雾笼罩着松林，一棵棵松树就像一座座小塔。远处的山峦上下起伏，一直延伸到天尽头。景色依旧，但有某种东西不见了。梅勒拉好像在用它的美景嘲笑我，将如此多的梦想都放在了它身上。我曾经相信，假如曼斯菲尔德和我可以在这里重建绿山农场，我们就能够改写过去悲伤的历史。我以为这样一来，我心中的伤痛就可以得到慰藉，我就可以重新获得勇气。我还是个小女孩的时候，就跟着“阿拉普”麦拉打猎，跟着齐彼在野地奔跑，跑过深深的草丛。我还带着布勒从房间的窗户中悄悄溜出去，我们俩都不怕在漆黑的夜晚出门。但我从来没有真正勇敢起来，我只是重建了农场，但我从没做到勇敢。

实际上，曼斯菲尔德和我的婚姻只给彼此带来了羞辱，也让我们颜面扫地。我们在对方心中留下了巨大的创伤。杰维斯在离我非常遥远的地方，有时，我会因为想念他而悲伤不已。现在，丹尼斯也离我而去了。这两件事带来的影响相互叠加，就像一枚漆黑的印章盖到了另一枚上面，又像一个影子与另一个影子重叠。我茫然若失的心变得更加空洞。我该怎么办?

父亲很担心我，我看得出来，但他也没办法安慰我。直到有一天，我听到山顶传来了熟悉的声音，汤姆的蛾式飞机出现在了空中。它划过纯净晴朗的蓝天，径直朝农场飞来。汤姆把我们长长的牧场当作跑道，驾驶着飞机平稳着陆了，就像羽毛一样轻盈。

“你怎么样?”汤姆熄掉了引擎，从机舱中爬出来，问我。

“哦，你知道的。”我几乎要控制不住自己了，再也没有办法多说一个字。不过不用我说汤姆也知道该怎么安慰我。他递给我一顶飞行头盔，我探身爬进了机舱。听到引擎发动的声音，感受到座椅的震动，我真感激这熟悉的感觉把我从悲伤中唤醒了。我们向前加速滑行，眼前的一切都颤动起来。我们飞上了山顶，地面上的风景向远处铺展开。连续几周以来，我一直浑浑噩噩的。此时，我的头脑一下子变得清醒起来。冰冷的空气迎面扑来，灌满了我的肺。对我而言，在空中呼吸更加轻松，即使耳边充斥着机械的轰鸣和呼呼的风声，因为在空中，我遭受重创的灵魂可以得到抚慰，我的心可以归于平静。我记得，曾经有一个非洲小男孩问我，在飞机上能否看到上帝?汤姆当时也在场，我们两个都笑着摇了摇头。

“那么，也许你应该飞得更高一点儿。”那个小男孩说道。

汤姆驾驶着飞机向上飞行了很长一段时间，绕着我们附近的山谷转了一大圈，从东边的恩乔罗转到北边的莫洛。机翼的两端闪闪发亮，就像是明亮的银色魔棒。看着它，我的心中升起了一丝希望、一种可以弥补我创伤的东西。在高空，我看到的不是上帝，而是非洲大裂谷。它向四面八方伸展，就像我自己的人生。飞机下方是卡伦的小山，远处是闪亮的纳库鲁平原，再往前是高耸的陡崖。我看到了白肚皮的鸟和红色的土壤。我生活中经历的一切都在身下展开，包括我的每个秘密和每道伤疤。我看到了幼年时学习打猎、跳跃和骑马的地方，看到了我差点儿被狮子吞掉的地方。我曾经跟着“阿拉普”麦拉弯腰观察晒干的泥地上一个苜蓿叶形状的脚印，他对我说：“告诉我你看到了什么，拉克维。”我也从飞机上看到了这个地方。

这道峡谷比我家大多了。它在我的心头跳动，就像我自己的心跳。

我们直到油快要耗尽时才返回梅勒拉。汤姆留下来吃了晚饭。因为第二天清晨要飞回内罗毕，他吃完饭就去房间睡觉了。父亲和我留在桌边喝着滚烫而苦涩的咖啡。屋子里一点儿声音都没有，只有微弱的光线映射到墙上。我觉得自己即将做出重要的决定。

“我打算回内罗毕去。”默默地坐了很久之后，我对父亲说道，“明天早上，我跟汤姆一起走。我要继续学习飞行。”

“我真希望自己能明白这有什么意义。”父亲说。

显然，我的决定让他很意外。但我不知道父亲口中的“这”指的是学习飞行还是离开梅勒拉。我说：“哪天你也坐上飞机看看吧，也许那个时候，你会明白的。”

父亲看着手里那个记录着马匹族谱的黑皮本子，那是他长久以来信奉的圣经。他用手指摩挲着书脊，摇了摇头：“我知道自己应该待在哪里。”

“我也一样。”我对父亲说。话音才落，我就明白，我是真心这样想的。

“那我们该怎么处理那些马呢？”

“我现在还不清楚，毕竟这些马也属于曼斯菲尔德，我们俩的离婚手续可能需要几年才能办下来。但无论最后情况如何，我都想在经济上独立。我必须知道怎么照顾自己。”

“你真的可以通过开飞机挣钱吗？”父亲的语气充满了怀疑。

“也许吧。汤姆说过，有一天飞机也会搭载旅客去很远的地方，就像现在的轮船一样。我可以加入这个行业。我还可以开飞机运送信件和邮包，或者其他东西。丹尼斯曾经计划过在飞机上为猎手们侦察。”丹尼斯的葬礼之后，这是我第一次大声说出他的名字。尽管喉咙因此而刺痛，但我感觉这件事做对了。正是因为他，我才想要飞行。

“开飞机太危险了，但我知道不用提醒你这些。”父亲盯着杯子里的咖啡，沉默了一会儿，“不过你从来就不会感到害怕，对吗？”

“我会感到害怕。”我说，对自己突如其来的敏感情绪深感意外，“我一直都感到害怕……我只是努力强迫自己不要害怕。”

已经很晚了，我们俩都累了，没有精力再谈下去。我亲吻了父亲的额头，跟他道了晚安，回到房间，躺在床上。尽管我已经筋疲力尽了，却怎么都睡不着。我感到有种奇怪的力量在体内涌动，思绪前所未有地清晰。梅勒拉并不是个永远安逸的地方，将来有一天，它也会像绿山农场一样衰败。珀加索斯会像布勒一样死去，尽管它俩都曾是我心目中最早的英雄。父亲会一点点衰老，或者突然离我而去。巨大的改变会不停发生……我要用自己的方式对抗这些变化。我很小的时候就学会怎么面对人生巨变了。那时母亲扔下我，搭上火车，像轻烟一样消失了。当地部落的人发现了我，给了我真正的名字。但是“拉克维”不仅仅是个名字，更是我用自己破碎的心塑造的一个小女孩。我学会了热爱自然，而不是惧怕旷野。我学会了如何在快乐的打猎中成长。我学会了怎样率直地冲向这个世界，即使这样会受伤。

现在，我站在了另一个关键的交叉路口，也许这是我人生中最重要的关口。天空夺走了丹尼斯的生命，但我知道天空中依然存在着某种活力。这种力量非常适合我。很久以前，在我还是孩子的时候，我就是借助这种力量成长的。在天空中飞行，我能感受到无与伦比的自由和难以想象的舒畅，但同时也伴随着风险和恐惧。飞行需要的勇气和毅力远远超过我目前所具备的。它需要我全身心地投入其中。我必须努力学习，才能够完全掌握飞行技巧，我甚至必须为它痴迷，这也正是我想要做的。

第二天早晨，我比汤姆醒得还要早一些。我很快收拾好了自己的几件东西，站在黑暗中等待着他。汤姆看到我时，脸上露出了微笑。他马上就明白了我做出的决定。

回到内罗毕后，我立即投身于学习之中。我一连几个小时盯着操作说明研究,像着了魔一样。我牢牢记下了汤姆教我的每一点知识。就在丹尼斯遇难整整四周后，汤姆和我完成了一次短途训练，完美地降落在内罗毕的机场上。这架蛾式机在跑道上疾驰，搅碎了天边的彩霞。飞机停下来后，汤姆没有像往常一样让我熄掉发动机。他爬出了机舱，在螺旋桨的轰鸣声中对我喊道：“你自己把它开上天去怎么样，柏瑞尔?”

“现在吗?”我惊讶地张大了嘴。很快，我的脉搏就开始兴奋地跳动。

汤姆点了点头。“就飞一小段。把它开到八百英尺高，然后转一圈……要开得稳稳当当的。”

飞行可以稳稳当当，但飙升的肾上腺素却让我整个人变得有些不正常。我感到一阵眩晕。我能记住汤姆上个月教我的每个细节，使它们一一发挥作用吗?我能压制住脑海中冒出来的乱哄哄的声音吗?我能赶走成千上万个出错的假象吗?仅仅一个错误就带走了丹尼斯的生命，没有人知道他出了什么错。

我定了定神，向汤姆做出了一个大拇指向上的手势。努塔从飞机棚中走了出来，站在汤姆身边。我向他们两人挥了挥手，开着那架蛾式机上了窄窄的跑道。接着，我引领它冲进了灼热的风中。

“记住要开得又好又快,”脑海中传来了汤姆的声音,“你必须达到这种速度,否则就飞不上去。”努塔举了一下手。“克瓦黑里”,再见。

我加大油门，全速前进，在压实的跑道上极速前进。我的心提到了嗓子眼，好像身上的每根神经都活了过来。我等待着最后的时刻，准备向后拉操作杆。这时，机身向上抬起了一点儿，摇晃了一下，然后逐渐平稳。它适应了风向，保持了平衡。我感到汤姆和努塔都在身后看着我，丹尼斯也在。在我的前方，一切都展现了出来。整个世界在我强壮的双翼下一点一点展开。

我起飞了。

尾声

1936年9月4日

引擎终于再次启动，恢复了运转。而我此时离大西洋的海面究竟有多近，已经无从得知了。机器的轰鸣声格外刺耳，我好像沉睡了很久很久，此时才被惊醒——或许我真的一觉睡了好多年。我把油门推到最大，然后轻松地向后拉动操纵杆，从冰冷的浪花中飞上了天空。“织女银鸥”的“鼻尖”再次向上翘起，它终于回应了我。它一路攀升，用尽全力向上爬升，一寸寸挨过暴风雨。我跟它一起往上爬，努力爬出这重重迷雾。我们周围是无边的黑暗。

当我重新恢复清醒后，双手才停止颤抖。这时，我才开始思考引擎到底停转了多久，当我在多大程度上决定放弃时，情况才有了转机。我的心中一直都有这样一种信念，我们只有跌到最低谷时，才会发现某些东西。这个信念像一双翅膀，带着“织女银鸥”起飞了。我的脚下是广阔无垠的海面，它值得我在黑暗中一英里一英里地跨越。我的头顶是整片天空。为了如此美妙的体验，经历怎样的磨难都是值得的。正如卡伦某次所说，这是我们生命中美丽的打击。

黑乎乎的雨一连下了好几个小时都不停歇。我在漫长的黑夜中苦苦挨着，几乎要因为心神耗尽而精神错乱了。但同时我又比以往任何时候都清醒。终于，我看到黎明像鬼影般闪现出来。或许前方是陆地？机舱的窗户上糊了一层冰霜，浓雾在我眼前游荡。不过很快，我就知道那并不是我的想象。远处的那一片灰黑是水面，接着是清澈的浪花，再往前，我看到了一座海边的悬崖。它的外形越来越清晰，就像是云彩在逐渐聚拢。我抵达了北美洲，来到了圣劳伦斯和纽芬兰之间的海湾。陆地上闪烁的灯光变得越来越真实。这就是我的目的地。

我的计划是在悉尼的布列塔尼角附近降落，在那里补充燃料，再直接向南飞，先到加拿大的新不伦瑞克省，然后去美国的缅因州，最后飞到纽约。当我离陆地还有五十英里时，飞机的引擎开始发出不正常的声音，先是断断续续地转动着，然后停了下来。最后一个油箱里还有四分之三的油，所以这次停转肯定是因为出现了气塞。我像之前一样，来回拨动着那个小栓，而引擎只是艰难地转动了两下就又停了。我在往下坠落，我的希望也跌得粉碎。我在黑沉沉的夜里冒着生命危险飞行了三千英里，就是为了在接近终点时一败涂地吗？这种让人灰心的想法实在可怕。一次又一次，我拨动着那个尖锐的小栓，手指都被磨出了血。这时，引擎喘息了几声，终于又转动起来，我的“织女银鸥”又活了过来。它带着我颤颤巍巍地向上爬升，飞机的螺旋桨旋转起来。机舱前部，光滑的玻璃像镜子一样反射着清晨的阳光。

我就这样无力地趴了十分钟，或者十五分钟，任由飞机慢慢向前滑行，缓缓靠近地面。很快，我就看到了泥泞中的石子堆和一个泥潭。泥潭看上去就像一块黑色的布丁。我最后试了一下倾斜飞行。飞机的轮子着陆了，前端紧紧地插进了泥潭里。由于惯性，我的身体狠狠地撞上了机舱的玻璃，额头被撞得鲜血直流。此时，我离海岸线只有三百码的距离了。虽然没能按计划飞到纽约，但我还是横跨了大西洋。

我很累，一点也不想动，但我还是站了起来，把沉重的舱门打开，强迫自己在地上走动。泥潭黏住了我的靴子，我开始往下沉。额头上的血流到了我的眼睛里。我弯下腰，几乎是半爬着逃出了泥潭。就好像我在天空中飞行了这么久，现在得重新学习走路一样。就好像我现在必须重新思考该去哪里，回想我到过哪些不可思议的地方。

后　记

1931 年，柏瑞尔 · 马卡姆完成第一次独立飞行后，很快就成为首位拥有 B 级职业飞行员驾驶证的女性。当然，在飞行工作之余，她还在继续训练赛马，赢得了不少比赛。同时，她还利用野外飞行帮助波罗尔 · 布里克森进行狩猎。她率先使用了空中侦察象群的技术，实现了丹尼斯的遗愿。

1936 年，经过二十一小时的飞行，柏瑞尔成功跨越了大西洋，打破了跨海飞行的纪录，她的名字登上了美国各大报纸的头条。她抵达纽约时，五千多人来到弗洛伊德 · 贝内特机场欢迎她。但当她返回英国时，却没有人举办正式的欢迎仪式。迎接她的是一则噩耗——在她离开的这段时间里，她的朋友、飞行教练汤姆 · 坎贝尔 · 布莱克在一次飞行事故中身亡。

柏瑞尔一生的大部分时间都绯闻缠身，受到人们的无端猜疑。1942 年，她出版了一本回忆录《夜航西飞》。书的销量并不好，但很多人认为它应该得到更多的关注，包括著名作家欧内斯特 · 海明威。海明威在写给他的编辑麦克斯韦 · 珀金斯的信中说："你读过柏瑞尔 · 马卡姆的书吗……她写得简直太棒了。跟她相比，我认为自己根本不配当作家……那真是本好书。”

1934年，海明威在非洲狩猎时遇到了柏瑞尔。那时，他正与第二任妻子宝琳·菲佛一起旅行。据当时的媒体报道，海明威曾对柏瑞尔调情，但被她严词拒绝了。五十多年后，海明威的长子杰克向一位朋友展示了一些海明威曾经公开发表过的信件。这位朋友名叫乔治·固特冈斯特，是一家饭店的老板，他看到海明威在信中对柏瑞尔的书极其赞赏，于是找到了《夜航西飞》，被其深深打动，于是他想办法说服了加利福尼亚的一家小型出版公司重新出版了它。谁都没想到，这本书居然成了畅销书。当时柏瑞尔已经八十岁了，在肯尼亚过着穷困潦倒的生活。《夜航西飞》的再版为她提供了大笔资金，让她的晚年过得还算舒适，但同时又让她惹上了不少绯闻。

从那时起，《夜航西飞》就跟它的作者一样，变得声名狼藉，被人无端猜测。有人说，这本书根本不是柏瑞尔写的，而是她的第三任丈夫所写。柏瑞尔的第三任丈夫是拉欧尔·舒马赫，是为好莱坞明星代写自传的枪手。对于这些猜疑，我一点儿都不感到意外。柏瑞尔很少谈到她自己。在她后来的人生中，即使是那些自认为很了解她的人，也只是惊讶于她对飞行和赛马无所不知，却不知道她还很擅长写作。不过有大量证据显示，柏瑞尔在遇到拉欧尔之前，就已经向她的出版商展示过《夜航西飞》的大部分手稿了（二十四章中的十八章）。

柏瑞尔的书和伊萨克·迪内森[1]的《走出非洲》十分相似，两书描写的时间、地点，以及登场的人物都很像，但柏瑞尔的书没有那么多读者，也没有像《走出非洲》那样产生显著的影响。不过，我相信它有这个潜力。拿到《夜航西飞》这本书时，我才读了几句话就被深深地吸引了。它牢牢地抓住了我，激发了我的想象。柏瑞尔在书中描写了她在非洲度过的童年时光和肯尼亚的四季风景。那些非凡的冒险跃然纸上。但最让我感到震撼的还是这些文字背后所蕴含的精神力量。柏瑞尔是个极具勇气的人，在那个时代，她无畏地冲过了性别的鸿沟，闯入了女性禁入的领域，而别人甚至不敢生出这样的念头。我从来没有遇到过像她这样的女性，完全按照自己的准则生活，无视社会的偏见——尽管这也让她付出了极大的代价。如果说海明威写出了坚韧勇敢的男性，能与之比肩的就是柏瑞尔，她写出了坚韧勇敢的女性。

毫无疑问，柏瑞尔是个复杂的人。她就像一个谜，既放浪形骸，又倔强固执，神秘得像斯芬克斯[2]。但对她的描写越深入，我就越沉浸在她的世界之中，我开始理解并深深懂得了她。这与我创作《我是海明威的巴黎妻子》时，对哈德莉·海明威[3]的情感一样。我也遭遇过跟柏瑞尔同样的家庭裂痕：母亲在我四岁的时候消失不见，又在我二十岁时回来了。发现这点共同之处时，我感到我跟柏瑞尔的关

1 “伊萨克·迪内森”即卡伦·布里克森的笔名。——编者注

2 斯芬克斯：古希腊神话中长有翅膀的怪物。——编者注

3 哈德莉·海明威：海明威的第一任妻子。——编者注

系更加紧密了。相似的经历让我更加接近她的内心世界。我也因此能够更深刻地洞察她做出重大决定时的心理。例如，她决定与儿子分开时，我能够感受到她深深的悲哀。杰维斯一直跟着曼斯菲尔德的母亲生活在英国，尽管与柏瑞尔并不亲近，但他显然继承了母亲强大的意志力和坚韧不拔的精神。杰维斯为母亲的冒险精神和取得的成就感到骄傲，他更喜欢母亲而不是父亲，尽管母亲离他很遥远，难以相见。

在柏瑞尔的一生中，她和努塔的关系一波三折。他们一起度过了童年时代，彼此尊敬，相互信任。20 世纪 30 年代，柏瑞尔搬到了英国，与努塔失去了联系。但“二战”后，她又设法找到了努塔。之后，他们就一直保持着联系。尽管柏瑞尔一直严守着秘密，对大多数人绝口不提，但她的挚友们都认为，除了努塔和她父亲，丹尼斯·芬奇·哈顿可能是她唯一真正爱过的人。1986 年，柏瑞尔在内罗毕去世，享年八十三岁。这一年离她那次打破纪录的跨洋飞行大约过去了五十年。也许，柏瑞尔离世的时候，心中还会想起登机的那一刻。她往裤子后袋里塞了一瓶白兰地，然后爬上了那架“织女银鸥”。

“陶温德吐！”她一边大声用斯瓦希里语喊着，一边扣上了头盔。

我要起飞了。

保拉·麦克莱恩

俄亥俄州克利夫兰市

致　谢

任何一本书的问世都是多人共同努力的结果。假如让我在书桌前孤军奋战，我一定会立刻逃走。不过幸好情况并非如此。许多卓越的同仁为《绕日飞行》贡献了自己的力量。我非常希望能够有机会当面向他们之中的每一位致以最诚挚的谢意。在此，我也要正式地向他们表示感谢。首先，我要感谢我的经纪人朱莉·巴勒尔，她是行业中的翘楚。她凭借着一腔热忱和勇气，还有无与伦比的直觉，不断阅读我的作品，并提出修改意见。她是这本书的第一位读者，也是最重要的读者。同时，她也是我的朋友。假如没有她的鼓励，我是无法完成这次创作的。我要感谢的另一位朋友是苏珊娜·波特。她是本书的编辑，也是许多作家梦想合作的对象。她以极大的耐心无数次阅读书稿，从来没有失去对此书的信心。这本书的每一页都饱含着她敏锐的目光、超凡的洞察力和对我的信任。

出版本书的巴兰坦图书公司和企鹅兰登书屋为我的书稿提供了最好的保障。这两家公司的各位工作人员以极高的标准完成了他们的工作。首先我要感谢可爱而才华横溢的莉碧·麦克居尔，还有齐姆·霍维、詹妮弗·赫希、苏珊·寇克兰、詹妮弗·伽扎、特丽莎·佐洛、昆恩·罗杰斯、德伯拉·弗雷、鲍洛·佩普、本杰明·戴耶、史蒂夫·麦森纳、克里斯汀·法斯勒、托比·厄恩斯特、安娜·鲍尔、马克·玛古尔、卡洛琳·米尔斯、丽莎·巴恩斯，还有不可或缺的普里严卡·科里希曼。我要感谢苏·伯兹，是她精心设计了本书英文版的版式。我要感谢达娜·布兰切特，是她设计了精美的内页。我还要感谢罗宾·斯史弗为本书创作了如此震撼人心的英文版封面。我要特别感谢吉娜·森特罗，在本书的出版风险较高时，她参与了稿件审阅，从而确保本书以高质量顺利出版。我还要感谢销售部门的大力推广，正是他们的热忱工作与不懈努力，我的书才得以送到各大书商和广大读者手中。

我要感谢巴莱尔文学社的工作团队，吉玛·普尔迪、安娜·格勒尔、威廉姆·博格斯，他们为本书付出了辛苦的劳动。同时非常感谢乌苏拉·多利、苏珊·德·史瓦森，还有维拉戈公司的大卫·巴姆福德，安伯勒·史坦恩公司的卡斯皮安·丹尼斯，道布尔迪公司加拿大分公司和企鹅兰登书屋加拿大分社的林恩·亨利、克里斯汀·寇驰兰和莎伦·克莱恩。

在我写作期间，马克唐维尔移民区非常慷慨地为我提供了住所，保证我拥有足够的写作空间，并不受到任何打扰。正是这样，我才能够完成大部分书稿。感谢史蒂芬·里德为我提供了关于飞行的各项说明，他是第一个把《夜航西飞》放到我手中的人。尽管他更愿意接受现金或者古董飞机，但我还是要在此对他表示诚挚的感谢！我还要感谢枫冠农场的斯黛西·吉尔，她带我了解了各种关于赛马和驯马的事情，非常感谢她为此付出的时间和提供给我的专业指导。

我衷心感谢米卡托狩猎团的菲利克斯·简、丹尼斯·品托、梅丽莎·霍迪奇、马蒂·凡·努得齐、利兹·维勒尔，还有杰西卡·布里达。正是他们带我来到了神奇的肯尼亚，留给我永生难忘的回忆。我还要感谢法尔芒特酒店，尤其是麦克·泰勒和阿尔卡·温特，还有所有在肯尼亚招待过我的人。感谢诺弗克酒店，穆泰嘉乡村俱乐部和色基拉民居酒店，克拉伊格家庭旅馆和勒瓦·怀德尼斯旅馆，肯尼亚山狩猎俱乐部，恩乔罗坎布村的安德鲁·南丁格尔和布鲁斯·南丁格尔，索伊萨姆布管理委员会，“沉睡战士”宿营旅馆和法尔芒特狩猎俱乐部。

我多年的挚友布里安·格诺首先为我研究了去非洲追寻柏瑞尔·马卡姆脚步的行程。他也为我的书稿提供了最初的反馈意见。还有以下朋友曾经阅读过初期的书稿，并提供了重要的支持：洛里·齐恩、大卫·弗兰奇、吉姆·哈姆斯、马勒拉·莫林、格里戈·达勒西欧，还有许多人常年给予我无私的支持和关爱。我要感谢莎伦·戴和查克先生、布拉德·贝德莎、有趣的奥哈拉一家、贝琪·加罗德、琳达·蒙特格玛丽、丹尼斯·玛查多和约翰·撒简特、希瑟·格里恩，还有卡伦·罗森伯格。克里斯·帕弗恩口若悬河地为我讲解了许多细节。非常感谢东海岸的作家——特里·杜鲍、萨拉·威利斯、托尼·赛耶尔、查理·奥博多夫、卡伦·萨德斯多姆、尼尔·钱德勒，还有总是陪伴着我的贾斯汀·格兰维尔。

在此我要特别感谢特里·苏里凡给了这本书和我极大的信任。

感谢他为我烹制了美味的晚餐，让我的生活充满了乐趣！最后，我要感谢我的母亲丽塔·亨金，我可爱的孩子们——巴克特、费欧娜和康诺，他们分担了我一部分的工作。我还要感谢我亲爱的姐妹们，她们是我的全部。